講談社文庫

冬の伽藍

小池真理子

講談社

目次

冬の伽藍

第一章

……一九八三年

1

特急列車を降りると、冷たい空気が肌をさした。尖《とが》ったような空気だった。

晴れた日の午後だというのに、駅前広場はどこも凍りついている。乗降客の数は少なく、タクシー乗場には客待ちの車の長い列ができている。

両手いっぱいの荷物と共に車の後部座席に身を沈め、悠子《ゆうこ》は行き先を告げた。フロントガラス越しに射しこんでくる光の束が、着ている鼠色《ねずみいろ》のコートの前ボタンにあたって騒々しく砕け散った。
四、五日前に東京でも雪が降った。軽井沢《かるいざわ》ではかなりの積雪を記録したようである。舗道《ほどう》のあちこちに、掻《か》き寄せられた雪の小山ができているのが見える。観光客の姿はまばらで、みやげ物屋の店先も寒々しい。
空は瞳を青く染めるほど澄んでいる。光の渦が雪に弾け、雪はいっそう白さを増して発光体のように鋭く目を射る。目を開けているのが耐えられないほどの眩《まぶ》しさである。

国道は、溶けた雪で一面に濡れそぼっていた。高原の太陽は、冬とはいえ容赦がない。路面は照りつける日の光で、油でも撒《ま》いたようにぎらついて見える。

タイヤチェーンをつけた車が、軽い地鳴りの音を立てて過ぎ去った。たっぷりと雪をかぶった浅間山《あさまやま》は遠近感が薄れ、空に向かって手を伸ばせば、その頂に触れることができそうである。青々とした空を背に、なだらかな白い稜線《りようせん》が不吉なほど鮮やかだ。

何度か来たことがあるとはいえ、それは見知らぬ風景だった。見知らぬ季節、見知らぬ街、見知らぬ人々、見知らぬ空……外の眩しさに目を細めながら、悠子は大きく息を吸った。

「軽井沢じゃ、めったにこんなに積もんないんだけどね」ふいに運転手が言った。

悠子は曖昧《あいまい》にうなずき返した。

バックミラーの中の運転手の目が悠子を捉《とら》えた。五十がらみの、人なつこそうな男だった。

「別荘に泊まってスキー？」

「は？」

「千《せん》ケ滝《たき》の別荘に行くんでしょう？　最近、冬も別荘に来る人が増えたからね。板は宅配便で送って、手ぶらで来て自分の別荘に寝泊まりしてね、あとはスキー場でひとすべり。おかげで冬も観光客がちらほら来てくれてねえ。こっちは大助かりだよ」

「いえ、私は別荘に行くわけじゃありません」悠子はバックミラーから顔をそむけるようにして言った。「ちょっと仕事で……」

へえ、と運転手は興味深げに再びバックミラーを覗《のぞ》き見た。「東京から？」

「ええ」

「寒いのに大変だねえ」

悠子は目をそむけたまま、軽く微笑《ほほえ》んだ。運転手はまだ何か聞きたそうにしていたが、悠子が咳払《せきばら》いをすると、それきり話しかけてこなくなった。

中軽井沢駅前の交差点を右折した車は、鬼押出《おにおしだ》し方面に向かって走り始めた。行き交う車は少なかった。道路沿いの日陰にそびえる背の高い樅《もみ》の木やイチイの木は、雪をかぶったまま凍りついているように見える。家々の軒先には、無数の氷柱《つらら》が下がっている。氷柱は細く長く鋭く尖り、屋根にへばりついた巨大な魚の胸骨のように見える。

目指す別荘地の入口にさしかかったあたりで、タクシーは静かに停まった。

「ここが入口だけど、ほんとにここでいいのかい？」運転手が聞いた。

「いいんです。あとは歩いて行きますから」言いながら、悠子はショルダーバッグの奥をまさぐって、財布を探した。

行き先が記されたメモはコートのポケットの中に収まっている。改めて見る必要もなかった。別荘地の入口から、歩いても一、二分。このあたりの地理に不案内でもわかりやすい場所にあったし、何度も確かめたから迷うわけがない。

かろうじて除雪の跡はあったものの、別荘地の奥深く通じている道は日陰の中で凍りつき、白く冷たく曲がりくねって延びていた。開けられた自動ドアの向こうから冷気が吹きこんできて、悠子の足もとにまとわりついた。

「別荘番号は何番なの。家の前まで行ってあげるよ。寒いし、道は凍ってるし、都会の人がこんなとこを歩くのは大変だよ」

運転手の親切が煩《わずら》わしかった。歩きたいのだ、と悠子は思った。一人になりたかった。今ここで一人になることができるのなら、凍りついた道を暗くなるまで歩き続け、自分がどこに行こうとしているのか忘れてしまってもかまわない、とさえ思った。

悠子は財布から五千円札を取り出し、黙って運転手に差し出した。運転手はハンドルの上で領収証を書き始めた。

「このすぐ近くに小さな診療所があるんだよ。兵藤《ひょうどう》内科診療所っていうんだけどね。もしも道がわかんなくなったら、そこで聞けばいいよ」

運転手の背に向かって、悠子はその日初めて、心から笑いかけた。「……私が行こうとしてるのはそこなんです。兵藤内科診療所」

運転手が振り返り、じれったそうに笑った。「それならそうと早く言ってくれればいいのに。だったら、この先を右に曲がったところだよ。行ってあげるよ。ほんとにすぐそこだから」

タクシーはエンジンを吹かして前進し、道幅の狭まった脇道に入った。運転手の言った通り、目指す兵藤内科診療所までは一分とかからなかった。

こっちからだと少し遠回りになるけど、国道沿いの脇道を入ればすぐだから、と運転手が言った。

未舗装の道は凸凹が烈《はげ》しかったが、除雪車が入った跡があり、路肩《ろかた》には堆《うずたか》い雪の壁ができていた。

丁重に礼を言って悠子が車から降りると、車は車体を大きくバウンドさせながらも器用にUターンをし、白い排気ガスをまき散らしながら国道に向けて走り去った。悠子は見るともなしにタクシーを見送った。

葉を落とした背の高いカラマツの木々に囲まれた一角だった。まだ日は高かったが、光は充分そのあたりまで届かず、建物は弱々しい冬の残照の中に、深く沈みこんでいるように見えた。

悠子は両手にボストンバッグをぶら下げたまま、束《つか》の間《ま》、カラマツの枝先で儚《はかな》げに煌《きらめ》いている冬の光を見上げた。新しい土地、新しい職場を前にして、引き締まるような思いもなければ、快い緊張感も覚えなかった。わき上がってくるべき希望も期待も、まして不安すらなく、肉体だけがただのカメラのレンズと化し、目の前にあるものを写し出しているに過ぎないように思われた。

想像していたよりも遥かに洒落《しゃれ》た、小ぎれいな建物だった。卵色の壁に青い屋根。横に長く広がった、典型的なアーリーアメリカン調の平屋造りである。

兵藤医師の住居を兼ねていると聞いていたが、玄関は一つしか見当たらなかった。透明な球形の把手《とって》がついた白い玄関扉の脇に、「兵藤内科診療所」と書かれた小さな四角い看板が立っている。建物に向かって左側の広場が駐車スペースになっており、タイヤに派手な泥はねのついた濃紺のジープが一台、停められているのが見えた。

悠子の近くでけたたましく鳥が鳴き、飛び去った。鳥の羽ばたきにあおられたかのように、その時一斉に木々の梢《こずえ》の雪が落ち、花吹雪《はなふぶき》のような模様を描いた。

三段ほどの低い階段を上がり、診療所の入口に立って、悠子はそっと扉の把手を引いた。中の生温かい空気が頬《ほお》にまとわりついた。医院特有の薬くさい香りの中に、かすかな灯油の匂い、埃《ほこり》の匂いが嗅《か》ぎとれた。

「ごめんください」と呼びかけた。

悠子の声に、掛け時計の重々しい振り子の音が重なった。待合室の中央の壁に、古びたミシンのような色をした大きな年代物の掛け時計が下がっているのが見えた。

庭に面した明るい待合室である。庭に向かってビニール製の赤い長椅子《ながいす》が三脚、コの字を描いて置かれてある。中央で大きな灯油ストーブが、ごうごうと音をたてて燃えている。ストーブの上に載せられたホウロウの白い大きなやかんからは、しきりと湯気が立ちのぼっている。

待合室に向かって左側が受付、その奥が薬の調合コーナーになっていた。診察室は受付の隣にあり、真鍮《しんちゅう》の把手のついたドアで仕切られていた。ドアは開け放されており、中の様子が見渡せた。ありふれたデスク、ドクターチェア、患者用の丸い回転椅子、簡易ベッド……どこにも人の気配はなかった。

脱ぎ捨てられたままになっている小豆色《あずきいろ》のビニールスリッパが何足か、上がり框《かまち》のラグマットの上に散らばっている。本箱の代用品に使っているらしい安手のカラーボックスには、手垢《てあか》のついた漫画雑誌や女性週刊誌、表紙の部分が折れ曲がった古い文庫本などが雑多に押しこまれている。靴箱の上にはエメラルド色をした美しい大きな花瓶《かびん》があったが、花の代わりに活けられていたのは、金属製の細長い、指紋だらけになった靴べらだった。

「ごめんください、高森《たかもり》です」悠子はもう一度、声を張り上げた。

待合室の右手に、重厚な木製のドアがあった。その奥が住居部分になっている様子だったが、ドアは半ば開いていて、かすかに覗《のぞ》き見える奥の板の間にも人影はなかった。

手にした荷物が重かった。二つのボストンバッグを玄関先に置き、肩にかけていたショルダーバッグをその上に載せてから、悠子はコートを脱いだ。

脱いだコートを軽くたたみ、ボストンバッグの上に載せようと身を屈めた時だった。庭に面した待合室のガラス戸の向こうを横切る人影が見えた。

雪晴れの午後、庭は柔らかな光で充たされていた。その人物は悠子をみとめ、テラスに向かって歩いて来ると、表情ひとつ変えずにガラス戸を開け放った。

風が起こり、雪の香りが室内に押し寄せた。冷たい薄荷水《はっかすい》のような香りだった。

「どうも」と男は悠子が誰なのか、確かめようともせずに言った。抑揚の感じられない言い方だった。「さっきのタクシーで着いたことはわかってました。あいにくちょっと、手が離せなくて」

深緑色のフード付きダウンコートを着た男は、厚手のゴム手袋を脱ぎ、指先の匂いを嗅ぐような仕草をすると、額にかかった長めの前髪を無造作にかき上げた。「灯油をポリタンクに移そうとして、うっかりこぼしてしまった」

悠子はうなずいた。「……大丈夫でしたか」

なんとかね、と彼は言い、そこで初めて、にこりともせずに悠子のほうをまっすぐに見つめた。切れ長でやや奥まった、透明感のある美しい澄んだ目だった。

男にしては小ぶりの顔である。色の薄い金色がかった不精鬚《ぶしょうひげ》が、顎から耳もとにかけて被《おお》っているのが、いっそう顔を小さく見せている。いくらか癖のある柔らかそうな髪の毛が項《うなじ》のあたりまで伸びており、コートの襟元《えりもと》にあたって、今にもかさこそと乾いた音をたてそうだった。

かすかな笑みのようなものが、その厚みのある唇の端に浮かんだが、それはまもなく消えていき、後にはそっけないほど儀礼的なまなざしだけが残された。

「兵藤です。こんなところまでよく来てくれました。ともかく、よろしく」

高森悠子です、こちらこそよろしくお願いします……そう言って頭を下げ、再び目を上げた。束の間、兵藤の視線が自分に絡《から》みつくのを感じた。

悠子は目をそらしたが、兵藤が表情を変えた様子はなかった。彼は着ていたダウンコートのポケットから煙草《たばこ》とライターを取り出し、顔を傾けて火をつけると、肩をそびやかすようにしてコートを脱ぎ捨てた。

中に着ていたのは、淡い鼠色の厚手のセーターだった。深くV字形に切り込まれた胸元には、汚れたようなワークシャツの襟と共に、固そうな筋肉に被われた肌が覗き見えた。

長椅子に音をたてて腰をおろし、兵藤はジーンズに包まれた両足を大きく広げて、くつろいだ姿勢を取った。「そんなところに立ってないで、あがってください」

「はい」

悠子は手早く小豆色のスリッパをそろえてから、そのうちの一足に爪先をすべらせた。荷物を手にしようとすると、兵藤は悠子から顔をそむけるようにして庭に目を投げた。

「荷物は適当にそのへんに置いとけばいい。後でマンションまで案内しますから、その時、僕が車に積みます」

「患者さんの邪魔にならないでしょうか」

ふっ、と兵藤は笑った。「その日にもよるけど、この季節、患者は少なくてね。今日の午前中も二人しか来なかった」

そうですか、と悠子は言った。他に言いようがなかった。

素敵な先生よ、とかつてこの兵藤内科診療所で薬剤師の仕事に就《つ》いていた友人の児島摂子《こじませつこ》は、いたずらっぽくウインクしながら、兵藤義彦《よしひこ》のことを細かく説明してくれたものだった。

三十三歳で私たちよりも五つ年上、独身、身長は一八〇くらいあるのかな、昔の不良少年を思わせるような表情が似合って、ちょっと秘密めいた感じがしてね、無駄口《むだぐち》はたたかないし、何を考えているのかわからなくて、難しい性格の人みたいだけど、医者としての腕はとってもいいのよ、患者さんにも評判がいいわ、もっとも、くだらないお喋《しゃべ》りを長々とする患者さんには無愛想で、時々、こっちはハラハラさせられるんだけど……。

確かに摂子の言う通りだ、と悠子は思った。だが、それだけだった。目の前の美しい医者と自分とは、接点が何ひとつないように感じられた。ただ美しいだけの大理石の彫像を、見知らぬ邸《やしき》の冷え冷えとした玄関先で眺めるとしたら、ちょうどこんな感じになるだろう。

「早速明日から来てもらうことになるけど、かまわないですね」兵藤義彦が煙草をくわえたまま聞いた。

「もちろんです」

「あなたが住むことになるマンションのほうは、大家さんに頼んで午後から暖房を入れてもらいました。水も今日から使えます。……で、東京からの引っ越しの荷物はいつ？」

「明日着きます」と悠子は答えた。「時間ははっきりわかりません。なるべく午前中に、と言ってあるんですが」

「じゃあ、今夜は布団《ふとん》がないんだな。わかった。後で大家さんに言って、用意させましょう。あそこの大家さんは僕の患者だったことがあるんです。無理を言っても許してもらえる」

兵藤は言い、悠子の礼の言葉を遮《さえぎ》るようにして、ストーブの足元に置かれたアルミ製の灰皿の中に煙草の灰を落とした。「明日は大家さんに鍵を預けておいて、荷物が着いたら中に運んでもらってください。気のいいおばさんだから、留守中、そのくらいのことはやってくれる。それであなたがよければ、の話だけど」

「私はもちろんかまいません」と悠子は言った。「そうします」

診療所での仕事を優先し、引っ越しの荷物整理は後まわしにしてもらいたい、と兵藤が考えるのも無理からぬことだった。この診療所で薬剤師の仕事をしていた児島摂子が辞《や》めたのは前年の十二月中旬。摂子の後任には、小諸《こもろ》市在住の女性薬剤師が決まっていたが、摂子が辞めることになる二日前、その薬剤師は交通事故にあい、重傷を負って入院生活を余儀なくされた。以後丸一ヵ月、急遽《きゅうきょ》、雇われることに決まった悠子が来院する今日の今日まで、兵藤医師はたった一人、患者の受付から診察、薬の調合、面倒な会計など、その一切をこなしてきたのだった。

「ついこの間まで摂ちゃんが……いえ、児島さんが住んでいた部屋ですから、気が楽です」悠子は言った。「以前、一度だけですが、遊びに来て彼女のところに泊まったこともありますし。詳しくはありませんが、あのあたりの地理は覚えています。ですから、わざわざ先生に送っていただかなくても、私、後でタクシーを呼んでひとりで行けます」

それには応えず、兵藤は吸っていた煙草を灯油ストーブの上で素早くもみ消すなり立ち上がった。「こっちが僕の住居になってる。ストーブはつけっ放しにしてあるし、冷蔵庫には缶コーヒーが入ってます。今日のところは、それでも飲んで休んでてください。適当な頃合いを見計らって、今日は早めに午後の診察を切り上げるつもりでいるから」

あの、と悠子は、兵藤医師の背に向かって声をかけた。「……今日から仕事をさせていただいてもかまわないですか」

振り返った青年医師の顔に、ガラス越しに射し込んでくる午後の柔らかな光があたって弾けた。

悠子はその、美しい彫像を無感動に眺めながら軽く微笑んでみせた。「早く仕事に慣れたいんです」

兵藤は気《け》だるそうに瞬《まばた》きをし、そうしてくれれば、こっちも助かりますよ、とそっけない口調で言った。

2

悠子を苦しめてやまない記憶は断片的で、それゆえいっそう、とりとめがない。それは物語を伴わない一瞬の風景、車窓をよぎっていく、終わることのない無意味な映像の連続のようなものだった。

死んだ人間の映像をいつまでも甦《よみがえ》らせていたって仕方がない、と思うのだが、時がたち、映像そのものが古びて色褪《いろあ》せれば色褪せるほど、夫の輪郭だけは際立って鮮明になる。その声、その仕草、その表情が、セピア色と化した乾いた風景の中で精彩を放ち、色味を帯びてくる。肌のぬくもり、匂い、抱き寄せられた時の骨の固さにいたるまで、生きていた時と寸分も違いのない夫がそこに甦り、悠子はなすすべもなく、死んだ夫を眺めることしかできなくなるのだった。

夫の高森邦夫《くにお》が交通事故にあい、即死したのは三年前。何故そんなことで死んでしまったのか、わからなかった。邦夫はもっとも、交通事故と縁遠い人間のはずであった。

邦夫は十八で運転免許を取得し、二十二の時に同じ大学の薬学部にいた悠子と知り合った。父親から譲られたという古いブルーバードの助手席におさまって、悠子は幾度となく邦夫と東京近郊の山や海沿いの風景を眺めながら、目的を持たない車の旅に出た。

邦夫の運転技術は確かだった。一緒に乗っていて、悠子は一度も恐ろしい目にあったことはなかった。若者らしい闊達《かったつ》さを失わず、それでいてその運転ぶりは慎重だった。集中力も抜きん出ていた。隣で悠子がうたた寝していても、邦夫が居眠りをすることはなかった。

邦夫の車の中は、この世で一番安全で神聖な場所だった。悠子はゆったりとシートに身を任せていれば、それでよかった。

時折、車を人通りのない山道の路肩に停め、邦夫はこらえきれなくなったように悠子の唇を求めてきた。シートが倒され、フロントガラスの向こうの景色が反転した。抱擁の烈しさはまもなく限界を越え、ふざけていたはずの笑い声はたちまち喘《あえ》ぎ声に変わった。あたりの風景がまぶたの奥に閉ざされ、悠子は我を忘れた。だがそれは、悠子にとってあくまでも、神聖な忘我だった。

大学を卒業し、大学病院に勤め始めてまもなく、悠子も運転免許を取った。悠子の運転で初めて遠出した時、喧嘩《けんか》になった。邦夫が悠子の運転技術を徹底的に小馬鹿にし、きみの運転は猿の運転と変わりない、と言ったからだった。

「昔、遊園地におさるの電車っていうのがあったろう。猿が電車を運転してるように見せかけた、子供相手の乗物だよ。猿はただ、運転士の制帽をかぶって運転席に座って、運転のまねごとをしてるだけさ。きみの車の運転ぶりは、それとほとんど変わらない」

腹をたて、悔しさのあまり目に涙をためたが、邦夫は譲らなかった。東京に戻ってから、しばらく会わない日が続いた。邦夫からも連絡はなかった。

会って話がしたい、と手紙に綴《つづ》ったものの、書き上げてすぐに破り捨てた。自分から折れていくのは癪《しゃく》だった。これも運転免許のせいだと思い、取得したばかりの免許証を鋏《はさみ》でずたずたに切り裂きたい衝動にかられたが、さすがにそれはためらわれた。

或る朝、悠子が出勤のためアパートを出ると、バス停留所のベンチに邦夫が座っていた。やあ、と言うなり、邦夫は吸っていた煙草を靴底でもみ消して立ち上がり、つかつかと悠子に近づいて来た。

結婚しないか、と邦夫は言った。思いがけず大きな、叱りつけるような声だった。停留所でバスを待っていた人々が一斉にこちらをふり向いた。

冷静さを失った。気持ちとは裏腹に、どうしてよ、という刺々《とげとげ》しい言葉が悠子の口をついて出た。

俺がいないと、きみは交通事故を起こしそうだからさ……邦夫はそう言った。笑わずに言ったのだが、悠子には邦夫が今にも吹き出しそうになっているのがわかった。その直後、めまいがするほどの幸福が悠子を襲った。

結婚後、悠子はそれまで勤めていた大学病院を辞め、個人病院の薬剤師の仕事に就いた。

二人で金を出し合い、新しく車も買った。駐車場付きの2DKでのマンション暮らしは慎ましく、慎ましいがゆえに満たされていた。

大手の薬品会社に就職していた邦夫の勤務地が、まもなく東京から川崎に変わった。邦夫は車で出勤するようになり、そのせいもあって、悠子は車の運転から遠ざかった。

その邦夫が運転していた乗用車に、雨でスリップした大型トラックが側面から体当たりしたのだった。時速百キロで高速道路を走行していた邦夫の車は、小さな玩具《おもちゃ》のように弾き飛ばされ、中央分離帯に激突して大破した。

結婚して三年目。十月の、肌寒い雨の晩だった。悠子は夫の遺体と向き合った時、気を失いかけて後ろ向きに倒れた。咄嗟《とっさ》に身体を支えてくれた警官の、着ていたビニールコートは雨でしとどに濡れていた。埃まじりのビニール臭い雨滴が、悠子の頰に触れた。

その時、顔の奥底に広がった冷たい感触は未だ、悠子の優しい甘やかな思い出の数々に意地悪く楔《くさび》を打つ。人は死ぬ、と悠子は思う。必ず死ぬ。どれほど愛していても、どれほどいとおしく思っていても、どれほど心躍《おど》る思い出の数々を共有しようとも、人生には残酷にも、突然幕がおろされるのだ、と。一切が無に帰すことがあるのだ、と。

かつて、友人の児島摂子が住み、今は悠子の住処《すみか》となったアパートは、軽井沢町の西のはずれ、大日向《おおひなた》と呼ばれる地区にあった。

中軽井沢と追分《おいわけ》の中間に位置し、標高は千メートル弱。起伏の多い軽井沢の町にあって、浅間山の裾野《すその》に広がる、なだらかな平野を思わせる一角である。戦時中に満州に渡り、大陸の村づくりに奉仕した人々が、敗戦と共に帰国。協力し合って荒れ地を開墾し、住みついた場所として知られている。

一九八〇年代に入ってから、ぽつぽつとペンションや別荘も建ち始めたが、もとより、大日向教会を中心に入植者たちの住居が点在していたような土地である。悠子の住むことになったアパートの大家も、その付近に小さいながら農地を持つ地主であった。

六世帯入居できる二階建てのモルタルアパートに、その時、悠子の他に入居者は五人、三世帯しかいなかった。うち一人は近隣の観光ホテルに勤める男子従業員で、二人は旧軽井沢でみやげ物屋を任されている姉妹、残る一世帯は新婚夫婦だった。

いずれの世帯にも、悠子が軽井沢に着いたその晩のうちに挨拶《あいさつ》を済ませることができた。東京から買って来た小さなチョコレート菓子の箱を挨拶代わりに渡し、形ばかり頭を下げると、何か困ったことがあったら、いつでも聞いてください、と口々に言われた。

その種の微温的な優しさは、悠子をかえって頑《かたく》なにした。どれほど困ったことが起ころうと、自分は誰にも助けを求めないだろう、とまたしても強く悠子は思った。

軽井沢に行っても近所づきあいをするつもりはない、と言い張る悠子に、ともかく引っ越したらすぐに挨拶をするように、と教えたのは摂子だった。摂子の、目を見張るさりげない社交術、世間との常識的な接し方は、悠子にとって常に驚異だった。摂子は動物のように勘を働かせて、物事を手早く、常識的に処理する能力に長《た》けていた。

摂子には初めから完結された世界があった。少々どこかが綻《ほころ》びても、手早く縫い合わせてしまえばそれで済む。その頑丈な、決して壊れることのない、揺るぎのない世界そのものが、児島摂子という一人の人間を守り、導き、摂子に生きていくことの誇りと自信とを与えていた。

したがって、摂子は決して道を踏みはずさなかった。道を誤らないことから生まれる気持ちの余裕は、摂子の中で悉《ことごと》く、人を愛するエネルギーに変えられていった。

摂子は人を愛し、人を受け入れ、人を導いた。その優しさに触れるたびに、悠子はそっと意地悪く摂子の嘘《うそ》を探した。臆病さの裏返し、過剰な自意識、あくまでも理想の自分を演じようとするおそるべき執念がどこかに潜んでいるのではないか、と疑った。

だが、嘘はどこにも見つけられなかった。摂子に裏表はなかった。摂子は常に正直だった。正しかった。おまけに分をわきまえていた。ほどほどの幸福、ほどほどの夢、ほどほどの理想……。

仮に結婚三年目にして夫を事故で失ったとしても、摂子ならたちまち悲しみを克服し、笑顔を作って黙々と、それまで通り生きていくに違いなかった。前を向き続けることに猜疑心《さいぎしん》を抱かない……それが摂子であり、摂子の偉大さだった。自分にはできない、と悠子は思っていた。

二階の左端にあたる悠子の部屋は2DKだった。似たような間取りとはいえ、かつて夫と暮らしていた部屋の、二倍はあろうかと思われる広さである。洋間についた出窓からは、葉を落としたカラマツ林の向こうに、雪に被われた浅間山を望むことができた。

アパートは大家の家の広大な敷地と畑に囲まれていて、国道にほど近いというのに静寂をきわめていた。夜になると、たまに通りかかる乗用車のヘッドライトの二条の光が、遠くの雑木林をなめるように照らし出すのが見えた。車が遠ざかった途端、あたりは再び闇に包まれた。

闇に目をこらすと、晴れた晩には、浅間山の、不吉なほど色濃く染まった黒い稜線をなぞることができた。見上げれば、冷たく煌く星が無表情にそこにあった。

その寂しい孤独な風景こそが、悠子を慰《なぐさ》めた。都会の騒音と狂騒、時代や流行との追いかけっこには何の興味も持てなくなっていた。摂子から、軽井沢の診療所での仕事をバトンタッチしないか、と言われ、悠子がものの一分とたたないうちに大きくうなずいてしまったのも、そのせいだった。

うなずいた途端に、不思議なほどそれまで悠子を苦しめてきた執着が失せた。夫と住んでいたマンション、夫と暮らした街、夫と朝に晩に眺めた風景、そのすべてと訣別《けつべつ》する覚悟ができた。そうしなければならない時期だった。そして、そうさせてくれたのは、他ならぬ摂子だった。

摂子は結婚を控え、軽井沢の部屋を整理して東京に戻るなり、忙しい日々を過ごしていた。婚約者は大学病院に勤務する内科医で、栗田《くりた》という男だったが、栗田は栗田で忙しい様子だった。結婚前だというのに、さほど逢瀬《おうせ》を楽しんでいる様子もなく、摂子は悠子の新しい門出のために奔走《ほんそう》してくれた。

悠子の決心の固さを知った摂子は、早速、東京麻布《あざぶ》にある、内科を専門とする兵藤クリニックに連絡した。兵藤義彦の父、英二郎《えいじろう》は、そのクリニックの院長であり、軽井沢の診療所の事実上の経営者でもあった。病院経営に関することはすべて、義彦ではない、英二郎にその決定権が委ねられていた。

英二郎は、簡単な面接をさせてもらいたい旨《むね》を摂子に伝えた。悠子は承諾した。

もともと軽井沢の兵藤内科診療所は、英二郎が夏に軽井沢で別荘暮らしをしている間、親しい患者のみ特別に診察に応じるという、いわば季節診療所として建てられたものだった。英二郎の東京での患者が数多く軽井沢に別荘を持っており、夏場でもそれなりの数の患者がやって来たというが、診察とは名ばかりで、実際は社交場のように利用されていたらしい。夏が終われば閉められてしまうその診療所を、年間通して診察にあたる通常の診療所に変えたのは、義彦である。

義彦は英二郎の実子ではなく、英二郎が結婚した女の連れ子であった。医学部に進み、優秀な成績をおさめて卒業し、医師として兵藤クリニックに勤務し始めたが、もともと生い立ちに引け目があったものらしい。英二郎とも仲違《なかたが》いを繰り返し、まもなくクリニックを辞めて、診療所を引き継ぐという名目で軽井沢に引きこもった。

そんな話をあらかじめ摂子から聞かされていたせいか、面接を東京で受けることになったと聞き、悠子は内心、安堵《あんど》した。採用されずに終わる可能性があることを考えると、わざわざ軽井沢まで足を伸ばすのは徒労であった。

東京の兵藤クリニックは、麻布の閑静な高級住宅地の中にあった。朱色《しゅいろ》の洋瓦《ようがわら》が載せられた、白いコテ塗り壁の三階建て。入院施設はなかったが、代わりに人間ドックで宿泊する患者のためのホテル様式の部屋が二階に並び、それぞれの部屋にはフランス式の明るい開閉窓と白いテラスがついていた。

悠子が面接に出向いたその日、淡い桃色で統一された豪華な待合室では、人間ドックの患者たちが数人、揃《そろ》いのガウンに身を包み、談笑していた。待合室の脇にある受付で悠子が用向きを言うと、すぐに三階にある院長室に案内された。

悠子が部屋に入って行くなり、白衣姿の兵藤英二郎は、「やあ、きみが高森君か」と言って回転椅子から勢いよく立ち上がった。「よく来たね。まあ、そこに座りなさい」

大柄で、骨格のしっかりとした、見るからに好色そうな男だった。髪には白いものが混じっていたが、瑞々《みずみず》しい輝きの感じられる顔は、とても六十とは思えない。

不自然なほど低く、張りのある声も、目薬をさした直後のように濡れて見える大きな目も、肉付きのいいしっかりとした鼻梁《びりょう》も、赤々と血色のいいつややかな厚い唇も、何もかもが精力の象徴のように感じられた。

言われた通りソファーに腰をおろすと、兵藤もまた悠子の正面にソファーの革を軋《きし》ませながら座り、値踏みするような目で彼女を眺め回した。

紅茶が運ばれてきた。兵藤は握りつぶしそうな勢いでカップを手に取るなり、添えられていたポットから、無骨な指で大きな角砂糖を三つ放り込んだ。

「甘辛両党なんだが、特に甘いものに目がなくてね」兵藤はさも楽しげに、喉《のど》を鳴らして笑った。「医者の不養生《ふようじょう》ってやつだよ。私ほど成人病とのつきあいが長い人間もいない。高血圧は三十の頃からだからね。痩《や》せる必要があるんだが、甘味が足りないと寂しくてやりきれない。甘いものは食べるだけじゃなくて、嗅ぐのも好きだよ。ほら、ご婦人たちの、甘い香水の香りがあるでしょう。あれなら、いくら嗅いでも太らないから私にはうってつけだ」

言うなり、げらげらと腹を揺すってひとしきり笑うと、兵藤はふいに目を細め、悠子を眺めまわした。「きみ、美人だねえ」

それはどうも、と悠子は小声で言い、目をそらした。オーク材のどっしりとしたデスクの上に、大きな写真立てが飾られているのが見えた。写真には、髪の毛をゆるく結《ゆ》い上げた、どこか線の細い感じのする着物姿の美しい女が写っていた。

「さぞかし恋人がたくさんいるんだろうな。え？」

「いえ、別に」

「確か独身だったね。きみなら、男が放っておかないだろう」

悠子は形ばかり微笑みを浮かべ、首を横に振った。

「幾つ？」

「履歴書に書きました。二十八です」

「もっと若く見えるよ。で、恋人は何人いるのかな」

「そんな……恋人なんかいません」

「隠さなくたっていい。その年齢で恋人がいないほうがおかしいだろう。二人？　三人？　いや、もっとだな。え？　そうだろう？　ん？」

兵藤は含み笑いを続けた。湿った、卑猥《ひわい》な感じのする笑い声だった。

面接に来て、何故そんな質問に答えねばならないのか、わからなかった。何かが音もなく身体の奥底から突き上げてきた。気がつくと悠子はショルダーバッグを抱え、ソファーから立ち上がっていた。

どうした、と兵藤が聞いた。

悠子は目を伏せたまま、軽く礼をした。「私は今日、軽井沢の診療所で働かせていただくための面接を受けに来たつもりでいました。何かの間違いだったようですので、これで失礼させていただきます」

言った途端、馬鹿なことを、と後悔した。まるで子供だった。さもなければ、少女漫画や罪のないテレビドラマを見すぎて、現実と空想の区別がつかなくなっている少女……。

だが、遅かった。後戻りできなくなり、悠子はドアに向かって歩き出した。

「待ちなさい」

兵藤が慌てたように駆け寄って来て、ドアの手前で悠子の腕を取った。「怒ったの？　え？　弱ったな。僕はこれでも面接をしてるつもりでいるんだけどね。まあいいから、そんなぷりぷりしないで座ってなさい。すぐに終わるから」

悠子は摑《つか》まれた自分の腕を見、兵藤を見上げた。それを振り払う勇気はなかった。兵藤の両の目はさも可笑《おか》しそうに笑っていた。目尻にできた深い皺《しわ》に、鷹揚《おうよう》さと寛大さが読み取れた。

悠子はそっと身体を離し、すみません、と小声で言った。ソファーに座り直し、正面を向いた。自己嫌悪だけが残された。

兵藤は喉の奥で低く笑い続けながら、悠子の経歴に関する二、三の質問をした。すべて履歴書を見ればわかることだったが、悠子は履歴書通りの応答を繰り返した。

「別におどかすわけじゃないが、都会の人間に冬の軽井沢の暮らしはきついよ。なにしろ桁《けた》外《はず》れに寒い。魔法瓶の中の湯が、朝になったら凍っていた、なんてこともある」

「知っています」

「まだ若いきみのような年頃の人間が、遊びに行って楽しめるような場所も少ない。もっともウインタースポーツをやるためにはもってこいだが。きみ、スキーは？」

「やりません」

「スケートは？」

「いえ」

「となると、遊ぶ楽しみはほとんどなくなる。それでもいいのかね」

「いいと思ったからこそ、こうして面接を受けに参りました」

兵藤は自分の顎を撫でまわし、にんまり笑った。「婚期も遅れるよ。児島くんは軽井沢のうちの診療所に行く前から婚約していたからいいが、きみのようなケースは……」

「結婚でしたら、すでに一度、していますから」悠子は静かに言った。

ほう、と兵藤は言い、センターテーブルの上の煙草ケースから煙草を二本つまみ上げた。

「一本どうかね」

悠子が断ると、兵藤は残念そうに一本を元に戻し、卓上ライターで火をつけるなり、旨《うま》そうに天井に向かって煙を吐き出した。

「ヘンリー・ミラーという作家は、生涯に六回も結婚している。女優のエリザベス・テーラーは八回。結婚と離婚を繰り返すことのできる人間は恵まれている。私はあいにく一度しか経験がないんだがね。そこのデスクの上の写真の女だ。わが生涯にただ一人の妻……ってわけだな」

悠子は黙っていた。兵藤は、ははっ、と大声で笑うと、「結婚は一度に限ったものではない」と言った。「離婚は誰にとっても一時的に悲しいものだが、結婚すれば忘れられる」

「私は離婚はしていません」悠子は言った。「夫とは死別ですので」

兵藤の片方の眉がぴくりと上がり、束の間、神妙な表情が浮かんだが、それだけだった。彼は愉快そうに言い放った。「未亡人だったのか。なおさらいいね」

「おっしゃる意味がわかりませんが」

それには答えず、兵藤はやおら椅子から立ち上がると、悠子の見ている前で軽井沢の診療所に電話をかけた。

「おう、義彦か。私だ。たった今、高森悠子さんというお嬢さんを採用したよ。目を洗われるような美人だ。こんな美人が来てくれれば、さびれた冬の診療所もさぞ華やぐだろう。楽しみに待ってるんだな」

どこまでが本当に好色なのか。好色であるふりをしてみせるのが好きなだけなのか。受話器を置くなり、兵藤は遊び飽きた玩具でも見るような目で悠子を見て、「というわけだ」と言った。「兵藤クリニック院長である私独自の判断で、たった今、きみを兵藤内科診療所の薬剤師として採用することに決定した。詳しいことは、秘書を通して連絡させる。もう帰ってよろしい。ご苦労さま」

不意打ちを食らったような感じがした。何かが間違っているような気もした。だがそれが何なのか、自分でもよくわからなかった。ともあれ採用されたのだ。喜ばしいことには違いない。

悠子は立ち上がって礼を言い、頭を下げた。

それには応えず、兵藤は無表情にデスク上の写真立てを指先で軽くはじいた。「死んだ女房ってのは年をとらなくて困る」

独白めいた言葉を最後に、兵藤はふいにデスクの上の書類に目を落とし始め、悠子がドアの外に出て行くまで、一度も悠子のほうは見なかった。


東京の摂子から電話がかかってきたのは、悠子が軽井沢で初めて迎えた休日の夜のことである。

ひと通り、悠子の仕事にも暮らしにも不便はない、ということを確認すると、摂子は「よかった」と言った。「でも、寒いでしょう？」

「ここのところずっと、昼間でも氷点下なの。私が来る前の日の夜は、マイナス十八度まで下がったみたい。びっくりした。本当に寒いのね」

「雪は？」

「前に降った大雪が溶けないままになってるけど、今のところはまだ」

そう、と言い、摂子は意味ありげな含み笑いをもらした。「で、どうだった？」

「どう、って何が」

「ドクター兵藤よ。悠子のお眼鏡にかなったかな。性格その他は別にしても、何はともあれ、驚くほどの美男でしょ？」

悠子は笑った。「まあね」

「なんだ、ずいぶん張り合いのない答え方ね」

「美男を見に、わざわざ軽井沢まで働きに来たんじゃないもの」

「そりゃあそうだろうけど」摂子はくすくす笑った。「でもね、実を言うと、心配してたの。いくらハンサムでも、あの通り、無愛想な先生だから。なにしろ、二人しかいない診療所でしょ。朝から晩まで顔をつきあわせていなきゃならないし、どうしても好きになれない相手だったとしたら悲劇だものね」

「これまでだって、いろんな癖のある人と一緒に働いてきたんだもの。兵藤先生なんかよりもっと癖のある人もいたわ」

「じゃあ、ドクター兵藤は合格点？」

もちろん、と悠子は笑顔で言った。「摂ちゃんの言う通り、すごく素敵な人じゃないでしょう？」と摂子は場違いなほど自慢げに言った。

　兵藤義彦は確かに愛想がなく、必要以外のことは口にせず、気のきいた冗談のひとつも言おうとしなかったが、同時に彼は、何ひとつ悠子の邪魔にならなかった。邪魔になるどころか、彼もまた、自身の仄暗《ほのぐら》い穴の中に逃げこみ、他人を遠ざけているように見えた。雇い主との間に初めから設けられたその距離が、悠子にはありがたかった。

　摂子が小さく笑った。あまり意味のなさそうな笑いだった。わずかな時間、受話器の中に沈黙が流れた。

　摂子はためらいがちに、「ねえ、悠子」と呼びかけた。「ちょっと教えといたほうがいいと思うことがあって」

「何？」

「兵藤先生の過去の話よ」

「何かあったの？」

「ううん、別に。そんなに大したことじゃないんだけど」

「なんだか言いにくそうね」悠子は笑ってみせた。「どうせ、変な性癖があるとかないとか、その手のゴシップ話なんでしょ。せっかくだけど、摂ちゃん。私、そんなふうに雇い主とつきあうつもりは……」

　摂子は最後まで聞かず、悠子の言葉を遮った。「兵藤先生は今は独身だけど、あの人には結婚歴があるのよ」

「そんなの珍しくも何ともないじゃない」

「大恋愛して結ばれた人らしいんだけど……その奥さん、急死したの。どこか人を寄せつけないような、翳《かげ》りみたいなものがあの先生にはあるでしょう。多分、そのせいなのよ」

「どうして亡くなったの？　病気？」

「詳しい事情は知らないけど、事故ですって。三年前に」

そう、と悠子は言った。自分でも気づかないほど小さな塊のようなものが喉元にせり上がってきたが、それはすぐに消えていった。

「黙っててごめん」摂子は言った。「初めから教えておこう、そうすべきなんだ、って思ってたんだけど、なんだかね……悠子にはそういう話、しづらくって。だって、変じゃない。いくらなんでも似すぎてるんだもの。邦夫さんが事故で亡くなったのも三年前だし。そういうことは、あんまり悠子の耳に前もって入れたくなくて……」

「そんな話を私の耳に入れたら、妙な偶然に塞《ふさ》ぎこんで、今度の仕事、断ってくるかもしれないと思ったんでしょ」

「まさかそこまでは……」

悠子は軽く笑い声をあげた。「偶然よ、摂ちゃん。そういうことって、なさそうでいて、案外、よくあることじゃない。気をつかってくれて嬉しいけど、もう私は元気になったんだもの。大丈夫」

そうだったわね、と摂子が言い、ごめん、ともう一度、あやまった。受話器の奥から摂子の深い吐息が伝わってきて、それは冷たいすきま風のように悠子の耳を充たした。

3

かつて兵藤英二郎が別荘滞在中に、夏の間だけ診療にあたっていた頃、兵藤内科診療所の診察時間は午前九時半から十一時半までの二時間しかなかった。しかも英二郎の都合で、ゴルフやテニス、乗馬などの予定が入れば、ドアノブに「本日都合により休診します」の札が下げられた。

そのためもあってか、地元の評判は必ずしもよかったとは言えない。英二郎の患者の九割は、軽井沢に別荘を所有している東京の人間ばかりであった。

英二郎から診療所を任される形になった義彦は、年間を通して診療にあたる態勢に切り換えた。診療時間は午前十時から十二時までと、午後三時から五時までの計四時間。休診日は日曜祭日だけで、急患が出た場合は時間外診療も受け付けた。

問題のありそうな患者には近隣の総合病院に行って検査を受けることを勧め、必要とあれば紹介状も書く。大病を患《わずら》って退院してきた患者に対する、きめ細かなアフターケアも忘れない。長期治療の必要な慢性病患者はもちろんのこと、ちょっとした風邪《かぜ》で薬欲しさにやって来る患者も義彦は分けへだてなく応対した。

中には明らかに義彦の容貌に惹《ひ》かれて、その必要もないのに通いつめているとおぼしき着飾った女性患者もおり、また、退屈な世間話を長々と診察室で喋っていく老婆もいた。誰に対しても、義彦が態度を変えることはなかった。余計なことは喋らず、時折、ぴくりと唇の端を歪《ゆが》めるようにして微笑み返す以外、患者に対して笑いかけることもなかったが、悠子の見る限り、兵藤義彦は医師として、地元の暮らしの中にうまく溶けこんでいる様子だった。

かつて摂子がそうだったように、悠子にもまた、兵藤義彦名義の軽四輪の乗用車が貸し与えられた。

軽井沢では通勤はもちろんのこと、生活全般の交通手段は車に頼らざるを得ない。ほぼ四年ぶりにハンドルを握り、ふと邦夫のことが頭をよぎったが、感傷的になっている余裕はなかった。それほど悠子の運転感覚は鈍りきっており、しばらくは診療所の行き帰りに神経を使いすぎて、頭痛が始まるほどであった。

冬の凍結路の運転は充分注意するように、と義彦からは言われていたが、だからといって義彦が運転のコツを教えてくれるわけではなかった。それどころか、義彦はめったに悠子と私語を交わさなかった。義彦が悠子に話しかけるのは、診療の前後と悠子が帰宅する直前のほんのわずかな時間だけであり、新しい暮らしに慣れたのかどうかすら、彼が悠子に問うたことはなかった。

食料品の買物はどこですればいいのか、銀行や役場はどこにあるのか、ドライクリーニング店はどこなのか……そうした、生活のこまごまとしたことはあらかじめ摂子から聞いて知ってはいた。だが、めまぐるしく変わる天候の話、庭にやって来る野鳥の話、離山《はなれやま》に生息していると噂《うわさ》されている熊の話など、地元民ならではの情報を逐一、悠子に教えてくれたのは、診療所に通いで来ている土屋春江という家政婦だった。

還暦をほんの少し過ぎたばかり、と自称する春江は、色白で余分な肉のない、しぼみかけた餅《もち》を連想させる小柄な女だった。

春江は毎朝、八時半にやって来て、割烹着《かっぽうぎ》姿で診察室と待合室の掃除をし、義彦を起こして簡単な朝食を作り、彼が食事をしている間に手早く彼の居住空間の掃除をする。診療が始まると一旦引き上げ、買物などの雑用を済ませて昼休みにまたやって来る。冷蔵庫の中の足りないものを補充し、温めるだけで食べられそうなものを手早く作っては、冷凍庫に保管する。

だが、義彦が春江の作った昼食を口にすることはめったになかった。午前の診療が終わると、彼はふらりと車でどこかに出かけて行く。昼食をとる他に何をしてくるのか、戻って来るのは午後の診察が始まる三時ぎりぎりである。

表にジープの音がしたと思うと、義彦が小走りに駆けこんできて、すでに待合室で待っている患者たちに一言、申し訳ない、と頭を下げるなり、診察室に入って行く。悠子に脱いだコートを手渡し、彼は慌ただしく手を洗って白衣をまとう。

長い間、漫然と外を歩きまわっていたことを物語るかのように、手渡されたコートは冷えきっている。そして、そこからはいつも、かすかに甘い冬の匂いが立ちのぼっていて、悠子は我知らず、その匂いを嗅ぐたびに義彦という男の底知れない孤独を思った。

悠子はたまに手製の弁当を用意して行くこともあったが、ふだんの昼食は途中のパン屋で買って来たサンドウイッチと牛乳ですませることが多かった。

まだ若いのに、そんな粗末な食事じゃ身体がもたない、と春江は呆《あき》れ顔をし、頼みもしないのに鮭《しゃけ》入りのおにぎりを握ってくれたり、蕎麦《そば》を茹《ゆ》でてくれたり、家から持って来たという手製の煮物を出してくれたりした。

まったくあの先生は気がきかない、引っ越して来たばかりでさっぱり町のことがわからないんだから、高森さんのこと、少しは食事に誘い出してくれてもよさそうなもんなのに、などと文句を言いつつ、春江は性分なのか、人の世話をするのが楽しくて仕方がない、といった様子である。

悠子のためにお茶をいれ、果物をむき、義彦のダイニングテーブルに駄菓子など並べながら、春江は喋り始める。大半が一緒に住んでいる自分の家族、嫁、孫の話であり、悠子の知らない地元の人たちの、愚にもつかない噂話がそれに続いた。

合間に春江は窓の外を眺め、ごらん、庭にカケスが来てるよ、と指をさす。悠子がその、見たこともなかった美しい青い鳥に魅せられていると、春江は再び音をたてておお茶をすすりながら、孫が初めて「ばあば」と自分を呼んでくれた時に涙が出た、という話の続きを始める。

目をうるませてそう語ったと思うそばから、春江は表情を一変させ、どこそこのご亭主は小諸のスナックに愛人をもっていて、赤ん坊を孕《はら》ませたらしい、などと言い出す。暮れに奥さんが風邪薬を大量に飲んで、具合が悪くなってここに運ばれてきたんだけどね、あれは自殺未遂だったんじゃないか、ってみんなで噂してるのよ、だってねえ、風邪薬なんか、そんなに一度にたくさん飲まないわよねえ、と声をひそめては、テーブルの上に身を乗り出してくる。

小うるさく退屈な、悠子にとってはどうでもいい雑音のようでありながら、結局、春江のお喋りは、慣れぬ土地で暮らし始めたばかりの彼女の役に立ち、同時に彼女の孤独を癒《いや》した。悠子は春江を通して、街を知り、風土を知り、そしてわずかながら、兵藤義彦に関することを知った。

二月に入って二週目の土曜日、午前の診療の最後の患者が帰って行った十二時過ぎになって、兵藤英二郎が見知らぬ女を同伴し、ふらりと診療所に姿を現した。英二郎が待合室で義彦と立ち話をしている間、春江は忍び足で調剤室に入って来た。

「あの女の人、大《おお》先生の愛人よ」と春江は面白そうに囁《ささや》いた。「さあてね、何人目の愛人だったかしらね。大先生がここで夏の診療をしてた時から、私は連れてくる女の人を見てきたからね。三人目か四人目だったと思うわよ。そりゃあもう、お盛んなんだから」

義彦の生みの母親である前妻と死別し、事実上、英二郎は独身だった。ならば愛人という呼び名はふさわしくないのではないか、と悠子は思ったが、春江の言わんとしていることは理解できた。英二郎の連れの女は、英二郎に寄り添い、尽くし、その代償に何か大きな褒美《ほうび》を与えられることを待ち焦がれているかのように見え、それは恋人というよりは、むしろ愛人そのものであった。

呼ばれて待合室まで出て行った悠子に向かって、女は名刺を差し出した。口頭で名を名乗るよりも名刺を見てもらったほうが手っとり早い、と言わんばかりの素っ気なさが感じられた。

土方聡美《ひじかたさとみ》という名前の他に、連絡先が印刷されてあるだけで、薄紫色の薄い名刺には何の肩書もなかった。

「彼女は身内のようなものだよ」と英二郎は、ちらりと聡美を見つめながら言った。口調には少しも弁解がましさがなかった。本当の身内を人に紹介する時の、照れを伴った謙遜《けんそん》だけが感じとれた。

四十がらみの、美しいがおそろしく痩せた女だった。まるで骨格標本に服を着せたように見える。背中まで長く髪の毛を伸ばし、無造作に下げた前髪の隙間から大きな目が覗いている。年齢のわりに小じわは少なかったが、代わりに顔の上半分にそばかすが浮いていて、そのせいか、肌を日に焼きすぎて疲労感を訴える少女のように、仕草のすべてがけだるく見えた。

「よろしく」と聡美は低くかすれた声で言い、脱いだシルバーフォックスの毛皮のコートを手にかけたまま、悠子に向かって笑いかけた。

端整な顔だちとは裏腹に、聡美の歯並びは悪かった。前歯の中央が、小さく丸く透いており、おまけにいくらか反《そ》っ歯《ぱ》である。

口紅の下の、厚い唇をぽかりと半開きにしたまま、聡美は飼い主の命令を待つ飼い犬のような顔をして、英二郎を見上げた。だがその時、英二郎は目を細め、他の誰でもない、悠子を見ていた。

「どうかね」と英二郎が張り切った声で聞いた。「少しは慣れたかな」

「おかげさまで」と悠子は言い、軽く礼をした。「静かな環境で気持ちよく仕事させていただいてます」

「思っていた通りだ。そうやってきみがこのむさくるしい診療所に立っていると、氷の国に春が訪れたみたいに見える」

自分の中にこびりついているはずの翳りが、どうしてこの人には見えないのだろう、と悠子は思った。見えないのではなく、女を前にしてこの初老の男が歯の浮くような世辞を繰り返すのは、単にこの男の習性なのか。

目の奥に、好色さを思わせる光が宿った。英二郎は覚えのある、喉の奥からこみあげてくるような低い笑い声をもらし、あたかも同意を求めるかのように義彦のほうを見た。だが、義彦は表情を変えなかった。

仕立てのよさそうなライトグレーのオーバーコートの前ボタンをはずし、英二郎はぐるりとあたりを見回して、待合室の椅子に腰をおろした。

珍しく暖かな午後だった。冬の陽射しが長く待合室に射しこんでいた。

ストーブの傍に、患者が忘れていったのか、四角く折り畳まれた花柄模様のガーゼのハンカチーフが落ちているのが見えた。悠子はそれを拾い上げようとして英二郎に近づき、腰を屈めた。

つまずいたわけでもなく、バランスをくずしたわけでもない。だが英二郎は、いとも自然な、紳士的な仕草でそっと悠子の二の腕を取り、「危ないよ」と囁いた。

咄嗟に口をついて出てきたのは、「すみません」という言葉だった。悠子はハンカチーフを拾ってから、即座にその場を離れた。

「コーヒーでもお淹《い》れいたしましょうか」調剤室から出て来た春江が声をかけてきた。「それとも何か軽いお食事でも……」

「いや、いい」と英二郎はカーフの黒革の手袋を脱ぎ、小さく伸びをした。「高森君の様子を見に来ただけだ。すぐに東京に引き返す。今夜はちょっと、帝国ホテルで会食があるんでね」

「わざわざ？」と義彦が聞いた。微笑んではいたが、口調には刺があった。「わざわざそれだけのためにここに？」

「それだけというわけでもないがね」英二郎は脱いだ手袋を聡美に向かって差し出した。聡美はそれを受け取り、丁寧《ていねい》に畳んだ後で、さもいとおしげにそっと両手でくるみこんだ。

だが、英二郎は聡美のほうは見ていなかった。「実はゆうべ、別所《べっしょ》温泉で医師会連中の会合があったんだよ。宴会に出て、聡美と二人で温泉に泊まってね。今日はその帰りだ」

「忙しいんですね」

「相変わらずさ。おまえのほうはどうだ」

義彦は立ったまま煙草をくわえ、ライターで火をつけた。「見ての通りですよ。大して忙しくはありません」

「今夜の予定がなかったら、高森君も誘って四人でどこかで夕食でも、と思ってたんだが、残念だな。またの機会にしよう。三月になったら一度、別荘に来るつもりでいるから、その時までお預けだ」

義彦はそれに、わずかに笑みとおぼしき表情を浮かべて応じただけだった。

聡美が悠子を見て、何の意味があるのか、微笑みかけてきた。透いた前歯が覗き、聡美の顔から知性が失せ、隠しても隠しようのない品のなさだけが残された。

形ばかり悠子も微笑み返したが、聡美は悠子の笑みを受け取らなかった。ぼんやりと視線を英二郎に移すなり、毛むくじゃらの子犬でも抱くようにしてフォックスのコートを自分の胸に押しつけ、聡美は退屈そうに小さくあくびをした。

英二郎と聡美が出て行ってからまもなく、春江もまた帰って行き、診療所には悠子と義彦だけが残された。

悠子が調剤室に戻り、やり残していた仕事にとりかかった時だった。診察室に通じるドアが開き、義彦が入って来た。

「ちょっといいかな」

義彦は白衣を脱ぎ、リブ編みの灰色のセーター、ジーンズ姿になっていた。悠子は自分が着ていた白衣の、中央の前ボタンが取れかかっているのを気にしながら、はい、と応えた。

「こんなことはあなたに何の関係もないことだとは思うけど、ここで働いている限り、疑問に思うはずだから、一応教えておこうと思って」

「何でしょうか」

義彦はドア枠に片手をかけて身体を支えるようにしながら、もう片方の手をズボンのポケットに突っ込んだ。自嘲的な笑みが浮かんだ。「さっき来た土方聡美って女のことだよ。彼女はね、親父の身内でもなんでもない。情婦なんだ」

初めて聞いたようなふりを装った。悠子は「そうですか」とだけ言った。

「児島さんからすでに聞いていたかもしれないけどね」

「いえ、知りませんでした」

本当だった。摂子から聡美についての話は聞いていなかった。もともと摂子と英二郎の接点はほとんどなく、会ったのも一、二度だけだったと聞いている。摂子は聡美の存在を知らずにいたに違いない。

「実のおふくろは僕が医学生だったころに死んでね。以来、親父はずっとあんなふうに情婦を囲って生きている。しかも何度も取り替えて」そこまで言うと、義彦は、ははっ、と面白くなさそうに笑った。「他人の家庭のくだらない事情で申し訳ない。知りたくもないだろうし、僕もあえて教えたいとは思わないけど、こうして彼らが来てしまった以上、あなたが妙に思うかもしれないと思ってね。どうせ後で春江さんがあることないこと、あなたに吹き込むんだろうとは思うけど、とりあえずは僕の口から教えておきたかった。それだけだ」

はい、と悠子は言い、軽く微笑み返した。「教えてくださって、ありがとうございました」

「礼を言われたりすると、こっちが困る。聞き流してくれればいい」

「ご安心ください。私は、先生のご家庭の事情に立ち入るつもりはありませんから」

それどころか、そんなことに興味関心はないのだ、と言いかけて、さすがに悠子はその言葉を飲みこんだ。義彦に冷淡な人間だと思われるのはいやだった。

義彦はうなずいた。冷たくも暖かくもない、乾いた視線がいっとき悠子に絡みついた。だが、それだけだった。義彦は人さし指で鼻の下をこすると、「後をよろしく」と言い、ドアを閉めた。

窓のない狭苦しい調剤室の蛍光灯の明かりの下、まるで待っていたかのように、悠子の白衣のボタンが取れて床に転がり落ちた。ボタンはくるくる回りながら調剤台の下のほうに転がっていった。

大きく膝《ひざ》を曲げ、腰を屈めてそれを拾いながら、悠子はつい今しがた、ストーブの傍で英二郎に触れられたことを思い出した。何故そんなことを思い出すのかわからなかった。触れられて驚いたことは確かだが、とりたてて不愉快さは感じなかった。かといって、むろん、嬉しかったわけでもない。それは何か柔らかな家具に腕が触れたのと同じ、どこか無機質な感覚でしかなかった。

だが、どういうわけか、その感覚は悠子に説明のつかない仄暗い、不吉な運命のうねりのようなものを予感させた。不吉でありながら、それは同時に不思議な甘美さを伴ってもいる。

ボタンを掌の中にくるみこみながら、悠子はおびえたようにそっとドアのほうを盗み見た。ドアの向こうの診察室にすでに兵藤義彦医師の気配はなく、待合室から庭に出て行ったらしい義彦の、凍土を踏みしめるかすかな足音だけが聞こえてきた。

4

その年の二月の天候は定まらなかった。雪が降ったりやんだりを繰り返していたかと思うと、快晴に恵まれ、安心したのも束の間、また低い灰色の雪雲がたれこめてくる。ひとたび花舞いを思わせる雪が降り始めれば、それはなかなかやまずに、朝に夕に、しずしずと飽くことなく降り続けるのだった。

軽井沢での暮らしは、始まった途端、不思議なほど早く悠子になじんでいった。なじもうと努力したからではなかった。自分は水になったのだ、と悠子は思った。自在に姿を変え、器の形に合わせて、中におとなしく収まってしまう水のごとく、自分はどこでどんな暮らしを始めても、似たようななじみ方をする人間になったのかもしれない、と。

休日を除き、起きるのは毎朝七時半。九時過ぎには診療所に行き、春江を手伝って待合室や診察室の掃除を始めている。患者の数が少ない日でも、薬だけ取りに来る慢性病患者のための調剤など、昼の間はさすがに仕事に追われる。それでも、厄介な患者が駆け込んでこない限り、午後の診療は定時に終わった。

日暮れて凍りついた街を注意して運転し、帰りがけにスーパーマーケットに立ち寄って夕食の買物をする。旧軽井沢まで行けば、老舗《しにせ》のホテルが何軒かある。女一人で入っても気兼ねなく食事ができるレストランの話は摂子から聞いて知ってはいた。

だが診療所からの帰り、一人、冬ざれた街に出て行く気にはなれなかった。悠子はまっすぐ部屋に戻り、買ってきた材料で簡単な食事を作って、炬燵《こたつ》にあたりながら、それを食べた。

食べ終え、食器を洗って元あったところに戻してしまうと、他にすることはなくなった。新聞を読み、見るともなしにテレビを見、時には本を読んだ。

死んだ邦夫は読書家だった。理科系の文学青年……自分のことをそう呼んで笑っていたこともある。

東京を引き払う時、邦夫が残した蔵書のほとんどは整理してしまったが、とりわけ彼が高校の頃から愛読していたという数冊は、捨てきれずに持ってきた。その中に、トーマス・マンの『トニオ・クレーゲル』があった。

内容は全部知り尽くしていた。面白いのか退屈なのか、よくわからない。観念的で難解な内容だとも思う。邦夫が何故、その小説が好きなのか、聞いたこともなければ、さしたる興味もなかった。

なのに『トニオ・クレーゲル』は悠子を捉《とら》えて放さなかった。暗記してしまうほど読み返しているのだが、気がつくと、悠子はまた同じページに目を落とし、邦夫が傍線を引いた文章を見つめている。

〃さあ、やっと結論です、リザヴェータさん。よく聞いてくださいよ、私はこの人生を愛します。これは一つの告白です。この告白をお受取りになって、しまっておいてください。まだ誰にもしたことのない告白です。〃

赤いボールペンを使い、中でも「私はこの人生を愛します」という部分には二重の線が引かれてあった。

邦夫は何を思って、その部分に傍線を引いたのか。私はこの人生を愛します……単純な宣言のようなその文章を読み返しては、悠子は唇を震わせ、涙ぐむ。

凡庸《ぼんよう》だが、力強い、意志そのものといった美しい言葉が、かつて確かに、邦夫のみならず悠子自身のものになっていた時代があった。だが、今はもう、二度とその言葉が自分に戻ることはない。

以前のように打ちひしがれてはいなかった。かろうじて悲しみを乗り越え、元気を取り戻してはいる。だが日常生活を滞りなく送ることと、人生を愛し続ける、ということとは意味が違うような気もする。

二度と人生を愛することはできそうになかった。できることがあるとすれば、昨日と同じ今日を過ごし、今日と同じ明日を過ごすこと、それだけだった。たとえ人生など愛さずとも、生きていくだけならば、人はどんな人生をも生き抜くことができる。

そう考えて、『トニオ・クレーゲル』を閉じる。そしてそのまま、冬の底知れない静寂の中にじっとしていると、悠子は時折、孤独の深さに声をあげ、身悶《みもだ》えしそうになるのだった。

たまに東京の摂子や、横浜で兄夫婦と共に暮らしている母親、薬学部時代の友人から電話がかかってきた。だがそれも週に二度あれば多いほうで、悠子の部屋の電話が鳴ることはめったになかった。

誰かと電話で話したい、と思うことがないでもなかったが、いざとなると誰と話したいのかわからなかった。アドレス帳を開き、「ア」行から順番にページを繰っていっても、最後の「ワ」行に至ってなお、話したいと思う相手が見つからない。

結局、電話をかけるのはやめてしまうのだが、そんな夜に限って、幸福な睡魔はなかなか訪れなかった。仕方なく観るともなしにテレビを観、カセットデッキで好きな音楽を聴いたりし始めるのだが、外の闇が濃くなるにつれて、何を観ているのか、何を聴いているのか、わからなくなる。

意識だけが覚醒し、にもかかわらず気だるさが増して、眠っているのか、起きているのかすら定かではなくなる。そんな中、悠子は時々、ぼんやりと兵藤義彦のことを考えた。

独身の大人の男が遊べる場所の少ないこの街で、義彦は何をして夜を過ごしているのだろうか。彼の容貌、彼の持っている雰囲気が女を惹《ひ》きつけずにはおかないだろうということは悠子にもわかっていた。だとすると、彼を追い、彼を求め、すがってくるような女が、この小さな街に一人や二人いてもおかしくはない。眠れぬ夜など、彼はそんな女の部屋を訪れているのだろうか。あるいはまた、そんな女が夜ふけて彼の部屋を訪れているのだろうか。

とりたてて私語を交わさずにいながら、悠子は義彦と、昼の間、すべての時間を共有しているに等しかった。

患者が来るたびに、診察室との間にある薄いドアを開け、悠子は彼にカルテを手渡す。診察が済むとまたカルテを受け取るために彼の傍に行く。彼あてにかかってきた電話の伝言を受けては、診察の切れ目を見て彼にその旨、告げに行く。患者以外の来客があった時も同様である。

いかなる時でも、彼はめったに悠子と目を合わせようとしない。悠子もまた同じである。連れ添って何十年もたった夫婦のように、二人は決められた習慣通りに動き、習慣通りの会話を交わすだけである。

診察中も、薄いドア一枚を隔てて、悠子は義彦が患者とやりとりする言葉、その気配の一部始終を耳にし続けた。血圧計のポンプを動かして空気を送る音、空気が逃げ去る音、患者の血圧を告げる義彦の、抑揚のない乾いた声、聴診器をデスクに置く音、彼の咳払い、ドクターチェアを床にすべらせる時の、がらごろというキャスターの音、白衣のたてる衣《きぬ》ずれの音……。

義彦は悠子のすぐ傍にいた。近すぎると思われるほど傍にいながら、何ひとつ悠子は彼のことを知らずにいた。思いがけず想像力が刺激されてしまうのも、これほど身近にいながら、あまりに彼のことを知らずにいるせいだろう、と悠子は思った。

妻を事故で亡くした、という話をいつか彼自身の口から聞いてみたくもあった。似すぎている境遇というのが、辛くもあり、また、無言のうちに共犯関係を作っているような気がして、奇妙な連帯感も覚えた。

彼にだけはいつか、死んだ夫の話、失った結婚生活のエピソードを話してもいいような気がした。今のままの、どこかそっけない関わり方が続く限り、そんな時が来るとはとても思えなかったが、一方で、義彦とは今後、ゆるやかに近づき合うことができるような気がすることもあった。不思議だった。

一日が終わると、悠子は帰りぎわ、お先に失礼します、と声をかける。義彦はたいてい診察室にいて、ご苦労さま、と応じる。「気をつけて。スピードを出さないようにね」時に短い天候の話がそれに混じる。「降り出しそうだよ、寒くなるね」「じきに雪もやむだろう、星が見える」……。

悠子は笑顔を作ってうなずく。義彦は玄関先まで見送ってくれるが、決して外には出て来ない。事務的な、そっけない挨拶を交わし、悠子は一人、駐車場まで行き、車のドアを開け、運転席に座る。

冷えきったエンジンを温めるため、しばらくの間、運転席に座ったままアイドリングを続ける。ひどく寒いので、温風ヒーターを最強にする。

ごうごうというヒーターの音が響きわたる。ふと見ると、診療所の診察室の明かりの中、窓の向こうに人影が映る。診察室にいる義彦の影である。

今夜、あの人はどうするのだろう、と悠子は思う。食事はどこでとるのだろう。どこかに飲みに行くのか。あるいは自宅で、春江の作ったものをつまみながら、一人で飲み始めるのだろうか。そして自分と寸分の違いもない、寂しい夜を過ごすのだろうか。

悠子が診療所を出る頃、すでにあたりは闇に包まれており、晴れた日にはカラマツの木々の梢から、瞬《またた》く星が覗いて見えた。それは、かつて見たこともないほどちかちかと冷たく輝き、底知れない宇宙の孤独を連想させた。

冬ざれた街にふさわしくない、都会的な装いの美しい女が診療所に現れたのは、二月最後の金曜日だった。

午後の診療が終わりかけ、待合室にいた最後の患者が診察室に入ったばかりの時である。玄関を上がり、スリッパをはいた女は、微笑みを浮かべながらまっすぐ調剤室の窓口に向かって歩いて来た。

黒革のダブルのショートコートを着て、首に真紅のマフラーを形よく巻いている。軽く結い上げてシニヨンにまとめた髪の毛は、染めているのか、明るい栗色に見える。髪の毛ばかりではない、あたりの空気を華やかに染めあげるかと思われるほど、その表情は明るく、とりわけ輝くような白い肌が眩しかった。

年齢はわからなかった。英二郎が連れて来た聡美と同じ年代にも見えるし、自分とさほど変わらないようにも見えた。

「はじめまして」と女は笑みをくずさずに言った。「軽井沢病院の医師で、篠原《しのはら》と申します。患者さんはあと一人かしら？　兵藤先生にご報告したいことがあるの。ここで待たせていただいてもいいですね」

どうぞ、と悠子は言った。

軽井沢町唯一の総合病院である町立軽井沢病院は、国道18号線沿いにある。ベッド数六十で、規模としては小さいが、ほとんどの診療科目と医療設備が整っていた。兵藤内科診療所で手に負えない患者は、ひとまず軽井沢病院に回されることが多い。そのため、以前から双方の間に行き来はある様子だった。

篠原と名乗った女医は、もう一度優雅に悠子に微笑みかけると、スリッパの音も高く待合室まで行った。

コートを脱ぎ、マフラーをはずす、その手つきも優雅である。黒い千鳥格子のパンツスーツ姿になった女は、椅子に腰をおろす様子もなく、楽しげにガラス戸の向こうの庭を覗きこんだり、古い掛け時計を興味深げに眺めたりし始めた。

世界に向かって誇らしげに胸を張ってでもいるかのように、姿勢のいい女だった。そのせいで、肩の線と腰のあたりはほっそりとしているのに、乳房のふくらみが目立つ。

小雪がちらつき始めた外はまもなく暮れようとしていた。女の立ち姿はガラスに映し出され、それはなおのこと、美しく洗練されて見えた。

膀胱炎《ぼうこうえん》がなかなか治らない、と言ってやって来た六十過ぎの女性患者が診察室から出て来た。入れ代わりに悠子が診察室に入り、先生、お客様がお待ちです、と告げた。

「誰？」

「軽井沢病院の篠原先生とおっしゃる……」

義彦は無表情にうなずいた。患者のカルテを記入する手は止まらなかった。「外科の先生だよ。虫垂炎の患者をまわして手術してもらった」

ああ、と悠子はうなずいた。
二、三日前、烈しい腹痛を訴える若い男性患者が妻に付き添われてやって来た。義彦は急性虫垂炎と診断し、悠子に軽井沢病院に連絡するよう命じた。その時、軽井沢病院の外科医で、篠原という名があがったことを悠子は思い出した。
膀胱炎の患者のカルテを受け取り、悠子は調剤室に戻った。調合した薬を受け取って患者が帰って行くと、それを待っていたかのようにして義彦が落ちついた足取りで待合室に出て行った。

女医の篠原は「お久しぶり、先生」と言った。「同じ町に住んでいるのに、なかなかお目にかかれませんね」

よかったら座ってください、と義彦は言い、篠原に椅子に座るよう勧めた。相手に断りを入れてから、煙草をくわえ、火をつけた。

その一部始終を女医はからかうような目で見つめ、「お医者様のくせに、相変わらずヘビースモーカー」と言って笑った。「一日、何本お吸いになるの」

「さあ、二箱くらいかな」

「多すぎますね。そのくせ、患者さんには禁煙を命じてらっしゃるんでしょう?」

「命じてなんかいませんよ。吸いたければ吸えばいい。僕はそういう主義ですから」

「そういう姿勢が患者さんの人気を呼ぶんでしょうね。私は煙草が吸えないものだから、禁煙の辛さを知らなくて。手術の後で一服したい、なんて言いだす患者がいると、時々、本気でむかっ腹が立つんです。篠原先生は怖い、ってよく言われるわ」

義彦はわずかに頬をゆるめて微笑んでみせた。「怖いどころか、篠原先生は軽井沢病院のマドンナだったはずでしょう」

ご冗談を、と篠原は言い、身体をよじるようにしてあらぬ彼方《かなた》を見つめると、ふいに思い出したかのようにまじめな顔つきをした。

「今日はちょっと、こちらのほうに来る用事がありましたので、ご報告にあがったんです。

先日の虫垂炎の患者さんの件なんですが」

「何か問題が？」

「何もありません。あと数時間遅かったら、非常に厄介なことになってたはずですけど。兵藤先生が迅速な手配をしてくださったので、おかげさまで無事に手術も終わりましてね。すっかり元気です」

義彦は煙を吐き出し、舌先に煙草の葉がついたのか、指先でつまみ出す仕草をした。「それはよかった」

篠原は弾かれたようにうなずいた。照れたような笑みが、そのふっくらとした、つややかな白い頰をほのかに染めた。「あの……それでその患者さんの奥様とご家族が、私のところに昨日いらっしゃいましてね。患者さんが退院したら、私と兵藤先生にお礼をしたいとおっしゃるの」

「その必要はないでしょう」義彦はそう言い、煙草をくわえたまま、うっとうしそうに白衣の前ボタンをはずした。「僕もあなたも、医師としてやるべきことをやった。それだけですから」

「もちろんそうです。私もそのように申し上げたんですけどね、きちんとした夕食会を開きたい、っておっしゃって、断ったりしたらその場で泣きだしそうな勢いだったんです。ホテルのレストランを予約したいから、都合のいい日を教えてほしい、って。そうまで熱心に言われて断るのも気がひけるし、まあ、私も兵藤先生とゆっくりお食事できるんだったらいいかと……」

最後まで聞かず、つと義彦は立ち上がった。白衣の裾が乱れ、あおられたように揺らいだ。「せっかくですが、僕に都合のいい日はありませんよ。篠原先生が行きたければいらっしゃればいいじゃないですか」

篠原は虚を衝かれたように彼を見上げた。

「私は別に……」

かすかに険悪な雰囲気が漂ったが、それも束の間のことだった。義彦が篠原を正面から見つめ、柔らかく微笑みかけると、美しい女医は軽く肩で息をして、すねたように彼を見上げた。

「悪く思わないでください」義彦が低い声で言った。

「いえ、いいんです。こちらのほうこそ、無理強《じ》いしてすみません」

篠原の顔に笑みが戻った。彼女は椅子から立ち上がり、コートを手にした。

「今日はお車でいらしたんですか」

「ええ」

「日が落ちると道が凍りますからね。気をつけて。あ、そうそう。新しく来た薬剤師を紹介しておきましょう。児島さんの後に来た人です」

呼ばれて悠子は調剤室から出た。名前を紹介され、女医と形ばかり改まった挨拶を交わした。

児島摂子と学生時代の友人同士であったことを教えると、篠原は、まあ、そうでしたの、と愛想よくうなずいた。だが、それだけだった。他に話すことは何もなかった。

篠原は「それじゃ私はこれで」と言い、コートを着て玄関に立った。首を大きく回して子供のように勢いよく赤いマフラーを巻くと、篠原は義彦を見上げ、寂しげに微笑みかけた。その微笑みは無垢《むく》なもので、悠子の目にその時の女医は、外科医でも何でもない、年端《としは》のいかぬ、ただの小娘のように見えた。

「つまらない話でお邪魔しちゃってごめんなさい。そのうちまた、ゆっくりお目にかかればいいと思ってます」

是非、と義彦は言った。だが、そこに誠意、親しみ、真心といったものは片鱗も感じられなかった。

篠原がドアを開け、外に片足を踏み出した途端、彼は見送るのもそこそこに、玄関に背を向けて診察室に入って行った。

凍土を蹴散《けち》らすようにして遠ざかっていくタイヤの音が聞こえなくなると、悠子は診察室をノックし、中に入った。義彦は白衣を脱ぎ、デスクに向かって引出しの中をあらためているところだった。

「ちっとも知りませんでした」悠子は簡易ベッドの上の毛布を畳みながら言った。「軽井沢病院には、あんなに美人の外科の先生がいらしたんですね」

「去年だったか、軽井沢病院に赴任してきた人だよ。町でも評判の美人女医だ。すぐにマドンナっていうニックネームがつけられて、男の患者が増えたらしい。必要のない手術をあの先生に頼む人もいてね」

「独身、ですか？」

義彦は振り向きざま、いたずらっぽい笑顔を作った。「どうしてあなたがそんなことを気にするの。競争心？」

「まさか。競争心だなんて、そんな……」

悠子は顔が赤らむのを覚えた。言われた言葉に対してではない。義彦が初めて見せた親しげな表情、親しみのこもった言葉が、悠子の気持ちを思いがけず大きく揺さぶったのだった。

悠子は早口で言った。「ご冗談はやめてください。私なんかと比べものにならないくらい、きれいな方ですのに」

義彦は笑顔のまま「彼女は亭主持ちだよ」と言った。「ご亭主は東京の病院で、同じ外科医をやってる。単身赴任でここに来てるんだ。金曜の夜になると東京に帰ってね。日曜の夜にまた戻って来る。きれいなだけじゃなくて、元気な人だ。腕のほうも信用できる」

悠子はうなずいた。うちとけた雰囲気が悠子の口数を増やした。

「先生は冷たいんですね」

「どうして」

「せっかくあんなにきれいな方が誘ってくださってるのに、断ったりなさって。心底、残念そうな顔をしてらっしゃいましたよ。見ていて少し、お気の毒でした」

照れを含んだ笑い声が返ってくるものとばかり思っていた。頭をかき、少し顔を赤らめて。それまで以上の、屈託のない笑顔を見せて。

だが、返ってきたのは、とりつく島のない言葉だけだった。

「誘ってきた相手がどんなに美人であろうと」と彼は書類の束を手にしたまま言った。ふいに顔から笑みが消え、普段の兵藤義彦にふさわしい、冷たさを含んだ視線が悠子を射た。

「僕は仕事以外で、誰とも関わりたくないんだ」

5

診療所の待合室から義彦個人の住居スペースに入ったところには、短い廊下がついており、廊下の片隅は小さな納戸《なんど》コーナーになっていた。納戸には扉がついていなかったので、行き来する際、中に入っているものがよく見えた。

使わなくなったがらくたのような家具、薬品が入っていた空の段ボール箱、汚れたポリタンク、泥がこびりついたままの長靴、そして、使いこんだスキー板とストックが二組、スケート靴の古いものと新しいものが一足ずつ……。

義彦はテニスもゴルフもやらなかった。スキー、スケート、乗馬、登山……。相手を必要とするスポーツはことごとく嫌い、彼は一人で汗を流すことを愛した。

事実、時間さえあれば診療所の外に出て行って、身体を動かしている様子であった。昼休みの間にも、彼はスケート靴を肩にかけ、ひと滑りしてくるよ、と言って出かけて行く。かと思えば、ジープを駆って千ケ滝遊歩道のあたりまで行き、あたりの雪深い山道を歩いて来ることもあった。

休診日には、決まってスキーに出かけた。あるいは日がな一日、馬場で馬を相手に過ごすこともあるようだった。

それらのことを悠子は少しずつ知っていった。それはどこか、単なる楽しみとしてのスポーツではない、執念のようなものを感じさせた。あたかも肉体の中で頑なに凍りついている何かを温め、溶かそうと虚しい努力を続けているかのように。

「風にあたっていらしたんですね。お顔の色がとてもよくなったみたいです」

午後の診療時間直前になって戻って来た彼に、悠子が明るくそう話しかけることも多くなった。そのたびに義彦は、冷気に火照《ほて》った顔を見せ、自分がしてきたことを簡単に彼女に教えた。

「昼になると、ここから逃げ出したくなるだけだよ」と、或る時、義彦はまだ患者の来ない待合室で、濡れたダウンコートを脱ぎながら言った。雪のかけらがストーブの傍の床に落ち、たちまちそれは水滴を作った。その日彼は、雪に埋もれた無人の別荘地の中をもくもくと小一時間にわたって歩いてきたという。

「こんな話を知ってるかな。時として教師は生徒を憎み、人気俳優は自分のファンを憎むんだ」

「どういう意味でしょう」

「なくてはならない職業上のワンセットの関係には、必ず愛情と憎悪があるっていう意味さ。上司は部下を憎み、社長は従業員を憎み、医師は患者を憎む……」

悠子は微笑んだ。「できれば午後の診療もしたくないくらいに、ですか」

「そうだね」と義彦は言い、ちらと悠子を見てやわらかな表情を作ったが、それきり何も言わなくなった。

外では湿ったぼたん雪が降っていた。俗に言うカミ雪である。春が近づいて大陸の高気圧の勢力が弱まり、太平洋上の低気圧が北上して雪になる。関東甲信越地方では、そんな時は決まって大雪になった。

三時半になっても患者は一人もやって来なかった。春江はその日、風邪をひいて休んでいた。雪は次第に強くなり、風も出てきて、診療所の窓ガラスにブリザードのように吹きつけた。

調剤室でカルテの整理をしていた悠子の耳に、診察室にいる義彦の気配は聞き取れなかった。咳払いはおろか、ドクターチェアのキャスターががらごろと動く音もしなかった。

まもなく、立て続けに電話が鳴った。その日、診察、投薬を受けに訪れることになっていた患者からだった。無理をしてでも出かける用意をしていたのだが、あまりに雪がひどいので、日を改めたいということだった。

「先生」と悠子は診察室のドアを小さくノックし、同時にドアノブを回した。電話内容を報告するつもりだった。

ノックの音が小さすぎたのか。あるいは、ガラス戸を叩いて通りすぎる風の音にかき消されたのか。義彦に聞こえた様子はなかった。

細めに開けたドアの向こうに、義彦の後ろ姿があった。彼は窓辺に立っていた。腕組みをし、わずかに両足を開いて。

形よく伸ばされた髪の毛が、うなじのあたりにかかり、それは白衣の襟もとで小さく渦を巻いていた。ただそれだけのことなのに、思いがけず男の香気のようなものを感じ、悠子は一瞬、うろたえた。

診察室の天井の蛍光灯は奇妙に明るく、室内のあちこちに濃い影を落としていた。庭に面した窓ガラスの外は白く染まり、そこにはただ、荒れ狂う雪しか見えなかった。

義彦は家の中ではない、まさに雪嵐のただなかに立っているのではないか、と悠子は思った。彼は初めから、窓の外にいたのではないか、と。

遠近感が失われ、意識が遠のくような感じがした。つと義彦が振り返った。わずかに驚いたような表情が目の奥に宿った。

現実が戻った。悠子は咄嗟に「すみません」とあやまった。声が掠《かす》れた。「先ほど電話がありまして……」

義彦は組んでいた腕をゆっくりとほどき、おもむろに悠子に向き直った。雪の降りしきる外は奇妙に明るく、白衣を着た彼の輪郭を仄白くにじませた。

この人の邪魔をしてはならない、この人の孤独に足を踏み入れてはならない、と悠子は思った。だが、思ったそばから身動きができなくなった。義彦が自分を見つめ、その視線をはずそうとしなくなったからだった。

長い時間が過ぎたような気がした。不可解な沈黙が流れた。あたりは静まりかえっていて、降り積もる雪の音まで聞き分けられそうだった。

「……何か？」おずおずと悠子は問うた。

義彦はふっと目をそらし、静かに睫《まつげ》毛を伏せた。長く豊かな睫毛だった。彼の目の上で、蝶が羽を畳んだかのようだった。

「あなたがここに来て初めてだな」と彼は言った。「一人も患者の来ない午後は」

そうですね、と悠子は言った。言ってから、できるだけ自然に見えるように微笑んだ。

だが、義彦がその笑みを受け取った様子はなかった。まるでそこに初めから悠子などいなかったかのように、彼は無表情にデスクに向かうと、ドクターチェアに腰をおろした。

三月の彼岸《ひがん》を過ぎた土曜日、午前の診療が終わって少したってから、診療所の電話が鳴った。土方聡美だった。

英二郎と週末を軽井沢で過ごすことにし、ひと足先に一人で来たのはいいが、うっかり別荘の鍵を持って来るのを忘れてしまった、専属の管理人が合鍵を持っているのだが、いくら電話をかけても留守で困っている、義彦が持っているのはわかっているから、これから借りに行こうと思う……そういった内容であった。

「あいにく先生はたった今、出てしまわれて」

悠子がそう言うと、聡美は「困ったわ」とつぶやいた。受話器の奥から、町の騒音がかすかに聞こえた。車で軽井沢に着き、給油所に立ち寄って、車を洗ってもらっているところだ、という。

「戻るのは何時になる?」

「午後の診療が三時からですから、それまでには必ず戻ります」

「英二郎さんは三時過ぎにはこっちに着くことになってるのよ。それまでにお風呂をわかしておいてほしい、って頼まれててね。鍵を忘れてきたなんて言ったら、怒られちゃうわ。ねえ、あなたは鍵がどこにあるか、知らないかしら」

英二郎の別荘の鍵どころか、義彦がふだん、診療所の鍵をどこに置いているのかすら、知らなかった。

悠子がそう答えると、聡美は「ああ、どうしよう」と言った。口ほどにもなく、さほど困っている様子は窺《うかが》えなかった。洗車してもらっている間、手もち無沙汰《ぶさた》になったため、時間つぶしに電話をかけてきただけのようにも思えた。

春江は待合室にいた。子供が散らかしていったビスケットの滓《かす》を掃除するため、掃除機を動かそうとしているところだった。

送話器をふさぎ、春江さん、と悠子は声をかけた。「先生は今日はどちらに?」

「さあね、私は何も聞いてなかったけどねえ」

探そうと思えば探せないわけではなかった。その日は朝から快晴で、いくらか風はあったものの、風には春のぬくもりが感じられた。そんな日、義彦が立ち寄りそうな場所は、悠子にも見当がついていた。

中軽井沢には、ホテルやレストランを備えたスケートセンターという施設がある。彼はそこに行き、軽く食事をとった後、屋外リンクで滑っているに違いなかった。

だが、そのことを聡美に説明し、スケートセンターというのがどこにあるのか、どこで車を止め、どうやって中に入ればいいのか、教えるのは億劫《おっくう》な気がした。

「よろしければ、今からこちらにいらっしゃいませんか。お待ちいただいてる間に、私が先生を探しに行ってみますから」

聡美は、悪いわね、とも、申し訳ない、とも言わなかった。十何年来の女友達を相手にしてでもいるかのように、弾んだ声で「じゃ、これから行くわね」と言うなり、電話を切ってしまった。

そしてわずか十分後、聡美はもう、診療所の義彦の居間にいて、悠子がふるまうコーヒーを前に座っていた。春江は遠慮してか、早々に帰って行った。

「まさか家探しして鍵を探すわけにもいかないわよね」

聡美はコーヒーをすすり、透いた前歯を見せながら、悠子に向かって笑いかけた。親しげな笑みだったが、悠子にはそれがどこか、思わせぶりな笑みに感じられた。

頭に虹色《にじいろ》のインド更紗《さらさ》をターバンふうに巻き、似たような柄のロングセーターに同色のパンタロンをはいている。胸には数珠《じゅず》のような黒い小さな玉のロングネックレスを下げ、切れ長の目を強調するかのように目の縁を黒く縁取っている。痩せているせいで、身体のどこを探してもふくらみのようなものは感じられない。その日の聡美は、七〇年代のファッション誌のグラビアから抜け出してきた、年齢不詳、国籍不明のモデルを思わせた。

「煙草、吸ってもいいかしら」

「どうぞ」

焦げ茶色の小型ショルダーバッグの蓋《ふた》を開け、聡美は煙草を取り出した。悠子が灰皿を差し出すと、うまそうに一服吸い、細い煙を長々とすぼめた唇から吐き出して、聡美は悠子を見つめながら、いたずらっぽい笑みを浮かべた。

「ここだけの話、あなたは前にいた薬剤師さんよりも義彦さんの好みに合うみたいね。前の人のこと、私、知らないけど、英二郎さんがそう言ってたわ。英二郎さんもあなたのことをとっても気にいってるみたい。もっとも、彼はたいてい新しく現れた女の人には興味を持つんだけど。下は十三歳から、上は八十一歳まで。これ、大げさでも何でもなく、本当の話なのよ。現に私がその場に居合わせたんだから。驚くでしょ」

悠子はあたりさわりなく笑ってみせながら、立ち上がった。「あの、ちょっと失礼して私、先生を探して来ます。心あたりがあるので」

悠子を見上げ、聡美はだるそうに言った。「いいのよ、もう」

「でも鍵が……」

「諦《あきら》めたわ。だって、義彦さんは何があっても三時までには戻ってなくちゃいけないわけでしょ？」

「ええ」

「帰って来るまで待ってるわよ。英二郎さんは鍵を持ってるんだし。後で事情を話してわかってもらうようにするから。それより私、ほんとのこと言うと、あなたと話がしたかったの。こうやってゆっくり会えて嬉しいわ」

部屋には眠たげな午後の光が満ちていて、光の中、煙草の紫煙がゆらゆらと柔らかな渦を巻いた。悠子は再び椅子に腰をおろした。

聡美はちらちらと抜け目のなさそうな視線を悠子に送り、悠子と目が合うと、透いた歯を見せながらおどけたふうを装って笑った。

「ねえ、ところで、義彦さんって、どう？　やりにくい人なんじゃない？」

悠子はコーヒーカップを手にしたまま、「全然そんなことはありません」と言った。「いい先生です」

あはは、と聡美は肩を揺すって笑った。「優等生ね。無理しなくたっていいのに。私は英二郎さんの妻じゃないんだから。好きなこと言ってかまわないのよ。それに言っておくけど、私、これでも英二郎さんにはとっても気をつかってるの。なんでもかんでも、英二郎さんに筒抜けになるなんてこと、絶対にあり得ないわ」

悠子はコーヒーを飲み、カップをソーサーに置き、カップの縁にうっすらとついた自分の口紅の跡を指で消した。「でも、本当にそうなんです。私は自分から望んでここに来たんですし、仕事にも生活にも満足してます」

「あなた、幾つ？」

「二十八ですけど」

「若いのに、ご主人を亡くされたんですってね。英二郎さんから聞いたの。お気の毒ね。どうして？　ご病気？」

「事故です」

「交通事故？」

ええ、と悠子はうなずいた。何故、矢継ぎ早にこんなことを聞かれるのかわからなかった。

「ねえ……ところであなた、どこまで知ってるの？」聡美が身を乗り出した。噂話を始める時の春江に似た、ぎらついたような光が、その目に宿った。

「何をですか？」

「兵藤の家のことよ。ちょっと複雑な家だから、いろいろ噂を耳にしてるのかな、って思って」

「どういうことでしょう」

「義彦さんが英二郎さんの本当の息子ではない、ってこととか、英二郎さんの奥さんで、義彦さんの生みの親だった人はもう亡くなってる、とか、そういうことよ。あ、それから……」そう言って聡美はくすくす笑った。

「英二郎さんが凄《すさ》まじいドン・ファンで、この私が英二郎さんの愛人で、英二郎さんの妻の座をねらってる、ってこともね」

悠子は笑みを浮かべながら、小さく首を横に振った。「最後の件に関しては知りませんが、他のことでしたら聞いてます」

「そうよね。まあ、そのくらいのことなら、ここに来る前から知ってたでしょうね。だったら、ミフユさんのことも知ってるの？」

悠子が怪訝《けげん》な顔をすると、聡美は「やっぱりね」と言い、また笑った。「さすがにあの話は知らないはずよね。ミフユさんっていうのはね、義彦さんの奥さんよ。〝美しい冬〟と書いて美冬。きれいな名前よね。本人も名前の通り、ものすごくきれいな人だったわ。三年前に亡くなったんだけど」

ええ、と悠子はうなずいた。「知ってます」

「あらそう。誰から聞いたの？」

「児島さん……私の前にここで働いていた薬剤師です」

「どうして死んだか、聞いてる？」

「事故だった、っていう話ですけど。詳しくは知りません」

「事故で妻を亡くしただけだったら、義彦さん、いくらなんでもあんなに陰々滅々とした、気難しい人間にはならなかったわよ。美冬さんはね」と言うと、聡美は無表情に短くなった煙草を灰皿で押しつぶした。「自殺したの。首を吊って」

あっさりとした言い方だったが、それは明らかに悠子を前にして、自分が物語ろうとする話の劇的効果をねらっている口ぶりでもあった。

聡美はたっぷりと間をとってから続けた。

「東京にある兵藤の家の裏庭に古い土蔵が残っててね。美冬さん、その中で首を括《くく》ったのよ。発見したのは義彦さん。しかも行方がわからなくなってから三日後よ。夏だったものだから、臭い始めてて……わかるでしょ？　それはそれは見るに忍びない形相だったそうよ。かわいそうにね。惚《ほ》れて惚れて惚れぬいて、一緒になった人なのに」

聡美は一呼吸おいて、悠子の反応を確かめようとするかのように、上目遣いに彼女を見つめた。「もし今も美冬さんが生きてたとしたら、あなた、一目見て驚くわよ。とんでもなくいい女だったんだから。義彦さんと同い年だったから、生きてたら三十三になってるのかしら。楚々《そそ》として、そのくせ色っぽいったらなかったわ。だからね、義彦さんがあんなふうに人嫌いになって、つきあいにくい人間になったのも無理もないのよ。もしもあんなことがなかったら、義彦さんだって、軽井沢の診療所になんか、来る気にはなれなかったはずだもの。兵藤クリニックの次期院長の座は約束されてたんだし、あの人にもそれなりに野心ってもんがあったんだしね。それが美人の愛妻に自殺なんかされちゃって。気の毒に、あの人の人生、目茶苦茶になっちゃったのよ」

悠子はごくりと唾《つば》を飲みこんだ。飲みこんだものが、小さな塊になって喉の奥にひっかかるような気がした。

「それで……自殺の原因は何だったんですか」

「原因?」と聡美は聞き返した。まるでその言葉の意味が理解できない、とでも言いたげに、彼女は小首を傾《かし》げてみせると、思わせぶりに口をへの字に曲げた。「遺書は残されてなかったのよ」

「じゃあ、はっきりしないんですね」

まあね、と聡美は言った。言った途端、それとはわからないほどかすかな、嘲笑《ちようしよう》めいた笑みが彼女の唇の端ににじんだのを悠子は見逃さなかった。

聡美は大きく息を吸い、細く骨ばった指を這《は》わせて、煙草のパッケージから新たに一本、つまみ出した。「自殺なんかするような人じゃなかったのよ。おとなしくて、ちょっと何を考えてるのかわからないようなところはあったけど、でもね、義彦さんにあんなに愛されて、それに、こう言っちゃなんだけど、ふつうだったらいざこざが起こるに決まってる姑《しゆうとめ》さんもとっくの昔に死んでいなかったわけでしょ。隠し子に関しては私もよくわからないけど、英二郎さんには義彦さんの他に子供はいなくて、争わなくちゃいけない小姑《こじゆうと》なんてのもいなかったし。何ひとつ不満のない結婚生活だったはずなのよ」

児島摂子はそこまで悠子に教えなかったし、知っている様子もなかった。春江にしても同様である。

悠子は居心地の悪さを隠そうとして、コーヒーを一口すすった。コーヒーは冷めてしまっていた。

「変ですね」悠子は笑いをにじませながら聡美を見た。「どうしてそんなお話を私に……。何か理由があるんでしょうか」

「別に理由なんかないわよ」聡美は煙草を指の間にはさんだまま、笑い出した。笑い声は長く続き、それはくすくす笑いから、次第に蔑《さげす》むような哄笑《こうしょう》に変わっていった。「あなたってほんとに真面目な人なのね。いちいち理由だとか何だとかって、人の話を堅苦しく考えずにはいられないのね。そういうところ、義彦さんにそっくりよ」

笑いすぎたせいで、聡美の目尻には涙が浮かんだ。アイラインが落ちないよう、指先で器用につまむようにして涙を拭き取ると、聡美はふいに和らいだ目をして悠子を見た。「あなたと友達になりたかったの。この間ここであなたと会った時にね、なんだか波長が合うような気がしたの。だからつい……ね。でも、あなたと一回りも年の離れたおばさんに、こんなこと言われたら迷惑かしら」

押しつけがましい質問だった。いえ、全然、と答えるしかなかった。悠子は聡美に微笑みかけながら立ち上がった。「私、やっぱり先生を呼んで来ます。多分、スケートセンターに行ってるはずですから」

「わざわざそんなことしなくたっていいのよ。ほんとにもう、鍵のことは諦めたんだから。英二郎さんが来るまで待ってればいいだけのことだもの」

ええ、でも、と言い、悠子は灰皿を手に流しに行き、吸殻を捨てて洗った灰皿をまたテーブルに戻した。

義彦は下手をすると午後三時まで戻らない。今から一時間以上も聡美の相手をしなければならなくなるのが苦痛だった。

「スケートセンターはここからすぐなんです。歩いても行けますけど、車を使えば、ほんの二、三分。少し待っててください。すぐに戻ります」

「そう？　じゃ、お願いしようかな。そうそう、念のために言っておくけど、私がこんな話をあなたにしたなんてこと、誰にも言っちゃだめよ。特に義彦さんに知られたら大変。お出入り禁止になっちゃうから」

「言いません」

「ただでさえ、私、あの人に嫌われてるの。私は彼のこと大好きなんだけどねえ。私があなたくらいの年だったら、英二郎さんより義彦さんを選んでたと思うわ。それほどいとおしいと思ってるのに、気持ちがちっとも通じないの。あなたはどう？」

「どう、って？」

「義彦さん、素敵だと思うでしょ？」

「そうですね」

「でも残念ね。あの人、ここしばらくは女の人に興味を持たないわ、きっと。ショックが癒えるのはいつになることやら。あと四、五年はかかるのかもしれない」

悠子は曖昧にうなずき返し、部屋を出た。待合室の掛け時計は一時二十分をさしていた。調剤室に置いてあった黒いショートコートを手に、ふと思いたって診察室のドアを開けた。

南に向いた窓から日が射しこみ、室内はぬくぬくと汗ばむほど暖かかった。ドクターチェア、聴診器、筆記具、血圧測定器、診察用ベッド、丸椅子、壁に貼られてある十二ヵ月用の一枚貼りのカレンダー……カレンダーには東山魁夷《ひがしやまかいい》の絵が印刷されてある。

しばらくの間、悠子は部屋を見ていた。何故、そんなことをしているのか、自分でもわからなかった。

外に出て、コートに袖を通した。カラマツの木々の梢から洩《も》れこぼれる三月の光が、根雪となった雪に淡い春の影を落としていた。いくらか風はあったが、その中にはかすかに春の匂いが嗅ぎ取れた。

車のエンジンをかけながら、一旦外に出て、フロントガラスとサイドミラーの雪埃をタオルで軽く拭《ぬぐ》った。聡美が来たせいで、昼食を取りそこねていたが、さほど気にならなかった。悠子は義彦のことを考えていた。

美冬、という美しい名前ははっきりと頭の中に刻まれた。義彦の孤独、義彦の苦悩、決して癒えることがないであろう義彦の痛みが、悠子自身の中にあった空洞と密かに重なった。胸が痛んだが、同時に、それはとらえどころのない、かすかな甘美さを伴ってもいた。

国道に出る未舗装の道は、凍っていた雪が溶け始め、水びたしになっていた。泥まじりの路面には、はっきりそれとわかる、義彦のジープのタイヤ跡を見分けることができた。

中軽井沢方面に向かう国道の途中に、テニスコートが並んでいる。その脇の道を右に入り、ゆるやかな坂を下りていった右手に、広大な駐車場とホテルを持つスケートセンターがあった。

日当たりがいいせいで、駐車場には雪はなかった。晴れわたった空に、雪をいただいた浅間山がなだらかな輪郭を見せている。駐車されている車はまばらで、入口付近に見慣れた義彦の紺色のジープが停められているのはすぐにわかった。

何故、わかったのだろう、と改めて不思議に思った。彼が今日、間違いなくここに来ていると、何故自分は確信を抱いたのだろう、と。義彦のタイヤの跡は、一部分、未舗装の路面に残されていただけである。なのに何故、自分は目に見えないその轍《わだち》を辿《たど》るようにして、ここまで来てしまったのだろうか、と。

建物の中に入り、土産物コーナーやゲームコーナーを抜けて、緑色のラバー敷きの通路を進んだ。無料休憩所を通り抜けると、屋外スケートリンクに出る。美しい楕円を描く、四百メートルのリンクだった。スピードスケートの世界選手権にも利用されることがあるという。

土曜の午後ということもあり、家族連れが多かった。中学生とおぼしき地元の少年たち、ひと目で観光客とわかる若い男女の姿もあった。

だが、リンクが広いせいか、集う人々の数はまばらに見えた。くすんだ氷は空を映し、スケート靴の跡だけが、白くなめらかな線模様を描いている。気温が少し上がったせいか、氷の表面が少し溶け出して、光を映し、あたりは眩《まばゆ》いほどである。

尻餅《しりもち》をついて高らかに笑う若い娘に、連れの男が両手をさしのべている。抱き起こされた娘は、男の胸に顔を埋め、甘えるようにして笑い続ける。

転んで後ろ頭を打ち、泣き出した男の子がいる。それをあやす父親、得意気に滑り続ける少女、スケート靴を器用に立て直しながら家族にカメラを向けている母親……。

そんな中、義彦の姿があった。ふだん着のままだった。ジーンズにハイネックの黒のセーター、黒の手袋。帽子とマフラーはつけていない。さらさらとした髪の毛を風になびかせながら、いくらか前傾姿勢を取りつつ、彼は優雅にリンクの外周を回っている。

何か考えて殻に閉じこもっているのか、あるいは無心でいるのか、その目には周囲のいかなる風景も映されていない様子である。彼は悠子に近づいて来ては遠ざかり、氷の音も高く再び近づいて来ては、またゆっくりと遠ざかって行った。

氷を軽く蹴り上げる足が力強い。時折、スピードを落としては、両手を腰にあてがい、髪の毛を振るようにして空を仰ぐ。

光が彼の立ち姿を包む。彼は美しく孤独である。それは、氷の薄い方へ方へと滑って行って、罠《わな》にかかったように湖に飲みこまれていく人の孤独を思わせる。

悠子が立っていたのは屋外に出る手前の、リンクの出入口から少し離れたところだった。全体が影になっていて、リンクにいる人々からは逆光になり、見えにくくなっている。

それをいいことに、悠子はその場に立ったまま義彦の動きに目をこらした。目は兵藤義彦だけを捉え、耳は義彦が滑る氷の音だけを捉えていた。胸の奥深くに何かわけのわからない、温かく切ないようなものがこみ上げ、行き場を失って、小さな渦を巻き始めるのがわかった。

声もかけず、ここに来た理由も忘れ、義彦がリンクから出て来るまで、こうやっていつまでも物陰から彼を眺めていたい、と悠子は思った。この光景、この氷の色、彼方にそびえる雪をかぶった浅間山、芽吹きの匂いをにじませた三月の風、リンクの外のそこかしこに残された雪の跡、氷を蹴る乾いた音、そして義彦……そのすべては一枚の絵であった。完成され、額縁におさめられて、誰の手垢もつけることが許されない絵であった。

悠子はそんなことを考えている自分に、烈しくうろたえた。

都会から来たとおぼしき女子大生ふうの四人組がやって来て、おぼつかない足取りでリンクに上がり始めた。あでやかな色彩のセーターを着て、ひときわ目立つというのに、誰一人として満足に滑ることができない。氷の上にまともに立つことすら難しく、四人はけたたましい笑い声をあげた。その、鋭い叫び声にも似た笑い声に、リンク上の人々が一斉に娘たちを見た。

義彦の視線が娘たちに移された。わずかにその視線が揺らぎ、屋内に向けられたかと思うと、次に彼の目はしっかりと悠子の姿を捉えた。

その顔に、驚きと笑み、そして不思議な出来事を前にして小首を傾げる時の小動物のような表情が広がった。彼は後ろ手を組み、ゆっくり悠子に向かって滑って来た。

義彦の身体が光と溶け合った。その笑み、そのまっすぐな視線、その一途《いちず》さを思わせる真一文字に結ばれた厚い唇……。めまいのようなものが悠子を襲った。

リンクから出て、スケート靴をはいたままラバーの上を器用に歩いて来た彼は、「よくここがわかったね」と言った。「どうかした？　急患？」

弾んだ声だった。吐息が光の中で白く舞い上がった。

「いえ」と悠子は首を愚かしいほど烈しく横に振った。一刻も早く現実に戻らねば、と思った。振った首はそのまま肩からはずれて、床に転がり落ちていきそうだった。

「聡美さんがいらしてるんです。別荘の鍵を忘れた、って。三時には大先生もこちらに来られるそうで、それまでに別荘を開けておきたいとおっしゃって……」

そう、と義彦は言った。そっけなさが彼の表情をわずかに固くし、彼の悠子を見つめる視線は、なおのこと熱を帯びたように感じられた。

義彦はセーターの袖をわずかにめくって腕時計を見ると、悠子の傍をすり抜けて建物の中に入った。休憩所の長椅子に腰をおろし、スケート靴を脱いだ彼は、そのまま放心したかのように両足を大きく開いたまま動かなくなった。

「一服したら、すぐに戻るよ」義彦は悠子を見上げて言った。外の光を遮る屋根の下、そこだけが澄んでいるように見える。「……わざわざ来てくれて、ありがとう」

うなずいて悠子は立ち去りかけた。途中で振り返った悠子の目に、外をぼんやり見つめながら煙草を吸い始めた義彦の後ろ姿が映った。

駐車場に戻ると、空高く一羽の大きな鳶《とんび》が舞っているのが見えた。駐車場の数台の車のボンネットに鳶は次から次へと思いがけず大きな鳥の影を作り、そのままどこかに飛び去って、群青《ぐんじょう》色の空と見分けがつかなくなった。

なまぬるさを含んだ春の風が息苦しくさえあった。悠子は車に乗り、診療所に戻った。

6

その日、午後の診療が終わって悠子が帰り支度を始めた時、診療所に兵藤英二郎から電話があった。別荘には月曜日の朝まで滞在するので、翌日の日曜の晩、義彦と一緒に夕食を食べに来ないか、という誘いであった。

断る理由は何もなかった。休日、悠子のすることといったら、洗濯や掃除などの家事と散歩程度だった。それを習慣化させ、繰り返すことになじんでさえしまえば、退屈も寂寥《せきりょう》も何ひとつ感じない。かえって、今更、習慣が崩されるのは億劫な気もしたが、それもまた、断る理由にはならなかった。

悠子は丁重に礼を言い、誘いを受けた。

義彦に代わるべきかどうか、聞こうとしたのだが、英二郎の前で、義彦のことを何と呼べばいいのかわからず、口ごもった。二人とも兵藤なのに、兵藤先生と呼ぶのも妙である。

春江は義彦のことを「若先生」、英二郎のことを「大先生」と呼ぶ。英二郎は「大先生」でいいにしても、「若先生」などと、古い青春ドラマに出てくるような呼び方で義彦を呼びたくはなかった。

仕方なく悠子は〝義彦先生〟と言った。「義彦先生と代わりましょうか」

「いや、その必要はないよ」と英二郎は言った。「明日、六時半ころ、別荘で待っている、と伝えておいてくれればいい」

「わかりました」

「お腹《なか》を空かせておいで。きみのために、食べきれないほどの料理を用意しておくからね」

悠子が応える間もなく、英二郎は「じゃあ、明日を楽しみにしているよ」とつけ加えて、電話を切った。

英二郎のことが次第にわかってくるにつれて、彼が口にするいささか大仰《おおぎょう》な挨拶やほめ言葉に対し、当初感じていたような嫌悪感や当惑は薄れていった。多感な時期に父親を亡くしたせいかもしれない、と悠子は思う。親子ほど年の離れた男に対し、もともと距離を感じることが少ない。

摂子からも何度か、似たようなことを言われてきた。悠子が本当に求めている男の人は、実は亡くなったお父さんみたいな人なんじゃないの、と。

だが、結婚した邦夫は父親のような男ではなかった。かつて、悠子がまがりなりにも思慕の念を感じたことのある男の中にも、誰ひとり、父親的な男はいなかった。そして今、かすかに、それとは気づかないほどの緩やかさで意識し始めている兵藤義彦という男にも、何ひとつ、父親的な側面は見られない。

「大先生からのお電話でした。明日の夕食のお誘いを受けたところです」

悠子が診察室のドアを開けて義彦に告げると、義彦はデスクの上を片付けながら無表情にうなずいた。

「断りたければ断ってもかまわないんだよ。無理をしないでもいい」

「無理なんかしてません。明日、先生とご一緒に伺うことにしました。かまわなかったですか」

義彦は肯定も否定もせず、白衣の胸ポケットからボールペンを取り出して、ノートに何か書き始めた。「で、何時に？」

「六時半頃、別荘のほうに来てほしい、とおっしゃってました」

「じゃあ、十分くらい前にここにおいで。何も車を二台連ねて行くことはない。あなたの車をここに置いて、僕の車で一緒に行けばいい」

「あの」と悠子は聞いた。「大先生の別荘って、どちらにあるんでしょう」

「車で五、六分だよ。同じ別荘地の中なんだ」

「山の上の、とても見晴らしのいい場所だそうですね」

ふと義彦はデスクから目を上げ、彼女を見た。「どうしてそれを？」

「電話で大先生がそんなことをおっしゃってました」

それには応えず、義彦は再び視線をノートに落とした。「……今日は悪かったね」

「何がですか？」

「わざわざ呼びに来てもらったりして。せっかくの昼休みを無駄にさせた」

そんなこと、いいんです、と悠子は言った。後に何か、気のきいた言葉をつけ加えようとして考えたのだが、うまい具合に適切な言葉は見つかりそうになかった。

ぱたん、とノートを閉じる音がした。ボールペンを再び白衣の胸ポケットにおさめながら、義彦は改まった表情で悠子を見た。

「僕はね、めったに親父の別荘には行かないんだ。今回もあなたが一緒じゃなかったら、行かなかった」

深い意味がこめられた言葉ではない、ただ単に父親の別荘には行きたくない、という事実を教えただけなのだ……そう思いつつも、悠子はふいに、耳のあたりが火照ってくるのを覚えた。

「じゃ、明日」と義彦は言い、ドクターチェアから立ち上がった。

明日、と悠子も鸚鵡《おうむ》返《がえ》しに応えた。

その晩、悠子は春江の自宅に電話をかけた。兵藤英二郎から別荘での晩餐《ばんさん》に招待された以上、何か手みやげを持って行く必要があった。何にすればいいのか、見当もつかず、古くから英二郎のことを知っている春江しか相談できる相手はいなかった。

花束がいいわよ、と春江は言った。「大先生はろくに花の名前も知らないくせして、花が大好きなの。花だったら聡美さんも喜ぶだろうし、それにこう言っちゃ何だけど、高森さんの立場で高級なお酒なんかを手みやげに持って行くのは変だわよ。かといって甘いものは大先生、制限してるから迷惑だろうし」

花にします、と悠子が言うと、途端に春江はいつもの噂好きの声音《こわね》になって、「ところでさ」と言ってきた。「今日は聡美さんと何をしゃべったの」

別に、と悠子は言い、聡美から聞いた美冬の話を思い出しつつも、知らぬふりを装った。

「春江さん、何か聞き出したいことでもあった？」

「そういう意味じゃないけどさ、私はあの人とあんまり喋ったことがないもんだから。あの人、以前は有名な画家のモデルをやってたのよ。その前が女優の卵で、その前はお姉さんと一緒にスナックをやってたって話。あのガリガリの身体じゃ、女優になっても成功しなかったと思うけどもね。それで大先生がね、私はよく知らないけど、何とかっていう、有名な画家と親しくてね、どこかのパーティーか何かでその画家と会って、一緒にいた聡美さんと知り合って、そういう関係になったんだって。画家の愛人だったのが、お医者の愛人に乗り換えたわけよ。偉いわよねえ。女が一人、生きてこうと思ったら、そのくらい頑張らなくちゃねえ。お姉さんっていう人は、今でもスナックやってるって話よ。池袋だかどっかで」

「あんまり喋ったことがない割には、春江さん、本当にいろんなこと知ってるのね」悠子は笑った。

「若先生の患者さんに、息子が東京の製薬会社に勤めてるって人がいてね。その息子ってのが、前から東京の大先生のクリニックに出入りしてんのよ。看護婦さんの間では、聡美さんのこと、有名らしくて、なんでも情報が入ってくるんだって。あたしはその患者さんから聞いてるだけよ」

大先生の別荘は大きいわよ、たまげるわよ、と春江は言い、どの花屋でどんな花を包んでもらえばいいか、母親のような口調で悠子に教えると、ここからが本番、とばかりに英二郎の別荘について、あれこれ聞かれもしないのに話し始めた。

兵藤英二郎の別荘は、千ケ滝別荘地区の小高い丘の上にあった。三千坪を超える敷地内には、小さな渓流もあれば、ちょっとした沢もあった。

起伏に富んだ土地を活用して建てられた建物は、南に向かって左右に長く延びていた。中央を走る沢を跨《また》ぐような形で二つの棟から成っており、棟と棟とは、サンルームの役割も果たす広々とした渡り廊下でつながっていた。

あたりに視界を阻むものは何ひとつなく、浅間山はもちろんのこと、離山、八風山《はっぷうさん》、妙義山《みょうぎさん》、よく晴れた日には、八ケ岳連峰まで望むことができた。標高が高いせいで麓《ふもと》よりも降雪量は多かったが、冬場でも行き来にほとんど問題はなかった。別荘管理者として英二郎に雇われていた男が、地元の建設会社の経営者だったからである。

男は菅井《すがい》という名だった。菅井の家は代々、兵藤家の別荘の管理人を務めていた。積雪があるたびに、菅井は除雪の係員に命じ、丘の麓から兵藤の別荘前まで、会社所有の大型除雪車で丹念に除雪させた。そのため、雪が凍りついて厄介な根雪になることもなく、よほどの大雪にでもならない限り、兵藤英二郎は気が向いた時にいつでも、ふらりと自分の別荘にやって来ることができるのだった。

一方、菅井の妻のしげのは、別荘専属の家政婦として英二郎にたいそう、気にいられていた。五十前の、かろうじて若さの名残《なごり》をとどめた女だった。若い頃、大阪で料理学校に通ったこともあるというが、そればかりではない、もともと料理のセンスに恵まれていたらしく、しげのの作る料理は、和洋中を問わず洗練されていて、英二郎の好みを満たした。

気をつかう客人があっても、しげのに一任しておけば安心、というので、時に英二郎はしげのを東京の自宅まで呼び寄せ、晩餐の準備をさせることもあった。そのため、東京の自宅に住み込んでいた家政婦が、やっかみまじりにしげのと英二郎の仲を噂し、その噂がしげのの夫である菅井の耳にも入った。

菅井は昔から、自らの男っぷりのよさに自信を持っていた男だった。女房みたいな地味な田舎女《いなか》に、兵藤先生が手を出すはずがない、と彼は言い、一笑に附したので、噂はまもなく立ち消えた。

……それらのことをあらかじめ春江から聞いていたので、日曜日の晩、兵藤英二郎の別荘を訪れた時、真先に玄関に迎えに出て来た小柄な女を見て、しげのであることが悠子にはすぐにわかった。

聞いていた通り、地味で目立たない、華やかさに欠ける女だった。化粧っけのない顔に、古風な女学生じみたボブカットの髪形がまるで似合っておらず、着ているものも田舎町の洋品店で揃えたような中途半端な長さの厚手のスカートに、体形を隠してくれることだけが取《と》り柄《え》のような厚手のセーターという案配である。

だが、顔立ちは整っていないわけでもなかった。崩れている箇所がどこにもない。見ようによっては、小作りの顔は雛《ひな》人形を思わせる。聡美と違って肉付きがよく、年齢のわりにはゴムまりのように張り切った乳房が色気を感じさせる。

だが、自分の色気に無頓着なのか、あるいは気づかないふりをしていたいだけなのか、絶やすことのない笑顔だけが、自分の女としての証《あかし》である、と信じてでもいるかのように、しげのはほとんど人工的としか思えない見事な微笑みの中、黙って悠子と義彦にスリッパを差し出した。

英二郎は本当に、この人にも手を出したのだろうか、と悠子はスリッパをはきながら考えた。地味で目立たない女だったとしても、英二郎が手を出す可能性は充分ある。下は十三歳から上は八十一歳まで。目の前に現れた女のほとんどに興味をもつ、と聡美から聞かされた英二郎の習性を、その一瞬、悠子は疎《うと》ましいどころか、微笑ましくさえ思った。

通されたのは広々とした居間で、中央の半円形の革張りソファーには英二郎と聡美の姿があった。大型テレビがつけられていたが、音声は初めからなく、英二郎は悠子と義彦が中に入って行くなり、リモコンを使ってスイッチを切った。

聡美は白のチュニックセーターに、丈の短い朱色のスカートをはき、伸ばした髪の毛をはらりと背に垂らしていた。スカートから覗く足は骨ばっていて細く、そのせいで彼女はより都会的に見えた。

来る途中で買って来た真紅の薔薇《ばら》の花束を悠子が手渡すと、聡美は芝居がかった歓声をあげ、花弁の匂いを嗅いだ。

巨大な北欧製の薪《まき》ストーブの中で、薪が赤々と燃えさかっていた。天井まである大きなガラス窓は、外の闇を湛《たた》えて黒々と沈んでいた。居合わせた四人の姿と薪ストーブの中の炎以外、そこには何も映っていなかった。

聡美がしげのを呼びつけて、花瓶の用意をさせている間、英二郎がふわりと悠子の腕をとった。「よく来てくれたね。食事の前に家の中を案内してあげよう」

いとも自然な仕草で英二郎に腕を取られるのは、それが三度目だった。一度目は面接を受けるために東京の兵藤クリニックに行った時。そして二度目は、診療所の待合室で。

振り払うのは失礼だったし、そのつもりもなかった。たとえそれが性的なふるまいだったとしても悠子に不快感と呼べるようなものはなかった。覚えのある、あの無機質な感覚が腕に広がっただけだった。

腕を取られたまま、居間を横切ろうとして義彦と目が合った。義彦は着ていた黒の革ジャンを脱ごうともせず、薪ストーブの炎を見つめたまま、所在なげに煙草をふかしていた。

彼は血のつながらない父親が、悠子の腕を取って歩きだすのを見ても、何ひとつ表情を変えなかった。名も知らぬ通行人を見るような目で、二人を一瞥《いちべつ》しただけだった。

別荘は全室、南に向いていた。居間とダイニングルームとを中心に、右棟と左棟とに分かれており、右棟にはホテル様式のゲストルームが三部屋並んでいる。それぞれの部屋はベランダに面し、外でくつろぐこともできるようになっている。

ダイニングルームからは渡り廊下が伸びていた。その先が、三室のプライベートルームである。うち一室はキングサイズのダブルベッドのある主寝室、一室は書棚の並ぶ英二郎の書斎、残る一室は和室で、十二畳の座敷になっていた。

どの部屋にも、一目で高価なものとわかる調度品が置かれてあったが、そのどれもが、洗練されていて現代的だった。成り上がり風の虚栄心を窺わせる過剰な装飾は一つもない。むしろ素っ気なさすら感じさせる。天井や壁、窓ガラスの厚さ、床の重厚さだけが、控えめにその建物の本当の価値を物語っていて、兵藤英二郎という男の本質を窺わせた。

敷地を縦横に走っている小さな沢を生かして、棟と棟とをつなげる渡り廊下を作ったのだ、と英二郎は説明した。ほら、と言って英二郎は渡り廊下の窓を開けた。耳をすませると、廊下の真下を流れている春浅い渓流の音が、かすかに聞こえた。

「五月には山桜が満開になる。自生の山桜だよ。それに、よく見てごらん。遠くに町の灯が見えるだろう」

言われて目をこらすと、遥か闇の彼方に、点在する町の明かりが見えた。

「若葉の季節になると木の葉が生い茂ってしまうからね、ここまではっきりとは見えなくなる。夜の眺めは、冬のほうが断然美しい。冬の町の灯は寂しいけど、ちょっとした風情がある」

　悠子はうなずいた。山裾に広がる町の灯は、音もなく小さく瞬き、闇に染まった山々の稜線を従えて、それは暖炉の中でいつまでもくすぶり続ける、美しいおき火を連想させた。

「あのあたりが旧軽井沢のメインストリートにあたるんですか」

「いや、違う。ここからだと、離山に邪魔されて、旧軽井沢は見えないんだ。あれは中軽井沢近辺の明かりだよ。ちょうどバイパスのあたり。晴れた日の昼間だと、信越線の線路まで見える」

「素敵ですね」悠子は心から言った。「こんなに静かできれいな夜景、初めて見ました」

「夏の花火大会の時も、丘を下りて行くより、ここにいたほうがずっとよく見える。見上げるのではなく、見下ろす花火だ。不思議だろう？」

「見下ろす？」

「花火はここまで高く上がらないんだよ。こっちのほうが標高が高い。だから下界で上がった花火は、見下ろす形になる」

　ああ、と悠子は言った。「そうですね」

「私はあいにく、ここで花火を見たことはないんだが、義彦は何度か見てるはずだよ。新婚時代、あいつはしょっちゅう、ここを使ってたんだ。医者仲間の家族を招いては、週末ごとに来てパーティーを開いたりしてね。美冬……義彦の死んだ女房の名前だけどね、美冬はここがどこよりも気にいってたから」

英二郎は窓を閉めながら、ははっ、と乾いた短い笑い声をあげた。「美冬に死なれてからは、ここも私以外、使う人間がいなくなってしまった。義彦はここに来るのをいやがるんだ。女房の思い出に触れるのがいやなんだろう」

悠子は黙ってうなずいた。

英二郎は目を細めて悠子を見た。「今夜はきみが来てくれて嬉しいよ。私がこんなことを言うと、助平じじいに口説かれてるように思われるかもしれんがね。美冬が死んでしまってからは、この別荘もなんだかさびれていくような気がしてならない。だから、きみみたいな若い女性が来てくれるのは大歓迎なんだ。もちろん、聡美も同じ意見だよ」

悠子は英二郎を見上げ、微笑んだ。歯の浮くようなお世辞でありながら、そこには一片の真実が含まれているような気もした。

あの、と悠子は言った。「私、大先生にあやまらなくちゃいけないことがあります」

「私に？」

「去年、面接で東京のクリニックのほうに伺った時のことです。私ったら、恥ずかしいほど子供っぽいまねをしてしまって……」

ああ、あれか、と英二郎は言い、すぐさま肩を揺すって笑い出した。「よく覚えているよ。正直なところ、こんなに怒らせちゃって、どうしたらいいんだろう、と少し慌てたほどだ。

女性に怒りだされると、どうしたらいいのかわからなくなる」

「申し訳ありません。どうかしてました。気持ちに余裕がなかったんですね。あの後、ひどい自己嫌悪にかられました」

「助平じじいが、何を馬鹿なことを言ってる、とでも思ったんだろうな。いや、きっとそうだ。え？　そうなんだろう？　ん？」

湿った笑い声が英二郎の喉の奥からもれた。以前と異なり、そこに卑猥さは感じられなかった。それは、孫をあやす時の、枯れた老人の笑い声に似ていた。

食堂に通じる扉が開き、しげのが現れた。「お食事のご用意ができました。よかったらどうぞ」

しげのの小さな目は、ちらとも二人に焦点を合わせず、その時、渡り廊下に立っていた英二郎と悠子を見ていたのは、しげのの後ろに、ワインを手にして立っていた聡美であった。

英二郎がおどけて悠子に腕を差し出した。「さあ、行こうか」

何の意味があるのか、わからなかった。悠子は差し出された腕を見、次いで英二郎を見上げた。

「どうした。エスコートしてあげるんだよ。さあ、早く。私につかまって」

「そんなことしていただかなくても」と悠子は笑った。「私、一人で歩けます」

「そんなことはわかっている。恥ずかしがらないでもいい。ほら、こうして、私の腕に手をかけて。ん？　ん？　そうだろ？」

　英二郎は喉の奥でくつくつと笑うと、素早く悠子の手を掴み、自分の腕に絡ませて、ぽんぽんと軽く叩《たた》いた。英二郎の手は乾いていてぶ厚く、悠子の手の甲に重石《おもし》のようにのしかかった。

「相変わらずね、英二郎さん」聡美がからかい口調で言った。「新しく知り合った女性を見ると、すぐそれなんだもの」

「何だ、聡美らしくもない。妬《や》いているのか」

「とんでもない。英二郎さんにいちいち焼きもちを妬いていたら、身がもたないわ。ねえ、義彦さん、そうよね？」

　聡美は義彦のほうを振り向いたが、義彦は唇の端をつり上げてみせただけで何も言わなかった。

　ダイニングルームのテーブルの前まで来ると、悠子はそっと英二郎の腕から手を離した。英二郎が悠子のために椅子を引いた。

　腰をおろしかけた時、テーブルの端に佇《たたず》んでいた義彦と視線が合った。彼は軽く微笑んではいたが、それは冷笑のようにしか見えなかった。

　何か音楽をかけよう、と言いながら、英二郎がダイニングを出て居間に入って行った。前菜を用意するために、しげのが厨房に去ってしまうと、残された三人の間には、奇妙に白々した沈黙が残された。

7

楕円形をしたダイニングテーブルは、八人掛けの豪華なものだった。テーブルの上にはすでにグラスや皿、糊《のり》の利いたクリーム色のナプキンが形よく並べられ、中央にはガラス製のキャンドル立てがあって、ゆらめく黄色い炎が鬼火のように、窓に映し出されていた。

英二郎は古いスタンダードジャズのレコードをプレーヤーにかけて戻って来ると、まるで決められた席だったかのように悠子の隣に座った。

どこに誰が誰と並んで座るべきなのか、その組み合わせは考えてもいなかった。だが、この場合、自分と義彦が並ぶのが常識だろう、と悠子は思った。

一瞬、聡美は怪訝な顔をしたが、英二郎は彼女を無視した。聡美は母親のような慈悲深い表情で英二郎を見つめ、義彦の隣に腰を下ろすと、「しげのさん」と、女主人のように威厳をこめた声をあげて、厨房から出てきたしげのに食事の指図をし始めた。英二郎が冷えた白ワインの栓を抜き、それぞれのグラスに注《つ》いだ。

前菜に、大皿に盛られたワカサギのマリネが運ばれてきた。しげのの夫、菅井が、その日釣って来たばかりだというワカサギだった。四人はグラスを合わせた。

さほど堅苦しくはなく、かといってくだけすぎてもおらず、無国籍ふうの手のこんだ美味な料理がそれに続いた。白ワインの次には濃い色をした赤ワインの栓が抜かれた。ボトルが空《から》になると、英二郎はしげのを呼びつけ、すぐにまた次のボトルを持って来させた。

食事は滞りなく進んだが、話ははずまなかった。喋っているのは英二郎ばかりで、それに短い合いの手を入れるのが聡美、出された料理にあまり手をつけようとせず、しきりと煙草ばかり吸い続けているのが義彦だった。

義彦は鋼《はがね》のように固く、こわばって見えた。ひとたびそこに何かが触れたら、肉体は鋭い鋼の刃と化し、そのまま相手を刺し殺すのではないか、と思われた。

誰かの冗談には微笑み、時に声をあげて笑いもしたが、義彦は胸中に闇の球を抱えているかのように寡黙だった。それが義彦であり、どうにも変えようがない、とでも諦めているのか、英二郎も聡美も、とりたてて義彦に気を遣おうとする素振りは見せなかった。

悠子だけが、内心気をもんでいた。亡き妻を思い出させるに違いないこの別荘で、義彦が不愉快な時間を過ごさねばならなくなったのだとしたら、その責任はひとえに自分にあるような気がした。

英二郎の食事の誘いなど、受けなければよかった、と軽い後悔の念にかられた。千人の女に千通りの口説き文句を抜かりなく用意して生きているような英二郎の世辞を耳にし、贅沢《ぜいたく》な食卓を囲み、高級な料理を口にし、一見、贅沢な夜を過ごしていながら、自分もまた、何ひとつ楽しんではいないことを悠子はよく知っていた。

「先生」悠子は前かがみになり、そっと義彦に声をかけた。「私にも一本、いただけますか」

義彦の手元にあった煙草のパッケージを指さすと、義彦はうなずいて中の一本を悠子に向かって差し出した。「あなたは煙草を吸わない人なのかと思ってた」

「たまに吸います。もともとあまり好きではなくて、気が向いて一箱買っても、半年近くもってしまうんですけど」

「安上がりだね」

「ええ」

火をつけようと義彦が自分のライターを手にとった途端、悠子の脇から英二郎がライターの炎を突き出してきた。悠子はちらと義彦を見た。彼は手にしたライターを元に戻し、呆れたように天井を仰いで見せた。傍で聡美がくすくす笑った。

食事はすでに終わりかけていた。酔いが居合わせた人々の頬を染めていた。少し飲みすぎた、と悠子は思った。人からもらってまで煙草が吸いたくなるのは、酔った証拠である。

英二郎が、ワインで火照らせた目尻に深い皺を作りながら、悠子を覗きこむようにして見た。「よく飲めるんだね。アルコールをいくら飲んでも、平然としている女性は魅力的だ」

「これでも少し酔ってます」

「でも顔色がちっとも変わらないよ」

「あまり顔に出ないたちですから」

「じゃあ強いんだ」

「それほどでもありません」

「亡くなったご亭主はどうだったの」

「私よりも強かったです」

「よく一緒に飲んだ？」

ええ、と悠子は言った。

英二郎はワインを一口、口にふくみ、らくだのように口をもぐもぐさせてから、飲みこんだ。「ご亭主はどんな男だった」

「どんな、って……」突然の質問に、悠子はむせ返りそうになり、口ごもった。「普通です。私とは大学の薬学部の同級生で……」

「ほう。じゃあ、同い年だったのか」

「はい」

「車の事故だった、と聡美からは聞いたが」

聡美に話したことは、何でも筒抜けになるようだった。悠子は「東名高速道路で」と言い、軽く肩をそびやかせながら煙草の灰を灰皿に落とした。「即死でした」

「結婚して何年目だったの？」

「三年目です」

「三年……か。恋愛して結ばれて、たった三年で急に亡くなったわけだからね。さぞかしショックだったろう」

悠子はうなずいた。うなずきながら義彦を見た。「義彦先生と同じです」

自分が口にした言葉が信じられなかった。信じられないままに、悠子は義彦を見つめ続けた。

義彦は軽く眉を上げ、悠子の視線を受け止めたが、何も言わなかった。

聡美が落ちつかなげに腰を上げ、「しげのさん、しげのさん」と呼んでは英二郎のほうを向いた。「ねえ、英二郎さん、そろそろデザートにしてもらいましょうよ。ね？」

美冬はただの事故死だったのではない、古い土蔵で首を吊って自殺したのだ、と自分が悠子に話したことが、悠子の口から洩れるかもしれない、と案じたのか、聡美はにこやかに悠子を見ると、「高森さんはコーヒーがいい？　それとも紅茶？」と聞いてきた。

悠子が答える間もなく、食後酒に少し、リキュールでもいかが、と聡美は誰にともなく言い、やって来たしげのに命じて、慌ただしくテーブルの上のものを下げさせた。

その間、英二郎は煙草を吸いながら、何か企ててでもいるかのような、いたずらっぽい、それでいて物思いにふけった目をして、義彦を見ていた。

「おかしな目で僕を見るんですね」義彦が言った。皮肉が感じられた。「僕に何か言いたいことでも?」

いや、何も、と英二郎は言い、痰《たん》のからまった咳をひとつして、笑みを作り、煙草の灰をガラスの灰皿にぽんと落とした。「さっきの高森くんの言葉で思い出したんだ。三年と言えば、ここにこうやって、おまえが来てくれたのも三年ぶりになる。本当に丸三年、おまえはここに来なかった。そう思うと感慨深くてね」

ふん、と義彦は鼻先でせせら笑った。「大げさですね。ただ単に、三年分の時間が流れていっただけでしょう」

「丸三年、おまえはここに近づこうとしなかった。感傷的になるつもりはないがね、今夜、私は本当にとても嬉しいんだ」

「それはよかった」義彦はにこりともせずに、軽く片方の肩を上げてみせた。

英二郎は煙草を深々と吸い、くつろいだ姿勢をとると、美冬、と言いかけ、少し慌てたように美冬ちゃん、と言い直した。「美冬ちゃんの供養《くよう》にもなる。たまにはここに来てくれ。同じ軽井沢にいながら、おまえがここを使ってくれないのは寂しいよ」

「どうして僕がここに来ることが、美冬の供養になるんです」

「彼女はここが好きだったろう? 将来は東京を引き払って、ここに一年中、住みたいと言ってたのを聞いたことがある。おまえと一緒にここで暮らすのが美冬ちゃんの夢だった。だから……」

ふざけないでください、と義彦は低い声で遮った。「言っておきますがね、あなたの口から、美冬という名前が出ただけで反吐《へど》が出る」

「反吐」と言った時、義彦の喉は外国語の発音をする時のように烈しく震えた。

だが、英二郎は揺るがなかった。彼は鷹揚な笑顔を保ったまま、「そうつっかかるな」と言った。「相変わらずだな」

「さあ、もういいから、みんなであっちに行きましょうよ」聡美が取りなすようにして間に入った。「居間に行って、薪ストーブの火でも見ながらデザートをいただきましょ。しげのさんがね、今日はババロアを作ったそうよ。ストロベリーババロアですって。いいじゃない？」

全員で居間のソファーに移ってから、義彦はそれまで以上に口を利かなくなった。美しいマイセンのカップに入れられたコーヒーと、大きなドーナッツのような形をしたストロベリーババロアが運ばれて来た。みんなが見ている前でしげのがババロアを四等分に切り分け、皿に盛っている間、聡美は英二郎の膝にもたれ、英二郎は煙草をくわえたまま聡美の肩を抱いて、にこにこしながら悠子を見ていた。

「酔ったわ」と聡美は言い、英二郎の胸に頭を押しつけて、英二郎が吸っていた煙草を長い指でつまみ取った。「一口、ちょうだい」

酔うとそうなる癖があるのか、聡美の唇は半開きになったままだった。吸った煙草の煙を吐き出す時でさえ、乾いた赤い唇をぽかりと開けて、透いた前歯を見せながら、口をすぼめるのも面倒くさいと言いたげに、欠伸《あくび》のようにして喉の奥から煙を押し出す。しどけない恰好《かっこう》をしているので、たくし上げられたスカートの奥に、白いタイツに包まれたすらりとした太股《ふともも》が覗き見えた。ふくらみとも呼べない平らな胸に、英二郎の大きな手が時折、目にも止まらぬ素早さで這わされた。くねらせた腰のあたりが、華奢《きゃしゃ》な身体の蝶番《ちょうつがい》の役割を果たしていて、時折そこはなまめかしい動きを見せた。

だが、聡美には色も湿度も匂いもなかった。無色透明で偏平な、人がたを切り抜いただけの一枚の女の絵を思わせた。重みもなく、質感もない。聡美は自在に折ったり、畳んだりできる千代紙のような女なのであり、だからこそ英二郎にとって、小うるさく暑苦しい存在ではないのかもしれなかった。

ババロアにほとんど手をつけずにいた義彦が、「高森さん、そろそろ失礼しよう」と腰を上げた時、聡美は英二郎の膝で寝息をたて始めていた。英二郎は聡美をそっとソファーに寝かせ、玄関まで二人を見送りに出て来た。

まもなく四月だというのに、夜更けて気温は氷点下に下がっていた。英二郎はサンダルをつっかけて外に出るなり、ジープに乗り込もうとした義彦の背をぽんと叩いた。思いがけず強い叩き方だった。冷えきった闇の中に、革ジャンの革に拳《こぶし》がめりこむ、鈍い音が響いた。

「覚えておけよ」と英二郎は言った。「おまえは私の息子なんだからな」

義彦は、ははっ、と蔑んだように笑って英二郎を振り返った。「実の親子だったらよかった、と思ってますよ」

英二郎の平静さは優雅ですらあった。彼は肯定も否定もせず、曖昧な笑みをくずさぬまま、あたかも若夫婦でも見るような目で、息子と悠子とを等分に眺めると、「気をつけて」と言った。「道が凍り始めてるからな。でも、じきに春だよ。空気に暖かさがある」

英二郎の背後に寄り添うようにして、そっとしげのが立った。悠子は二人に晩餐の礼を述べた。しげのの顔には、相変わらず芝居がかった微笑が貼りついていた。

窓越しに悠子は二人に向かって手を振り、二人もまた、手を振り返した。

ジープが兵藤英二郎の別荘の門に向かって走り始めた。深い意味があってしたのではない、今一度、建物の全景を捉えようとしただけだった。悠子は助手席側のサイドミラーを覗いた。

その時まさに英二郎がしげのの肩を抱き寄せて、いとおしげにくるみこみ、走り去る息子のジープには目もくれずに、玄関ポーチの明かりが作る、こんもりとした影の中に吸いこまれていくところだった。

道路脇に堆積された雪の塊が、昼間の陽光で溶け、夜になるとそれがそのまま凍りつく。凍った路面にスパイクタイヤがガリガリと音をたて、ヘッドライトの光が木々の幹という幹を照らし出した。

気のせいか、乱暴さが感じられる運転だった。義彦のジープはバウンドを繰り返しながら、急な迂路《うろ》を辿《たど》って、丘を下りて行った。明かりのついている別荘は一軒もなく、道を横切るキツネの姿もなかった。

時折、盗み見る運転席の義彦の横顔は、ほとんど闇と見分けがつかなかった。目だけが潤《うる》み、青白い湖面のように光って見えた。

丘を下り、まもなく診療所に着くという時になって、義彦は初めて口を開いた。

「大日向まで送ってあげるよ。あなたの車は診療所に置いておけばいい」

「大丈夫です。私、全然酔ってませんから」

「酔ってなくても、ずいぶん飲んでたじゃないか」

「あのくらい平気です」

「送るよ」と義彦は有無を言わせぬ決然とした言い方で言った。怒っているようにも聞こえた。

悠子が口を閉ざすと、彼は聞き取れないほど静かなため息をつき、吐息の中で言った。

「明日にでも、僕のほうから春江さんに連絡しておくよ。あなたが車を取りに来るのを手伝うように、ってね」

車は診療所の近くを通りすぎ、そのまま国道146号線に出た。午後十時少し過ぎ。日曜の夜だというのに、行き交う車は一台もない。そのあたり、街灯がないせいで、長く延びた路面の先が闇の彼方に消えているように見える。

「みっともないところを見せちゃったね」

星野《ほしの》温泉のあたりを過ぎ、ようやく周囲に明かりらしきものが見え始めた頃、ふいに義彦が低い声で言った。

「え？」

「僕は親父の前に出ると、どうしても自分を抑えきれなくなる」

どう応えればいいのか、わからなかった。悠子は黙って前を向いたまま、フロントガラスの外を流れ過ぎていく夜の街を見ていた。

「……あなたはどこまで知ってるの」義彦が聞いた。

「何をですか」

「僕のことだよ。どうせ春江さんや児島さんから聞いてることが山ほどあるんだろうと思ってね」

「先生のこと、って、つまり……」言い淀んでみせながら、そんなことで今さら知らぬふりをするのは馬鹿げている、と悠子は思った。「亡くなった奥様……美冬さんのことでしょうか」

「そうだね。それ以外、ないだろう」

「それでしたら、あらましだけは知っています」

ひるまずに悠子がそう言うと、義彦は前を向いたまま、軽く唇をなめた。

長い沈黙が始まった。ジープは皇室専用ホテルの前を通り過ぎ、千ケ滝西区別荘地を通過して千メートル林道に入った。国道と並行して走っている林道である。夜間、必ずしも走りやすい道ではなかったが、大日向までは林道を利用したほうが遥かに近道だった。

ところどころ、滞在中らしい大きな別荘の明かりが見える。カラマツ林の間を縫うようにして延びている道は闇に閉ざされ、別荘の明かりが遠のくと何も見えなくなる。

道の両側に、空き地が広がる一角に出た。空き地には枯れ草が敷きつめられ、そこにはまだ雪の名残があった。

「美冬は自殺したんだよ」

義彦はぽつりと言った。それは思いつめた少年の、最後の告白のように聞こえた。

「そのことは知ってるね」

「はい」

「何故、自殺なんかしたのか、理由はわかる?」

悠子は首を大きく横に振った。「そこまでは聞いてません」

「教えてあげるよ」せせら笑うようにそう言って、義彦はわずかにジープのスピードを上げた。「兵藤クリニックの院長で、セックス狂の兵藤英二郎に、手ごめにされたからなんだ」

悠子は呆然《ぼうぜん》として義彦を見た。義彦は片手でうるさそうに前髪をかき上げると、また唇をなめた。うっすらと微笑みを浮かべているように見えたが、その横顔は冷え冷えと青白かった。

大日向の悠子のアパートの前まで来ると、義彦はジープを停め、疲れたようなまなざしで悠子を見た。「妙な話ばかり聞かされてうんざりしてるだろうね。あなたがここを逃げ出さないでくれればいいんだけど」

そんな、と悠子は目を伏せた。「逃げるわけがありません。だって私は……」

私はここが好きになりかけている、何故なら先生のことも好きになりかけているのだから……そう言いたいような気持ちにかられたが、言えるはずもなかった。

「今夜は本当に申し訳なかった。あなたにとってはあまり楽しい夜ではなかったかもしれない。僕のせいで」

悠子は首を横に振った。「楽しかった。本当です」

おやすみ、と彼は言った。「また、明日」

おやすみなさい、と悠子も言い、車から降りた。今いちど義彦の顔を見たのだが、彼は前を向いたままで悠子のほうは見なかった。ジープはエンジンの音も高く、瞬く間に遠のいて行った。

あたりに静寂が戻った。見上げると、空には満月がかかっていた。

奇妙に明るい月明かりの中、カラマツ林の枝越しに、浅間山の稜線が薄墨色に浮き上がっている。身体の芯に残っていた酔いが、めまいのようになって襲ってきた。

静かに回り続ける天空一面に、夥《おびただ》しい数の星屑が散っていた。その美しさ、その寂しさ、その儚《はかな》さ……。数えることは不可能で、並べ替えることも不可能である。その美しい煌きをすべて自分のものにしようと思ったら、天空ごと、丸飲みにしなければならない。

ひたひたと身体の中に押し寄せてくる、巨大な波のようなものを感じ、悠子は思わずその場にしゃがみこんだ。

8

その翌週、春の雪が降って、慌ただしく溶け去ると、一挙に冬の気配は遠のいた。

三月最後の日曜日だった。いつもよりも寝過ごした悠子がアパートの雨戸を開けた途端、光が雪崩《なだれ》のように室内に押し寄せてきて、彼女はたちまちその渦の中に飲みこまれた。

カラマツの梢を飛び交う、たくさんの四十雀《しじゅうから》の姿が見えた。その囀《さえず》りは、谺《こだま》のように木々の幹にはねかえり、それは不思議に共鳴し合う、無数のピッコロの音色を思わせた。

珍しく風のない、温かな日だった。窓辺に取りつけた寒暖計が早くも八度を示している。最高気温は十度を超えるかもしれなかった。

それは、外にさえ出て行けば、人生の煩わしい問題に魔法がかけられ、一切を忘れることができるような日でもあった。

外に出たい、と悠子は思った。思うと同時に、矢も楯もたまらなくなった。

急いで洗濯機を回し、狭いベランダに干してから、コーヒーとトーストだけの軽い食事をすませて外に出た。コートが暑くさえ感じられるほどの陽気だった。

前ボタンをはずし、ポケットに両手を入れ、空を仰ぎながらのんびり歩いた。アパートの周辺は何度か散歩をしたことがあるが、温かな陽射しの中に見る風景は、また違ったもののように思われた。

路肩の根雪は黒ずんで溶けかかり、あちこちに大きな水たまりを作っている。水面には春の光が無数に弾け、躍り、それは時に黄金の針のようになって悠子の目を射た。

北に向かって一本道を登って行くと、大日向教会が現れる。白い壁に朱色の屋根。教会というよりも、保育園のような造りの建物だが、目をこらすと細長い尖塔の頂に十字架があり、小さな目立たぬステンドグラスのはまった窓が見える。

いくらか坂になっている場所もあったが、大半はなだらかな曲線を描く小道で、車もめったに通らず、歩いている人も少ない。遥か南に妙義山の険しい山々の稜線がくっきりと見え、目を転じれば、浅間山が見える。まだ雪が残ってはいたが、浅間の山肌は焦げ茶色を増しており、それは雄々《おお》しく雪をかきわけ、溶かそうとしているかのようである。

道路沿いには新しく建てられたとおぼしき住宅もあれば、古い納屋《なや》のついた農家ふうの家もある。大日向教会から少し下って来ると、裸木を組んだだけの簡素な鳥居が現れる。大日向神社である。古墳のように見えるこんもり盛り上がった小さな丘の麓からは、木組みの階段が伸びていたが、社《やしろ》の影はなく、見上げれば葉を落とした木々の彼方に、紺青《こんじょう》の空が見えるばかりである。

別荘もぽつぽつと点在していて、未舗装の小道に入ると、その数も増えていく。そして、それが大日向地区のすべてであった。レストランも喫茶店もスーパーもない。民宿やペンションやテニスコートの看板が、控えめに電柱に掲げられているだけで、軽井沢特有の浮足立ったような賑《にぎ》わいはどこにもない。

自分にふさわしい場所を散策している、と悠子は改めて思い、静かな幸福感に酔った。

別荘の一軒一軒、意匠をこらした建物をぼんやり眺めながら、気がつくと悠子は、大きな温室の前に立っていた。荻原《おぎわら》園芸店、とある。独自に温室で栽培した草花を販売している店のようだった。

温室は二棟、並んでいる。手前の棟の中を覗いた。長靴をはき、エプロンをつけた若い女が、奥のほうで鉢を並べ換えているのが見えた。

中は湿度が高く、むっとする熱気に包まれていた。植物の発散する草いきれ、土の匂いがする。プラスチック製の天井や壁は、植物の吐息が作った細かい水滴で被われている。

小さな鉢、大きな鉢、苗もあれば、球根もあった。花がついているものもあれば、花を落とし、次の開花を待っているものもある。

無数の蘭《らん》、無数のセントポーリア、無数のシクラメン。鮮やかな春の色を見せるベゴニアやプリムラ。サツキ、ゴムの木やポトス、アジアンタムなどの観葉植物。観賞用の棕櫚《しゅろ》、見事な花をつけている寒椿、山野草……。雑多な種類のものが、三列の長大な台の上に所狭しとひしめき合っている。

山野草コーナーにあった小さな鉢植えが、悠子の目をひいた。二人静、とある。フタリシズカ……。白い小さな玉を連ねた二本のか細い花穂《かすい》が、V字を描いて四枚の葉の中央から伸びている。華やいだ蘭や鮮やかな色を誇っている春の花には及びもつかない、ひっそりと暗い林の陰で花をつけ、人知れず散っていくような野草である。

春の日の午後、これを買って帰って自分の部屋に飾りたい、と思ったのも束の間、そのささやかなロマンティックな気分は、たちまち熱情にとって代わった。

この鉢植えを義彦に贈ろう、と悠子は思った。蘭でもなくベゴニアでもなく、水仙でもパンジーでもない、フタリシズカ、という名の花を彼に贈る……その少女じみた思いつきは、悠子を思いがけず有頂天にさせた。

診療所に義彦はいないかもしれない。いるかもしれない。いなかったとしても、贈り主の名を明記したメモをつけて診療所の玄関に置いておけばそれでいいのである。

休日に、理由をつけて義彦に会いに行こうとしているわけではなかった。できることなら、悠子は彼とは会いたくなかった。花の鉢を携えて、わざわざ診療所を訪ね、万が一にも義彦に迷惑そうな顔をされたら、と思うと怖かった。

義彦の無表情には慣れていた。人を遠ざけようとするよそよそしさもよく知っていたし、それまでの柔和な表情をふいに曇らせて、目に見えない壁を張りめぐらせる時の一瞬のそっけなさにも慣れていた。

だが悠子は、彼の迷惑そうな顔には慣れていなかった。それはまだ彼が悠子に見せていない、唯一の表情だった。それを今、見てしまいたくはなかった。見ずにすむものなら、永遠に見ないでおきたかった。

義彦が留守で、診療所の戸口にこれを置いておけば、夜になって彼から電話がかかってくるに違いなかった。休日の夜、他の誰でもない、義彦から電話がかかってくる、と想像しただけで、胸の奥ににじみ出すような喜びがわいた。

鉢植えの礼を言われた時の答えは用意できていた。

あんまり天気がいいので、アパートのまわりを散歩していたら、素敵な温室栽培をしている店を見つけたんです、ちょうど街に出る用もあったので、ついでにお届けにあがりました……と。

わざとらしさの何もない答えであった。それなら、義彦にうっとうしいと思われずにすむ、という自信があった。

思ってもみなかった計画に、動悸が始まったような気がした。悠子はフタリシズカの鉢を手に、温室にいた女に近づき、これをください、と言った。

古い新聞紙で無造作にくるまれた鉢植えを抱き、悠子はまっしぐらにアパートに戻った。泥のついた新聞紙ではなく、何かきれいな包装紙で包み直そうとしたが、それはやめにした。誕生日や何かの記念日のためのプレゼントではないのだ。美しく飾る必要はない。

鏡に向かって口紅を引き直し、髪の毛にブラシをあて、着替えようとして洋服箪笥の扉を開けている自分に気づき、悠子は苦笑した。これほど温かく晴れた休日、義彦が家にいるわけがなかった。彼には会わずに戻って来るに決まっている。泥だらけの鉢植え同様、めかしこむ必要は何もなかった。

横書きの便箋《びんせん》に、ボールペンで「兵藤先生へ」と書いた。「近所の温室栽培の店で買いました。ついでの用があったのでお届けします。高森悠子」

フタリシズカ、という花の名は書かなかった。花の名にこそ自分の心情が表れていたのだが、あえてそれを記したことにより、彼に意味ありげに解釈されるのはいやだった。

コートは少し暑く感じられたので、厚手の黒のジャケットをはおり、折り畳んだ便箋をポケットに入れた。鉢植えと車のキイを手に再び外に出て、それから十分もたたないうちに、悠子は兵藤内科診療所の駐車場にいて、ふくらみかけた希望を一度に押しつぶされたような気持ちを味わっていた。

駐車場には義彦のジープがあった。診察室の小窓のカーテンも開いている。義彦は家にいた。

引き返したくなった。たとえ一瞬であっても、義彦の目に浮かんだ迷惑そうな、困惑したような表情を見たくはなかった。見たくないと思えば思うほど、彼がそれ以外の反応をしてくるとは考えられなくなった。彼は必ず、自分を見てそんな表情をするだろう、賭《か》けてもい い……その馬鹿げた自己問答、自意識の過剰さに悠子は愕然《がくぜん》とした。

診察室の小窓の奥で、人影が動いた。息をのむ間もなく、窓がするすると開き、穏やかな午後の光の中に義彦の顔が現れた。

煙草をくわえたまま、義彦は眩しそうに目を細め、窓枠にもたれるようにしながら、悠子を見た。

唇は動いていなかったが、目が「どうした」と訊ねていた。悠子は車から降り、ドアを閉め、窓辺の義彦に儀礼的に微笑みかけてから、助手席側に回って鉢植えを手に取った。

「へえ、鉢植えを女の人からプレゼントされるのは久しぶりだな」

それは、義彦がおよそ初めて悠子に向かって口にした、或る意味では義彦らしくない軽口であった。

悠子はうなずき、笑い、一挙に緊張感が消えていくのを感じた。「近所の温室栽培のお店で見つけたんです。野草なんですけど、何ていうか、ご存じですか」

どれ、と彼が言って窓から上半身を伸ばしてきた。悠子は彼に向かって鉢植えを掲げた。

「ああ、それか。山で何度か見たことがある。何だっけ。そうだ。ヒトリシズカだ」

悠子はゆっくりと首を横に振り、微笑んだ。「これはフタリシズカです」

そうか、と義彦は言った。その目に光が宿ったような気がした。「……いい名前だね」

悠子は窓に腕を伸ばし、義彦に鉢植えを手渡した。彼は、ありがとう、と言い、鉢を受け取ってから改まったように悠子を見た。

二人の視線が光の中で交わった。悠子がぎこちなく微笑むと、義彦もまた微笑み返した。

「あなたはこれから、何か用がある？」

不意打ちのような質問だった。悠子は瞬きをしながら彼を見上げた。

「もし何も予定がないんだったら、僕につきあってくれないかな」

「はあ」

「いい天気だし、ちょっとそのへんを走ってこようかと思ってね」

義彦は吸っていた煙草を室内の灰皿でもみ消すと、もう一度悠子を見て「いい？」と聞いた。患者を見て「いいですね？」と念を押す時の、そっけなさを感じさせる言い方に似ていた。

悠子はこくりとうなずき、喜んで、とつけ加えたが、最後まで聞かず、義彦は窓を閉め、カーテンを閉じた。

急な展開に頭の中が混乱し始めた。義彦の傍で働くようになってから、一度たりとも彼から誘われたことはなかった。

もう少しましな服装をしてくれればよかった、と悠子は思った。ふだん着用の古びたジーンズに茄子紺《なすこん》色のセーター。足元が焦げ茶色のモカシンで、イヤリングはもちろん、指輪もペンダントもアクセサリーと名のつくものは一切身につけていない。

ましてセーターは男ものだった。邦夫が元気だった頃に着ていたものだったが、邦夫との思い出がセーターに編み込まれていることなど、他人にわかるわけがない。誰が見てもそれは、ただの色あせた、毛玉だらけのセーターにしか見えないはずであった。

夫を亡くし、空洞の中を手さぐりで泳ぐような生活を繰り返しているうちに、洒落《しゃれ》っ気とは縁遠くなってしまった。美容院に行っても、適当に耳の下あたりで切ってください、と頼むだけ。できあがった造作のない、まとまりがいいだけが取柄のありふれた髪形に、めかしこんだ服装は似合わない、と自ら決めつけ、あれこれ組み合わせを考えるのも面倒なので、この色気のない髪形は自分に好都合だとさえ、悠子は思うようになっている。

だが、思い惑う間もなく、診療所の玄関から丸めたダウンコートを片手に義彦が出て来た。彼は、ジープのドアを勢いよく開けて、後部座席にダウンコートを放り投げると、悠子を見て「乗って」と言った。

琥珀色が混じった義彦の口髭が、その日、いつにも増して色濃く見えた。ブルーグレーの丸首セーターは、古いのか、伸びきって襟ぐりが大きく開いていた。

その露出された肌に義彦の肉体を感じた。悠子は少し慌てた。

ジープは早春の国道を北へ向かって走り続けた。標高が高くなるにつれて、残雪が多く見られ、行き交うスキー帰りとおぼしき車の中には、いまだ雪を屋根に積んでいるものもあった。

義彦がどこに行こうとしているのかわからなかった。目的地に興味はなかった。過去にも遠い未来にも、関心はもてなかった。悠子にはただ、自分がこうやって、彼のジープの助手席に乗り、窓の外を流れる風景を眺めている、という現実だけがあった。

ジープは安定した走行を続けながらもガタガタと小気味いいほどに揺れた。カーブにさしかかってハンドルを大きく切る時、義彦の手は優雅にハンドルに沿って滑った。

診察の際、患者の腹部にあてがわれる手、カルテに記入する手、コートをはおってボタンを止める時の手……悠子は数知れず義彦の手を見ている。だが、どんな手よりも、今、ハンドルの上に置かれた彼の手はなめらかで官能的だ、と悠子は思った。

その日、義彦はいつになく饒舌《じょうぜつ》だった。彼は数年前、一人で夏山に登った時の話を始めた。

難儀な山ではなかったし、コースも熟知していたのに、霧にまかれてコースを誤り、気がつくと方向感覚を失っていた、烈しい雷雨にも見舞われたので、仕方なく付近にビバークし、夜の明けるのを待つことになったのだが、暗闇の中でその時、二つの光る眼を見た、と彼は言う。

「光る眼？　キツネか何か？　それとも熊？」

「いや違う。あれは動物じゃなかった。動物だと、闇の中でピカッと目が一瞬、黄色く光って、動物の動きと共に移動してしまうんだけど、僕が見たのはもっと平板な感じのする鈍い光でね、おまけに一ヵ所にじっとして、動かなかった」

「先生をじっと見てたんですか」

「どうだろう。見てたのかどうかはわからない。熊笹の茂みのあたりだったな。今でも忘れられないよ。不気味なんだけど、きれいでもあった。じっと見てると吸い寄せられていきそうでね。まるで行灯《あんどん》みたいに優しい光なんだ。気がつくと眠ってしまったらしくて、朝になってた。霧も雨もすっかり晴れて、上天気だったんだけど、立ち寄ろうと思っていた山小屋が、ものの百メートル先にあるのがわかった時は信じられなくてね。いくら霧が出てたとはいえ、どうして気づかなかったのか、不思議だよ。あの眼に何か関係があるんじゃないか、って今も思ってる」

「そのあたりで死んだ登山者の幽霊だったのかしら」

義彦は、ふっ、と短く笑った。「あなたはそういう話、信じてるの？」

「いえ、別に。でも死んだ人がまったく無の世界に消えてしまう、というのはどうしても信じられなくて。信じたくないだけなのかもしれないけど」

邦夫が死んだ時は幽霊でもいい、会いたいと思った。その時の話を義彦にしようとしてためらっているうちに、言えなくなった。

「死ねば何もなくなるんだよ。幽霊なんてものはいないし、少なくとも僕は見たことも感じたこともない」

「……じゃあ、先生が見たという眼は何だったんですか」

「教えてあげたいけどね、本当のところ、僕にもわからない。ただちょっと、奇妙なことがあって……」と彼は言葉を濁した。「……妻が死んだのはその時刻だったんだ」

峰の茶屋から二手に分かれた道を、義彦は右にウインカーを出した。左手の道は鬼押ハイウェイで、鬼押出し園に続いていた。

悠子はおずおずと聞いた。「その時刻、って？」

「山から下りて家に戻ると、親父の様子がおかしくてね。前の晩から妻の姿が見えなくなった、って言うんだ。四方八方、手を尽くして探したんだけど、だめだった。翌日の朝、警察に捜索願いを出したよ。土蔵で発見された時から遡《さかのぼ》って換算すると、死亡推定時刻はちょうど僕が山に行って、あのおかしな眼を見てた時だったことになる」

話し方にもってまわった調子はなかった。義彦はあくまでも淡々としていた。

「幼稚なこじつけかもしれないよ」と彼は言った。「あなたの言う通り、ただの動物だったのかもしれない。でも、僕にはなんだか、そうは思えなくてね」

「不思議な話ですね」

「うん」

「怖かったですか？　その目を見た時」

「別に。ただ、しびれたようになって動けなくなっただけだ」

悠子はうなずき、微笑んだ。「きっと亡くなった奥様が、先生を助けにいらしたんですね。ビバークした場所から、むやみと動かないように、って。動いてたりしたら、もっと道に迷って遭難してたかもしれない」

「どうとでもこじつけられるさ」義彦は力なく笑った。「自分で言っておきながら、本当のところ、こんな話はあまり好きじゃないんだ。もともと僕は、典型的な理科系の人間だしね。あらゆることに因果関係をはっきりさせないと気がすまない。幽霊だの、霊魂だの、虫の報せだの、そういうことは笑って無視してきたはずなんだ」

悠子はこくりとうなずいた。うなずきながら、美冬という名の、かつて義彦の妻だった女のことを考えていた。

美冬の死は、痛々しく救いようのない、何よりも酷《むご》い死に方のように思えた。自ら死を選ぶ以外、何か方法がなかったのか。自らを救うための方便は見つからなかったのか。

愛する夫の父親に犯されることは、確かに地獄だったに違いない。だが、命を絶つ前にできることはなかったのか。生をかなぐり捨ててまでひたすら悔やみ、嘆くことに何の意味があったのか。

その、純潔に対する一途な執念のようなものが、悠子にかすかな妬《ねた》みをもたらした。

私の中ですでに、夫の記憶は薄れ始めている、と悠子は思う。自分は、純潔などという精神とは無縁になっている、と。夫を亡くして絶望し、一切の夢を失って冬ざれた街にやって来たというのに、私はすでにかつての自分自身をすら、見失いかけている。何故なら、目の前にいる、この美しい男に、我知らず、恋をしてしまったからだ、と。

「内科は外科と違って、いちいち患者の身体の中を開けて見てみるわけにはいかないだろう？」義彦が話し続けている。悠子は慌てて我に返る。

「内科はね、知識と勘を総動員させて、病状を推測しなくちゃいけない。おかげで想像力だけは、人一倍、身についた」

雪を残した路肩を横目に、ジープはさらに北に進み続けた。標高が高くなればなるほど、空の色は濃くなった。溶け始めた雪の下、そこかしこに黒く湿った大地が現れた。それは生命の象徴のような黒さだった。

美冬の死を考えながらも、気分は悪くなかった。会ったことも話したことも見たこともない女だった。義彦の妻だった人、という以外、自分と彼女とを結ぶ接点はない。

悠子は冗談めかして言った。「想像力が身についた、っていうことは、ひょっとして先生は想像だけで診断なさってる、ってことかしら」

義彦は身体を傾げるようにして笑い、「言っておくけど」と言った。「僕はこれでも一応、本物の医者なんだよ」

「私も一応、本物の薬剤師です」

二人は顔を見合わせて笑い合った。

車の中は温かく、汗ばむほどだった。上気したせいで、頬が火照った。悠子はそっと窓を開けた。

やがて山間部とは思えない、広場のようになっている一角に出た。長野県と群馬県の県境である。

左に浅間山が間近に迫って見えた。活火山である。火口付近から白い煙が不規則に立ちのぼっている。山は生命力にあふれていて、今にも地響きをたてて動き出しそうに見える。堆積された火山灰のせいで、あたりに草木はほとんどない。茶色の砂漠を思わせるような大地に、ところどころまだら状に雪が残されている。

思い思いの場所に自家用車が停まっていた。上天気に誘われて出てきたらしいカップルが車の傍で写真を撮り合っている。親子が歓声をあげて、あたりを走り回っている。ピクニックよろしく、ワゴン車のハッチを開けたまま、中で弁当を食べている家族連れもいる。

ジープから下りると、雪溶け水のような甘い匂いのする風が吹いてきて、わずかにそれは、ごう、と地鳴りのような音をたてた。

遠景に連なる山々を眺めながら、悠子は義彦の後ろ姿を目で追った。彼が着ている深緑色のダウンコートは風をはらみ、そのせいで彼の頭はいっそう小さく見えた。悠子は彼の後を追い、肩を並べて歩を進めた。

義彦はふと立ち止まると、風の中で眉間《みけん》に皺を寄せながら煙草に火をつけた。煙は風にさらわれて、すぐに見えなくなった。

「一度聞いてみたいと思ってた」と彼は悠子を振り返った。「どうして、僕のところみたいなちっぽけな診療所に来たの」

悠子は笑顔を返した。「ちっぽけな診療所で働きたかったから」

「変わってるな。あなたの前に来る予定だった小諸の薬剤師の女性は、五十近かったと思うよ。主婦のパート感覚で働くつもりだったみたいだ。それに比べると、あなたはまだ若いのに」

「自分の若さについて、あまり考えたことがありません。私は早く年をとりたくて」

「どうして？」

悠子は肩をすくめた。「年をとれば、いろいろな記憶が薄れて、自分自身のこともどうでもよくなって、楽になるだろうって信じてるんです」

「いくら年をとったって、記憶は薄れないよ」

虚を衝かれた思いで、悠子は義彦を見上げた。「そうでしょうか」

義彦は曖昧にうなずいた。「時々本気で思うんだ。自分がたどってきた過去なんてものは、いっそまとめて飼《か》い葉桶《ばおけ》につっこんで、馬の餌《えさ》にしてしまいたい、ってね」

「馬の餌、ですか？　すごい表現ですね。聞いたことがない」

「すごいだろう？」義彦は薄く笑った。

煙草のパッケージを差し出された。悠子は少しためらってから、中の一本を口にくわえた。

義彦がライターを点火した途端、一陣の風が吹きつけた。炎を守ろうとして、二人の手と手が重なり合った。

悠子は何事もなかったかのように手を離し、煙草を大きく吸った。うつむき加減で煙を吐き出してから、唇を嘗《な》めた。義彦のぬくもりが手の甲に残っていた。

「軽井沢という土地にはいろんな側面があるんだ」義彦は前を向いたまま、おもむろに言った。「ただ自然が美しいとか、別荘生活が優雅だとか、そういった外側の印象だけじゃなくてね。この土地は、いろいろな意味で人間を孤独にさせてくれるところがあるような気がする」

「そうですね。私もそう思います」

「少なくとも、だからこそ僕はここが気にいってるんだけどね」

「同じです」

言ってから、悠子はゆっくりと後ろを振り返った。人々の姿が遠くに見えた。二人が乗って来たジープはさらに遠くにあった。

「よく今まで、診療所を辞めずにいてくれたね」

「どうしてですか」

「僕ならとっくの昔にいやになってたと思うよ。陰気な面構えの医者と一日中、顔をつきあわせてさ。耳に入ってくる話といえば、首吊り自殺だの、愛人だの、手ごめだの……そんな話ばかりだろう？　そのうえ、愛人連れで月に一度はやって来る、色好みのじじいに向かって愛想笑いをしなければならないなんてね」

「そんなこと……別にいいんです」

義彦は短くなった煙草を地面に捨て、はいていたショートブーツの爪先でもみ消した。

「あなたは不思議だと思ってるんだろうな」

「何を？」

「たとえ血がつながっていないとはいえ、戸籍上の父親に妻を手ごめにされておきながら、その男との関係を断てずにいる僕のことをだよ」

「事情がおありなんでしょう？　そうじゃなかったら……」

うん、と義彦は言った。真一文字に結ばれた唇が、わずかに震えた。「事情というほどの事情でもないけどね」

「どんな？」

義彦はそれには応えず、話を変えた。「美冬が死んだ後、親父とは永遠に訣別することを宣言して、僕は兵藤クリニックを辞めたんだよ。いろいろツテがあったんで、G大病院の勤務医になったんだけどね。まあ、早く言えば、僕は問題の多い医者でしかなかった。毎晩アルコール漬けだった。素面《しらふ》で外来患者を診察したことが一度もない。病院での人間関係は目茶苦茶。看護婦とも相手かまわずに寝て、中の一人を妊娠させたらしくてね。先生の子よ、と言われても自分がその女と寝たのかどうかも覚えていないありさまだよ。もちろん、中絶してもらったけど、噂が病院の外にまで広がって、僕の外来の日にやって来る患者が激減した」

そこまで言うと、彼はふと悠子を見た。「申し訳ない。こんな話、女の人にはさぞかし不愉快だろうね」

たとえ義彦が千人の看護婦と寝て、五百人の看護婦を妊娠させ、五百人の胎児を中絶させたとしても、毛筋ほどの不快感もなかった。悠子は首を横に振った。

「寒くない？　車に戻ろうか」

「大丈夫。よかったら、お話、続けてください」

先生のこと、もっと知りたいから、と言おうとして、喉が塞がれたようになった。悠子は黙って彼の言葉を待った。

彼は、もうこの先には行けないよ、と言ってから、もと来た方向に踵《きびす》を返した。悠子もそれに従った。太陽が少し傾いてきて、煙を吐き続ける浅間山のなだらかな稜線を、美しい黄金色に縁取った。

「軽井沢の診療所のことを思い出したのはね、ひどい二日酔いで外来をすっぽかして、ほとんど医師失格のような状態になった時だったよ。季節診療所だったここを僕が一人で通年開業させれば、あらゆるくだらない人間関係から逃れられる、と思った。すぐにG大病院を辞めてね、親父に会うのは死ぬほどいやだったけど、その話をするために会いに行ったんだ。ふたつ返事でOKしてくれたよ。当然だよな。彼は僕に、生涯、どれほど償っても償いきれない借りがあるんだから」

「でも、どうして」と悠子は一番聞きたかったことを聞いた。「どうして大先生が美冬さんと関係を持ったということがわかったんですか」

「生前、美冬がことあるごとに僕に訴えてたんだ。あなたのお父さんが私を見る目が違う、って。怖くなることがある、って。性的な意味で言ってるのだとすぐにわかったよ。親父は昔からああいう男だった。女ならたいてい受け入れる。百人の醜女《しこめ》がいても、九十九人までなら、彼は寝るだろうと僕は思ってるよ。まして美しい女だったとしたらどうなるか、想像がつくだろう」

「ものすごくきれいな方だったそうですね」悠子は目を細め、地面を爪先で蹴るようにしながら言った。「聡美さんから聞きました。見たら驚くわよ、って言われました。なんとなく想像がつきます」

確かにね、と義彦は言った。「でも、ただの美しい女なら、世界中を探せば何千人、何万人といるだろうよ。美冬のよさは他にあった。もっとも、だからこそ彼女は親父の餌食《えじき》になったのかもしれないけど」

「でも、いくら美しく魅力的な方だったとしても、美冬さんは大先生の義理の娘にあたるのに……」

義彦は鼻先でせせら笑った。「彼は実の娘だろうが、自分のおふくろだろうが、気にいれば寝るよ。多分ね。あなたに対する態度を見てもわかるはずだ。彼はそのうちあなたのことも本格的に口説き始めるかもしれない。もちろん、あなたは僕の妻ではないのだから、兵藤英二郎の求愛を受けるかどうかは、あなたの自由だけど」

話の矛先《ほこさき》が妙なほうに行きそうな気がした。悠子は慌てて話を変えた。「あの……でも……遺書はなかったんでしょう? どんなふうにして、いろいろなことがわかったんですか」

「美冬は妊娠してた」と彼は低く言った。「血液型がO型の子をね。言っておくけど、僕はAB型で彼女はB型。僕と彼女との間には、O型の子は生まれないことになっている。彼女がOの子供を生むためには、相手がAB以外じゃなくちゃいけない。わかるだろう？　兵藤英二郎はO型なんだよ」

　伸びきった煙草の灰を一度に地面に落とし、悠子はモカシンの底でもみ消した。

「O型の男なら世の中に掃いて捨てるほどいます。亡くなった夫もOでした」

「美冬は少なくとも娼婦型の女じゃなかったんだ」彼はつぶやくように言った。「これは何も、彼女のことを美化して言ってるんじゃない。本当に温室育ちの女で、世間知らずで、おまけに絵に描いたように貞淑《ていしゅく》だった。もっとも、貞淑でいる以外、他に生き方を知らなかっただけなんだろうけどね。親父は初めから美冬のことを女として見ていたらしい。ちょうど仕事で僕がドイツに十日間ほど行かなくちゃならなくなったことがあってね。僕の留守を利用して、ついに彼女に手を出したんだよ。多分、彼女は抵抗しきれなくなって屈伏したんだろう。脅迫めいたことを言われたか何かして、一度では済まなかったんだろうね。そして、そのことを誰にも言えずに苦しんだ」

「……大先生は何て？」

　彼は両肩を大きくすくめた。「彼は頑として事実を認めようとしなかったよ。当たり前と言えば当たり前だよね。どこの国に、息子から女房に手をつけただろう、と詰め寄られて、うん、私が悪かった、と正直に頭を下げる間抜けな親がいる。嫁に手を出す男は世界中を探せばいるかもしれないし、珍しくはないのかもしれない。でも、まさかね、現実に自分の家庭にそれが起こるとは……さすがの僕も考えなかった。だって……」言葉をとぎれさせて、義彦は空を仰ぎ、息苦しそうに大きく息を吸った。「変だな。どうして僕はこんな話をしているんだろう」

その質問に悠子は答えられなかった。義彦が自分を相手に、ふと打ち明け話をする気になったのは、自分が義彦の口から紡ぎ出される入り乱れた家庭劇の一切合切《いっさいがっさい》を、一つ残らず知りたがっているせいだ、と悠子は思った。この人のすべて、この人の周囲で起こった出来事のすべてを知りたい、という欲望は悠子の中で火球のように燃え盛った。

美冬の自殺にまつわる何を聞かされても、そこに残るのは得体の知れない不吉さだけだった。不吉で、不可解で、不明瞭《ふめいりょう》な事実。だからこそ、悠子は知りたい、と願った。

二人はジープの傍まで来ていた。義彦が中に乗り込んだので、悠子もそうした。エンジンをかけるとばかり思っていたのだが、彼はイグニションキイを回さずに、しばらくの間、黙って前を向いていた。

「ぶっ殺して切り刻んでやりたい、と思う反面、それだけはできない、と今も思うことがあるよ」彼は言った。「死んだおふくろは、兵藤と出会って人生に初めて花を咲かせたんだ。子連れ再婚で、親父の周囲の人間たちは全員、反対してたらしいけど、彼はものともしなかった。僕のことも継子《ままこ》扱いしてきたことはない。親戚連中が僕のことを白い目で見ると、僕やおふくろのいる前で、そいつのことを罵倒《ばとう》した。僕は本当の息子のように育てられた」

「憎みきることができないんですね」

ああ、と彼は嗄《しわが》れた声で言った。「おふくろは進行性の胃癌《いがん》であっけなく逝《い》ってしまったけど、その時も親父は本当によくやってくれたよ。おふくろは最後まで幸福だったと思う。おふくろと結婚生活を送っていた時だって、彼は他に女を何人か作って遊んでいたんだろうけど、おふくろは多分、そのことは知らなかったと思うよ。彼は世界最大の大嘘つきで、ぺてん師で、セックス狂で、嫁にまで手をつけて、自殺に追いこんでも平然と無視できるような、性根《しょうね》のすわった呆れ果てるほどの快楽主義者だけど」そこまで一息に言うと、義彦は静かにイグニションキイを回した。低い振動が悠子の腰のあたりに響いた。

義彦はくぐもった、疲れたような声で続けた。「……だけど同時に、彼は僕とおふくろを救った男でもあるんだ。皮肉だよな」

ギアを入れ、義彦がクラッチから足を離すと、ジープは勢いよく発進した。

南に向かって国道を下り始めると、そのまっすぐな一本の道の彼方に、かすかに陽炎《かげろう》が見えたような気がした。道は揺らぎ、おぼろにかすんだ。

ふいに黙りこくってしまった義彦の、表情のない横顔を視界の片隅におさめてから、悠子は言った。「……フタリシズカっていう花、今日、どうしても先生に贈りたくなったんです」

「どうして」

「先生の持ってらっしゃる静けさが、私を慰めてくれたから」

「二人とも静かだ、という意味？」

悠子は軽く笑った。「もちろん比べ物になんかなりません。先生の辿ってらした道は、多分、私なんかには想像もつかないほど苦しい道だったんだと思います。でも、先生の静けさは私の中にすんなりと入ってきました。いろいろなことがあって……誰も知っている人のいないこの土地で、私は先生の静けさに本当に慰められたんです。だから……」

義彦の手が、その時、ふと伸びてきて悠子の腕を軽く愛撫するかのようにして摑《つか》み、離れていった。

彼は何も言わなかった。摑まれた腕がぬくもりで充たされた。

ジープは春の陽光の中を走り続ける。窓の外に冬の名残が押し流され、消えていく。

悠子は目を閉じた。

9

遅々として進まぬもどかしさを伴いつつ、それでも春は少しずつ確実にやってきた。

四月も半ばにさしかかる頃になると、日陰の根雪も完全に溶けて跡形もなくなり、繁殖期に入った野鳥が人の来ない別荘の戸袋に巣を作るようになった。陽射しは強さを増し、夜間は冷えたが、晴れた日の昼間、診療所の待合室は温室のように温まった。庭の片隅には無数のフキノトウが顔を出した。春江はそれを摘み、味噌《みそ》をからめて天ぷらにした。

そんな春の日の日曜日。夕暮れ時だった。悠子がアパートの台所で、買ってきたばかりの山ウドの皮をむいていた時、電話が鳴った。

両手は濡れていた。はいていたジーンズの太もものあたりで急いで手を拭き、悠子は受話器を取った。

「私だよ」と男の声が言った。

咄嗟にそれが誰の声なのか、思い出せなかった。悠子が「は？」と問い返すと、相手は豪快に笑った。「私だよ。兵藤だ」

兵藤英二郎が悠子のアパートに電話をかけてきたことは一度もなかった。かけてくるはずもなかったし、かけてこなければならない用事など、何ひとつないはずだった。

意地悪く不意をつかれたような感じがした。悠子はかすかに狼狽《ろうばい》した。

「ゆうべ戸倉《とぐら》に泊まってね。いやなに、温泉を併設している地元の病院の院長が、私の学生時代からの友人なんだよ。この季節になるとたまに誘われて、会いに行くことがあるんだ。そいつの女房ってのが昔、ミス新潟だか何だかになった美人で、これが亭主に内緒で、一度だけ熱烈なラブレターを僕によこしたことがあって……いやいや、まあ、そんな話はどうでもいい。その家でみやげに、と筍《たけのこ》をもらったんだ。きみは筍は好きかな」

はあ、と悠子は言った。

食べきれないほどもらっちゃってね、と英二郎は言い、痰《たん》の絡まったような笑い声を発してから、軽く咳払いをした。「ちょうどいいから、きみに分けてあげようと思ったんだ。掘りたての筍だ。旨《うま》いよ。今、東京に向かってるところだけど、これからちょっとそこに寄ろうかと思う。いいね？」

これといった理由もなく、悠子は思わず、受話器を握っていないほうの手指を眺めた。爪の間に、山ウドの土がうっすらとこびりついているのが見えた。

「もしもし？」英二郎は繰り返した。「聞こえてるのかな。もしもし？」

あの、と悠子は言葉を濁した。「寄る、ってここに、ですか？　私のアパートにですか？」

「そうだよ」

「でも、この場所はおわかりにならないんじゃ……」

「東京じゃあるまいし。大日向まで行けばすぐにわかるさ」

「お車で？」

「そう」

「聡美さんもご一緒ですか」

ははは、とまたしても英二郎は笑い声をあげた。「狼《おおかみ》の訪問を避けたがっている赤ずきんちゃんみたいな言い方に聞こえるね」

「いえ、別に。そんなつもりじゃ……」

自分は何と馬鹿げているのか、と悠子は思った。何を意識しているのか。何を慌てているのか。聡美と一緒であろうがなかろうが、英二郎はただ単に筍を届けに来ようとしているだけなのである。大量に筍をもらってしまったので、義彦の分も悠子のところに置いて行こう、と立ち寄るに過ぎないのである。

「聡美は今日は一緒じゃないよ」と英二郎はあっさり言った。言ってからわずかに間があいた。「……一緒じゃないと、何か問題でもあるのかな。ん？」

悠子は大きく息を吸い、吐く息の中で笑ってみせた。「何も問題なんかありません。でも、ここはわかりにくい場所なので、私のほうから筍をいただきに出て行ったほうがいいんじゃないかしら。どこでも行きます。いかがでしょう。これから軽井沢の駅前あたりででも……」

「わざわざそんなことはしなくてもいい。私が届ける。きみはそこで待ってなさい」英二郎は言った。怒りを含んではいなかったが、どこかしら威厳のこもった、有無を言わせぬ口調だった。

「今、小諸《こもろ》の給油所でガソリンを入れてもらったところでね。まもなく出るから、そうだな、二十分もしたら着くだろう。ところできみは筍料理はできる？」

「つまり生《なま》の筍を調理できるかどうか、聞いているんだ」

「筍料理、ですか？」

「茹《ゆ》でるだけでしたら何とか……」

「茹でられれば上等だよ。一昨年だったか、聡美に同じものを渡したら、切った筍を生茹でにして、そのまま料理に使いやがった。固くて食べられたものじゃない」

英二郎は短く笑い、「じゃ、また後で」と言った。低く囁きかけるような声だった。電話はそこでぷつりと切れた。

部屋を訪ねて来た英二郎を玄関先で追い返すことができるかどうか、悠子は自問した。差し出された筍を受け取り、「わざわざありがとうございました。それではまたいずれ」と頭を下げて、靴を脱ぎかけた英二郎をドアの外に押し出す真似が、この自分にできるだろうか、と。
十七、八の、潔癖さだけを信条に生きている少女なら、あるいはそのようなことをしても許されるかもしれない。だが、悠子は結婚経験のある二十八の女だった。度を越した非常識な潔癖なふるまいは、病的だと思われるばかりか、後々、物笑いのたねになってしまう。
台所の流しで素早く手を洗い、散らかっていた室内を片づけてから、悠子は置き時計を見た。午後五時。

今から義彦に電話をかければいいではないか、と彼女は思った。それは確かな名案のように思われた。

英二郎が東京に帰る途中、筍を届けにアパートに寄る、ということを義彦に伝えておけばいい。届けられた筍は自分が診療所まで持って行く、と言えばいい。

そうしておけば、たとえ英二郎が部屋の中に上がりこんで長居しそうになっても、すぐに義彦に筍を届ける約束をしているから、と言い訳をして外に出て行くことができる。同時に、義彦に対しても、言い訳がましいことを言わずにすむ。

電話機に飛びついて悠子はプッシュホンのボタンを押した。コール音は長々と続いた。暮れなずんだ窓の外に、ラベンダー色に染まった春の空が見えた。義彦は留守だった。

殺人鬼がこちらに向かっているわけでもあるまいし、と思い、悠子は受話器をおろしながら苦笑した。いったい自分は何を怖がり、何から逃げようとしているのだろう。

まな板の上の山ウドを酢水につけ、冷蔵庫に入れてから、ガスにやかんをかけて湯をわかした。湯がわくまでの間に様々なことを考えた。

英二郎が仮に、女と見れば誰彼かまわず押し倒そうとするセックス狂だとしたらどうなるだろう、と想像した。そうだったとしても、自分はさほどためらいもなく、部屋に上げてお茶の一杯もふるまうに違いない、と悠子は思った。英二郎が思わせぶりなセリフを吐きつつ、この部屋で滑稽な求愛の仕草をしてみせたところで、驚かずにいられる自信はあった。

そんなことは、悠子には何ほどの影響も与えなかった。世界の外側……自分の軌道の外側で動いているものに関して、彼女は無知無関心を装うことができた。それは邦夫に突然死なれて以来、悠子を支えてきた一種の処世術でもあった。

その時点で、すでに悠子ははっきりと認識していた。自分が漠然と恐れ、不安を覚えていたのは、英二郎ではなく、義彦なのだということを。

親父はいずれ、あなたのことも口説《くど》くよ……義彦はそう言った。口説かれるのはかまわなかった。どうせ女好きの初老の男の、邪気のないお遊びなのだ。せいぜいが、歯の浮くようなお世辞を繰り返して、膝に手を這わせてくるのが関の山だろう。さりげなく手をはずして立ち上がり、笑いながら背を向けて拒絶の姿勢を見せればそれで終わる。

だが、そのことを義彦に知られるのは怖かった。英二郎から口説かれたことを義彦が知ったら、義彦は美冬の一件と重ね合わせてしまうに決まっていた。そして間違いなく、静かに自分から離れていくに決まっていた。あの覚えのある冷笑だけを残して……。

今はそれだけが恐ろしかった。

電話がかかってきてから三十分後、アパート近くで車が停まる気配があった。エンジンが止められ、ベンツの重々しいドアが閉まる音がした。

悠子はサンダルをはき、玄関の外に出た。まもなく英二郎が、筍の包みを抱えながら、軽い足取りでアパートの階段を上がってきた。

彼は大きな目を細め、こめかみに無数の皺《しわ》を刻みながら、悠子を見つめて「やあ」と言った。

　コートは着ておらず、明るい紺色のダブルのジャケットに鼠色《ねずみいろ》のズボン姿だった。白い開襟シャツの襟元には、ペイズリー模様のアスコットタイが形よく巻かれていて、その装いは大柄な身体によく似合っていた。

「お出迎えかな。それとも、せっかく来たのに、私はここで追い返されるのかな」

　いたずらっぽい口調でそう言うと、英二郎はつと立ち止まり、悠子に向かって晴れやかに笑いかけた。

　悠子は笑ってそれに応えた。自分の笑顔に不思議なほど嘘はないような気がし、そのことが悠子の気持ちを曇らせた。どこかで義彦が見ているような気がした。見ているばかりではない、今しがた、自分の顔に浮かんだ笑みの奥底にあるものを義彦に見透かされたような気もした。

　先に立って英二郎を部屋の中に招じ入れると、英二郎は玄関先で筍を差し出した。ずっしりとした手応えを感じた。無造作に新聞紙でくるまれ、白いポリ袋に入っていた筍は、子供の太股ほどの太さのある見事なものだった。しかも七本ある。

「こんな立派な筍、初めて見ました」悠子は中を覗《のぞ》きこみながら言った。「でも、こんなにたくさん？」

「全部で十本もくれたもんでね」

「私ひとりではとても食べきれません。義彦先生のところにお持ちしてもいいですか」

「好きにしなさい。義彦はどうせ筍料理なんぞ、できはしないのだから、春江さんにでも渡しておけばいい」

「じゃあ、早速……」

早速これから届けてきます、と言いかけて、悠子は口ごもった。英二郎は、なかなかいい部屋だ、と言いながら、部屋の中を見まわし、出窓から外の景色を眺め、小さな書棚の中の本を覗きこみ、天井から吊り下げられたモビールを指先で弾いた。その、どこか落ちつかなげな動作の中に、一人暮らしの娘の部屋を初めて訪ねた父親を思わせる、隠しても隠しきれないような純朴な照れが感じられた。

何も起こるはずがない、と悠子は自分に言い聞かせた。英二郎は形式上、悠子の雇い主であり、悠子が診療所で働くことを許した人間であった。

この人の過去に何があろうとも、義彦との間にどんな底知れない闇が横たわっていようとも、今この場で自分がしなければならないのは、笑顔でコーヒーをふるまい、笑顔で世間話に興じ、頃合いを見計らって笑顔で送り出すことだろう、と悠子は思った。

「コーヒーでも？」

悠子がそう聞くと、いいね、と英二郎は相好《そうごう》を崩した。

わかしたばかりの湯でドリップ式のコーヒーを淹れている間、英二郎は炬燵《こたつ》に入り、「さすがにこの時間になると、少し冷えるな」と言って背を丸めた。両手を炬燵布団の中に差し入れたその姿はひどく老人くさく、かえって悠子を安堵《あんど》させた。

コーヒーにビスケットを添えて盆に載せ、炬燵で差し向かいになった。英二郎はビスケットを頰張《ほおば》って「旨い」と言った。どこのスーパーでも買えるありふれた二枚の丸いビスケットはたちまち彼の胃の中におさまった。

「何だか変だね」と英二郎は音をたてて豪快にコーヒーを啜《すす》ると、さも可笑《おか》しそうに喉の奥に笑い声を含ませながら悠子を見た。「こうやって、炬燵に入って、きみみたいな美人が淹れてくれたコーヒーなんか飲んでいると、若返ったような気がするよ。きみは私の年齢を知っているね」

「はい。確か、六十……」

「今年で六十一になる。きみのお父さんのほうが若いんだろう」

「生きていたとしたら、そうですね、五十八になってたはずです」

「亡くなったの?」

悠子はこくりとうなずいた。「私が薬学部の学生だった頃に。長患《ながわずら》いだったんです。若い頃からあんまり身体が丈夫じゃなくて」

「きみは時々、父親に恋をして失恋した娘のような顔をすることがある。変だと思ってたんだ。そうか。お父さんを亡くしていたんだね」

「私がそんな顔をすることがあるんですか」

「そう言われるのはいやか?」

いえ、と悠子は言った。「別に」

「私は成人病の巣のような身体だが、それでも今のところ、元気でいられるのだから運がいいのかもしれない」英二郎は、てらてらと光った血色のいい頬をゆるませて薄く笑った。

「長患いは辛いもんだ。長い間、患者を診《み》てきてそう思う。ある日突然、ぽっくりいくのがいい」

「そうですね。でも大先生はまだまだお若いから、そんなお話はずっと先のことでしょう」

「どうかな、それはわからんよ。若さを演技してるだけかもしれん」

「大先生の女性に対する積極性は、とても演技とは思えません」

あはは、と彼は青年のようにけたたましく声をあげて笑った。「女性に積極的なのは、私が老いを恐れているせいだよ。見ないですむものなら、一生、老いていく自分など見たくはないからね。そのためには女性の力を借りねばならん。女性フェロモンこそ大事なんだ」

女性フェロモンという言葉を発した彼の唇は、まさに今ここで、その言葉通りのものを飲みこみたがってでもいるかのように、濡れてぎらりと光った。

悠子は冗談めかして聞いた。「そういえば、筍をくださったご友人の奥様から、ラブレターを受け取って、その後、どうなさったんですか」

ああ、あれか、と英二郎は言い、湿った咳をして煙草に火をつけた。「どうもしないよ。一度だけ彼女が亭主に黙って上京してきてね、巣鴨《すがも》の旅館で密会したことがあったが、それきりだ。いい思い出だよ。今逢っても、互いに一言もそのことには触れない。当たり前だがね」

「それが原因で、大先生のお友達との仲がまずくなったりはしなかったんですか」

「私と彼女が口を閉ざしてさえいれば、秘密がもれることはあり得ないさ。いいかい、きみもこれだけは覚えておいて損はないよ。世間によくある男女がらみのいざこざというのは、当事者のどちらかが閨房《けいぼう》の秘密を他言したことから引き起こされるんだ。言わなければいい。二人が一言ももらさなければ誰も傷つかずにすむのだ。そんな簡単な約束ごとを、不思議なことに人は時々、好んで自ら破りたがる」

「そうかもしれません」

悠子の頭の中を美冬のことがよぎった。美冬という女が、義父との間で交わされた情事の顛末《てんまつ》をひとり胸に秘めていられたのだとしたら、一切は変わっていたのではあるまいか、と。一切は変わり、美冬は死なず、義彦は軽井沢の診療所に来ることもなくて、自分はあのまま、東京の、夫と暮らしたマンションの一室に住み続けながら、相も変わらず病院勤めの薬剤師の仕事をしていたのではないか、と。

そうすれば、義彦と出会うこともなく、こうやって筍を届けに来た英二郎を前に、何かざわざわと落ちつかない気持ちで座っていることもなかった。一切が変わる、ということは、一切がなかったことになるということでもあった。

「灰皿はあるかね」

英二郎の声に我に返った。悠子はリビングボードの引出しから小さな四角いリモージュ焼きの灰皿を取り出した。

炬燵に置こうとすると、英二郎は「華奢《きゃしゃ》な手だ」と言って彼女の手を見つめた。引っ込めようとしたのだが遅かった。彼は炬燵の上に置かれた湯呑みでもつかむようにして、いとも自然に悠子の手を取った。

「細くて長い指だ。掌《てのひら》の肉も薄い。少し不健康な感じもするがね。それでもきみらしい手だ」

「そうでしょうか」さりげなさを装って聞き返した。内心の混乱を隠せなかった。いやなら手を引っ込めてしまえばそれですむ。簡単なことである。だが、どういうわけか、悠子の手は未だ英二郎の肉厚な、どっしりと乾いた掌の中にあった。

「火照っているね」英二郎は低い声で言った。「身体の内側から火照っている、という感じだよ」

「春だからです」悠子は言い、目をそらせた。「この季節、時々そうなるんです。だるくて眠くて……あ、あの、ビスケット、もう少し召し上がりませんか」

やっとの思いで手をはずし、立ち上がろうとした悠子を英二郎は目で制した。

「きみは私を怖がっているな」

「そんなことありません」

「私がきみに下ごころをもって近づいている、と思っているのだろう。そうだろう」

「いえ、違います」

「正直に言えばいいんだよ。怒らないから」

「そんなこと思ってません」

「残念ながら、きみの観察は間違ってるな」そう言うなり、英二郎は少年のようにくすくす笑うと、煙草をもみ消して立ち上がった。「私はきみに大いなる下ごころを持ってるんだ。さて、そろそろ失礼しよう。邪魔したね。今日は早めに戻らないと、聡美に叱《しか》られる。聡美はここのところ、私にひどく焼きもちを妬くんだ。何を今さら、という感じだが、女ごころはわからない。ゆうべも本当に戸倉に行ったのかどうか、疑ってたらしくてね。さっき電話をして、筍を持って帰る、と言ったら初めて機嫌がよくなった」

玄関先で靴をはき終えると、英二郎は悠子と向き合うようにして立った。狭い玄関だった。上がり框《かまち》にいた悠子の吐息が嗅ぎ分けられるほど近くに、英二郎の顔があった。

「ここに来たことは聡美には内緒だよ」英二郎は言い、軽く片目をつぶってみせた。「きみと私だけの秘密だ」

「でも私……」と悠子はしどろもどろになりながら言った。「……義彦先生にはお話しますけど」

英二郎は目を大きく見開いて、幼い子供でもあやすように笑いながら、小刻みにうなずいた。「そんなに物事を生真面目にとらえなくてもいい」

逃げ出す間もなかった。彼の右手が瞬時にして悠子の頰を撫《な》でていった。「もっとも、きみのそういう真面目なところが、私をかりたてるんだがね。この次はいつ会えるかわからないが、それまで私は、きみのことを考えて生きることにするよ」

幼女に別れの挨拶《あいさつ》をするかのように、英二郎は悠子の鼻を軽くつまんで「じゃあな」と言うと、素早く背を向け、ドアの向こうに消えていった。

ベンツが走り去って行く音がした。悠子はドアに鍵をかけ、コーヒーカップを流しで洗った。洗い終わってから、電話機の前に行き、番号ボタンを押して義彦に電話をかけた。

呼び出し音が始まり、その音は途切れることなく続いた。諦めて受話器をおろした途端、ふいに動悸が始まった。

説明のつかない不安が悠子の中をかけめぐった。悠子は胸に手をあてた。その不安の中には、形も定かではない、何かおそろしく得体の知れない、それでいて身を焦がしてくるようなものが蠢《うごめ》いていた。

怖い、と悠子は思った。

翌日、悠子が診療所で義彦に筍を渡した時、彼は多くを訊《たず》ねなかった。聡美が一緒だったのかどうかも質問せず、英二郎が悠子の部屋に上がりこんだのかどうかも問い質《ただ》さなかった。ただ一言、「そう」と言っただけだった。

弁解がましくなるのはいやだった。何か説明を始めたら最後、英二郎が部屋に上がりこんで自分の手を握り、帰りがけに頬に触れてきたことまで喋ってしまいそうで怖かった。悠子はそれ以上、何も言わずに黙っていた。

筍はすぐに春江の手に渡った。食べきれないから、好きなだけ家族に持って帰ればいい、と義彦に言われ、春江は大喜びで筍を抱え、一旦、自分の家に戻って行った。義彦の台所には、たくさんの筍を一度に茹でることのできる大きな鍋がないからだった。

その日、午前の診療が終わる間際になって、かけこむようにしてやって来た婦人が、診療所の玄関先で苦しげにうめきながら倒れこんだ。六十前後の、ころころと肥った色黒の女で、顔は赤黒くなっていた。

付き添って来た息子とおぼしき男は、何を聞いても「朝から気分が悪いらしくて」としか言わない。

他に患者はいなかった。義彦がすぐに診察室から出て来て、婦人に症状を問いかけた。ひどい頭痛とめまいがする、という。

その場で血圧が計られた。最高血圧１９０、最低血圧１１０。義彦は落ちつき払っており、日常の診療時と何ひとつ変わらない表情を保っていた。

「この場所でいいですから、しばらく安静にしててください。動かないように。大丈夫です。安静にさえしていれば、今すぐ、どうかなってしまうことはありません」

義彦が悠子に目配せをし、「何か上に掛けるものを」と言った。「僕の寝室から毛布を持って来てくれないか。クローゼットの棚のてっぺんに未使用のやつが一つある」

付き添って来た男がおろおろし、こわごわ母親の顔を覗きこんでいる。悠子は義彦を手伝って婦人のはいていた靴を脱がせてやってから、義彦の部屋に通じる扉を開けた。

寝室は居間の向こう側、建物の一番奥にあった。春江の作ってくれた昼食を食べる時など、頻繁に義彦の居間を使わせてもらっていたが、寝室に通じる扉を開けたことは一度もない。

十五畳ほどの広さの洋間だった。セミダブルサイズのベッドが壁に沿って置かれてある。ベッドには焦げ茶色のカバーがかけられている。

反対側の壁に重厚な書棚と、両袖引出しのついた大きな書斎机が一つ。書棚の中の本はほとんど整頓されていない。横に積み重ねられているものもあれば、背を裏側にして乱雑に押しこまれているものもある。机の上は書類と本と紙の山で、かろうじて中央に書き物をする場所が残されている、といった具合である。

作り付けのクローゼットは、蛇腹《じゃばら》ドアになっていた。開けた途端、ハンガーに掛けられている何枚ものシャツ、ジャケット、ズボンの間から、かすかに男の体臭が匂いたった。それは午後になって戻って来る義彦の、コートにまとわりついている日向の匂い、冬の風の匂いでもあった。

上の棚に、見るからに真新しい花柄模様の毛布があった。贈答品か何かで贈られたもののようだった。まだ商標札がついたままになっている。

背伸びをして毛布を取り出し、クローゼットの扉を閉めた時だった。ベッド脇のサイドテーブルに目が吸い寄せられた。

目覚まし時計や読書灯、灰皿、煙草、ライター、メモ用紙などが雑然と置かれた大きなサイドテーブルである。写真立てが一つあった。大きくもなく小さくもない。ちょっとした文房具店でも買えるような、何の変哲もない、銀色のフレームで囲まれた写真立てである。それは日に焼けて黄ばみかけた、白いレースの敷物の上に載っていた。無機質な小物類の中にあって、そこだけが不思議に生々しく、息づいているように感じられた。

悠子は毛布を抱えたまま、サイドテーブルに近づいた。温かな日だった。窓にかかったレースのカーテン越しに、春の光が仄白く室内に満ちていた。

写真立ての中には女がいた。ゆるくウェーブのかかった髪の毛を肩まで伸ばし、眩しいのか、少し目を細めながら、木の幹にもたれている。木漏《こも》れ日《び》が躍る夏の木陰である。わずかに交差した足元は素足のままである。

膝丈の、木綿の純白のドレスの乾いた手触りが伝わってくる。ウエストラインがしぼられ、ギャザーが入ったスカートの裾は美しい波を描いている。大きく空いた胸元には、卵色の糸で品のいい刺繍《ししゅう》がほどこされてある。

細い身体に似合わぬ豊かな乳房を強調するデザインのドレスではあったが、女が漂わせている雰囲気のどこにも、何ひとつ猥雑なものは感じられなかった。

女はただ、無心に微笑んでいる。美しい形をした唇の清潔さ。非のうちどころのないアーモンド形の目の配置。可憐さが感じられる女らしい鼻梁《びりょう》……。

極上の美しさと愛らしさをパレットの上で溶かし合わせ、絵筆にたっぷりと染みわたらせて描いた絵のような女だった。媚《こ》びた目で男を見ても、無垢な赤ん坊が母親の乳をねだっているようにしか見えない。そんな女でありながら、同時に彼女は、密かに底知れないコケットリーが窺えるような女でもあった。

美冬だ、と悠子は思った。そしてその瞬間、悠子の中で美冬は、輪郭や重さや手応えをもつ、一人の生きた女と化した。

写真立てを戻し、寝室を出て待合室に急いだ。婦人はまだ赤黒い顔をして、待合室の床に仰向けになったままでいたが、目には生気が戻っていた。

悠子が毛布をかけてやると、婦人は「すみません、ほんとに」と言った。思いがけず力強い声だった。

十分ほどそのままにした後、義彦が抱き起こして診察室まで連れていった。息子も一緒に中に入って行った。

丁寧《ていねい》な問診が始まった。今朝は何を食べましたか、お通じは？　どんな感じのする頭痛でしたか、今服用されているお薬は何ですか……。

診察室と調剤室とを隔てる扉越しに、義彦の声が聞こえてくる。

義彦のどこか単調な、抑揚のない話し声を聞きながら、悠子は英二郎が美冬を押し倒し、犯している様を想像した。

美冬の口から発せられたか細い叫び声、シーツがこすれる音、ばたつかせる足がベッドのスプリングを烈しく鳴らす音、破れ、切り裂けそうになる衣《きぬ》ずれの音……。そして一切抵抗はかなわないと知って美冬が諦め、身体の力を抜いた瞬間の不気味な沈黙と、英二郎の規則正しい喘ぎ声、気持ちと裏腹に反応した美冬の小さな呻《うめ》き声……。

美冬はその時すでに、死者としてではない、生者として悠子の中に居座っていた。

写真など、見なければよかった、と悠子は思った。写真さえ見なければ、美冬という女は、自分とは無縁の世界に生きた気の毒な女、という枠の中に押し込めておけるはずであった。だが、見てしまったものを忘れることはできない。

診療所の玄関ドアが開き、春江が「よっこらしょ」と言いながら、騒々しく中に入ってきた。手に大鍋を抱えている。使いこんで底の部分が黒くなったアルミの鍋である。調剤室の窓口に来て仰々しく鍋の蓋を開けてみせると、上機嫌の春江は、たちのぼる湯気の中で大きく息を吸い、恍惚《こうこつ》とした表情を作った。

あたりに茹でたての筍の香りが広がった。その香りは、前日、自分の部屋にあがりこんで来た英二郎を連想させた。

悠子は自分でも思いがけないほど強い、憎しみをこめたような手つきで、筍の香りを追い払うと、「まだだめよ、春江さん」と囁いた。「急患の患者さんがいるんだから」

あら、ほんと、それはごめんなさい、と春江は言い、こそこそと背を向けて義彦の台所に向かった。

10

死んだ夫を思い出すことが少なくなったのは、ごまかしようのない事実だった。そのことを認めざるを得なくなって、悠子は自分自身を疎ましく思った。

それは譬《たと》えて言うならば、好きで好きでたまらなかったクラスメートの少年のことが、これといった理由もなしに好きではなくなり、気がつくと別の少年の幻影が胸の中を占めていた時に少女が感じる、かすかな違和感にも似ていた。

少女は無分別で、傲慢《ごうまん》で、無自覚で、冷酷で、客観性に欠けている。可愛がっていた子猫の死を悲しみ、一晩中泣き狂っても、翌日、憧れていた少年にデートに誘われれば、髪の毛のカールの出来具合を気にするあまり、子猫の死など忘れてしまう。自分もその程度の人間なのかもしれない、と悠子は思った。

あれほど身をしぼられるような思いで忘れたい、と願った夫の死が、今、かくも易々と忘れ去られようとしていることに、悠子はとまどいを覚える。道徳的に、倫理的に、自らを罰したいような気持ちにかられる。そしてその気持ちが、夫の死に遭遇した時にこみあげてきた、あの場違いなほどの怒り、やり場のない苛立《いらだ》ちにも似ているのが、不思議と言えば不思議だった。

筍を届けに来て以来、週に一度の割合で、東京の兵藤英二郎から悠子の部屋に電話がかかってくるようになった。かかってくるのはたいてい夜遅くなってからで、時には深夜零時をまわって電話が鳴り出すこともあった。

今、銀座で飲んでいる、どうしてもきみの声が聴きたくなってね……と英二郎は言い、本気なのか冗談なのか、恋を打ち明ける青年のような訥々《とつとつ》とした口調で、私がどれだけきみを思い、どれだけきみのことを考えて生きているのか、きみには想像もつかないだろう、などと言う。

受話器の奥からは、絶えず女たちの嬌声《きょうせい》が聞こえてきて、電話のある場所と客が騒いでいる場所とは離れている、とわかるのだが、時折、「先生ったらあ」などという甘えた声が、びっくりするほど間近にする。その瞬間、送話口が手で塞がれるのか、ざらざらとしたくぐもった音だけが残される。

だが、すぐ後で英二郎の太い声が何事もなかったかのように「悠子」と囁きかける。「今、何をしていた」

「そろそろ寝ようと思ってたところです」

悠子がそう答えると、英二郎は「そうか、そうか、そうだったのか」と妙に艶《つや》のある、こもったような野太い声を出す。

「きみの部屋は克明に覚えているよ。炬燵布団の隅に、煙草の焼け焦げの跡がついていることもね。嘘だと思うなら、後でめくって見てごらん。表側ではなくて、裏側だ。私が座った場所の裏側。あれは誰がつけたんだろうね。亡くなったご亭主か？　それともきみの現在の恋人か？　いや、案外、義彦かもしれないな」

「大先生、酔ってらっしゃる」悠子が笑いながらさりげなくかわすと、英二郎は「義彦とはどうなんだ」と聞いてくる。

「変な大先生。いったいどういう意味かしら」

「ごまかさなくてもいいよ。あんなちっぽけな診療所で、一日中、二人きりでいるわけだ。

あいつはきみのことを憎からず思っているに決まってる。何かいい雰囲気になっても不思議ではないだろう」

「そんな雰囲気は全然ありません」

「一緒に食事くらいはしただろう。酒を飲んだこともあるだろう」

「食事もお酒もありません。お茶を飲みに行ったこともないんですから」

ほう、と英二郎は言い、湿った笑い声をもらす。「堅物《かたぶつ》だな、あいつも。私なら、きみが診療所に来た翌日にお茶に誘って、翌々日に食事に誘って三日後には旅行に誘っているだろうにね」

返答に窮して悠子が黙っていると、英二郎は打って変わった生真面目な言い方で「会いたいな」と言う。「言いたかったのはそれだけだ。じゃあこれで切るよ」

だが、一旦切れた電話は、数秒後に再び鳴り出す。英二郎は吐息のように静かな声で「おやすみ」とだけ言う。おやすみなさい、と悠子は言い、その言葉を待っていたかのように電話は改まったように静かに切られる。

悠子はその後、馬鹿げたことだと思いながらも起き上がって、炬燵布団をめくってみる。英二郎が言った通り、ストライプ模様の炬燵布団の裏側には、それとはわからないほど小さな黒い焼け焦げがついている。

間違いなく生前の邦夫がつけた、煙草の焼け焦げだとわかる。見てはいけないもの、思い出してはならないものを思い出したかのような不吉な気分に陥るのだが、まもなくそんな気持ちも消えていく。

後に残されるのは、自分でも説明のつかない気持ちの泡立ちだけであり、それが何なのか、何故そんなふうになってしまうのか、言葉にすることもできないまま、悠子は窓辺に寄りかかり、窓の外に広がる夜の静寂を飽きずぼんやりと眺めるのだった。

英二郎から時々、アパートに電話がかかってくる、という話はどうしても義彦に打ち明けることができなかった。

一つのかくし事は二つになり、三つになった。こんなことで義彦にかくし事する必要はない、無邪気に「大先生から電話があった」と言ってしまえばいいではないか、と思うのだが、どうしてもできない。

今に過ぎ去る。今に終わる……一方で悠子はそう信じていた。こんなことが長く続くはずもなかった。

実際、考えてみれば馬鹿げたことではあった。英二郎との間に何があった、というわけでもない。何を気にすることがある、と思うのだが、思うそばから、診療所で見かけた美冬の写真が蘇《よみがえ》る。

ひょっとすると、美冬の場合も同じだったのではないか、と思えてくる。初めは何ということのない、好色な義父の色目にかすかなとまどいを覚えていただけだったのに、やがてそれが抜き差しならぬものになっていったのではあるまいか。

　誘われたから受け入れたのではなく、まして、押し倒されるようにして関係を強要されたわけでもない。美冬の場合もまた、今の自分と同様、これといった既成事実が何ひとつ起こらぬまま、いたずらに不安にかられ、そのことを何故かはっきり夫に告げることができずにいたのではないか。

　人は時々、もっともしてはならぬことをしてしまいそうになる。学生時代、混んだ山手線の中で、女性の性器を表す四文字言葉を大声で叫びそうになって困る、と本気で悩んでいた男子学生がいた。もちろん彼は本当に叫んだりはしなかったのだが、してはならない、という禁忌《きんき》を意識するあまり、逆にその禁忌の中に自ら踏み込んでいく人間の心理は悠子にも理解できる。

　美冬が禁忌に向かって目をこらし、こらせばこらすほど、嘘が生まれた。隠すことではない、正直に夫に打ち明ければいい、と思いつつ、そう思うこと自体が不安を倍加し、不安は日々、増殖していく。

　美冬は、肥大化していく不安と戦うくらいなら、いっそ身を委ねてしまったほうが楽だ、とでも思ったのではあるまいか。だからこそ、しまいには崖から身を翻《ひるがえ》すかのようにして、自ら義父にからだを開いていったのではないだろうか。

　ただの憶測であり、何の根拠もないことだとわかってはいた。だが、悠子はその種の想像をたくましくできる自分が恐ろしく感じられた。

何故、自分は義彦に言うことができないのか。診療所の、患者の来ない空いた時間にでも、さりげなく診察室に入り、大先生は本当にお元気で困ります、週に一度、私のところに電話がかかってくるんですよ……などと冗談めかして言うことができずにいるのか。

その問いの答えは永遠に出そうになく、悠子はまた、別の問いを自分にぶつける。

電話が鳴り、受話器を取り上げて相手が誰なのかわかった瞬間、自分の胸を弾ませる相手は誰なのか、と。

義彦。そして他には？

いない、いるわけがない、と否定しつつ、悠子の胸の中には如何《いかん》ともしがたい禁忌の言葉を口にする時のように、もう一人の名前が浮かぶ。

兵藤英二郎……。

五月七日、土曜日の夕刻、東京学士会館で、児島摂子の結婚披露宴が執り行われることになった。悠子はもちろんのこと、義彦も招待されていたため、午後の診察を休みにし、その日、ふたりはそろって上京した。

翌日が日曜日であり、急いで軽井沢に戻る必要がなかったため、義彦はあらかじめホテルをとった。一方、悠子は久しぶりに横浜の兄夫婦の家に行き、母親と水いらずで過ごして、日曜日の夜遅く軽井沢に戻る、という計画をたてた。

充分、東京での休暇を楽しんで、義彦と日曜日の午後、再び同じ特急列車に隣同士に座り、軽井沢に帰りたい、と思わないでもなかったが、自分と会うことを首を長くして待っている母の気持ちを考えると、それはできなかった。

兄夫婦とは表面上、何の問題もなく暮らしている様子ではあったが、母の抱えている寂しさを悠子は理解できた。それは、自分の居場所はどこか他にあるのであって、ここではない、と感じる時の寂しさだった。飼い主を失った猫のような気分で生きている晩年の母にとって、兄夫婦の家は、雨露をしのぐための、見知らぬ家の軒先のようなものに違いなかった。

そして同時に、摂子が用意してくれたも同然の東京での貴重な時間は、そんなふうにきわめて常識的に過ごすほうがいいようにも思われた。実際、義彦は悠子を誘わなかったし、翌日の彼女の予定を聞きもしなかった。悠子もまた、何も質問しなかった。ふたりはただ、特急列車に並んで座り、結婚する摂子についてのありふれた感想を述べ合い、車内販売のコーヒーを飲み、上野駅に着いて学士会館に急ぎ、会場では別々の丸テーブルについて、雛壇《ひなだん》に座る新郎新婦のために寄せられる数々の退屈なスピーチを聞いていただけだった。

摂子の結婚相手である栗田秀之《ひでゆき》は、都内の大学病院に勤務する内科医であった。摂子よりも三つ年上の三十一歳で、悠子も何度か会ったことがある。摂子の半分も喋らないものの、無口な人間特有の刺々《とげとげ》しさはない。むしろ春の風のような穏やかさを醸《かも》しだしてくれる男で、摂子とは似合いだった。

顔を白く塗り、高島田のかつらをつけ、うつむきがちに白無垢の衣装に身を包んだ摂子は、小柄なせいか、白い大きなマシュマロのように今にも転がりそうに丸々と愛くるしい。その横で背筋を伸ばし、正面を向いている和服姿の栗田もまた小柄な上に小太りである。並んでいる二人は遠くから見ると完璧な相似形を成しており、彼らの将来の安泰ぶりを見せつけているようでもあった。

栗田の病院関係者や先輩諸氏による祝辞が長々と続き、摂子の仕事関係者の祝辞が始まってまもなく、司会者が義彦を指名した。

彼は落ちついた足取りで雛壇の傍に設《しつら》えられたマイクの前まで行き、そつのない短い祝辞を述べた。義彦の声の清澄《せいちょう》さと、その容貌とが、否応なく居合わせた人々の視線を集めたが、祝辞内容はひどく凡庸なものだった。

冠婚葬祭用のマニュアル本からそのまま抜き取って、暗記してきただけ、と思わせるほどであり、そこには一切、感傷も誠意も友情すらもなく、同時に、それらを演じようとする努力の跡も見えず、義彦はただ機械のように喋り、機械のように雛壇に向かって会釈《えしゃく》をし、機械のように席に戻った。

そして悠子は彼の一部始終を見ていた。改めて彼の非情さ、彼の孤独、世界と相容れない頑《かたく》なさ、それらの底の底に、ひっそりと物言わず横たわっているものを覗いたような気がした。彼女はそれらを愛し、密かに胸を焦がした。

三時間にわたって続けられた披露宴の後、金屛風《きんびょうぶ》の前で招待客たちを見送る摂子は、悠子を見て涙ぐみ、悠子が「おめでとう」と言って軽く肩を抱き寄せてやると、あられもなく声をあげて泣き出した。

摂子の涙を見るのは初めてだったので、悠子は驚いた。少なくとも摂子は、感極まって嬉し泣きをするような少女じみた面をめったに見せない女だった。

あるいは自分のために泣いてくれたのかもしれない、とも思ったが、たとえそうだったとしても、他人の孤独、他人の人生を不憫《ふびん》に思って泣く摂子に、何ひとつ偽善的なものを感じないでいられるのが不思議だった。悠子は素直に摂子の涙を受け入れた。

六月になったら摂子と軽井沢に行きます、と新郎の栗田が言った。待ってます、と悠子は応じた。

新郎新婦は、その晩の飛行機でマウイ島に向けて新婚旅行に旅立つことになっていた。仕事柄、栗田がまとまった休暇がとれないせいだった。一刻も無駄な時間は使いたくない、とばかりに、披露宴後、二人はただちに着替えをし、空港に急がねばならなかった。

二次会の会場が用意されていなかったせいか、招待客たちは初夏を思わせる温かな休日の夜、中途半端に放り出されたような感が否めなかったらしい。いつまでも散会せず、ロビーでうろうろしている人が目についた。

義彦は新郎側の招待客の中に見知った顔があったらしく、ロビーで立ち話を始めた。待つともなく義彦の話が終わるのを意識しながら、悠子もまた、薬学部時代の同窓生に声をかけられ、世間話を交わした。

「高森さんの恋人?」と、その同窓生の女が悠子に向かっていたずらっぽく囁いた。

「誰のこと?」

「あそこにいる診療所の先生よ。独身なんですってね。児島さんが前、働いてたところの先生でしょ。今日も一緒に軽井沢から出て来たりして。私も今日、上野から来たんだけど、タクシー乗場であなたたちが一緒にいるのを見かけたのよ。気づかなかった?」

郷里の郡山《こおりやま》に帰って、市議会議員と結婚したというその女は、「素敵な人ねえ」とため息をついた。「さっきからみんなで言ってたの。高森さんたら、すごいいい男をつかまえた、って」

男女のことで俗的な好奇心を向けられるのは苦手だった。悠子は笑って首を横に振った。

「私も先生も軽井沢に住んでるから、たまたま一緒の列車で上京しただけよ」

「照れちゃって」と女も笑った。「でもよかったじゃない? 若い身空で未亡人はよくないわ。前のご亭主のことは忘れて、幸せになってよね。いろんな意味で、亭主にはお医者さんが一番よ。私が言うんだから間違いないわ。議員の女房なんてちっともよくない。私なんか、テイのいい無給の秘書だもの」

結婚式には招待してよね、と小声で囁き、片目をつぶってみせると、女は青いサテン地のチャイナドレスの腰を左右に振りながら去って行った。

別にこれといって、どうということのない会話だったのだが、悠子は何故か、自分と義彦とが、べとべとした〝世俗〟という名の垢《あか》で穢《けが》されたような気がした。

現実の損得勘定だけで生きられればどれほど楽か、と本気で思う。過去に何度か、同じ思いを抱いたこともある。だが、悠子はどう転んでもそうした生き方はできそうにない。

それは決して生きることに純粋だからではなく、むしろ逆で、悠子が混沌《こんとん》としすぎているせいだった。始まりもなく終わりもない、整理し、片づける小箱も持たないような生き方をしてきた、と悠子は時々考える。悲しみも喜びも、前進も後退も、一切の出来事は混沌の中にあって、混沌の中に消え去って行くように思えてならない。混沌から逃げれば、行き着く先もまた混沌であり、その追いかけっこは生涯、終わることなく繰り返される。

「悠子さん」

下から仰ぎ見るような形で声をかけられ、悠子は我に返った。

聡美の笑顔があった。

「びっくりしたでしょ。今日ね、用があって春江さんに電話したのよ。そしたら、結婚式で義彦さんと一緒に悠子さんも学士会館に来るって話じゃない。だからちょっとね、いたずらで来てみちゃった」

前に別荘で会った時よりも、また一段と痩《や》せたように見える。クリーム色の華やいだパンタロンスーツ姿で、結婚式帰りの人々の中に混じって違和感がない。

「義彦さんったら、まだ私に気づかない」くすくす笑って、聡美は親しげに悠子の腕を取り、腕を絡ませてきた。

女子高校生のするようなふるまいだった。着ているものの生地を通して、聡美の骨ばった腕のぬくもりが感じられた。嫌悪感というよりも、居心地の悪さが悠子の中に渦巻いた。

「変なこと聞くけど、怒らないでね」

唐突な言い方だった。絡ませた腕をほどこうともせず、笑みを絶やさずに聡美は前を向いたままだった。「最近、あなたのところに、英二郎さん、電話をかけてきたりする？」

質問の意味がわからない、という顔をしてみせた悠子に、聡美は、ふふ、と短く笑った。

「ごめんなさい。いやな質問よね。頭にきたんだとしたら、答えなくてもいいのよ。別に詮索してるわけじゃないの。気を悪くしないでね。お願い」

「電話なんか……」悠子は不器用に笑って、さりげなく腕をはずした。「どうして私のところに大先生が……」

聡美は肩にかけていたショルダーバッグをはずし、ごそごそと中をさぐって煙草を取り出し、くわえて火をつけた。透いた前歯の間から煙が吐き出された。「ほんとにごめんなさいね。おかしなこと聞いちゃって。でもね、彼、最近、ちょっと変なのよ。何だか、恋をしてるみたいで」

「恋？」悠子は素《す》っ頓狂《とんきょう》な声をあげて聞き返した。「その相手が私だとでも？」

嘘に嘘を重ねているうちに人は誰でも名役者になれる、と言ったのは誰だったか。自分が完璧な芝居を演じていることを意識して、悠子は不安にかられた。

「最近、飲みに行った店からしきりと彼、どこかの女性に電話をかけてるみたいなのよ。偶然、英二郎さんと居合わせた人から教えてもらったんだけどね。あの人、これまではなんでも私に包み隠さず話してくれてたのよ。私は、彼が少々浮気したって、どうってことない、っていう主義だから。なのに、隠れてこそこそしたりして。正直言うと、私、ちょっと不機嫌になってるわけ」

わざわざ春江に電話をして、児島摂子の結婚式がいつどこで行われるのか、確かめ、学士会館までやって来て英二郎の話をしているのも、自分のことを疑っていたからではないのか、と悠子は思ったが、黙っていた。至近距離に義彦の姿があった。義彦にはこうした会話の一つ一つですら、知られたくなかった。

礼服に身を包んだ、品のいい初老の男と話しこんでいた義彦が、視線を感じたのか振り返った。聡美が来ていることに不快な表情を隠そうともせず、初老の男に挨拶をしてその場を離れると、彼はつかつかと近づいて来た。

「何か用？」

「まあ、ご挨拶ね」聡美は煙草の煙を彼の顔に吹きかけながら、冗談めかして言った。「近くまで来たんで寄っただけよ。春江さんから、今日、ここで結婚式があって義彦さんたちが来てる、って聞いたもんだから。ねえ、七時半になるけど、三人でどこかで軽く食事でもしない？　披露宴のお料理でお腹がいっぱいだったら、一杯やるだけでもいいわ」

義彦は残酷なほど素っ気なく断った。「あいにく、約束があるんでね」

「そう。残念ね。だったら悠子さんだけでもいいわ。つきあわない？　どうせ今日は、どこかに泊まるんでしょう？」

悠子が口を開きかけた途端、義彦がそれを制した。「僕の言ってる約束ってのは、彼女との約束なんだよ」

あら、と聡美は両方の眉を大きく上げ、目を丸くして交互に悠子と義彦とを見比べた。「へえ、驚いた。ちっとも知らなかった。あなたたち、ひょっとして……」

その顔に、みるみるうちに安堵の色が広がるのを悠子は悲しい思いで見ていた。英二郎の相手はこの女ではない、という確たる証拠を摑んだつもりになったらしい。聡美は眉間に皺を寄せ、泣いたような顔を作って、おもねるように悠子の手をとると、「ごめんなさいね、悠子さん。私、馬鹿みたいに勘違いしてたんだわ」と言った。

「何の話だよ」義彦が聞いた。

聡美が笑った。「なんでもないの。女だけの秘密。じゃあね、お邪魔したわ。また軽井沢に行ったら、会いましょうね」

短くなった煙草を傍のテーブルの灰皿に投げ捨てると、聡美は大股で去って行った。

「くそ女」と義彦はつぶやいた。「見るのも汚らわしいよ。あいつはきみに何て?」

「それが何なのか、言ってる意味がよくわからなくて」悠子は平然と嘘をついた。平然と、背筋を伸ばして嘘をつけば、嘘が嘘でなくなるかのように、悠子は義彦の目をまっすぐに見て、軽く肩をすくめてみせる、ということまでやってのけた。

「頭がおかしい女なんだ。何か言われても気にしないように」

「言われていることの意味がわからないんですもの。気になることなんか、何もありません」

義彦は大きく腕を前に伸ばし、腕時計を覗いた。「これから横浜に?」

いいえ、と悠子はきっぱりと言った。「横浜にはもう少し遅く着いてもいいんです」

だったら飲みに行こう、と彼は言った。

望んでいたこと、密かに夢見ていたことがこれほど鮮やかに現実のものになるのが怖くもあった。すべての悦《よろこ》びは、それに相応する不吉な兆《きざ》しを伴う。だとすると、今夜の聡美の出現は何の不吉さの象徴なのだろう。

そんなことを思いながら外に出ると、ぽつりと生あたたかいものが頬に触れた。雨だ、と義彦は短く言い、近くを通りかかった空車に向かって勢いよく手を上げた。

11

高級ブティックやクラブがひしめきあう日比谷、銀座界隈《かいわい》は飛び石連休のせいか、閉まっている店が多く、思いのほかひっそりとしていた。ビルのネオンと行き交う車のヘッドライトの光はまばゆいほどなのに、舗道《ほどう》に人影はまばらである。

その晩、義彦が泊まることになっていたホテルは九段《くだん》にあった。飲みに行くといっても、思いつくのはホテルのバーしかなく、それは義彦とて同じ様子だ。自分が泊まることになっているホテルのバーを選ばなかったのは、いかにも義彦らしい、と悠子は思った。彼は銀座にほど近いホテルの前でタクシーを降りると、悠子を二階のメインバーに連れて行った。

仄暗《ほのぐら》い店内では、いかめしい黒革張りのスツールに、トレーナーにジーンズという軽装の白人の中年カップルが腰をおろしていた。泡だけ残った空のビールグラスを前に、大仰な身振り手振りで夢中になって何かを話していた。彼らの他に、客は一人もいなかった。

物憂いバラード調のジャズが低く流れている。白人カップルから離れたスツールに座ると、彼らの話し声はかすかなざわめき、蜂の羽ばたきのようにしか聞こえなくなった。

カウンターの中のボーイたちの動きはきびきびしており、無駄なところが一つもない。たとえ目の前で客が濃厚な接吻を始めたとしても、顔色一つ変えずに平然とカクテルを作り、恭《うやうや》しくカウンターに差し出すことができそうである。

そうした雰囲気の一つ一つが義彦との空間を奇妙に秘密めいたものにし、かえって悠子を落ちつかなくさせた。

外は雨だった。自分と義彦とが今、このホテルのこのバーの片隅に隣合わせで座っていることを知る者は誰ひとりとしていない。

ここで、この場所で、義彦相手に自分は愚かしい告白をしてしまうのではないか、と悠子は恐れた。そんなことになるくらいなら、すぐに席を立って、母の待つ横浜の家に帰ったほうがいいとさえ思った。

自分が抱えているささやかな秘密を今一度、悠子は沈黙の奥底深く届くように力をこめて飲みこんだ。何も言うべきではなかった。頻繁に電話をかけてくる英二郎のことも。診療所の義彦の寝室で見かけた美冬の写真の感想も。何もかも。

兵藤家を襲った過去の忌《い》まわしい出来事について、自分に何か感じること、思うことがあったからといって何だというのか。それを義彦相手に語ってみせたところで、何にもなりはしない。まして、遊び上手な英二郎が自分に向けて戯れのゲームを仕掛けていることを義彦の耳に入れ、問題をややこしくする必要がどこにあろうか。

本当にいつかは終わるのだから、と悠子は改めて自分に言い聞かせた。子供が玩具《おもちゃ》に飽きるように、いつかは英二郎も、さほど年若くもない田舎暮らしの薬剤師をからかうことに飽きる時が来るに決まっている。

注文したスコッチの水割りが二つ、運ばれて来た。義彦がグラスを掲げたので、悠子も同じようにした。グラスがわずかに触れ合い、澄んだクリスタルの音がした。

「こうやって外で飲むのは久しぶりだな。乾杯の仕方も忘れそうになってるよ」

悠子はくすくす笑った。「軽井沢ではどこかに飲みにいらっしゃることはないんですか」

「めったにないな。たまに人から誘われて、無理してつきあうことはあるけど」

「軽井沢病院のマドンナの篠原先生？」

からかい口調で悠子が聞くと、義彦はにこりともせずにうなずいた。「医師同士ということもあるし、人口の少ない町だからね。最低限の交流を理由なく拒むわけにもいかないだろう」

短い沈黙が流れた。悠子は義彦が煙草をくわえ、ライターで火をつけるのを眺めていた。

「今年の二月でしたか、篠原先生が診療所にいらしたことがありましたよね」

「あったね」

「その時、私があんな美人に誘われたのに断るなんて、冷たいんですね、って先生をからかったこと、覚えてらっしゃいますか」

義彦は煙を吐き出しながらうなずいた。「覚えてるよ」

「その時、先生は変なことをおっしゃった。とっても印象深かったです」

「変なこと？」

「……僕は仕事以外で誰とも関わりたくないんだ、って」

義彦は前髪を軽くかきあげる仕草をすると、ははっ、と乾いた笑い声をあげた。「気障《きざ》なセリフだな。じんましんが出そうだ」

「気障というのとは少し違うと思いますけど」

「頭でっかちなニキビ面の文学青年あたりが言いそうなことじゃないか。さぞかしあなたは呆れたんだろうな」

「そんな意味で言ったんじゃないんです」

「僕は時々、同席している人を不愉快にさせる発言をするらしい」

「そんなことちっともありません」

「あなたと一緒に仕事をしたり、話をしたりしている時にも、何度かそういうことがあったかもしれないね。あったとしたらあやまらなくちゃ。いい年をして、人間ができていないんだ」

「先生はいつも、話をはぐらかすんですね」悠子は硬い表情で笑いかけた。すねた芝居をしてみせるつもりで、事実、自分が本当にすねているような感じもした。「はぐらかすわりには、突然、ものごとの核心に触れるような重大で、深刻な事実を打ち明けてくださったりするんです。それなのに、せっかくこちらが心を開いて、先生の話を受け入れようとしていると、また、先生のほうで気持ちの扉を閉じてしまわれる」

義彦はカウンターに肘《ひじ》をつき、指先に煙草をはさんだまま、目を細めて悠子を見つめた。煙草からはゆるやかに紫煙が立ちのぼり、それは静かに波を描く、一筋の細く美しいリボンを思わせた。

「あなたを巻き込みたくない」ややあって、彼は低い声で言った。彼の身体は静止していた。わずかに動いているのは指先にはさんだ煙草から立ちのぼる煙と、そして彼の唇だけだった。

「僕はあなたを僕の世界に巻き込んでしまいそうで怖いんだよ」

「怖い？　どういう意味ですか」

義彦は唇を舐《な》め、目を伏せ、再び悠子を見た。「どういうわけか、あなたのことをとても近しく感じる。それが怖い」

悠子は口を閉ざし、義彦を見つめたまま、瞬きをした。その言葉を何度も胸の中で繰り返した。近しく感じる……それだけで充分だった。他のどんな熱烈な愛の告白よりも、その控えめな物言いは、悠子の中に温かくしみわたった。この一言を得んがために、自分は東京を引き払って軽井沢に住みつき、氷と雪と光と影の狭間《はざま》で長い間、息を殺し、自らの姿を隠し続けていたのではないか、と思われるほどだった。

「私も先生のことを本当に近しく感じます」悠子は抑揚をつけずに言った。「でも、そのことを怖いと思ったことはありません。一度も」

「怖くない？　本当に？」

「本当です」

ああ、と彼は思わせぶりなため息をついた。「怖くないんだとしたら、それは多分、あなたが僕よりも遥かに、幸福な人生を送ってきたからかもしれないね。人生が幸福だった人は、概して無邪気だ。恐れるということを知らない」

悠子はふいに『トニオ・クレーゲル』を思い出した。邦夫が赤線を引いた箇所……〝私はこの人生を愛します〟。

「幸福に尺度というものがあるんでしょうか」悠子はわずかに口を尖らせてみせた。

きみは幸福だ、恵まれている、と誰かに言われると、意味もなく反発を覚え、否定してみせたくなるところが、昔から悠子にはあった。第一、したり顔をした義彦に「あなたは幸福な人だ」と決めつけられるのは、どう考えても不当なことのように思えた。

悠子は彼と同等でありたかった。同じ穴のむじなでありたかった。たとえその穴が、どれほど荒れ果て、冷たい風が吹き込み、無残な姿をさらす穴だったとしても。

「私の人生が幸福だったかどうか、なんて、先生にはおわかりにならないと思います」

小生意気な少女のような口調で悠子がそう言うと、義彦は煙草の灰を灰皿に落とし、ふふ、と大人びた含み笑いをもらした。「僕は何も、伴侶《はんりょ》と死に別れたから不幸だ、とか、家庭的に恵まれた人生だったから幸福だ、なんていう単純な話をしてるんじゃない。あなたの言う通り、幸福の概念なんていうものは、曖昧《あいまい》なもんだよ。人それぞれ違う」

義彦はグラスに口をつけると、どこか人工的な感じのする笑みを浮かべて悠子を見た。

「でも、少なくともあなたの身内には、兵藤英二郎のように生涯、人を苦しめ続ける人間は一人もいなかったはずだよ。その点だけでも、あなたは僕より運がよかった。あなたが幸福な人生を送った、というのは、そういう意味で言ったのさ」

悠子はそっと視線を移し、義彦の横顔を盗み見た。またしても英二郎だった。英二郎、英二郎、英二郎……。透明な影のようになって、兵藤英二郎は常に悠子と義彦との間に君臨しているのだった。

それぞれのグラスの中が空になった。彼は、やってきたバーテンダーにマティーニを二つオーダーすると、短くなった煙草をもみ消して、また新しい煙草に火をつけた。

「僕は未だに彼のことがよくわからないんだ。彼の性格分析をしてみせろ、と言われたら、言葉を尽くして分析してみせる自信はあるよ。箇条書きに兵藤英二郎の特徴を挙げよ、と言われれば、レポート用紙一冊分の報告書を作ることも可能だと思う。でも……」

「わかる、ということはそういうこととは違う……そうですよね」

悠子が控えめにそう言うと、うん、と彼は前を向いたまま小さくうなずいた。

「彼はどこにいても、完全な異邦人なんだ。異邦人であることを楽しんでいる。そして異邦人のまんま、図々《ずうずう》しく享楽の限りを尽くすんだよ。生まれた結果について後悔もしなければ、反省もしない。何を考えて何を企んでいるのか、手にとるようにわかるのに、それらを繋《つな》ぐ線が見えてこないんだ。質問すると正直に答える。正直すぎて嘘に聞こえる。実際、嘘なのかもしれないし、真実なのかもしれない。すべてがわからない」

「ただ好色なだけかもしれません」

「それはそうさ。彼は好色で、女とみれば誰彼かまわず自分のものにして、そのうえ、あろうことか、僕の妻まで手ごめにして、自殺に追いやった。それなのに、彼には悪意がないんだ。彼はね、いつだって真剣なんだよ。ただのドン・ファン、ただの色魔、ただの詐欺師《さぎし》なんかじゃなくてね。奴はどんなことでも、ものごとに真剣になれるんだよ」

マティーニが恭しく運ばれてきた。よく冷えたグラスには薄緑色のオリーブの実が浮いていた。

僕を憎しみにかりたてるのはね、と義彦は改まったように言い、あたかも憎しみそのものを飲みこむようにして、喉《のど》を鳴らしながらマティーニを一口飲んだ。

「憎しみにかりたてるのは」と彼は繰り返した。「彼の無邪気さ、間抜けを装ったみたいな図々しさなんだ。おまけに何を言っても怒らない。どんな侮蔑の言葉を投げつけてやったところで、あいつは飄々《ひょうひょう》と笑っている。底意地の悪さとか、悪意とか、人を陥れてやろうとする企みとか、そういうものは全然、感じられない。いまいましい笑顔のまんまで現れて、やあ、なんて、隠居した天下泰平の好々爺《こうこうや》みたいな挨拶をしやがる」

大日向のアパートに筍を届けに来た時も、英二郎は廊下まで迎えに出た悠子を見つけるなり、「やあ」と言ったものだった。確かに隠居した天下泰平の好々爺みたいな表情で……。

「あいつは美冬を自殺に追いこんだことに対して自責の念すら持ってないんだよ」義彦は皮肉めいた口調で言った。「あいつは人生を楽しんで、味わい尽くして死ぬんだ。たとえあいつのせいで誰が死のうが、あいつには何の関係もない。誰かが死ねば、彼の中にアドレナリンが噴出する。彼は死んだ人間のエネルギーを帯びていっそう元気になる」

白人カップルが立ち上がり、何事かバーテンダー相手に冗談を飛ばしながらバーを出て行った。入れ替わるようにして、初老の男二人、女一人の日本人の三人連れが入って来た。女は五十がらみの和服姿で、玄人《くろうと》じみて見えた。

三人はカウンター席ではなく、ボックス席に陣取った。彼らのいるところから悠子と義彦が座っている席まではかなり距離があったというのに、和服の女がつけているらしい強烈な香水の香りがいつまでもあたりに残された。

「でも、先生は、父親である大先生のこと、憎みきることができない、っておっしゃってました」

悠子がそう言うと、義彦は静かに悠子のほうを見た。「その気持ちは今も変わらないよ」

「そんな感じがします。大先生のことを話す時、先生はいつも、愛憎こもごもで引き裂かれそうになってるみたいな話し方をされる……」

「愛憎こもごも、っていうのは間違いさ。憎しみはあっても愛はないよ。あるはずがない」

彼は言った。恬淡《てんたん》とした言い方だった。「あるとしたらもっと違うものだ。自分とは異質すぎて、絶対に相いれないものを眺める時みたいな……ね」

ええ、と悠子はうなずいた。「大先生と義彦先生とは、あまりにも違いすぎますものね。生き方から価値観から全部。両方とも知っている私のような立場の人間には、どう対処すべきか、時々、わからなくなることもあります」

言ってはならない、決して口にしてはならない、第一、今となってはその必要もない……そう思うのだが、マティーニのかすかな酔いと、初めて義彦から告白めいた言葉を受け取った自信とが歯止めを失わせた。

悠子は言った。「別に黙っていようと思ってたわけじゃないんですが……」

「何？」

「大先生が筍を届けにいらした時のことです。大先生はおひとりだったんです。聡美さんが一緒じゃないから、大日向のアパートに来ていただくのは気がひけて、なんとか避けようとしたんですが……そんなことを意識するのもおかしいような気もしたし……。実はあの時、私、ちょっと困っちゃって、どうしようかと思って、先生に相談するために診療所に電話したんですよ」

へえ、と義彦は言った。他意のなさそうな、それでいて曇ったような視線が悠子を射た。

「それは知らなかったな」

「先生はお留守でした。それで仕方なく……」

「部屋にあげたの？」

「わざわざ大先生が来てくださったんです。玄関先で追い返すわけにもいきません」

「あいつは鼻の下を伸ばして中に入って来ただろう」

「別に。そんな感じではありませんでした」

「で、あなたは奴から口説かれた。そうなんだね」

まるでその質問に反応したかのように、後ろの方で、三人連れが弾けるような笑い声をあげた。

悠子は笑い声のする方を眺めやってから、まっすぐに義彦を見つめ、決然と言った。「コーヒーをお出しして、少ししたらお帰りになりました。それだけです」

英二郎に関して義彦相手についた最初の嘘だった。自分はこの先、何度も何度も同じような嘘をつき続けることになるだろう、と悠子は思った。何の根拠もないことではあった。だが、確かにそう思った。黒く湿った小さな雲のような塊が悠子の中に深く沈みこみ、それを追い払おうとして、悠子はマティーニのグラスを空にした。

義彦の表情に、それとはわからぬほどわずかな変化が現れた。彼は舐めるようにして悠子を見つめ、尖った視線を隠そうとしてか、時折、微笑みかけては、しきりと瞬きを繰り返した。

「僕はまだ、あなたの部屋にあがったことがない」

冗談めかしたような口調の中に、独特の皮肉のようなものが感じられた。

悠子は穏やかに微笑み返した。「いつでもいらしてください」

「寝込みを襲うかもしれないよ」

「どうぞ。かまいません」

「明け方、酔っぱらってチャイムを鳴らすかもしれない」

「お待ちしてます」

「筍の代わりに何がほしい」

「何もいりません」

「トラック一杯分の松茸《まつたけ》でも持って行こうか」

悠子は肩を揺すって笑った。「変だわ。私の部屋にあがろうがあがるまいが、そんなつまらないことで大先生と競争なさったって仕方ないでしょう」

「あいつは美冬を奪ったけど」と彼は言った。口もとには歪んだように見える笑みがへばりついたままだった。「あなたのことは奪わせないよ」

たった一杯のスコッチとマティーニで、この人は酔ったのだろうか、と悠子は思った。あるいは酔っているのは自分のほうで、今しがた聞いた言葉は何かの聞き違いだったのだろうか。

「奪わせない」義彦はゆっくりと繰り返した。

悠子は唇が小刻みに震えだすのを感じた。小鼻がひくりと動いた。義彦はなかなか悠子から視線をはずさなかった。険しい視線だった。

視線を受け止めきれなくなり、悠子は義彦の持っていた煙草のパッケージから一本抜き取り、自分で火をつけた。指先がかすかに震えていたが、笑い声でごまかした。

「どうして笑う」

「ごめんなさい」

「笑うような話をしているつもりはなかったんだけどね」

「先生、今夜は少し、疲れてらっしゃる」

「疲れてなんかないよ」

「でも、そんなに早く酔っぱらうなんて」

「酔ってなんかない」

「酔ってます。毎日診察で忙しくて、たまのお休みに東京に出て来たりすると……」

その時、いきなり義彦の手が伸びてきて悠子が手にしていた煙草が乱暴に抜き取られた。

「出よう」言いながら義彦は火のついた煙草を灰皿でもみ消してバーテンダーを呼びつけ、ホテル内の売店はまだ開いているかどうか訊ねた。

「あいにくですが、今の時間はもう閉店になってしまいましたが」

「まだ雨が降ってるんだろう？　傘が欲しいんだ。どこかで調達できないだろうか」

「かしこまりました。ベルキャプテンのほうにただいますぐご連絡を……」

バーの会計を済ませ、一階に降りると、ベルキャプテンから傘を二本渡された。見るからに安物の透明なビニール傘だったが、二本とも真新しかった。ホテルがお客様用に常備している傘なので、お返しいただかなくても結構です、という。

どこか怒ったような足取りで傘を手にホテルを出ようとする義彦を悠子は慌てて追いかけた。

「どこに行くんです」

「少し歩きたいだけだよ。心配しなくてもいい。遅くならないうちに横浜に帰してあげるから」

正面玄関前には、乗客待ちのタクシーが長い列を成している。小雨だったが、路面はすっかり濡れそぼっていて、行き交う車のタイヤの音がくぐもって聞こえる。

タクシーの列の脇を抜けるようにして日比谷通りに出ると、義彦は赤信号になったばかりの横断歩道の手前で立ち止まった。雨まじりの五月の風が吹き過ぎ、悠子が着ていた紺色のシフォンのドレスをなびかせた。

悠子が義彦の隣に立つと、彼はそっと彼女の傘を取り上げるなり、悠子の肩を抱いて自分の傘の中に引き寄せた。声を出す間もなく、悠子は義彦の傘の中にいた。

信号が青になった。横断歩道を渡った向こう側には、闇に沈んだ日比谷公園が広がっていた。

二人とも、結婚式の引出物が入った揃《そろ》いの小さな紙袋をぶら下げている。悠子はハンドバッグと共に右手に、義彦は左腕にそれぞれ袋を下げ、袋を下げたほうの手で傘の柄を支えている。無意識のうちに互いの身体の間には何ひとつ、障害物をはさまないようにして歩いているようにも見える。

話したいこと、問いかけたいことが山のようにあるというのに、言葉にならない。言葉にならないまま、悠子は導かれるようにして公園の中に入った。

雨に濡れた樹液の香りがたちこめている。かすかに土の匂いもする。どこもかしこも湿っていて、空気は生ぬるいのだが、そこには夏でもなく春でもない、季節がわからなくなるような一種の透明な冷たさのようなものが感じられる。

悠子の右肩に、義彦の掌の重みが伝わった。食い込むほどの猛々《たけだけ》しい重みでもなく、かといって肩を支える、という、ただそれだけの目的のために置かれている重みでもなかった。

それは人肌のぬくもりに満ちながらもしっかりと、或る決然たる意思の元にそこに置かれているように思われた。

雨に濡れた広大な舞台の上を義彦と二人、一つ傘におさまって歩いているような気がした。生い茂った木々の葉が、園内の街灯の明かりを分断し、光の輪郭を曖昧にしている。光を透かして、細い霧のような雨が斜めに降り続いているのがはっきり見える。

雨にもかかわらず、園内のベンチにはぽつりぽつりと男女の姿があった。わざわざそのために用意してきたものか、ビニールシートをベンチに敷きつめて座り、ゴルフ場で使うような大きな傘をさして抱擁し合っている男女もいる。目の前を通りかかっても、びくとも動かない。まるで接吻し合ったまま、死んでしまったようにも見える。

森かげに続く小道にさしかかった時、義彦がつと歩みを止めた。大きなプラタナスの木の下だった。

傍に空いているベンチがあった。彼は傘を閉じ、引出物が入った紙袋と共にそこに置くと、靴底で固く地面を踏みしめながら悠子の目の前に立った。

彼女を見下ろす彼の目は、月の光を映す湖面のように濡れて光って見えた。それは明らかに自尊心をかなぐり捨てた男の、欲情にかられた目としか思えなかった。だが、悠子はひるまなかった。

むしろ悠子は自分がその目を待っていたのを知っていた。酷薄な、世をすねたような目で人を一瞥《いちべつ》する癖のある義彦が、そんな目で自分を見つめてくれる瞬間を待って待って、待ちくたびれたあげく、この場面を迎えたような気もした。

彼の手が悠子の顎《あご》を摑んだ。摑んだと思うと、もう片方の手が伸びてきて、悠子の頭は次の瞬間、彼の両手の中に包みこまれる形になった。

眼の前に義彦の唇があった。この人の唇は清潔で豊かだ、と悠子は遠ざかっていくような意識の中で思った。飲みこまれてみたい、と思わせるほど、それは豊かな肉の塊だった。

いささか乱暴で、暴力的とも思われる烈しい接吻が始まった。義彦の両手が頭を固定しているので、首をまわす余裕もなく、喘ぎ声をもらす間もなかった。唇と唇、舌と舌とが重なり合う時の湿った淫《みだ》らな音が響いた。

悠子の身体から力が抜けた。手からハンドバッグがずり落ち、紙袋が地面に音をたてて転がった。

悠子は両手を義彦の首にまわした。ふたりの身体が密着した。風が吹き、霧のような雨が肌にまとわりついた。

頭の中が白くなった。何かとてつもなく熱いものが、胸から下腹のほうに猛烈な速さで下りていくような気がした。

唇が離れた一瞬の隙に、悠子は顔をそむけ、早口で囁《ささや》いた。いけません、こんなことをして、いけません……。

何故、そんなふうに言うのかわからなかった。だが、そうとしか言えなかった。接吻はがむしゃらなようであって、そこにはどこか、触れてはならぬ禁忌の匂いがあった。

義彦の手が悠子の腰に触れた。腰から尻、背、背から腋《わき》の下、そして乳房のふくらみの途中まで愛撫しかけて、その手は急に、行き場を失ったようにおとなしくなった。

二人は密着させていた上半身をわずかに離し、互いに顔をまじまじと見つめ合った。悠子の中に熱く渦まいていたものが取り残され、宙に浮き、そして、それは幸福な、満ち足りた穏やかさの中に溶けていった。

義彦は唇の端をわずかにつり上げて微笑んだ表情を作ると、黙ったまま悠子から離れた。ベンチの上のものを手にし、地面に落ちた悠子のハンドバッグと紙袋を拾い上げた。

風がプラタナスの葉をさわさわと音をたてて裏返した。肌に霧のような雨が貼りついた。

「横浜まで送るよ」義彦が言った。

そんなことをされたら、兄の家に行くこともなく、母の顔を見ることもなく、そのまま軽井沢に舞い戻ってしまいそうな気がした。

悠子は「いいんです」と言った。「まだそれほど遅くないし、日比谷線に乗ればいいだけですから」

翌日軽井沢に帰れば、また義彦と会えるのだった。自分と義彦の居場所はここではない、芽吹いた木々の黄緑色の洪水が押し寄せる、あの人のいない静かな別荘地、なだらかな火山の裾野に広がる、人の孤独を受け入れてやまない古い避暑地なのだった。

悠子は訊ねた。「明日は何時の列車でお帰りですか」

「決めていない。あなたの乗る列車に乗るよ」

「夕方になってしまいます」

「明後日《あさって》の診療に間に合えば、何時だってかまわない」

「夜中になっても？」

「ああ」

「明後日の明け方でも？」

「いいね。そうしよう」

「冗談です」悠子は小声で言って小さく笑った。「明日、私が先生の分も切符を買っておきます。何時の切符が取れたか、先生がホテルをチェックアウトする時間までに必ず、お部屋のほうに電話します」

彼は黙ったままうなずき、来た時と同じように傘をさして、悠子を抱き寄せた。霧のように舞い落ちる雨の中、悠子がおずおずと義彦の腰に腕をまわすと、ふいに立ち止まった彼はそのままの姿勢で彼女の唇に、性の匂いの希薄な、甘やかで清々《すがすが》しい、少年のような接吻をひとつ残した。

12

後々、悠子を疑わせ、悲しませ、不信感に陥らせるようになったものの一つに、兵藤義彦の、均衡を欠いた一貫性のない態度が挙げられる。

彼の中には陽気さと陰鬱さ、大胆さと警戒心の強さとが複雑に入り組みながら共存していて、その日によって表れ方が大きく異なった。

昨日と同じ義彦は二度となく、今日の義彦は明日になると変わっている。彼は常に動いていて、摑みどころがなく、だからこそ余計に悠子は振り回された。

もとより、気質的に鬱々《うつうつ》たる側面が強く見られる人間だったので、そのせいであることはわかっているつもりでいたが、わかったところで解決にはならなかった。気にかかったことを質問すると、そのことに対して、満足のいくまで丁寧に応えてくれることもあれば、問う前にぴしゃりと扉を閉ざされ、拒絶されてしまうこともあった。

彼の熱情の矛先が完全に自分に向けられている、と自信をもって確信できる日もあれば、それはただ単に淡い友情、一時の気の迷い、さもなかったら同類に向けた哀れみの感情……そんなものでしかないように思える日もあった。

摂子の結婚披露宴に出席し、翌日の夕刻の特急列車に並んで座って共に軽井沢に戻った日、二人は蕎麦屋《そばや》で蕎麦を食べ、ビールを飲んだ。閉店時刻ぎりぎりまで店にいて、外に出てからタクシー乗場に行き、暮れなずんだ駅前に佇んで別れぎわに手を握り合った。

初めて二人で遠出した帰り、それぞれ別々のタクシーに乗って家に帰る、という、その清潔でまっとうなやり方が、悠子を誇らしい思いにさせた。その際の彼の手のぬくもり、力強さがいつまでも悠子の掌の中に残された。

その晩、彼女は幸福だった。夫に死なれて以来、これほど幸福だったことはなかった。不安はなく、猜疑心《さいぎしん》もまたなかった。英二郎に関するかすかな心配ごとも、その晩に限って何ひとつ、不吉な鎌首をもたげてはこなかった。

悠子は雨のそぼ降る公園で起こった出来事を反芻《はんすう》し、その行為の意味を考えた。意味など何もありはしない、とわかっていた。男と女は誰もが、恋を熟成させていく途上、あのような一瞬をもつ。その点で言えば、初めての抱擁、初めての接吻などというものは、ありふれた出来事に過ぎない。そうわかってもいた。

だが、恋に悟りを開いた年増女のような考え方はしたくなかった。何であれ、初めて、ということを茶化したり、わかったふうなしたり顔をしてみせるのは嫌だった。それは深い感動であり、幸福感であり、充足感であるべきだったし、実際、そうなのだった。

あの行為を通して、自分と義彦とは溶け合った……悠子はそう考えた。肌の触れ合いを通して、自分と義彦とは、言葉を尽くしても語りきれないものを一瞬のうちに溶け合わせたのだ……と。

だが、その幸福感は一日しか続かなかった。翌朝、診療所に出勤すると、義彦は前日の義彦とは別人になっていた。

理由はわからなかった。一種の照れくささ、とまどい、春江や患者を前にして東京での出来事を思い出すような表情をしてみせることの恥ずかしさ、警戒心……そういったものがあったのかもしれないが、それだけとも思えなかった。

二人きりになる瞬間があっても、彼は表情を崩さなかった。にこりともしなかった。疲れているようにも見えた。彼は目のまわりに徹夜明けの中年男のような隈《くま》を作っていた。動作は物憂く、何かに深く絶望している人間の、拭っても拭いきれないような陰鬱さが感じられた。

腕に腕を絡ませるどころか、人さし指で身体のどこかに軽く触れただけでも、軽蔑に満ちた視線が返ってきそうだった。彼は悠子の親しげな仕草、言動の一切を頑なに拒絶しているように見えた。

悠子もそれに合わせた。合わせたくはなかったのだが、合わせるしかなかった。てきぱきと仕事を続けるふりをしながら、カルテを渡し、また受け取り、必要があれば質問し、彼あてに電話がかかってくると丁重に取り次いだ。なるべく目を合わせないようにし、無駄口も叩かなかった。笑顔は絶やさぬよう努力したが、たとえ患者を介してでも、少しでも親しげだと思われそうな言動は避けた。

児島さんの結婚式、どうだったの、と春江に聞かれ、悠子が説明してやっている間も、義彦は何も口をはさんでこなかった。昼休みになると、以前の習慣を何ひとつ変えずに、彼は外に出て行った。いつもと変わったことがあったとしたら、出がけに行き先を悠子に告げ、適当に食事をしてから小瀬《こせ》林道をぶらぶら歩いて来る、と教えたことだった。

仕事以外で誰とも関わりたくない……義彦がかつてつぶやいた一言が改めて思い出された。やはりそうなのか、と悠子は思った。

弄《もてあそ》ばれているとは考えにくかったが、いずれにせよ自分が美冬を超える女になれるはずもなかった。義彦にとって、女は美冬か、そうでないか、二つに一つなのだった。美冬でない女、美冬になれない女は、それなりの距離をもって彼と関わるしか方法がないのかもしれなかった。

午後の診療が終わり、最後の患者が帰って診察室で二人きりになった時、意を決して悠子は聞いた。

「何か怒ってらっしゃるんですか」

朝からよく晴れて初夏のような陽気だった。開け放された診察室の窓辺に、季節はずれの大きな蛾《が》が飛んで来て、網戸の向こう側で鱗粉をまきちらした。

義彦は音をたてて羽ばたく蛾を一瞥し、「何も」と言った。「どうして?」

「なんだか、朝から怒ってらっしゃるように見えて仕方なかったものですから」

「どうして僕がきみに怒ることがある」

「さあ」

「あるはずがないだろう」

「はい。でも……何か問題があるようだったら、言ってください」

「問題なんか何もないよ。おかしな人だな」

「そうですか」悠子は微笑みかけた。唇が歪むのがわかった。「だったらいいんです」

その時だった。思いがけず、鼻の奥が熱くなり、目が潤み始めた。どうすることもできなかった。

義彦は不思議そうな顔をして悠子を見上げた。困ったとか、何故なのか理由を考えているとか、そういった表情ではない、それは心底、不思議そうな、わけがわからないといった表情だった。

「何故泣く」彼は低く聞いた。

悠子は洟《はな》をすすり上げ、自分でも驚くほどかん高い笑い声をあげた。「なんでもありません。ごめんなさい。ただちょっと……」

言葉が途切れた。涙があふれ、こぼれ落ちた。

義彦が立ち上がった。風のように静かに悠子に近づいて来たと思ったら、彼は悠子の身体を柔らかくくるみこんだ。悠子の耳元に彼の唇が触れる気配があった。

「泣くことなんか何もないじゃないか。馬鹿だな。何が悲しいんだ」

囁くような声と共に、彼は彼女の背中をぽんぽんと軽く叩いてあやした。

「あと一時間くらい待っててほしい」

「え？」

「仕事を片づけたら、一緒に飯を食いに行こう」

言うなり彼は悠子の身体を離し、人さし指の先で彼女の頬《ほお》ににじんだ涙をひと拭きすると、何事もなかったかのようにデスクに戻った。

その晩、悠子は義彦と街の中華料理店で食事をし、十時頃別れた。食事の間、彼は前日の彼に戻ったような親密さを取り戻していたが、別れぎわ、読まなくてはいけない論文があるので、と言うなり、そっけなくジープに乗って帰ってしまった。名残惜しげな抱擁どころか、握手もなかった。一人取り残されたような形になった悠子は、車を運転してアパートに戻った。

風呂に入り、部屋の中を片づけ、布団に入ったが寝つけなかった。本を読もうと枕辺のスタンドの明かりをつけた途端、電話が鳴った。義彦からだった。

「部屋の明かりを消して窓を開けてごらん」と彼は言った。「星がきれいだよ」

言われた通り、明かりを消し、出窓の窓を開けてみた。アパートの他の住人は寝静まっていて、どの部屋からも明かりはもれていなかった。

闇に目がなじむまで、少し時間がかかった。黒ずんだ森のように見える新緑のカラマツ林の上に、やがて煌《きらめ》く一面の星屑《ほしくず》が現れた。

きれい、と悠子がつぶやくと、義彦は「ああ」と応じた。「少し疲れてね、家中の明かりを消して、庭に出て、土の上にひっくりかえって空を見ていた」

「こういう晩はまわりの木が邪魔ですね。木も山もなんにもなければ、もっとよく見えるのに」

義彦は黙っていた。ややあって、おやすみ、悠子、と呼びかける彼の声がした。悠子、と名前を呼ばれたのは初めてだった。不意のことだったので、胸を衝かれるほどの衝撃を味わった。

何か言おうと悠子が口を開きかけた途端、電話は切れた。耳ざわりなツーツーという音だけが、花の香りを含んだ五月の夜気の中に滲《にじ》んでいった。

英二郎から電話がかかってくることはなくなった。まるで義彦と悠子の関係が進展したことを察知したかのようでもあるのが不思議だった。

仕事に追われているのか、外国にでも行ったか、聡美に何か勘づかれて、面倒ごとを引き起こすようなまねはやめようと思ったのか、あるいはまた、高森悠子などという女を口説こうとすることに飽きたのか……。理由は定かではなかったが、ともあれ電話がない、という状態が続いていることは悠子を安堵《あんど》させた。

やはり取るに足りないことだったのだ、と思うと可笑《おか》しかったが、同時に悠子は、自分でも認めたくない、かすかな不満、寂しさのようなものも味わった。それは大好きだった父親が遠い外国に行ってしまい、いい子にしてお帰りを待っていましょうね、と母親から言い聞かせられた時の、年端もいかぬ幼女の気持ちにも似ていた。

六月に入り、梅雨入り宣言が出された週の土曜日、新婚の栗田と摂子が軽井沢にやって来た。栗田の仕事の関係上、翌日の昼にはもう帰途についていなければならないという慌ただしい訪問だったが、悠子は久しぶりに会う友の顔を見て、着古した大好きなセーターを着た時のような懐かしさを覚えた。

摂子は結婚して仕事を辞め、それまでなかったような若妻らしい華やぎを身につけていた。仕草の一つ一つに生活者としての色香が加わり、いっそうどっしりとした落ちつきが感じられる。とはいえ、あるがままに人を受け入れて、必要とあらばその傷を舐め、優しい愛撫を施して励まそうとする、天賦《てんぷ》の才とも言うべき情の深さは何ひとつ変わっていなかった。

「わあ、懐かしい」摂子は診療所の待合室に入った途端、少女めいた声で叫んだ。「なんにも変わってないわ。見てよ、この窓から見る庭の緑！　ここの患者さんたちは幸せよ。来るたびに目を緑色に染めて帰って行くんだから。そこへいくと、あなたの病院なんか、窓の外に高速道路しか見えないもんね」

　栗田が「嬉しいことに、向かい側の女子寮の部屋の中も見えるよ」と言い、渋面《じゆうめん》を作った摂子が「毎日毎日、患者さんの裸ばっかり見てるくせに、よく飽きないわね」と言い返したので、悠子も義彦も大笑いした。

　今にも一雨きそうな空模様で、おまけに栗田夫妻が到着する寸前に、待合室の天井に取り付けた円形蛍光灯の一本が切れてしまった。取り替える間もなくて、あたりは薄暗ささえ感じられたが、栗田と摂子の邪気のないお喋《しやべ》りが診療所を明るくしていた。

　その晩は義彦も交えて四人で食事をし、義彦と別れた後、残る三人で悠子のアパートに行って、時間の許す限り話に花を咲かせる、という段取りになっていた。

　栗田と摂子は、一度泊まってみたかったという万平ホテルの部屋をとっており、そのことを知っていた悠子は、せっかくの夫婦水いらずのひとときを邪魔してはならない、と前もって自分に言いきかせていた。そうでもしないと、軽井沢に来てから身のまわりで起こった出来事を夜を徹して打ち明けて、摂子をうんざりさせてしまいそうだった。

　土曜日の夕方、義彦にも悠子にも、珍しくこれといった仕事は残されていなかった。悠子に言って離山《はなれやま》の麓《ふもと》にあるイタリアンレストランを六時半に予約させた義彦は、奥に引っ込んで行くなり、ジーンズに黒のジャケット、白の丸首Tシャツといういでたちで現れた。

日毎夜毎、繰り返し立ち現れていた陰鬱さは影をひそめ、その日の義彦は青年らしい闊達《かったつ》さにあふれていた。悠子に戸締りと火の始末を頼むと、摂子相手に何事か冗談を言いながら玄関先でうつむいてアンクルブーツをはき、再び顔を上げた彼は、悩みとは無縁の若者のように晴れ晴れとして見えた。

栗田夫妻は車で来ていた。レストランまで義彦も悠子も、彼らの車に同乗することに話が決まっていた。午後六時十分、栗田と摂子が連れ立って外に出て行き、義彦が後から玄関を出ようとした時だった。薬剤室の中にある電話が鳴り出した。

診察室の窓の戸締りを確かめていた悠子は、小走りに薬剤室に向かった。義彦が玄関先から大声を出した。

「急患以外は受け付けないよ。僕はもう出かけたことにしておいてくれ」

「はい、そうします」

「先に出てるからね。すぐにおいで」

「はい」

言いながら急いで受話器を取った。「お待たせしました。兵藤内科診療所です」

「……よかった。きみが出てくれて」

どこかふざけたような、笑いを滲ませたような男の声がした。悠子は思わず息をのんだ。

首を伸ばし、玄関のほうを窺った。義彦の姿はすでになく、外でかすかに車のエンジン音が響きわたった。

「まわりに人がいるんだったら、適当に相槌《あいづち》を打ちなさい。いいね？」

「誰もいません」

「今日、別荘に来たんだ。さっきまでしげのがいたんだがね、食事の支度をさせてから帰した。私ひとりだよ。これからこっちにおいで。待っている」

心臓が烈しく鼓動を打ち始めた。一瞬のことだったが、悠子は烈しく英二郎を憎んだ。何故、よりによってこんな時に、と思った。

これから自分は義彦と大切な友達夫婦と四人で食事に行く。こうした世間並みの、ささやかな楽しみを味わうのは久しぶりのことである。そっとしておいてほしかった。一番、放っておいてほしいと思う時に、何故……。

「久しぶりだったね、悠子。会いたくてたまらなかったんだが、なにぶん、ここのところ寝る間もない忙しさでね」英二郎は言った。

何か食べながら話しているらしい。言葉の合間に、ぴちゃぴちゃと舌を鳴らすかすかな湿った音が聞こえる。「道は覚えているね？　もし覚えていないんだったら、私が迎えに行ってあげよう。どこに行けばいい。そうだな。一旦、アパートに帰ってなさい。それがいい。アパートまで迎えに行く」

「困ります」と悠子は言った。「やめてください」

「冷たいんだな。いつもの悠子らしくないぞ。私のせいだな。少しばかり放っておきすぎた。すまなかった。許してくれ」

診療所の玄関が勢いよく開いた。

「悠子！」と呼ぶ摂子の声がした。「行くわよ！　何してんの」

悠子が受話器を握っている姿を見て、摂子ははっとしたように両肩をすくめた。笑顔で外を指さし、早く早く、と身振り手振りで語っている。悠子はうなずき、背を向けた。

「すみません。友達が来ていまして、これから一緒に食事に行くことになってるんです。義彦先生も一緒です。今、みんなが外で私のことを待ってるんです」

そうか、と英二郎はさほど残念がる様子もなく言った。「で、何時に帰る」

「そんなことわかりません」

「私は遅くまで起きているよ。急にきみに会いたくなったんだ。最後に会ってから二ヵ月近くたってしまったからね。会いたくてたまらなくなって車を走らせてやって来たんだよ。会わずに帰るとなると、何のためにやって来たのかわからなくなる。が、まあ、仕方がない。気にするな。きみにはきみの予定があるんだろうからな。私は寛大な男なんだ。ははは。また電話するよ。いいね？」

あの、と言いかけた時、すでに遅く、豪快な笑い声と共に電話は切られていた。

深く考えるな、と自分に言いきかせた。深く考えている時間的余裕はない。

診療所の玄関扉に鍵をかけ、外に出た。義彦を含めた三人は、すでに栗田の車に乗って悠子を待っていた。

後部座席に義彦と並んで座った。義彦は「誰から？」と聞いた。

悠子は手にしたカーディガンをたたみながら、口早に言った。「追分《おいわけ》の大林さんのおばあちゃんから」

「また？　二、三日前もかかってきたじゃないか」

「そうなんですけど。どうしても話を聞いてほしい、って言うもんですから」

「で、何て」

「前の電話の話と同じです。お嫁さんが薬をすり替えたに違いない、って」

「何なの、それ」助手席にいた摂子が振り返った。

悠子は優雅に微笑みかけた。「私がここに来てから、あっちが痛い、こっちがおかしい、って言って、お嫁さんに連れられて通って来るようになったおばあちゃんなの。身体のほうは大したことないんだけど、少し痴呆がね、進んじゃってて」

「お嫁さんに薬をすり替えられてる、って妄想してるわけ？」

「そう。言ってきかせると納得するんだけど、また同じことを言いだすの」

心臓は停まってしまったように静かだった。義彦は取るに足りない話題だ、とでも言いたげに鼻先で短く笑った。話はそこで終わった。悠子は塊のようになった唾液《だえき》を飲みこんだ。

暑くもないのに、腋の下に汗が滲み出した。

離山の麓にあるイタリアンレストラン『スコルピオーネ』は、一九八三年当時、創業二年の新しい店だった。美しい煉瓦《れんが》造りの二階建てで、四季を通じて別荘族に人気があるのもさることながら、東京からわざわざ食べに来る人がいるほど、味に定評のある店でもあった。

義彦は二度ほど来たことがあると言い、店主夫妻とも顔見知りの様子だった。ほぼ満席の店内の、もっとも落ち着ける一角に用意されたテーブルに案内されると、彼は店主に悠子を紹介し、摂子と栗田を紹介した。にこやかな挨拶が交わされた。

大きなガラス張りの窓の外には、木々の梢越しに、暮れていく曇った空が見えた。梅雨冷えの、湿った小寒い日だったが、糊の効いた清潔なクロスがかけられたテーブルの並ぶ店内は乾いていて温かく、気持ちがよかった。

ひとまずビールで乾杯をし、前菜から始めて、スープ、パスタ、メインディッシュ……と各自、好みの料理を注文し、賑やかに分け合った。義彦が選んだワインは美味だった。摂子は饒舌《じょうぜつ》で、連発する冗談に厭味《いやみ》はなかった。車を運転する栗田はアルコールを飲まず、おとなしかったが、終始、にこにこしており、時折、医師同士ということで義彦と医療関係の話題をさしはさみつつ、会話は滞りなくはずんだ。

ワインの酔いに頬を火照らせながら、悠子は今しがたの電話を忘れるよう努力した。ともあれ、今、このひととき、電話のことなど忘れるべきだった。

テーブル席には、義彦と悠子、栗田と摂子、という組み合わせで座っていて、誰の目にも、土曜日の夜、二組のカップルが落ち合って食事を楽しんでいる、というように見えるに違いなかった。

その食事風景は悠子にとって、一枚の爽《さわ》やかな風景画のように感じられた。長い冬を過ごした自分が義彦と共に、その絵の中にいる、ということが信じられなかったが、現に悠子は絵の中で、義彦の隣に座り、時折義彦と目を合わせては、摂子の冗談に慎みも忘れて、大声で笑いながら彼の肩に触れたり、彼から煙草に火をつけてもらったりしているのだった。

義彦にはまたしても嘘を言う結果になってしまったものの、それでも自分ははっきりと英二郎の誘いを断ったのである。しかるべき応対をしたのである。これでよかったのである。悠子はそう自分に言いきかせ、言いきかせているうちに、めったにないことだったが、さらに酔いがまわって顔が赤くなり、摂子にからかわれる始末だった。

きわどい冗談を口にして、居合わせた人間を笑わせ、自分もまた興に乗っているふりをし続けながら、摂子には節度があった。四人で食事をしている間中、摂子は一度も悠子と義彦との仲を思わせぶりにからかったり、意味ありげな質問をしたりしてはこなかった。

それは悠子にとってありがたいことでもあった。義彦のいる前でその種の話はされたくなかった。義彦には、周囲をいたずらに楽しませるような、稚気あふれる恋愛ごっこのまねごとは似合わなかった。その点、彼は、英二郎とは似ても似つかないのだった。

デザートのシフォンケーキを食べ、エスプレッソを飲み終えると、四人は示し合わせたように互いに顔を見合わせ、「ああ、おいしかった」とつぶやいて、幸福そうにくすくす笑った。

店主夫妻に見送られて外に出ると、霧が出ていた。ひどく湿っていて、肌にまとわりついてくるような霧だった。栗田が運転席に座り、エンジンをかけてヘッドライトを灯すと、二条のおぼろな光の筋が闇を貫き、舞い上がる細かな粉のような霧を映し出した。

国道を北に走れば走るほど、霧は濃くなった。義彦を診療所まで送り届け、別れぎわ、四人は車の内と外とで手を振り合った。霧に滲んだ黄色い玄関灯の明かりの中、義彦の視線が最後に自分に向けられ、温かな、胸を打つような優しさをこめて小さくうなずいてみせるのを悠子は見逃さなかった。

おやすみなさい、と万感の思いをこめて悠子はつぶやいたのだが、低く唸《うな》り続ける車のエンジン音にかき消され、義彦の耳に届いた様子はなかった。

大日向のアパートに向かう途中、摂子は早速、質問の矢を飛ばしてきた。で、どうなの？　なんにも気づいていないと思ったら大間違いよ、ずっと前からひょっとしたら、と思ってたんだから、ドクター兵藤とはどの程度まで進展してるの？　そもそものきっかけは何だったのよ、どうやって、あの、ハンサムで若いのに気むずかしい先生を陥落させたの？　それともあちらのほうから熱心に誘ってきたの？　……。

悠子は笑いながら、「ちょっと待って」と言った。「そんなにいっぺんに答えられないわ。後にしてちょうだい」

「待ちきれないのよ。じゃあ、今、これだけ答えてちょうだい。悠子、今、恋に落ちてるんでしょ？」

悠子は笑う。何も言わない。

「相手は兵藤義彦先生。違う？」

悠子は笑い続ける。笑い過ぎて喉がひりひりする。街灯の光をくすませ、滲ませながら窓の外で渦まく霧が、現実感を失わせる。

「悠子ったら」と摂子がふざけて叱りつける。「何がおかしいのよ。笑ってないで答えなさい」

「栗田さん」と悠子は運転席でもくもくとハンドルを握っている栗田に声をかける。「助けてちょうだい。摂子が急に取調べ室の刑事になっちゃったわ」

栗田は笑っている。摂子も笑い出す。

酔いがまわり、顔が火照ってきたので、悠子は少しだけ窓を開けた。湿った霧まじりの冷たい空気が流れてきた。助手席の摂子が、道の指示を出している。次を右、しばらくまっすぐ行ったらまた右よ……。

夫婦の他愛のない会話が続く。「そうだったっけ、この道だったっけ」「そうよ。覚えてないの？」「うろ覚えだな。こっちじゃなくて、国道から行くことが多かったから」「そうそう何度も来たわけじゃないものね。来てくれたのは三度くらいだったかな」「その代わり、電話代が大変だった」「あなたは電話よね。私は手紙を書いたから切手代がかかったけど」「馬鹿。そんなもん、かかったうちに入らないだろ」……。

熱を帯びたようになった頭を軽く窓にあてながら、悠子は新婚夫婦の会話を聞いていた。

「摂ちゃん」と悠子は助手席の摂子に向かって呼びかけた。

「ん？　何？」

「摂ちゃんの想像はあたってるわ」

摂子が身体をねじって後ろを見た。「何よ。兵藤先生のこと？」

「そう。ただね、恋に落ちたっていうのとは少し違うのかもしれない」

「どうしてよ」

「私が一方的に、っていうことなのかもしれない」

「馬鹿なこと言って。そんなはずはないでしょう？　誰の目にも明らかよ」

悠子は軽く首を横に振った。「……いろいろあってね。本当にいろんなことがあったのよ。だから今はまだ、よくわからないの」

摂子はまじまじと悠子を見た。行き交う車のヘッドライトの明かりが、霧を通して摂子の顔にまだらの影を落とした。

「後でね」と摂子は静かに言った。「よかったら後でゆっくり聞かせて」

悠子は曖昧にうなずき返した。

車が大日向のアパート前に到着し、栗田が何度かハンドルを切り返して道路脇に停めようとしている間に、悠子は先に玄関の鍵を開けようと、駆け足で階段を上った。

玄関ドアの前に立ち、バッグの内ポケットからキイホルダーを取り出そうとした時だった。中で電話が鳴っているのが聞こえた。

悠子は凍りついたようになった。反射的に腕時計を覗いた。九時ちょうどだった。

また電話する……診療所にかけてきた電話の最後に英二郎はそう言った。英二郎からの電話かもしれなかった。

食事から戻った頃合いを見計らって、英二郎が別荘から電話をかけてきてもおかしくはない。これからおいで、迎えに行く……そう言いたくて電話をかけてきたのかもしれない。

悠子はわざとゆっくりとした動作でキイホルダーを手にした。英二郎が憎かった。憎くてならなかった。くだらないお遊びは、もうたくさんだった。人をからかうのもいい加減にしてもらいたかった。

何本かついている鍵の中から、玄関ドアの鍵を選びあぐねているふりをしていると、背後から摂子の声が聞こえた。

「ねえ、電話が鳴ってるんじゃない？」

「そうみたい。でもきっと、間に合わないわ」

だが、電話は鳴りやまなかった。執拗《しつよう》なコール音は暴力的に断続的に繰り返され、鋼鉄の玄関扉をかいくぐって、夜のしじまの中に流れていった。

栗田も階段を上がって来た。いつまでもぐずぐずしているわけにはいかなかった。悠子は鍵穴に鍵をさしこんだ。

「まだ鳴ってる。間に合うかもしれないわよ」

摂子に急《せ》かされ、仕方なく悠子は慌てているふりをしながらノブを回した。暗い部屋の中で電話が鳴り響いていた。耳をつんざくような音に聞こえた。

カーディガンとショルダーバッグを放り出し、悠子は受話器に飛びついた。電話の主が誰であろうと、もはやどうでもいいような気がした。一刻も早くその忌ま忌ましいベルの音を止めたかった。

受話器を持ち上げ、耳にあてがった。もしもし、と言いかけて、悠子は黙りこくった。受話器を上げた瞬間、電話は切れてしまった。後には、間が抜けたようなツーツーという音が残された。

「切れちゃった」悠子は言いながら受話器をおろした。唇にひきつったような笑みが浮かんだ。

ほっとしていた。だが、ほっとしながらも、不安が澱《おり》のようになって胃の腑《ふ》の底に駆け下りていくのを感じた。

今晩もしも傍に摂子と栗田がいなかったら、自分はあの英二郎の、霧に包まれた幻の宮殿のような、優雅な秘密めいた別荘に行ってしまっていたのではないか。そして、英二郎を拒みつつも、どこかで受け入れてしまったのではないか。そう思ったからだった。

13

これといって何事もなく過ぎていく時の流れが、悠子には恐ろしく感じられた。何か事件の兆しのようなものが感じられるのならまだしも、そんなものは何ひとつなかった。にもかかわらず、これから何かが起きる、という予感に悠子はおびえ続けた。

何かが起きたとしても、それが、おびえねばならないようなものであるとは限らない。楽しく心躍ることとなのかもしれない、と思いながら、束の間の夢想に浸る間もなく、悠子は現実に立ち返る。そんなはずはない、何かが起こるとしたら、それは騒々しい悲劇の幕開けに取って代わるに違いない、と思う。

人生が新たに組み直されたあらすじに従って動き始めたら最後、それは悠子からあらゆるものを奪い取っていくに違いなかった。悠子は自分が、そうした運命にさらされやすいことを知っていた。そして、そんな不安におびやかされているくらいなら、いっそ、今のうちにすべてを失ってしまったほうがどれだけ楽か、とさえ考えるのだった。

その年の梅雨は、梅雨らしい雨の日が続いた。気温が上がらず、湿った小寒い日ばかりが繰り返されて、診療所の暖房は欠かせなかった。

七月も半ば近くなると、たまにからりと晴れ上がる日があり、そんな日は一転してひどくむし暑く感じられた。鬱蒼《うっそう》と生い茂った別荘地の草木は、あたかも雨期のジャングルのごとく伸び続け、光にさらされると早くも真夏の草いきれがあたりを包んだ。

夕暮れ時になると、決まって霧が出た。物憂いような黄ばんだ白が、街や木々や山を被った。一切の音は飲みこまれ、色は失われ、光は遮られた。

夜も更けてから、雨はやんでいるというのに遠くで雷鳴の音を聞くこともあった。闇を焦がすようにして走り抜ける、鮮やかな青白い、一瞬の稲妻を見ることもあった。

別荘地の家々に灯《とも》される誘蛾灯には虫が群がり、夜通し、賑やかな羽音をたてた。雨の匂いでも土や草花の匂いでもない、明らかに樹液の匂いとわかる、甘く脂ぎったような匂いを嗅ぎ分けることもできるようになった。

季節は確実に夏に向かっていた。そしてそんな中、悠子が予期していた通り、或る出来事が起こったのだった。

昼の間は太陽が雲間から顔を覗かせていたが、夕方にはみるみるうちに雲が厚くなり、悠子が診療所を出る頃には強い風も吹き始めた。夕立と呼ぶには遅すぎる時刻だった。夏を目前に控えた高原に、夜嵐が吹き荒れそうな気配であった。

休み明けの月曜日だったせいか、あるいは、梅雨明けを目前に控えて、いち早く別荘にやって来る人間が増え始めたせいか、朝から患者数の多い日だった。義彦も悠子も昼食の時間も満足にとれないありさまだったのだが、午後の診療所は打って変わって静かだった。いつも通って来ている老婦人が二人、買物帰りに仲良く連れ立って、薬を取りに来ただけだった。

前日の日曜日に買物はあらかた終えていた。スーパーで買物をする必要もなく、六時半過ぎに診療所を出た悠子はまっすぐ大日向に戻った。

鍵を開けて部屋に入り、電灯をつけた途端、電話が鳴った。義彦だった。

「帰ったばかりなのに悪いな」

「どうかしたんですか」

「急患なんだ。さっき電話があってね。もうじきこっちに着くと思う。来てくれると助かるんだけど」

行きます、と悠子は言った。

診療時間外の急患で、義彦に呼び出されるのは三度目だった。

かつて義彦は、急患だから、と悠子を呼びつけるような真似《まね》はしたことがなかった。彼は急患のみならず、彼自身の生き方を象徴するかのように、あらゆる問題を一人で処理していた。

だが、今では彼は迷わず悠子を呼ぶ。急患だ、ちょっと手伝ってほしい、と気軽に声をかけてくる。

看護婦の資格を持たない悠子は、診察室で患者に触れ、患者の治療をすることは許されない。だが、医師である義彦の傍にいることはできた。彼を手伝って、彼の指示を待つ。患者の汚物を始末し、必要とあれば病院への移送の連絡を取る。

それは明らかに、二人の間に生まれた一つの変化であった。急患で呼び出されるたびに、悠子は自分と義彦との絆《きずな》が一つ、また一つと深まっていくような気がした。

悠子は受話器を置くなり、再び玄関に鍵をかけて、車に飛び乗った。

規模の小さい兵藤内科診療所には、検査設備は整っていない。診療所でできる検査といえば、血圧、心電図測定と超音波測定だけ。各診療科目別に薬剤は豊富に揃えられているものの、さしもの義彦にも手に負えないケースが生じやすく、そんな時には速やかに地元軽井沢病院をはじめとした、近隣の総合病院に連絡して、患者を移送することになっている。

それならば、最初から救急患者は総合病院に行けばいいようなものなのだが、よほどの重態に陥らない限り、彼らはまず、日頃、自分の身体を診《み》てくれている主治医の判断を仰ごうとするのが普通だった。したがって、兵藤内科診療所のドアを叩く救急患者は、全員、何らかの形で前にも義彦の診察を受けたことがある人間ばかりであった。

その晩の急患も例にもれなかった。悠子が診療所に駆けつけたのとほぼ同時に、白いセダンがやって来て、診療所の前に静かに停まった。折しもぱらぱらと降り出した雨の中、傘もささずに車から降りてきた中年の男女は、迎えに出た義彦の顔を見るなり、「ああ、若先生。ごぶさたしています」と頭を下げた。「本当にすみません。東京では大先生にいつもお世話になって……」

大先生、と聞いて、悠子は身構えた。運ばれてきたのは、英二郎の患者のようだった。乗用車のナンバープレートを盗み見た。品川ナンバーだった。

後部座席には若い女が仰向けに寝ていた。身体には花柄の白いタオルケットが掛けられている。両目を大きく見開き、唇を小刻みに震わせながらあらぬ一点を見つめていて、顔に表情はない。

母親が手にしたクラッチバッグから慌ただしく保険証を取り出し、悠子に差し出した。住所は東京都目黒区。患者は榊原奈津美《さかきばらなつみ》、十九歳で、付き添って来たのは両親だった。

両親を手伝って、悠子は奈津美を車から降ろした。娘は薄桃色の薄いネグリジェに、母親のものとおぼしき、藤色のカーディガンを羽織っていた。父親がその身体を抱き上げた。小柄で痩せた父親だった。足が少しよろけ、彼は渋面を作った。

雨まじりの風が吹き、暮れなずんだカラマツ林がざわざわと鳴った。母親が車のトランクを開け、傘を取り出して奈津美にさしかけた。青い傘だったせいか、奈津美の顔は尋常ではない白さに見えた。

見たところ外傷はなく、身体のどこかに強い痛みがある様子もない。呼吸は落ちついていた。循環器系統の症状があるようにも見えず、どちらかというと精神的なショック状態にあるような感じがした。

診察室に奈津美を運び、早速診察が始まった。悠子は調剤室で待機した。切れ切れに義彦の問診が聞こえてきた。答えるのは両親のいずれかで、患者本人は無言のままだった。

「昨日の夜、別荘に着いたんですが、着いた頃からどこか様子がおかしくなりましてね。ゆうべは眠れなかったと申します。今日は一日中、ベッドから出なかったのですけれど、先程、夫が部屋を覗いたところ、しくしく身をよじるようにして泣いておりまして、その後で突然、全身を痙攣《けいれん》させましたんです。大病をいたしました子ではありますけど、こんなことはなかったものですから、それはもう驚いて……」

合間に父親が、「なっちゃん？　奈津美？」と悲痛な声で呼びかける。「もう安心だよ。若先生が診てくださってるんだよ」

「痙攣は長く続きましたか」

「どうでしょうか。そんなに長くは……」

「吐きましたか」

「いいえ」

「何か精神的なショックを受けるようなことでも？」

「さあ、そんなことは何も……」

やおら、患者が声をあげた。それまで詰まっていた喉に、急に空気を通した時のような声だった。

泣き声がそれに続いた。いやっ、いやっ、とわめき、合間にかすれた叫び声がもれた。烈しく足をばたつかせているのか、診察ベッドが揺れる音がした。

診察室がにわかに慌ただしくなった。両親が口々に何か言った。衣ずれの音が烈しくなった。泣き声はおさまらなかった。

「奈津美ちゃん」義彦の声がした。思いがけず大きな声だった。「僕だよ。わかる？」

「苦しいの。怖いの。死んでしまう。死んだほうがいい」奈津美は叫んだ。

「奈津美ちゃんはまだ死なないよ。僕のほうが年上だから、順番は僕が先だ。そうだろう？」

「私なんか、生きてたって仕方がない。みんなに迷惑かけて。私が生きてるだけで、みんなが迷惑するのよ。生まれてからずっと病気ばっかりで、元気な時なんか、一度だってなかった。楽しい時なんか、一度もなかった」

「それは嘘だな。楽しいこと、いっぱいあったはずだよ」

「でも、どんなに楽しいことがあっても、私は病気だったじゃない。みんなに同情ばかりされて、ありがとう、ありがとう、って感謝して、馬鹿みたい。馬鹿みたいな人生なのよ」

「大変な経験をしたことはわかる。でも、おかげできみの病気は治ったんだ。そうだろう？みんな心配したんだ。同情したんじゃない、心配したんだよ」

「違うわ。優しいふりをして憐れんでただけよ。私の苦しみなんか、誰もわかってくれない。どんなに辛かったか、どんなに苦しかったか。髪の毛なんか抜けちゃって、顔がふくらんで……」

「今はもう元に戻ったじゃないか。それに前よりもずっときれいになった」

「でもまたきっと、再発するのよ。私にはわかる。絶対そうなのよ。再発したら終わりなの。それはわかってるの」

奈津美、と父親が叱りつけた。涙声だった。「そんなことはないと言ったろう。再発なんかしないんだ。絶対にしない」

「どうしてそんなことがわかるのよ」奈津美は叫んだ。診察ベッドががたがたと鳴った。

「いつか再発するわ。きっとするわ。恋もしないで、結婚もしないで、死んでいくんだ、ってわかってて、それでも毎日、生きてかなくちゃいけないなんて。死んだほうがましじゃないの。ああ、先生。私、息ができない。心臓が止まりそう……」

喉を詰まらせたような音が、診察室いっぱいに響いた。

「強い精神的な不安にかられて、こういった症状が出ているだけです。注射を一本打ちましょう。あとは薬を出します。寝る前に飲ませてください」義彦は落ちつき払っていた。

義彦が注射を打っている間、悠子は彼の指示通り、セルシンを用意した。診療所の軒を打つ雨が烈しくなった。遠くで雷鳴が響いた。

十五分ほどたつと、奈津美はおとなしくなった。悪夢に呻《うめ》き、乱れた自分を恥じらうかのように、大人びた、寂しげな口調で「先生、ごめんなさい」と繰り返した。少し眠くなったようだった。

両親と義彦の話し声がした。東京では英二郎に本当に世話になっている、ともかく兵藤父子には感謝している、といった内容の話だった。

足もとがふらついてはいたが、奈津美は母親に腕を取られながら、診療所の玄関まで自力で歩いた。裸足《はだし》だったので、誰かが奈津美を抱き上げ、車まで運んでやる必要があった。

父親は受付の窓越しに会計をし、悠子が指示した薬の飲み方について質問を始めた。母親一人の力では、奈津美を抱き上げることは難しそうだった。

診察室から出て来た義彦は、「この雨です」と言った。「小降りになるまで、ここで休んでいかれたらどうです」

「いえ、とんでもございません」母親は頭を下げた。

急いで別荘を飛び出して来たらしく、ひと目でふだん着とわかる、年齢にふさわしくないような派手な原色使いのムウムウを着ている。娘が落ちつきを取り戻し、ひと安心した途端、急に自分の着ているものが恥ずかしくなった、と言わんばかりに、母親は身を縮ませ、奈津美の陰に隠れながら、何度も頭を下げた。「時間外でしたのに、こんなによくしていただいて。もう大丈夫ですので、戻ります。ありがとうございました」

奈津美の身体がその時、大きく揺れた。それを支えようとした母親の足元が危うくなった。

義彦が手を差し出した。奈津美は母親にではなく、義彦のほうに身体を預けた。

咄嗟に義彦は奈津美を抱え、そのまま軽々と抱き上げた。彼は母親に向かって「傘をさしてください」と言った。「僕が車まで連れて行きましょう」

されるままになっていた奈津美は、義彦の首に両手をまわし、しどけなく頰を寄せた。ネグリジェの裾がなまめかしくはためいた。

「軽いな」義彦は言った。笑みを含んだ、あやすような言い方だった。「ちゃんと食べなくちゃだめだぞ」

奈津美は答えず、薄く笑っていっそう強く義彦の首すじに顔を押しつけた。

「先生、そんなことまでしていただいて……」父親が慌てふためきながら後を追った。

雷鳴が轟《とどろ》いた。すでに外は暗くなっていた。開け放された診療所のドアの向こうで、大粒の雨がばしゃばしゃと地面を叩いた。

車のドアが閉じられた。エンジンがかけられた。エンジン音は雷鳴の音と重なり、すぐに聞こえなくなった。

悠子は調剤室を出て、玄関先に佇んだ。雨をしとどに含んだ風が吹きこんできた。稲妻が走り、あたりが白く光った。

奈津美という娘は英二郎の患者であり、同時に義彦の患者でもあるようだった。そのことが悠子にとって、不吉な符合のように感じられた。

今しがた、調剤室から見た光景の余韻が残された。義彦が若い女の患者を抱き上げた……ただそれだけのことなのに、その一瞬の光景が、悠子の網膜に焼きついた。

戻って来た義彦にタオルを差し出し、悠子は「着替えたほうが」と言った。わずか数メートルの距離を戻って来ただけというのに、義彦はずぶ濡れになっていた。

彼は「ありがとう」と言ってタオルを受け取り、ごしごしと頭を拭いた。「ひどい降りだよ。滝の雨だ」

白衣を脱ぎ、靴下を脱ぎ捨てて、彼は前髪を乱暴にかき上げると、待合室の椅子に座った。はずんだ息の中で煙草に火をつけ、煙を吐き出し、その顔には次第にくつろいだ表情が戻ってきた。

ややあって彼は言った。「ごくろうさま。せっかく帰ったばかりだったのに、悪かったね」

悠子は微笑みながら首を横に振り、義彦の隣に腰をおろした。診療所の屋根に、一斉に石つぶてのような音が響いた。ごうごうと風が唸《うな》り、そのたびに雨音は遠のいたり、近づいたりを繰り返した。

「ひと夏に一度、こういう凄まじい雨があるんだ」

「こんなに凄いと、かえって気持ちがいいくらいですね」

「前線が通過すれば、じきに止むよ。それまでここにいたほうがいい。今運転するのは大変だろうから」

悠子の答えを待たずに、義彦はそっと首を回して彼女を見た。「今夜、何か約束がある？」

「いいえ、何も」

「アパートに今夜の夕飯を用意してきた？」

「帰ってすぐに先生から電話をいただいたんですもの。そんな暇はありませんでした」

「だったら、ここで一緒に食事をしないか。大したものはできないよ。それでもよければ」

悠子は、熱くなり始めた胸に急いで空気を送りこんだ。「私が何か作ります。春江さんが材料をそろえておいてくれているはずですし、簡単なものでしたら……」

いいんだ、と義彦は遮った。「あなたに料理を作らせるために食事しよう、と言ってるわけじゃない」

横にいる悠子をまじまじと見つめた義彦の顔から、ふいに笑みが消えた。彼は煙草をくわえたまま、立ち上がった。眉間に皺が寄った。

「今日はなんだか」と彼は言った。怒ったような口調がそれに続いた。「今日はなんだか、あなたをこのまま帰したくない。それだけだよ」

胸に火が点《とも》り、それは瞬く間に燃え盛って、あたり一面、焼き尽くすのではないかと思われた。

悠子は大きく息を吸い、うなずいた。何か言いたかった。何か言うべきだ、と思った。だが、何も言葉が思い浮かばなかった。

室内に一瞬、青白い閃光《せんこう》が走った。走ったと思ったら、地響きのような雷鳴が轟いた。家中の硝子《ガラス》が震え、天井の蛍光灯が、二度三度と点滅を繰り返し、やがてふっと消えた。

気がつくと悠子は闇の中にいた。不意打ちのような停電だったのに、悠子にはそれが、静かにゆっくりと日暮れていった後に訪れる、優しい夜のとばりのような感じがした。

ちぇっ、と義彦は、若々しく軽やかな舌打ちをした。「参ったな。近くに落ちたんだ、きっと。ちょっと待って。懐中電灯を持って来るからね」

待合室の扉を開けて、住居のほうに手探りで歩いて行った義彦が、何かにぶつかる音がした。何か軽いプラスチックのようなものが、勢いよく床に転がる音がした。彼はくすくす笑った。「なんだ、春江さん、こんなとこにバケツを置きっ放しだよ」

「大丈夫ですか」言いながら立ち上がった悠子は、待合室の長椅子の足に爪先を取られ、前のめりになりながら短く叫んだ。

「どうした」

悠子は笑った。「なんでもありません。つまずいちゃって。全然、見えないんですもの。真っ暗」

「あいたっ」今度は義彦が叫んだ。

「先生、大丈夫？」

「ドアに頭をぶつけたよ。くそ」

二人の笑い声が重なり合い、はじけ合った。烈しい稲妻が光り、またしても部屋中が青白い、水の底のようになった。ばりばりと天を裂くような轟音《ごうおん》が響いた。

反射的に、小さく叫んではみたものの、その実、悠子は何も驚いていなかった。たとえ今ここに……自分の目の前に落雷があり、火柱をあげたとしても、自分は驚かないだろう、とさえ思った。

まもなく義彦が懐中電灯を手に現れた。サーチライトのような大きなもので、充分とは言えないまでも、人心地つくようなぼんやりとした明かりが部屋の隅々を照らし出した。

「こっちにおいで。ガスは使えるし、なんとか食い物は調理できるよ」

旅先の思いがけない停電に興奮し、蠟燭《ろうそく》が作るぼんやりとした明かりのもとに群がって、わけもなく互いの肩を叩き合ったり、笑い合ったりしていた学生時代を思い出した。何を作ろうか、と考えながら、悠子は義彦の照らす光を頼りに台所に立った。胸が躍り、わくわくしていた。怖いほどだった。

明かりのつかない冷蔵庫を開け、義彦に懐中電灯の光をあてててもらって、春江が作りおきしていったものを確かめた。肉じゃががあったので、ひとまずそれを小鍋に移し、ガスにかけた。肉じゃがを温めている間に、茄子《なす》を油で炒め、くるみ味噌《みそ》をからめた。

義彦は缶ビールを取り出し、グラスと一緒にテーブルに並べた。チーズを切り、クラッカーに載せ、地元で採れるレタスとトマトを使ったツナサラダを作り、手製のドレッシングを手早く仕上げたのも義彦だった。

「先生があんまり手早いんで、私のすることがなくなります」

悠子がそう言うと、義彦はにんまり笑った。「男の料理なんてものは、手早くする以外、何の取柄もないよ。さあ、座って。もう料理はこれで充分だ。喉が渇いた。ビールを飲もう」

ダイニングテーブルの中央に懐中電灯を載せ、二人は差し向かいに座ってビールを注ぎ合った。唸り声をあげて吹き荒れる風が、時折、雨の音をかき消した。

窓を閉めきっているので、ひどくむし暑い。手に触れるテーブル、食器、椅子、何もかもが、汗をかいてべたべたと湿っているのだが、懐中電灯が作る明かりの周辺だけは、真冬の囲炉裏《いろり》のようにほんのりと温かく、乾いているように見える。

そんなふうに義彦と義彦の部屋で向き合いながら食事をするのは初めてだったのだが、そのことをわざわざ口にするのは憚《はばか》られた。何度も何度も、こうやって差し向かいでビールを注ぎ合い、もの慣れた表情で食事をし合ってきたかのような、とてつもない親密さが感じられたからだった。

肉じゃがをつまみ、チーズクラッカーを頬ばった義彦は、二杯目のビールを豪快に注ぎながら、「さっきの子にはね」と言った。「昔からてこずらされてる。病気のケアというより、精神のケアが必要でね」

「東京の頃からの患者さんだったんですか」

「うん。僕がまだ兵藤クリニックにいた頃のね。初めて彼女を診たのは僕だった」そう言うと、彼はちらと顔を上げ、口早に言い添えた。「あの子、急性白血病だったんだ」

診察室での会話から、悠子にもうすうす見当がついていた。改めて義彦の口からそう聞かされると、その病名が隠蔽《いんぺい》している死の翳りが、ひどく重たく感じられた。

「すぐに大きな病院を紹介してね、結局、骨髄移植を受けたんだよ。年子のお姉さんがドナーになってくれた。かれこれ四年はたつのかな。治癒したと言える状態になったんだけど、再発の不安におびえてる。もう病院に通う必要がなくなったから、東京では親父が診てるんだ。精神症状が悪化すると、親父は冗談を連発して笑わせてるみたいだけど、あの子にはその手は効かなくてね」

英二郎の話題を出すまいとしながら、悠子は注意深くうなずいた。「本当に再発の可能性があるんですか」

「あの子に限らず、絶対にないとは言いきれないよ。同じ移植でも、移植を受けた時の患者の状態によって結果は様々だからね。白血病細胞のたちが悪くなってる時に移植しても、効果は出ないし、再発の危険も高くなる。でも、ふつうはそんな時に移植はしないから、かなり高い確率で治癒するんだよ。あの子の場合、不安材料も今のところない。なのにせっかく入った短大も休学して、あのありさまなんだ」

かわいそうに、と悠子が言うと、義彦は軽く眉を上げ、苦笑してみせた。「あの子の前では、精神科医のまねごとをしなくちゃいけなくなる。疲れるよ」

奈津美の話はそこで終わった。義彦に抱き上げられた奈津美が、甘えるようにその首に顔を埋めたことを冗談めかしてからかおうとした悠子の目論見《もくろみ》は、果たせずに終わった。

雨の音が烈しかった。水音に阻《はば》まれて、一切の音が消え、あたかも家の外が、一面の静寂に包まれているかのように感じられた。

再発を恐れ、死を恐れ、生に執着している奈津美のことが話題になったせいか、義彦は、医師として看取《みと》ってきた幾多の死についての話を始めた。

「これまで何人も死んで行く人間を見たけど」と義彦はつぶやいた。「いろんな人がいたよ。最後まで暴れて抵抗して、がくっ、と首を折るように死んでいった人もいたし、自分を憐れんで泣きながら死んでいった人もいたし。そうかと思うと、家族のことや飼ってるペットのことばかり気にして死んでいった人もいた。でもね、不思議なことに、全員、どんな人間でも最後には死を受け入れていくんだ。少なくとも僕にはそう見える。人間はね、どうやらそういうふうに出来ているらしい。生まれてくることを受け入れたように、死んでいくことも受け入れるんだ。多分ね。きっとそうだ」

悠子は死んだ夫のことを思い出した。死ほどの壮絶な不条理はないというのに、人は最後にはその不条理を黙って受け入れるように出来ている。残された人間もまた同じである。不条理を受け入れ、咀嚼《そしやく》し飲み込んで、しまいには箱に入れて鍵をかけ、見ないようにすることもできるようになる。

今の自分のように、と悠子はまたしても、自らを罰したいような気持ちにかられた。

ふっ、と義彦は自嘲気味に笑った。あまりに嘲笑めいて聞こえたので、悠子は初め、彼が口にした言葉を聞き違えたのかと思った。

「僕は死のうと思ったことがある」

義彦は椅子に背をもたせかけ、くつろいだ姿勢を取ったまま、不可思議な笑みを浮かべて悠子を見た。

「美冬さん……のことがあった後？」

「そうだけど、別に美冬のことが原因だったわけじゃない。ある日、猛烈に死にたくなった。今思い出してもぞっとするよ。理由なくこの世から消えたくなったんだ。死に神に取りつかれたみたいにね。本気だった。死に方を考え始めて、しまいにはそのことしか考えなくなった」

　そうした精神状態は、悠子にも理解できるような気がした。死はいつも身近にあるような気がする。とりわけ、夫と死に別れてからはそう思うようになった。いつでも死ねる、と思えるからこそ、生きている。そんな気もする。

　彼は皮肉をこめた笑みを浮かべた。「どうやって危機を脱したのか、よく覚えていない。僕の中にある無意識が、必死で抵抗していたのかもしれないね。気がついたら元に戻っていた。でもそれ以来……」

　そこまで言うと、義彦は口ごもった。ビールを飲み、新しい煙草に火をつけた。「それ以来、何かが変わってしまったような気がして仕方がない」

「どんなふうに？」

「どんな……って、うまく説明するのは難しいんだけどね。世界から色が失われたんだよ。といっても別に色覚障害になったわけじゃない。象徴的な意味で言ってるだけだ。わかるよね。もちろん、現実の色はちゃんと見える。見分けはつく。でも……僕の意識を通して見る世界には色がないんだ」

「……灰色？」

「いや違う。白と黒。モノクロ写真みたいなね、そんなふうに見える」

硝子戸に吹きつける雨が、ぱらぱらと霰《あられ》のような音をたてた。

悠子はたっぷりと間をあけて、おもむろに訊ねた。「今も、ですか?」

沈黙が続いた。空気の流れが止まったように感じられた。悠子は義彦の答えを待った。期待も不安も何もない、見渡す限り透明な、漣《さざなみ》ひとつ立たない静かな湖面を眺めているような思いだった。

「今は違うよ」義彦は言った。「少なくともこの時間はね」

こみあげる思いに、悠子は自分の鼻翼がわななくように震えるのを感じた。

彼はビールをあおるように飲むと、音をたててグラスをテーブルに置いた。長い睫毛《まつげ》に縁取られた目が、しばし伏せられた。白いポロシャツのはだけた胸元に、透明な汗が光っているのが見えた。

「毎日会ってるのに」と彼は低い声で言った。「あなたには会ってなかったような気がする」

「先生が誘ってくださらないからです」悠子は言った。「なかなか誘ってくださらない。私から誘うのは気がひけます」

「食事に行こう、とか、旅行に行こう、とか、そんなふうにどんな男でも考えるようなやり方であなたを誘いたくなかったんだ。意味もないこだわりさ。馬鹿げてると思う。でも仕方がない。僕はそうしたくなかった」

「アパートに来てくださってもよかったんです。診療所から帰って、電話が鳴るたびに、先生からの電話じゃないか、これから行くよ、とおっしゃるんじゃないか、って、小躍りして受話器を取りました」

「何度か、深夜、車であなたのアパートの近くまで行ったことがある」義彦は抑揚をつけずに言った。「まるでニキビ面の高校生みたいにね。クラスの憧れの女の子の家まで行って、窓を見上げて、満足して帰って来る。それと同じだ」

「……どうして寄ってくださらなかったんです」

「寄るのが怖かった」

「何故？」

義彦は顔を上げ、光を失ったような目で悠子をひたと見据えた。その唇に、怪しげな笑みが浮かんだ。「親父と鉢合わせしたくなかったからだよ」

落雷が遠のいた。雨の音が消え去った。悠子の中で、一切の物音が途絶えた。

「何をおっしゃってるのか……意味がわからないわ」

「僕は兵藤英二郎とあなたの部屋で鉢合わせしたくない。そう言ったんだ」

「大先生がどうして私の部屋に来なくちゃいけないんです」

「いてもおかしくない。そう思った」

「どうして」

「あいつに訪ねて来られたら、あなたは間違いなく、部屋にあげるだろうと思ったからさ」

なった。

「どうもこうもない」義彦は薄く笑った。「多分そうだろう、と言ってるだけだ」

悠子は椅子を引き、勢いよく立ち上がった。テーブルが揺れ、危うくグラスが倒れそうになった。

「はっきり言っておきますけど、大先生は筍を届けに来た時以外、私の部屋には……」

言いながら喉が締めつけられるような思いにかられた。事実だった。英二郎が、あれ以来、部屋に来たことはない。

だが、それはあくまでも表層の事実に過ぎなかった。英二郎からは何度も電話がかかってきた。そして悠子はその電話を拒絶せず、それどころか、どこか心待ちにさえしていた。

英二郎に対して否応なしに抱いてしまう、その不思議な気持ちは恋ではなかった。明らかに恋ではないのだが、恋よりももっと始末に負えないもののようにも感じられた。今ここで、何があっても義彦に悟られたくない、と思うのはそのせいかもしれなかった。

小さな嘘が嵩《かさ》を増し、大きな塊になっていくのがわかった。悠子は唇を震わせた。

「ともかく」と彼女は冷やかに言った。「誤解です。そんなふうに思われたら心外です」

わかった、と義彦はつぶやいた。抑揚のない言い方だった。「悪かった。あなたの言うことを信じるよ」

刺々《とげとげ》しい沈黙が流れた。この人は何も信じていない。悠子はそう思った。

いきなり義彦が立ち上がり、床を踏み鳴らしながらテーブルの角を回って彼女の傍にやって来た。

男が女に接近しようとする時の、もの静かな動き、甘い囁き、優しい愛撫、輝く瞳……そういったものは何ひとつなかった。彼の目は獰猛《どうもう》だった。彼の動きは暴力的と言ってもよかった。彼の唇は甘い言葉を囁かなかった。彼の手は憎々しいものをわしづかみにでもするかのように、悠子の二の腕をがっしりと摑んだ。

足元がよろけた。悠子が座っていた椅子が後ろ向きに倒れた。悲鳴をあげる間もなかった。彼女の身体はそのままの姿勢で、背後の壁に強く押しつけられた。

義彦は摑んでいた悠子の両腕を高く掲げ、全身を預けてきた。自由が奪われた。悠子は処刑されるキリストのような姿勢をとったまま、目の前の美しい顔を見上げた。

その顔には頑なな沈黙が漂っていた。怒り、悲しみ、絶望が嗅ぎとれた。

懐中電灯が作る明かりがちょうど逆光になり、彼の顔は薄闇の中にあった。薄闇の中にありながら、その目は爛々《らんらん》と光り、潤んで見えた。

何か言おうとするのだが、声にならなかった。悠子は彼の顔だけを見ていた。その顔が近づいてきた。悠子の唇が塞《ふさ》がれた。塞がれた途端、悠子のまぶたの裏には、真夏の晴れた午後のようなさんざめく光があふれ、砕け散った。

義彦の唇が悠子の顎、首、胸元にすべっていき、再び悠子の唇をとらえた。身体の中に不思議な炎が立った。初めそれは、小さくゆらめくマッチの軸ほどの炎だったのだが、瞬く間に火勢を増して、野火のごとく燃え広がった。

身体が宙に浮き、知らず喘《あえ》ぎ声がもれた。義彦の熱く湿った掌が悠子の乳房をまさぐり始めた。同時に両手が放たれた。悠子は壁から腰を浮かせながら、彼の背に腕を回した。

悠子が着ていた鈍色《にびいろ》のTシャツの裾が、ジーンズからたくし上げられるのがわかった。たちまちブラジャーのホックがはずされた。乳房に彼の手の熱さを感じた。彼は胸元に唇を寄せ、乳首をふくんだ。

彼のやみくもな肉欲が悠子には嬉しかった。肉欲はすべてを消すのだった。疑惑も不安も絶望も孤独も過去も、そして、不可解な未来さえも。

二人はそのまま、床に崩れ落ちた。

舞台の上にゆっくりと降りてくる緞帳《どんちょう》のように、悠子の意識には幕が下ろされた。そして、断続的に息苦しくなるほど上がり続ける花火のような悦楽に酔いながら、悠子は義彦の名を呼び、義彦もまた、悠子の名を呼び続けた。

最後には花火も何も見えなくなった。悠子は闇に漂う小舟に乗って、満ち足りた気持ちのまま、ゆらゆらと果てしのない旅に出る自分を思い描いた。それは死出の旅にも似ていた。

14

梅雨が明けて間もなく、兵藤英二郎が聡美を伴って軽井沢にやって来た。夏の間……といっても、七月末から八月のお盆明けまでの約二週間ほどのことだったが、東京の兵藤クリニックを人に任せ、英二郎は事実上、長い休暇を取ることにしたという。

あらかじめ悠子に何も連絡はなく、英二郎から電話がかかってきたのは、すでに彼が別荘に到着した後のことだった。

日曜の午後だった。会話の合間に、しげのにあれこれと荷物整理の指図をしながら、英二郎はあたかも年末の大掃除のさなかであるかのように、弾んだせわしない口調で「夢にまで見た休暇だよ」と言った。「しばらく来なかったもんだから、庭がまるで熱帯雨林のジャングルみたいになってるんだ。植木屋がさぼってたらしくてね。さっき、叱りつけてやったところさ。まあしかし、どうってことはない。じきにきれいになる。今、五人がかりで草むしりをしてもらってるからね」

そこまで言うと、彼はまた受話器を遠ざけ、大声を出した。「しげの！　おい、しげの！　聡美はもう出かけちゃったか？」

遠くでしげのの声がかすかに聞こえた。

いね」

「まだだったら、ついでに大福を買って来てくれ、って伝えなさい。いいね？」

ややあって、大福だよ、と英二郎は再び繰り返した。「栗まんじゅうじゃない、大福。いいね？」

かすかにドアが閉じる音がした。英二郎は、悠子に向かって「きみは、おらが製菓っていう店、知ってるか」と訊ねた。

悠子が、知らない、と答えると、彼はそこの大福はめっぽう美味《うま》いんだ、と言った。「昔ながらの味でね。いつだったか、しげのが買って来て、こそこそ隠れて食べてたのを見つけたんだ。一つもらって食べてみて、いっぺんで気にいった。でかくて食いでがある。別荘族にも人気があるらしい。今度、きみにも持ってってやろう」

筍だけで充分だ、これ以上、何か持って来られたら、気持ちが乱れ、そのうち義彦にも気づかれてしまうに違いない……そう思ったが、英二郎の熱気あふれる喋《しゃべ》り方に気押《けお》された。外には煌《きらめ》く夏の光があふれていた。日曜日で診療所は休みだった。夕方四時に義彦と待ち合わせ、二人で上田まで車を飛ばし、蕎麦を食べに行く約束をしていた。

悠子の中にしたたかに根をおろしていた不安が、いっとき、もたげていた鎌首を静かにおろした。大丈夫、と悠子は自分に言い聞かせた。今夜は義彦と会う。食事の後もずっと一緒にいる。英二郎が入りこめる余地はない、と。

悠子はくすくす笑い、「ありがとうございます」と言った。「それにしても大先生は甘いもの、本当にお好きなんですね」

「私の夢が何なのか、わかるかな」

「さあ」

「デパートの食堂に行って、チョコレートパフェとバナナサンデーを腹いっぱい食べることだ」

「本当ですか」

「本当さ。一度でいいからそうしてみたい。今も思うよ」

「どうしてまた、デパートの食堂じゃないといけないんでしょう。チョコレートパフェだったら、ふつうの喫茶店でも食べられますよ」

「今はそうかもしれないが、昔は違ったんだ。デパートの食堂で膳に盛られたちょっとした懐石弁当みたいなのを食べて、デザートにチョコレートパフェとかバナナサンデーなんかを注文する、ってのが庶民のささやかな贅沢だった。きみのお父さんだって、きみが小さかった頃、そんなことをしてくれただろう」

「そう言えば、そうですね。たまに銀座の三越に連れて行ってもらって、食堂でお昼を食べました」

「その時、デザートは何にした」

「私はプリンが好きで……いつもプリンでした。でもプリンアラモードっていう、プリンにフルーツや生クリームがたくさんかかったものはだめだって言われて……今から思うと、高かったせいですね、きっと」

「いいね」と英二郎は微笑ましげに笑った。「だからね、ああいうものは、デパートの食堂で食べてこそ、意味があるんだよ。どうだ、悠子。今度私と一緒に、デパートにチョコレートパフェを食べに行かないか。ん？」

「今は、チョコレートパフェよりも、どちらかというとぜんざいとか、みつ豆のほうが好きになりましたけど」

「ほう。ぜんざいが好きだったら、いい店を知ってる。女性連れじゃないと恥ずかしくてね、私一人では入れない。悠子と一緒に行くか。行こう。な？　そうしよう」

「大先生なら、他にもたくさん、一緒に甘いものを食べてくれる女性がいらっしゃるでしょうに」

「いないよ、そんなもの。そんなことをしてくれるのは悠子だけだ」

「嘘ばかりおっしゃって」

ふいに英二郎は、思い出したように話を変えた。「この前は帰るのが遅かったみたいだな」

「え？」

「いつだったっけね。私が一人で軽井沢に来て、きみを誘った時のことだよ。何度かアパートに電話したんだが、留守のようだった」

摂子が夫と一緒に軽井沢に来た時のことだ、とすぐにわかった。ああ、と悠子はさりげなさを装って言った。「すみません。友達とゆっくり会うのは久しぶりだったので……」

「それはかまわない。かまわないんだが、妙に会いたくてたまらなくなってね。夜通し、悶々《もんもん》としていたよ。そのせいか、あの晩はきみの夢ばかり見た」

悠子が黙っていると、英二郎は、ふふ、と短く笑い、「夢の中できみは裸だった」と言った。「きれいだったよ。案外、着痩せするんだな。豊満だったよ。今もよく覚えている」

「……大先生ったら」悠子は小声で吐き捨てるように言った。「お願いです。やめてください」

「これからは会おうと思えば毎日だって会える」英二郎は微笑みを滲ませたような声で言った。「嬉しいよ、悠子。夏場は患者が増えて、義彦のやつもてんてこまいだろうしね、診療所にも時々、顔を出すつもりでいる」

悠子が黙っていると、英二郎は「悠子」と囁きかけた。「近いうちに二人きりで会う時間を作るからね。いいね？」

なおも黙ったままでいた悠子に、臆する様子もなく、英二郎は青年じみた若々しい声で「心配するな」と言った。「万事、私に任せておけばいい。きみは私の言う通りにするだけでいいんだ。いいね？　また連絡する」

電話は静かに切られた。

こちらが身構える間もなく、この人は無邪気に羽を広げてくる、と悠子は思った。羽を広げ、羽毛の奥深くに包みこもうとしてくる。そのふわふわとした羽毛の中にくるまれて、目を閉じ、身体を丸めてじっとしてさえいれば、いつしかすべてが過ぎ去り、何もなかったことになる、約束するよ……そう言わんばかりに。

いけない、いけない、いけない、と悠子は繰り返した。その言葉は胸の中で反響し合い、鋭い鋲《びょう》のようになって悠子を突き刺した。

受話器を下ろしてからすぐ、アドレス帳を開いた。兵藤英二郎の軽井沢の別荘の電話番号をそらで覚え、再び受話器を握った。

馬鹿げたことだとわかっていた。だが、言わねばならなかった。聡美が買物に出て留守だとわかっている今なら、なおさらのこと、言わねばならなかった。

呼び出し音が三度鳴ってから、しげのが電話に出た。悠子が名を名乗ると、しげのは愛想よく挨拶をし、すぐに電話は切り替えられた。

「電話でこんなこと、申し上げるのは気がひけるのですが」悠子は言った。「手短に言います。実は……私……」

「きみから電話をもらうなんて嬉しいね。どうした。ん？　言ってごらん。何が欲しい。どこに行きたい」

「そういうことじゃないんです。私は今……」

「きみは今、兵藤英二郎にぞっこん……そう言いたいのかな。はははは」豪快な笑い声がはじけ、悠子はその笑い声がひと通り、収まるのを待っていなければならなかった。

「私、今……義彦先生とおつきあいをしています」

一秒の何分の一かの、わずかな沈黙があった。だが、それは沈黙とも呼べぬ、ただ一瞬の、何ら意味のない、空気の停滞なのかもしれなかった。

ただちに英二郎は、ほう、と言った。束の間の沈黙はかき消えて、ふだんの賑やかさが舞い戻った。「義彦のやつ、うまくやったな。え？　私よりも先に、悠子を？　ほう。なかなか、あいつもやるじゃないか。さすがに私の息子だけある」

「わかってください」と悠子は静かに遮った。「大先生に誤解されたくなくて、こうやってお電話さしあげました。本気でおつきあいしています。中途半端な気持ちではありません。ですから……」

「めでたい」英二郎は言った。「こいつはめでたいぞ。祝賀パーティーでも開かんといかんな」

「そんな……大げさにしないでください。ただ私は……」

「よし、わかった。いいぞ、悠子。よく報告してくれたね。早速、聡美が戻って来たら相談して、真夏の夜の宴、としゃれこむことを考えよう。夏は私の友人たちが大勢、こっちの別荘に来てるんだ。彼らも招いて、賑やかにやればいい。なあ、悠子。楽しみにしてなさい。天気がよければ、外でバーベキューをやってもいいな。前にも何度かしたことがある。いつだったか、招いた客の中の若い奴が、連れて来た娘と一緒に姿が見えなくなってね、いつまでたっても戻らないんで、心配してみんなで庭中を探したら、そいつら、茂みの奥で夢中になって睦《むつ》み合ってたんだよ。懐中電灯でいきなり照らされたもんだから、二人ともぎょっとして言葉も出なくなってね。気の毒やら、おかしいやらでこっちも言葉が出なかった」

悠子は形ばかり笑った後で、咳払いをし、「大先生」と呼びかけた。

「ん？」

「いろいろと、お心にかけてくださって、ありがとうございました。嬉しかったです」

「これからも心にかけるよ」英二郎は言った。「きみに対する気持ちは、状況がどう変わっても同じだ」

いきなり口調が冷やかになった。怒ったような口ぶりで、彼は慌ただしくつけ加えた。

「私はきみが欲しい。欲しくてたまらない。それだけは覚えておきなさい」

返す言葉を失った。悠子が黙っていると、英二郎はそっけなく「じゃあまた」と言った。古いラジオのスイッチを切った時のようなブツリという音がしたかと思うと、電話はそこで途切れた。

義彦と上田に行く途中の車の中でも、上田の蕎麦屋で蕎麦をすすっている時も、帰り道も、悠子は英二郎の名を一言も口にしなかった。親父が別荘に来たらしい……蕎麦を食べながら義彦はそう言ったが、彼もまた、それきり英二郎の話題は出さなかった。

休日の夕暮れ、傾き始めた西の太陽をどこまでも追いかけ、夜に包まれる高原目指して、再び戻って来たような、そんなドライブだった。

ハンドルを握る義彦の横で、他愛のない会話を交わし合った。幾度となく、笑い声も弾けた。こくりとうなずく、互いのその首の動かし方ひとつにも、深い親密感があった。

窓から吹きこむ、夏の匂いを存分にはらんだ風に目を細めていると、もう何も案じることはないように思えて、悠子の気持ちは弾んだ。

過ちに走るのを事前に食い止めることができたのだった。危ないところではあったが、ともかく自分は過ちを犯さずに済んだ。かろうじて自らの力で、満足すべき結果を得たのだった。

大日向に戻ったのは八時過ぎだった。義彦は車をアパートの前に停め、エンジンを止め、車のキイを抜き、悠子と共に部屋に入って来た。当たり前のようにそうするのが、悠子には嬉しかった。

彼が部屋にあがるのは、それが二度目だった。一度目は、朝まで共に過ごした。軽い朝食をとり、義彦の車で一緒に診療所に戻ったものだから、先に掃除に来ていた春江に驚かれた。

「おや、まあ」と春江は言った。それだけだった。後には意味ありげな薄笑いが残されて、義彦が、あと一時間もしたら、春江さんの関係者全員にこの噂が広がるよ、と言ったものだから、悠子は大笑いした。

むし暑かったので窓を開け、レースのカーテンを引き、コーヒーを入れた。義彦は出窓のついた奥の洋間で、ベッドに腰をかけ、サイドテーブルの上に並べられた文庫本の背表紙を眺めていた。

出来上がったコーヒーのポットを手に、悠子は洋間に入った。義彦が部屋の明かりを消し、サイドテーブルの上の卓上ライトを点《つ》けた。悠子がサイドテーブルにマグカップを二つ並べ、コーヒーを注ごうとしたその時、腰のあたりに義彦の手が伸びてきた。次の瞬間、悠子は崩れ落ちるようにして彼の腕の中にいた。

ベッドに腰をかけたままの姿勢で、いささか性急とも思える愛撫を受けた。接吻が執拗に繰り返された。彼の手は待ちきれぬかのように、悠子の身体の上を這《は》いまわった。

義彦の、迸《ほとばし》るような若々しい肉欲を知らされた。それは日頃の義彦からは考えられないほど烈しい、獣の雄を思わせる、あからさまな欲情であった。

その異様なまでもの烈しさに気づかないふりをして、悠子は笑った。「先生、待ってちょうだい。私は手にポットを持ってるのよ。火傷《やけど》しちゃうわ」

彼がポットを受け取り、サイドテーブルに載せた。悠子を抱いたまま、義彦は手を伸ばし、卓上ライトの明かりを消した。部屋は闇に包まれたが、間もなく白いレースのカーテン越しに外のおぼろな光がさし込み、あたりは夏の夜の、なまめかしいような青白さに満ちあふれた。

悠子が着ていたワンピースの前ボタンが、次々にはずされた。はずそうとする手と、スカートの下からしのばせる手とが別々の生き物のように巧みに動いた。

思わず上げた、自分の喘ぎ声の淫《みだ》らさに、悠子が我知らず羞恥《しゅうち》を覚えた、その時だった。玄関のチャイムが鳴った。ぞっとするほど大きな音だった。

弾かれたように動きを止め、息をこらし、悠子は義彦から身体を離した。

「誰？」聞いたのは義彦だった。

答えられるはずもなかった。それなのに、悠子にはわかっているような気がした。戸口の外に立っている人物の輪郭、声音、匂い、そのすべてがわかってしまったような気がした。もう一度、チャイムが鳴った。決して苛立《いらだ》たしげではない、どこかのどかな鳴らし方だった。

慌てたものだから、ワンピースの前ボタンはなかなかはまらなかった。乱れた髪の毛はいくら手櫛《てぐし》で整えても、元に戻らないような気がした。

部屋の明かりを点けた。義彦は悠子を見ていた。何かを確かめるような、それでいながら非難するような、そんな視線だった。

三たびチャイムが鳴った。悠子は洋間を出て、小走りに玄関に向かいながら、はい、と声を上げた。「どなた?」

「私だ」と玄関の外で声がした。背後でくすくす笑う女の声が聞こえた。「取込み中だったようだね。悪いことをした」

逃げ場はなく、逃げなければならない理由も見当たらず、かといって、混乱した頭の中では何も考えがまとまらない。一呼吸おく間もなく、悠子は気がつくと鍵をはずし、ドアを開けていた。

「ばあ」と聡美が腰をかがめ、ふざけて顔を突き出しながら、げらげら笑った。丈の短い白の袖なしワンピース姿で、薄手のクリーム色のカーディガンを肩にかけ、相変わらず肉づきはよくなかったが、その日の聡美はいつになく清楚に見えた。

「ごめんなさいね、突然。英二郎さんがどうしても、って言うもんだから。素敵なアパートね。静かで景色もよくて、いいわあ。あ、これ、軽井沢のおらが製菓っていうお店の大福なの。英二郎さんの大好物でね。今日、頼まれてたくさん買って来たからおすそ分け」

透いた前歯を見せながら、聡美は弾んだ声でそう言い、にこやかに笑った。ついぞ見なかったほど、瞳は輝いていた。肌は潤っていた。

その理由が悠子にはわかっていた。アパートの外には義彦のジープが停まっている。部屋の明かりは消えていて、にもかかわらず、度重なるチャイムの後で、寝乱れたような頭をした悠子が出て来たのである。このことで聡美は、以後、二度と英二郎と自分の仲を疑わなくなるだろう、と悠子は思った。

汚らわしさを覚えた。聡美にそう思われただけで、自分と義彦とが汚されるような感じがした。

「私の可愛い息子がここにお邪魔しているようだね」英二郎がからかうように言った。

満面の笑顔だった。陰湿さ、皮肉、嫉妬、何ひとつ感じられなかった。彼は鷹揚で、どっしりと落ちついていて、父親としての威厳、風格すら漂わせていた。

「邪魔する気はないよ。聡美と万平ホテルで食事をしてきたところだ。おらが製菓の大福をどうしてもきみに食べさせたくてね。ついでだから寄ってみた。うまいぞ。食ってごらん。別荘族にも人気があるんだ」

聡美の留守中、悠子と電話で大福の話をしたことは、聡美には伝わっていない様子だった。

悠子は大福の包みを受け取り、「わざわざありがとうございました」と頭を下げた。「あの……おあがりになりませんか。コーヒー、入れたところです。ご一緒に……」

「いや、本当にかまわんのだ。ここで失礼するよ」

義彦は出て来なかった。来ないほうがありがたかった。

聡美は相変わらず、くすくす笑っていた。英二郎の腕に腕を絡ませながら、それでもくすくす笑いが止まらない。

「さあ、行くよ。邪魔をしたら悪い」

英二郎はさりげなく聡美の腕を離すと、ズボンのポケットに手を入れた。「おかしいな」

「どうしたの？」

「車のキイ、どこに入れただろう」

「いやだ、英二郎さん。なくしたの？」

「なくすわけがないよ。さっきまで運転してきたんだから。もしかして、車につけっ放しにして来たかもしれん。聡美、大急ぎで見て来てくれ」

「わかったわ。じゃあね、悠子さん。またお会いしましょうね」

聡美が駆け足で階段を降りて行き、まもなくその姿は視界から消えた。玄関の外には英二郎と悠子だけが残された。

英二郎の目に、ぎらついた光が宿った。彼はやおら悠子の腕を取り、強く引くなり、アパートの外廊下に引っ張り出した。反動で悠子の部屋の玄関ドアが閉じられた。悠子は裸足だった。声をあげる間もなかった。

やめてください、と言おうとして口を開いた途端、唇が塞がれた。悠子の胸と英二郎の胸との間で、大福が柔らかな感触を残したまま烈しく潰《つぶ》されるのがわかった。

英二郎の口からは少し酒の匂いが漂った。会いたかったよ、と彼は囁き、こめかみから耳《じ》朶《だ》にかけて、ふっくらとした唇を這わせた。悠子は身をよじり、抵抗した。だが英二郎の身体は大きく、鋼のように固く、強く、びくとも動かなかった。

どこからか大きな蛾《が》が飛んで来て、外廊下の明かりのまわりを飛び回った。その羽音を聞きながら、悠子は憎しみをこめて低く呻いた。

「いい加減にしてください。大声を出しますよ」

階段の下のほうから、聡美の声がした。「どうしたの？　英二郎さん。どこ？」

「言ったろう？」と英二郎は低く言った。「状況がどうなっても、私は同じだ」

「中に義彦先生がいるんです。ここで大声を出したらどうなるか、おわかりでしょう」

「英二郎さんてば」聡美が呼んでいる。階段を上がって来るハイヒールの音がする。「車にはなかったわよ。どうしたの？　どこにいるの？」

その声が聞こえているのかいないのか、英二郎は微笑すら浮かべながら、もう一度、悠子の唇を塞いだ。頭を振り、避けようとしても無駄だった。彼の両手は悠子の頭をがっしりと押さえつけた。あまりに強く押さえつけているものだから、鼻が英二郎の肌にめりこんで、息が出来なくなるありさまだった。

ハイヒールの音が高くなった。もう間もなく外廊下に聡美が現れる。あと三段、あと二段……。

英二郎は素早く悠子から離れ、階段に向かった。神業のような速さだった。

「何してたの」聡美の声がする。

「別れの挨拶に、高森君とキスを……」

「あらあら、それはごちそうさま」

「しよう……と思ったけど、義彦にぶん殴られるからやめたとこだ。キイはあったぞ。胸ポケットに入れてた」

ああ、よかった、と聡美が言う。幸福そうな笑い声がそれに続く。何か言ったようだが、何を言ったのか聞き取れない。笑い声だけが残される。

やがて二人の声は遠ざかり、蛾の羽音以外、何も聞こえなくなった。

15

悠子の動揺と不安をよそに、奇妙に平和で美しい夏が始まった。

軽井沢に集まってくる人と人との間には、きわめて居心地のいい距離が設けられた。それを無理に縮めようとする者もいなければ、また、さらに遠く引き離そうと企む者もいなかった。

危ういのだが、ともあれ均衡は完全に保たれていた。このままそれが崩れなければ、一切が理想的な収束に向かいそうな錯覚すら抱かせる、そんな夏であった。

休暇の間、英二郎が悠子に電話をかけてくることはなくなった。聡美の目があるからと言うよりは、こそこそと聡美の目を盗んで電話をかけなくとも、診療所に行けば悠子と頻繁に会うことができるようになったからかもしれなかった。

英二郎の休暇の過ごし方は驚くほど精力的だった。早朝からゴルフ場に行き、コースを一まわりして帰って来ると、午後には決まって診療所に顔を出す。患者がたてこんでいれば、義彦がいやがるのもかまわず、手伝うと称して診察室に入りこんでは、息子の診察風景をにやにやしながら眺めている。

夏場は患者数が圧倒的に増えるが、その半数以上が別荘客で、いずれも東京で英二郎が主治医をつとめている患者である。それをいいことに、英二郎は義彦の診察もそっちのけで無駄話に興じ始める。

夕方になって自分の別荘に戻れば、夜の食事会だの、聡美との外出だの、ゴルフや乗馬で軽井沢を訪れた幾多の知人らとの酒宴が控えている。時に深酒しすぎるあまり、翌朝、頭痛がして困る、とぼやきつつ、それでも英二郎は早朝のゴルフを欠かすことはなく、また、午後から診療所にやって来るのをさぼったことはなかった。

週末や休日になると、英二郎は自分の別荘に誰かを招き、夏の宴としゃれこんだ。また、夏の休暇を軽井沢で過ごしている英二郎の友人や知人たちも、競うようにして別荘を使った食事会、カクテルパーティー、バーベキューパーティーなどを催した。

中には義彦の東京時代の患者、その家族、医師になってから世話になったという人間たちもいた。決して積極的ではないにせよ、義彦は招かれれば出席した。

それは以前の義彦からは想像のつかないことだった。自分との関係ができて以来、義彦が変わったことを悠子は誇らしく思った。

彼の中にあった翳《かげ》りが少しずつ消えていくのがわかった。彼はよく笑い、よく喋るようになった。その瞳は輝いていることが多くなり、悠子と共有する安息の時間は、彼の魅力をいや増しに増していくように感じられた。孤独の殻は薄くなりつつあった。やがてその殻は薄皮一枚になり、今にも生まれ変わった新しい彼がそこから飛び出してくるような予感さえした。

義彦あてにパーティーの招待が来るたびに、悠子は同行を求められた。私は招待を受けていないのだから、といくら悠子が断っても、義彦は聞かなかった。

着ていくものがない、と言えば、ジーンズにTシャツで充分だ、と言われる。そういうわけにはいかないでしょう、と反論すると、あなたはそれだけで充分きれいだ、などと言う。

歯の浮くようなお世辞だ、と内心、腹をたてながら、悠子はからずも黙りこむ。自分に似合うのは宝石でも、レースでも、シルクでもない、綿のシャツにジーンズだけなのだ、と妙に納得させられる。一切の虚飾をはぎとり、悲しみや絶望をあますところなく張りつけた素顔をさらして、自分は義彦と出会ったのである。いまさら、飾りたてる必要もないだろう、と思い、悠子はしぶしぶ、見知らぬ人々の贅を尽くした木立の中の瀟洒《しょうしゃ》な別荘へと出かけて行く。

招かれた先では、英二郎と同席することが多かった。英二郎の隣には、いかなる時でも聡美がぴたりと寄り添い、薄手のレースのストールなどをしどけなく肩に羽織りながら、女房気取りで英二郎の世話を焼く姿が見られた。

人々が陰でどのような噂話に興じていたのかを別にすれば、二組のカップルはあくまでも丁重に扱われた。とりわけ、義彦と悠子とは、人々の好奇心、興味関心の対象となった。二人を目の前にして、お似合いだわ、と大声で言う者も出てきたたし、中には結婚するものと決めてかかり、いくらかエロティックな軽口をたたいて、周囲を笑わせる者もいた。

そのせいもあってか、英二郎が悠子に向かって好色な視線を投げることは、一切なくなった。彼は終始、紳士的だったたし、他人行儀ですらあった。

英二郎の視線やちょっとした愛撫、冗談とも本気ともつかぬ好色そうな物言いが、かくも完全に隠蔽《いんぺい》されてしまうことに、悠子はかすかなとまどいを覚えた。

あれほど悠子を困らせ、悩ませた突拍子もない愛の告白、一瞬の愛撫、いたずらにみだりがわしい言葉、それらが突然、何ひとつ見えなくなってしまう、というのは不可解で、不気味でもあった。

それまでの英二郎の、過剰に好色な言動から考えれば、彼は義彦と共に招かれた先の別荘などで、偶然、すれ違いざま、悠子に触れたり、その腰を性的意味合いをこめて抱き寄せたりすることができたはずだった。あるいはまた、大勢が集まって食事をしている時など、一瞬の視線の交わし合いに、何事か秘めごとめいた光をこめてみせることも容易にできたはずであった。

だが、彼はそういったことすべてをやらなかった。その理由が悠子にはわからなかった。

例えば、瀟洒な別荘に招かれて、有名コックを呼びつけて調理させたというフランス料理をもてなされながら、時に、真向かいに座って足を組んでいた英二郎の爪先が、悠子の足の甲にあたることがある。悠子が慌てて足を引っ込めると、英二郎は「失礼」と言い、あくまでも同席した見知らぬ婦人に謝罪するかのように、にこやかに大っぴらに会釈してみせる。

人々の間で悠子のことが話題になれば、悠子の薬剤師としての仕事ぶりを褒《ほ》めちぎり、兵藤クリニックと診療所にはなくてはならない存在になった、などと言ってくれるものの、それはどこか、会議の席上で口にされる商品に関する謳《うた》い文句のごとく、事務的な印象を伴った。

かと思えば、広々としたリビングルームで大勢の招待客に混じって悠子がひとり、誰と会話するでもなくグラスを手にしている時など、偶然、前を通りかかった英二郎と自分との近くに、誰も人がいなくなることがある。聡美は、と思ってみれば、遠くで女性客と歓談しているし、義彦は招かれた先の主人と内輪の話があるらしく、別室にひきこもっていたりする。

そんな時でも、英二郎は悠子に何ひとつ話しかけてはこなかった。話しかけないどころか、そこに悠子が立っている、ということ自体、目に入っていないかのようで、彼はすたすたと足早に歩き去り、まっすぐ聡美のいるところに向かって行く。そして、いたずらっぽく目を輝かせながらそっと聡美の背後に立ち、聡美が振り返って笑いかければ、愛想よく微笑み返して、彼女の腰につと手を回したりするのだった。

明らかに悠子を意識したふるまい、意識したあげくの無関心を装った芝居であることは確かだった。だが、何故そうなるのか、悠子にはわからなかった。次の展開が読みとれなかった。読みとれないばかりか、不安が増した。

義彦との関係が安定すると、英二郎との間に不安が生まれる。そもそも、自分が何を不安に思っているのかさえ、悠子にはわかりかねた。

翻弄《ほんろう》されているだけなのかもしれない、とも考えた。実際、女たちのみならず、男もまたよく利用する、恋愛ゲーム上の技法を英二郎は存分に駆使しているに過ぎないのかもしれなかった。猪突猛進に相手を追いかけておきながら、突然、冷淡にふるまってみせ、相手のさらなる関心をかおうとする子供じみた技法である。

だがそれにしても、と悠子は思う。問題は英二郎にあるのではない、そんな彼を無視し続けることのできない自分自身にあるのではないか、と。義彦を愛し、義彦との逢瀬にすべてを賭けていながら、どこかで英二郎の束の間の愛撫、馬鹿げた大仰な口説き文句、地獄の底まで追いかけて来てくれそうな大胆な、厚顔無恥な執着心を求めている自分に気づく。自分自身の、その悪魔性こそが、すべての問題をくすぶらせ、解決の道を閉ざしていることは、もはや自明の理であった。

短い軽井沢の夏がもっとも美しくなる八月の中旬。千ケ滝西区の別荘地にある病院長の別荘で、バーベキューパーティーが開かれた。

病院長とは昵懇《じっこん》の間柄である英二郎はもちろんのこと、義彦も招待された。英二郎と聡美は、そのパーティーを最後に、翌日、東京に帰る予定になっていた。

緑の木立がドーム状に道を被っているような、鬱蒼としたカラマツ林の奥にある別荘だった。イギリスふうに、さりげない手入れが施された広大な庭園には、雇い入れている庭師が、連日、丹精こめて育てたという薔薇《ばら》が咲き乱れていた。よく晴れた夏の夜、薔薇の甘い香りが庭いっぱいに放たれて、時折、バーベキューの煙の匂いの中にも嗅ぎ分けることができた。

招待されたのは総勢十六人で、中にはすでに何度か、ホームパーティーなどで悠子が顔見知りになった人も何人かいた。もとより気楽なパーティーであり、バミューダショーツにサンダル履きの中年男がいるかと思うと、浴衣《ゆかた》姿の女もいる、という具合で、ざっくばらんな会話にもおのずと花が咲いた。

アルコールがすすみ、あらかたバーベキューを食べ尽くした頃、その家の女主人が作ったという洋梨のシャーベットが供された。コーヒーがふるまわれ、会も終盤に近づいたが、美しい星空の下、誰ひとり帰ると言いだす者もなく、居合わせた人々は銘々、食後酒のグラスを手に、会話を楽しみ始めた。

庭に居残る者、芝の上に大の字に寝ころがる者、名残惜しげにバーベキューの火種を眺めている者……様々だった。庭園灯の蒼白い光が庭を照らし、室内から洩《も》れる黄色い明かりがそこに滲んだ。

お庭を拝見してよろしいですか、と悠子は女主人に聞いた。女主人は、顔をほころばせて、どうぞどうぞ、隅々までご覧になってください、と答えた。

黒田という名の病院長のその妻は、義彦の話によると三度目の妻にあたり、黒田が長い間診ていた糖尿病患者の妻だったという。英二郎と同世代とおぼしき黒田よりもかなり若く、黒田と並んでいると黒田の娘のようにも見える。ほっそりと痩せて色黒の、女子大生のように溌剌《はつらつ》とした健康美にあふれた陽気な女だった。

トイレにでも立ったのか、義彦の姿はなかった。聡美は室内に入って、初老の男客相手に煙草を吸いながら、何が可笑《おか》しいのか、笑いこけていた。英二郎は、と探したのだが、見えなかった。

悠子は薔薇の木々が植えられた花壇のまわりを回り、時折立ち止まっては香りを嗅ぎ、垣根代わりになっているライラックの低木と花壇の間の小径をぶらぶらと歩いた。遠くに人々の笑い声が聞こえた。芝は夜露に湿っていて、サンダル履きの素足に心地よい冷たさが触れた。

飛び交う小虫や蛾を手で追い払いながら、悠子が庭の片隅に設えられた、装飾用の薔薇のアーチのあたりに近づいた時だった。暗がりの中から、ふいに黒い影が現れた。叫ぶ間もなく、その影は悠子の腕をわしづかみにするなり、薔薇のアーチの後ろ側に引っ張りこんだ。

覚えのある感触、覚えのある匂い、覚えのある熱さが悠子を包んだ。

伸び放題に枝を伸ばした薔薇の、咲き誇る花や生えそろった葉のせいで、そこは闇に沈んでいた。葉と葉の隙間から、遠くの別荘の明かりが揺らいで見えた。

悠子、と英二郎は低い声で言った。ゆっくりと落ちついた仕草で彼は唇を求めてきた。悠子は目を閉じた。そしてあたかも、その瞬間を何よりも待ち焦がれていたかのように、自分から彼の首に両手を回した。

英二郎の手が静かに悠子の身体を愛撫し始めた。尻、腰、ウエスト……そしてその手が順を追うようにして胸にあてがわれ、それを拒まずにいるどころか、さらなる愛撫を求めている自分を知った時、悠子の中で何かが弾けた。

「いけません」悠子は吐き捨てるように言って、身体をこわばらせながら英二郎の胸に顔を埋め、彼の両腕をわしづかみにした。涙があふれた。

自分は美冬の二の舞いを踏むのだろうか、と思った。義彦の手前、義父の接近を大声で拒むわけにもいかず、逃げ腰ながら、どこかでそれを受け入れているうちに、いつしかその魅力に取り込まれてしまった美冬。もがけばもがくほど蟻地獄にはまっていった美冬。死をもってしか罪は贖《あがな》えない、として、自ら縊《くび》れた美冬。純潔と淫蕩《いんとう》の、無垢と穢れの、それぞれの狭間にいて、結局はどちらも選ぶことができずに終わった美冬……。

「明日東京に帰る」英二郎は、悠子の背を撫でながら囁いた。「どうだ。そのうち、東京に来ないか。ん？」

薔薇の香りが濃密で、息苦しかった。いけません、ともう一度、悠子は言った。顔を上げ、まじまじと英二郎を見た。

「二度とこんなことは……」

そう言いかけた途端、英二郎の唇が悠子の唇を被った。着ていた袖なしのサマーニットの上から、湿った手つきで乳房を愛撫された。身体の芯に火が点《とも》されることのないよう、悠子は奥歯を嚙《か》みしめた。

だが、無駄だった。次にその手は、何ひとつためらう様子も見せずに脇腹を撫でさすり、着ていたサマードレスを素早くたくし上げて、悠子の性器に触れてきた。悠子は小さく呻いて腰を引いた。

別荘のほうで笑い声が上がった。女たちの笑い声だった。

「いとしい悠子」と英二郎は言った。「私は苦しいよ。きみと私との間には幾つもの難関がある」

「当たり前です」悠子は言い、両手で強く英二郎の胸を押して、身体を離した。「こんなことはしてはいけないんです。おわかりでしょう」

何故だね、と英二郎は太い声をさらに太く、低くして訊ねた。「私はきみを求めて、きみも私を求めているんだよ」

「求めてなんかいません」悠子は吐き捨てるように言った。「私が本当に求めているのは義彦先生だけです」

「嘘つき悠子」英二郎は面白そうに笑った。「そんなことを言っていると、死んだ後、閻魔《えんま》様に舌を抜かれるぞ」

「どうとでもおっしゃってください。ごめんなさい。全部、大先生の誤解です。もう行かないと」

薔薇のアーチの表側に出て行こうとした悠子の手を英二郎は強く引いた。射抜くような視線が悠子にからみついた。

「全部誤解だと言うのなら、何故、さっき私のキスを受けた。え？　答えなさい。きみはさっき、嬉々として私の愛撫を……」

「簡単です。愛撫されたかったからです」悠子は強い口調で英二郎を遮《さえぎ》った。「本当です。でも、誰かに愛撫されたいと思う気持ちと、その人を愛しているかどうかは、別の問題でしょう。おわかりになりますよね」

庭先に人の気配があった。人影が二つ、ゆっくりとこちらに向かって来る。悠子は手の甲でにじんだ涙を拭き取ると、大きく息を吸い、英二郎に向かって頭を下げた。「ごめんなさい。ここで失礼します」

薔薇のアーチの茂みの奥からいきなり飛び出して来た悠子を見て、二つの人影は驚いた様子だった。

人影のうち一人はその家の主人である黒田、そしてもう一人は、義彦だった。

「どうした」と義彦が聞いた。

悠子はたじろぎながらも、作り笑いを浮かべてみせた。「いえ、別に。お庭を散歩してたら、突然、人の気配がしたもので、ちょっとびっくりして……」

「こっちのほうがびっくりしたよ。いきなり飛び出して来るから」義彦は笑った。

「薔薇の茂みに毛虫でも？」黒田が眉をひそめた。額が禿《は》げあがり、てらてらと光っていたが、黒田の眉はそれこそ黒い毛虫のようにふさふさしていた。「時々、どでかいやつが出るんですよ。家内が悲鳴をあげるんだ。東京じゃ、こんな大きな毛虫、見たことない、って」

悠子は首を横に振り、必死になって微笑み続けた。「毛虫なんか見ませんでした。素晴らしい薔薇ですね。立っているだけで薔薇の香水の中にいるみたいで……」

英二郎がこのまましばらく、あの薔薇のアーチの向う側に隠れ潜んでいてくれればいい、と悠子は願った。決して出て来てはいけない。とりわけ今は……。

だが、祈りも空しく、その直後、薔薇の茂みの奥から、英二郎がのっそりと姿を現した。おいおい、と黒田は英二郎に親しげに声をかけた。「そんな暗がりで何をしてたんだ。まさか、立ち小便をしてたんじゃないだろうな」

「よくわかるね」英二郎は気安く応じた。「薔薇の香りに包まれての放尿だ。風流このうえない」

「おいおい、やめてくれ」黒田は呆れたように笑った。「うちの薔薇がションベン臭くなる」

「ただで肥料を提供したんだ。文句言うな」

「外でションベンしたいのなら、いくらでも場所があるだろう」

「そのへんの道端でションベンしたって面白くもなんともない」英二郎は飄然《ひょうぜん》と言った。「他人の庭だからこそ、ションベンの意味がある。そうだろうが」

黒田が、あたりに響きわたるようなかん高い声で笑った。義彦は黙っていた。

木々の梢がさわさわと鳴り、風が吹いた。薔薇のむせかえるような香りが、どこか不吉にあたりを包んだ。

その晩、義彦は悠子の部屋に泊まった。ふだんと何ひとつ変わりなく肌を合わせ、酒の酔いも手伝ったか、義彦はまもなく寝息をたて始めた。眠れぬまま目を閉じて、じっとしていた悠子の耳に、義彦のつぶやくような声が届いた。

寝言のようだった。悠子は黙っていた。

ベッドサイドに置かれたナイトスタンドの豆電球の明かりが闇ににじみ、部屋の中のものが点描画のようにざらついて見えた。義彦が寝返りをうち、悠子に背を向けた。

「あそこで何をしていた」

今度ははっきりとした声だった。悠子ははっとして身構えた。

「悠子」と義彦は声をかけた。

「はい？」

「あそこで何をしていた、と聞いてるんだ」

「先生、起きてたの？」

「ごまかすな。どうしてあんなに慌ててたのか、教えてほしい」

「え？」

「さっき、黒田さんの庭で。きみはいったい何をしていた」

「何、って別に何も」と悠子は言い、かろうじて笑ってみせた。「黒田さんの奥様に許可をもらって、庭の隅々まで見せてもらってたの。そしたら、誰もいないはずの薔薇の茂みの奥で、誰かが立って何かしてたんですもの。それだけでもびっくりするのに、大先生がおしっこをしてるところなんだ、ってわかって……。そういう時に、声をかけるわけにもいかないでしょう。だから、もう慌てて……」

悠子はひとり、くすくす笑った。だが、笑い声は長くは続かなかった。短い沈黙があった。闇の中に張り詰めている緊張の糸が、間近に見えるようだった。

義彦は再び寝返りを打って悠子のほうを向いた。彼は無言のまま悠子を抱き寄せ、くぐもった喘《あえ》ぎ声をあげながら悠子がパジャマ代わりに着ていたタンクトップを剝《は》ぎ取った。

そして、あたかも何かから逃れたがってでもいるかのように、ベッドの上に起き上がると、彼は低い呻き声をあげ、やおら悠子の中に入ってきた。

せかせかと乾いた、痛みを伴うような短い交合だった。終わったのか、そうでないのかもわからなかった。

義彦は悠子から身体を離すと、疲れ果てたようにうつ伏せになり、それきり何も言わなくなった。

16

英二郎と聡美が東京の家に帰ってまもなく、別荘客たちも相次いで都会に戻って行き、やがて町には静寂が戻った。

一つの季節はふつう、ゆるやかに次の季節に取って代わられるはずなのに、高原ではしばしば、そうはならない。或る季節が、まるで大団円を迎えた舞台のように終わりを告げ、幕をおろし、再び幕が開いたかと思うと、もう次の季節が始まっているのである。

その季節が変わる瞬間の、カチリ、とテレビか何かのチャンネルを操作した時のような一瞬を、悠子は感じた。八月も終わりかけた或る日の夕暮れ時だった。

日曜日で診療所は休みであり、悠子は午後、買物をしてから診療所の義彦のところに行った。義彦のキッチンで夕食を作り、共に食べる約束だった。

ちょうど外に出てきた義彦と一緒に、車のトランクから買って来たばかりの食料品を取り出そうとしていた時のこと。ふいにざわざわと、カラマツの林が寂しげな葉ずれの音をたてた。風のない日だったにもかかわらず、その時、風はどこからともなく一斉に吹いてきたのであった。

秋をはらんだ冷たさが肌に触れた。「あ、秋」と悠子は天を仰いで口走った。

「何？」

「先生。たった今、秋になったわ」

義彦は悠子を見て、しばらく考えているような表情を作った。やがて、彼は、うん、とうなずき、「そうだな」と言った。

橙《だいだい》色の夕陽が、あちこちに木もれ日を落としていたが、建物の作る影は心なし、淡かった。木々の葉は未だ鬱蒼としながらも、真夏の日照りの中で見せたような、色濃い緑の勢いを失ってしまったように見えた。たった一瞬の隙に、季節が次の季節に取って代わられたのだった。

去っていった季節を惜しむようにして、悠子は木もれ日の中に立った。あたりには無数のトンボが飛び交っていた。風が吹き、診療所の駐車スペースで、淡い藤色の花を咲かせたノコンギクが一斉に揺れた。

日常生活に戻っていった別荘客と入れ替わるようにして、榊原奈津美が両親と共に別荘にやって来たのも、そんな或る日のことだった。

七月にいっとき、不安定な精神状態に陥り、回復して以来、奈津美は憑《つ》き物《もの》でも落ちたように健康を取り戻した様子だった。大病を患った娘とは思えないほど溌剌とした声で義彦あてに電話をかけてきたり、野原で摘んできた秋の野草などを手に、はずむ足取りで診療所を訪ねて来たりする。

奈津美の父親は食器メーカーの会社を経営しており、仕事の関係上、別荘には長期滞在することができなかったが、母親が残り、また、奈津美と一つ違いの姉も、大学の仲間とテニスをするといって、友達連れで途中から合流した。榊原の別荘は俄然《がぜん》、賑やかになった。

時々は、東京に戻ることもあるけど、十月過ぎまで軽井沢にいられるのよ、と言い、奈津美は嬉しそうだった。お友達を大勢呼んでパーティーをやるの、先生も来ない？　と義彦を誘ったかと思えば、いつか蓼科《たてしな》までドライブに連れてって、と甘えてみせたりした。

身体のほうは申し分なく快調のようで、奈津美は悠子が初めて見た時の奈津美とは打って変わった、活き活きと美しい娘に変貌していた。

いくらか癖のついた髪の毛は栗色で、ショートカットにした活動的なヘアスタイルがよく似合う。ほっそりと肉づきの薄い身体に、胸だけは意外にもふくよかで、抜けるような肌の白さは磨きぬかれた陶器のようでもある。東京の繁華街を歩けば、誰もが振り返るに違いなく、改めて見るとその整った小さな顔は栗鼠《りす》のように愛くるしかった。

在籍している短大も休学中だったたし、これといって何かしなければならないようなこともなく、奈津美は毎日、暇をもてあましている様子だった。連日のように、母親や姉と共に旧軽銀座にショッピングに出かけていたが、夏のバーゲン品をあさることに飽きてしまうと、ことあるごとに診療所にやって来るようになった。元気な時はもちろん、何かの加減で少しだるかったり、微熱が出たりすればなおのこと、時に日に二度にわたって診療所を訪ねて来ることも稀《まれ》ではなかった。

患者が全員、帰って行くまで辛抱強く待合室で漫画を読みながら時間をつぶし、誰もいなくなったとわかると、許しも得ずに診察室に飛びこんでくる。そして義彦を自分ひとりだけの侍医のように扱っては、あそこが痛い、ここがおかしい、と身体の不調を楽しそうに訴える。

三度に一度は、いかにもだるそうに診察ベッドに横たわっては、涙声で、先生、私やっぱり再発するのかもしれないわね、と口走る。時にしゃくり上げてみせる芝居っけたっぷりの奈津美を前に、義彦は驚くほど真摯《しんし》な対応を繰り返す。

天地神明に誓って、再発することはないよ、と義彦が言えば、奈津美は義彦に向かって手を伸ばし、「私の手を握って」と言う。

言われるままに義彦が奈津美の手を握ってやると、奈津美は初めて安心したかのように、「ああ、安心」と言ってうっとりと目を閉じる。「先生にずっとこうしててもらいたいな。ずっと一生。そうすれば再発も怖くなくなるもの」

「手を握るだけでいいの？」

「もっと他にも何かしてくれる？」

「何か、って何？」

「先生のエッチ」

奈津美はふざけて義彦をにらみつけ、義彦はそれを受けて、ついぞないほど青年らしい、活き活きと澄んだ笑い声をあげたりするのだった。

再発の不安におびえて、精神的に常に不安定な状態にある奈津美が、最初にかかった医師である義彦を兄のように、あるいは恋人のように思う気持ちは悠子にも理解できた。医師と患者、看護婦と患者の間に、そうした感情が芽生えるのは、決して珍しいことではなかった。

悠子自身、かつて勤務していた病院で、何度もそうした秘められた感情を目のあたりにしてきた。

家族や伴侶にも見せなかったような裸の自分を見せ、命を預けた患者は、えてして異性である医師や看護婦にその種の感情を抱きがちである。だが、両者の間で関係が成立することはまずない。

患者から立場を超えた感情を抱かれていると知った途端、ふつう、医師は密かに患者との間に距離をおく。時間が過ぎるのを待つのである。

そのうち、病も癒え、健康を完全に取り戻した頃、退院した患者は新しく始まった生活の中で、やがて自分が医師や看護婦に特殊な感情を抱いてしまったことを少しずつ忘れていく。多くの場合、事態はそんなふうにしてゆるやかに解決していくものであり、関係者の間で噂にのぼるような事件は、悠子が知る限り、起こったためしがなかった。

だが、奈津美の義彦に対する親しげな態度に接しながら、悠子は時折、理不尽な嫉妬《しっと》に悩まされた。年端もいかぬ十代の少女の淡い恋……恋とも呼べぬ憧れにすぎないのだ、とわかりながら、病を楯《たて》にしてわがまま放題にふるまう奈津美の言動は、いちいち悠子の癇《かん》にさわった。

義彦は、しかし、そんな奈津美を積極的に受け入れてやっているようであった。彼は明らかに、奈津美が自分に対して抱いている恋愛妄想に合わせて、完璧な芝居を演じていた。そうとしか思えなかった。

だが、そんなことを克明に観察しては苛立っている自分が、悠子には不愉快だった。再発の不安を抱えつつも、健気《けなげ》に生きようと努力している娘に嫉妬心を抱いてしまう自分の、大人げのなさは惨《みじ》めですらあった。

奈津美に友達や恋人がいる様子はない。常に母親や姉を相手に、ままごとのような暮らしを続けているだけの彼女の、いったい何が気にくわないのか。彼女が金持ちの令嬢だからか。あるいは彼女が美しいからか。若くて魅力的だからか。

金持ちだったり、若かったり、美しかったりする同性に、それだけの理由で悠子が嫉妬したことはかつて一度もなかった。その種の通俗的な嫉妬心とは無縁だった。

だったら何なのか、と悠子は思う。そんなことで嫉妬する余裕など、自分にはないはずである。

三、四日前もまた、英二郎から深夜、アパートに電話がかかってきた。今何をしている、と聞かれ、義彦先生とベッドの中にいます、と嘘をついた。英二郎は怒ったように電話を切ったが、十分ほどたってからまた電話をかけてきた。

嘘だろう、と言われた。嘘です、と悠子も言った。

英二郎は笑った。笑いながら、「会いたい」と言った。

いやです、と悠子は言い、静かに受話器を置いた。それきり電話のベルは鳴らなかった。

そのくせ、車で信越線線路の脇にある、〝おらが製菓〟の店の前を通った時など、大福を届けに来てくれた時の英二郎を思い出す。アパートの外廊下で、いきなり接吻を受け、胸に抱いた大福の包みが柔らかく潰れた時の感触をありありと思い出す。

義彦と大日向のアパートにいる時に電話がかかってきたら、間違い電話だと言って切ってしまおう、と覚悟を決めていたのだが、部屋に義彦がいる時に、英二郎から電話がかかって来ることはなかった。まるでどこかで見張ってでもいたかのように、義彦が帰って行った途端、ベルが鳴る。

出ると英二郎が「やあ」と言う。「何をしていた?」

開口一番、何をしていた? と聞くのが、英二郎の癖である。悠子は幾通りもの嘘を用意している。大先生のことを考えてました、と笑いながら言う嘘。聡美さんと一緒にコーヒーを飲んでいるところです、と言ってみせる嘘。そして、義彦のことを持ち出す嘘……。

直接会話を交わせば、いまいましさだけがつのって、時に憎しみすら生まれるのだが、ひとたび受話器を置き、日にちが流れていくにしたがって、再び英二郎からの連絡をどこかで待ち望んでいる自分に気づく。

自分は大変なことをしているのだ、とわかっていて、その綱渡りのような生活に終止符を打つ勇気もない。悠子は自分が美冬になりつつあるのを、ことさら強く感じるようになっていた。

美冬になって、最後には卑怯にも、自ら姿を消すことになるのだろう、と空しい気持ちで考える。美冬という、写真の中でしか見たことのない、或る意味で悠子にとって架空にすぎない女の呪縛《じゅばく》から、逃れられない。

そして恐ろしいことに、悠子は美冬のたどった道をひた走りに走り、そのかたわら、馬鹿げたことに、義彦に接近してくる奈津美という娘に、愚かしくも本気で嫉妬し始めたというわけだった。

だが、悠子は義彦に対して、一言も自分の気持ちを明かさなかった。義彦の奈津美に対する過剰に優しい対応ぶりをからかいもしなければ、奈津美の彼に対する過剰な甘えを咎《とが》めもしない。義彦が、苦笑しながら奈津美のわがままぶりを口にした時だけ、あたりさわりのない言葉を返すにとどめ、悠子は嫉妬心をおくびにも出さずにいた。

一方、奈津美は悠子と義彦との関係に気づくなり、悠子の存在を露骨に煙たがり始めた。診療所が休みの日には、決まってテニスだの乗馬だのに義彦だけを誘いに来て、悠子を無視する。

そして、自分はテニスも乗馬もできないけれど、姉の大学の友達で、美人が大勢来てるのよ、だから、ね？　先生、いらっしゃいよ、などと言う。強引な誘い方は、こわいもの知らずのやんちゃな少女そのものであり、義彦が断ろうものなら、泣きださんばかりの勢いである。

ブルーベリーのパイを焼いたから、別荘までお茶を飲みに来て、と診療時間中に電話がかかってきたり、夜になって、ちょっとなんだか具合が悪くなったから、先生、お願い、すぐに来て、と本人が苦しげな息の中、電話をかけてきたりもする。

病気ならば致し方あるまい、と思って、義彦が出かけて行くのを見送るのだが、深夜を過ぎても義彦は戻って来ない。明け方近くなって大日向のアパートに姿を現したと思ったら、義彦はしこたま酒を飲んでいて、奈津美ちゃんに飲まされた、ちょっと寝ていけばいい、と言われて、ついうっかり眠ってしまった、連絡もしないで悪かった、などと言った。

あの子は本当に先生の患者なの？　患者という名の、都合のいい若いガールフレンドなんじゃないの？　と問い質したい衝動にかられたが、その時も悠子は沈黙を守った。

英二郎と密通を続けている、と言っても過言ではない自分が、そんな些細《ささい》なことで義彦を非難する資格はない、と思うからだった。

九月末、奈津美の姉やその友達も一緒に、榊原の別荘でホームパーティーのようなものが催された。その際も、招待されたのは義彦だけだった。

奈津美は母親に、自分が知っている義彦と悠子の関係を一言ももらさなかった。榊原の家では、高森悠子は、あくまでも兵藤内科診療所に雇われている、夫に死なれて寡婦となった薬剤師に過ぎなかった。

その時も義彦は深夜遅くまで帰らなかった。馬鹿げたことに、悠子の嫉妬は頂点に達した。

意を決して榊原の別荘に電話をかけ、電話口に出てきた若い女に、兵藤先生をお願いします、と言った。

室内には何か賑やかな音楽がかかっていた。大勢の女たちの話し声、笑い声が聞こえた。それはかつて、英二郎が銀座あたりのクラブからかけてきた電話の、受話器の奥から聞こえてきた女たちのくすくす笑い、頓狂《とんきょう》で声高な話し声によく似ていた。

長い間、待たされた。途中で、電話が切り替えられる気配があった。

「どうしたの」義彦が電話に出て声をひそめた。別室にいるらしく、受話器の奥は静かだった。「何かあった?」

「急患です」悠子は言った。

「誰?」

「高森悠子さん。今年二十九歳になった女性。緊急を要します。すぐに戻って診察をお願いします」

わずかの沈黙の後、義彦は「わかった」と言った。

「嘘よ」悠子は慌てて遮り、笑った。「冗談です。ごめんなさい。ついつい退屈で、いたずらしようかと……」

笑ってくれるものとばかり思っていた義彦は、低い大まじめな声で「困るな」と言った。

「さっき、奈津美ちゃんが倒れてね」

「倒れた？」

「軽い脳貧血だ。心配はいらないが、食べたものを吐き戻した時に、一部を気管に詰まらせてしまって、騒動になりそうになった。今、奈津美ちゃんのお母さんと一緒に、彼女の寝室にいる。もう少し様子をみてから診療所に帰る」

「ごめんなさい」と悠子は言った。「ちっとも知らなくて……」

ああ、と義彦は不機嫌そうに言った。「あとで」

電話は切れた。その晩、義彦は大日向には来なかったが、診療所に戻った後で、悠子のところに電話をかけてきた。

彼は「さっきは悪かった」とあやまった。「彼女に関しては、僕のほうが少し神経質になりすぎているのかもしれない」

「私のほうこそ、本当にごめんなさい。まさかそんなことになってるとは思ってもみなかったものだから」

「きみがあやまることはないよ。彼女を徹底的に甘やかしている僕が悪い」

医師が甘やかすと、患者が脳貧血を起こすのかしら……皮肉をこめて聞き返そうとして、悠子はその言葉を飲みこんだ。

「どういうわけか、あの子の再発を命がけで食い止めてやりたいと思うようになってね」義彦は言った。「あの子を見ていると、ついそんな気にさせられる」

悠子は黙っていた。

義彦は静かに訊ねた。「何故だか、わかる?」

「いいえ」

「東京に帰ったら」と彼は言った。「あの子は、親父の患者になってしまうからさ。親父のところに戻したくない。あの助平親父が、あの子にくだらない冗談を連発しているところを想像すると、胸糞が悪くなる」

返す言葉に詰まった。悠子がさらに沈黙を続けていると、「忘れてほしい」と義彦は力なく言った。「つまらない愚痴だよ。悪かった」

「奈津美ちゃんを見ていると、美冬さんのことを思い出すのかしら? 大先生が、美冬さんにしたようなことを奈津美ちゃんにするんじゃないか、って考えるの?」

「そうじゃない」

「二人の女性が間に入ると、大先生と張り合いたくなってしまう……そういうことでしょうか」

「違うよ、悠子」と義彦は言った。「うまく説明できない。でも違うんだ」

「わかるような気もします」悠子は他人行儀に言った。「私もそれをうまく言葉にできませんけど」

「言葉になんか、しなくたっていい」義彦は言った。「あなたが理解してくれさえすれば」

「でも時々、理解できなくなることがある」

「何故？」

「わかりません」と悠子は言った。「私の問題です。先生が悪いんじゃない」

そうか、と義彦はため息まじりに言った。「もうやめよう。くだらない」

そうですね、と悠子は応じた。「やめましょう」

その時を最後に、悠子と義彦との間で、奈津美が話題になることはなくなった。

月が変わり、十月になった。かねてより、蓼科にドライブに行きたい、と言っていた奈津美が、東京に帰る前に是非一度、義彦先生とドライブの夢を実現させたい、と言ってきた。

休日を利用すれば、難なく日帰りで蓼科まで行って帰って来ることは可能である。断る理由がなかった上に、義彦は奈津美とドライブに行くことをどこかで楽しみにさえしていた様子だった。

「車であの子をドライブに連れて行ってやれるような友達が、誰もいないんだ」と彼は何度も、言い訳するようにして悠子に念を押した。「かといって父親の車でドライブというのも、あの年頃の娘にとっては寂しいだろう。たかが蓼科だしね。行ってやろうと思う。もちろんあなたも一緒だよ」と。

だが、彼が「高森さんも一緒に行くよ」と告げたところ、奈津美は露骨にいやな顔をした。

診療所での会話であった。その場に居合わせた悠子が困惑していると、いやな顔をしながらも、奈津美は「もちろん、かまわないわ」と言って、作ったような笑みを悠子に投げかけた。躾《しつ》けだけはきちんと受けてきたと自負している金持ちの娘が、その場限りの社交辞令で言う言葉のように、それはいかにも軽々しく、皮肉げに聞こえた。

子供じみた闘争心が悠子の中に芽生えた。悠子は表情を変えずに、義彦に向かって言った。「ごめんなさい、先生。もしかすると、私、その日は都合が悪くなるかもしれません」

そんなことは聞いていない、という顔をし、義彦は怪訝な表情で悠子を見た。「何か急用でも？」

「ええ。摂子が遊びに来るかもしれなくて……。まだはっきりしないんですけど、多分、そうなるんじゃないかと」

「ついこの間までは、一緒に行くと言ってたじゃないか」

「すみません。実はゆうべ、摂子から突然連絡があって……」

嘘だな、という顔で義彦は一瞬、悠子を睨《にら》みつけた。悠子はそれを無視した。

「仕方ないわ、先生。高森さんが行けないのなら、私たちだけで行けばいいじゃないの」

奈津美はそう言い、これで悠子の問題は片づいたと言わんばかりに、早速、出発時間だの、昼食はどこで食べるか、といった話を始めた。

義彦は、道が混まないうちに、朝はなるべく早く出発し、暗くなる前に戻って来る、という段取りをつけた。奈津美は悠子の見ている前でひどくはしゃぎ回り、「泊まって来ちゃいましょうか、先生と二人っきりで」と言って、思わせぶりに義彦に向かって笑いかけた。

「馬鹿」と義彦は一蹴した。「いったい何を考えてるんだ」

「いいホテルを知ってるの。蓼科にある小さなホテルよ。先生と泊まれれば最高」

悠子は義彦に向かって意味ありげに微笑んでみせ、「もてるんですね」と囁いた。

その時の義彦の、憮然とした顔が悠子には快かった。頭の悪い、程度の低い女に成り下がったような気がしたが、そんなことは毛筋ほども気にならなかった。

堕落してしまいたかった。きれいごとは沢山だった。もっともっと堕《お》ちていって、さらにひどい言葉、聞くに堪えないような罵詈《ばり》雑言《ぞうごん》を義彦に向かって投げつけ、英二郎から頻繁に電話がかかってくる事実、夏の夜、大日向のアパートの外廊下で、あるいは、薔薇が咲き乱れる別荘の庭の片隅で、英二郎の愛撫を受けたことをあからさまに告白してしまえれば、どれほどすっきりするだろうか、と考えた。

加速度を増しながら、美冬に近づいていく自分が恐ろしかった。美冬もまた、英二郎と義彦の狭間に立って、あるいは義彦に対し、つまらぬ嫉妬にかられていたことがあったのかもしれなかった。たとえ、義彦が女を人生の最重要課題に置いていなかったとしても、美しい医師である彼に、群がって来る女は絶えないはずであった。仕事の多忙さを口実に、いつ帰るとも知れない夫の帰りを待ちながら、美冬が得体の知れない苦痛に喘いだことも一度や二度ではないはずだった。

だが、英二郎の一件を抱えていた美冬は、嫉妬の苦しさを義彦に訴えることができず、不全感が高じると、それを英二郎に向かってぶつけ、それをきっかけにして、皮肉にも二人の許されない関係は、さらに深まってしまったのかもしれなかった。

女を呼び寄せる義彦の美しさが罪であるのなら、女を虜《とりこ》にする英二郎の性的魅力もまた、罪であった。男性ホルモンの塊、媚薬《びやく》の結晶のような英二郎の性的な魅力の罠《わな》にかかったら最後、どんな女も易々と取り込まれてしまうに違いなかった。

二つの罪は、烈しく反目し合いながらも運命的に共生している。そこに迷いこんだ女は、がんじがらめにされ、逃げ場を失う。

美冬はその罠にかかった最初の犠牲者であり、そして自分もいずれ、二番目の犠牲者になるに違いない……と悠子は思った。

義彦が奈津美を連れて蓼科にドライブに行った日、朝から空は曇っていて、絶好のドライブ日和《びより》とは言いがたかった。

診療所から直接、榊原の別荘まで奈津美を迎えに行った義彦と、悠子はその日、顔を合わせなかった。義彦からの電話もなかった。

摂子が来る、という嘘に関して、どういうわけか義彦は何も訊ねず、摂子と会いたいとも言い出さなかった。

念のために東京の摂子の自宅に電話をかけてみた。出かけているらしく、二時間おきに二度かけてみたのだが、摂子も夫の栗田も不在だった。

外出しようという気も起こらず、悠子は雲が厚くなっていく空を窓越しに眺めながら、長い午後をアパートの部屋で過ごした。

電話が鳴ったのは、悠子がいつものように書棚から『トニオ・クレーゲル』の文庫本を取り出してページを開こうとした時だった。

もしもし、と悠子が言うと、相手は「いたね」と言った。「もしかして、私の愚息とベッドの中で、煎餅《せんべい》をかじりながらテレビでも観ていたところかな」

「一人です」と悠子は言った。

いやな予感がした。受話器を置くべきだ、と思った。今すぐに受話器を置き、部屋の窓という窓をしめ、雨戸をたて、カーテンを閉じ、暗がりの中でじっと息をひそめているべきだ、と思った。

何故なら、気配で、英二郎が東京から電話をかけているのではなく、軽井沢の、千ケ滝の別荘からかけているということがわかったからだった。

「あいにくこちらは一人じゃないんだ」

悠子の心を見透かしたかのように、どこか面白そうに小声でそう囁くと、英二郎は短く笑った。「聡美も一緒だよ。ついさっき別荘に着いたところだ。今、彼女は台所でしげのと一緒に買物してきたものを冷蔵庫に詰めている。今夜、義彦とこっちにおいで。聡美が腕によりをかけて何かを作るらしい」

「義彦先生はお留守です」

ほう、と英二郎は言った。「そいつは残念だ。どこに行った?」

「ちょっと」と悠子は言葉を濁した。奈津美と蓼科までドライブに行った、という話はしたくなかった。それは自尊心の問題だった。

「彼が留守なら仕方がない。じゃあ、一人でおいで。聡美と二人で寂しく食事をするよりも、きみがいてくれると賑やかでいい」

沈黙でそれに応えようと思った。だが、できなかった。

「迎えに行くよ。それともきみのほうで車を運転してくるか。いや、どうせアルコールが入ることになるから、タクシーで来たほうがいいかもしれないね。タクシー代は私がもつ。心配しないで乗ってきなさい」

「何時に行けばいいですか」

自分が発した質問が、悠子にはにわかに信じられなかった。

だが、自分が別荘に行こうとしていることはわかっていた。奈津美と出かけてしまった義

彦への嫉妬心がくすぶっているせいだった。むしろ喜んで、英二郎の別荘に行きたがってい
る自分を目の当たりにし、悠子は混乱した。
「よかったら今すぐ来なさい」と英二郎は言った。「別に仕事は持ってきていないし、これ
といってすることが何もない。聡美は台所に入ったきりになるだろうし、相手をしてくれる
美女が欲しくなってね」
まだ三時半過ぎだった。日暮れが早くなってはいたが、外は充分明るかった。
「自分で運転して伺います」と悠子は言った。「アルコールはいただきません。早めにおい
とましますから」
「好きにしなさい」英二郎は言い、「じゃあね、待っているよ」とつけ加え、電話を切った。
台所に入っているとはいえ、聡美に話の内容を聞かれるのを恐れていたのかもしれない。
英二郎の対応は、終始、紳士的で奇矯《ききよう》なところは何ひとつなかった。
義彦にどう説明すべきか、と考えながら、事実をありのままに説明すればいいではない
か、と思い直した。奈津美とまんざらでもなさそうに楽しげにくつろぎ、プチホテルのテラ
スで紅茶を飲み、奈津美が無邪気に触れてくる手を拒もうともせず、その肩、その細い腰を
抱き寄せているかもしれない義彦の、ありもしない幻を現実のものとして捉えながら、悠子
はそれを振り切るようにして外出の支度をした。
途中、花屋に寄って、聡美のためにトルコキキョウの花束を作ってもらった。青いトルコ

キキョウと同色のリボンに飾られた花束を抱えて、別荘に到着したころ、すでに秋の日は傾いて、あたりは薄暗くなり始めていた。

大きな玄関に立ち、チャイムを押した。ややあって、英二郎が出てきた。

「会いたかった」と彼は言った。

玄関扉を開け放したまま、彼は戸口のところで悠子を抱き寄せた。英二郎が着ていた浅葱《あさぎ》色のセーターの、真新しい毛糸の匂いが鼻をついた。

渋面を作ってもがきながら、悠子はやっとの思いで身体を離した。いつ聡美が出てくるか、わかりはしない。台所で聞き耳をたてているかもしれなかった。聡美ばかりではない、しげのも一緒になって、どこかから気配を窺っているかもしれない。

声色を作って、悠子が「これ、聡美さんに」と言い、花束を差し出すと、英二郎はいかにも楽しげににやりと笑いかけ、「聡美はいないよ」と言った。「この家には今、誰もいない。私一人だ」

「何ですって？」

「そうでも言わなければ、きみはここに来てくれんだろう。きみがアパートに一人でいる、と知って、賭けに出たんだ。休日に義彦と一緒にいないということは、義彦は留守の可能性がある。そうだとしたら、聡美が食事を作ると言って誘えば、きみはやって来るかもしれない。本当にその通りになった。私は賭けに勝ったんだ。気分がいいよ」

「帰ります」悠子は言った。「私はからかわれたんですね」

後ろを向き、扉の外に出ようとすると、「待ちなさい」と英二郎が引き止めた。腕をつかまれ、振り向かされた。

英二郎がそっと、玄関扉を閉めた。外の風の音が遠のいた。黄色い明かりに充たされた玄関の三和土《たたき》に、二つの短い影が落ちた。

「からかったわけじゃない。わかっているだろう」

「いいえ、わかりません。大先生が一人でいらっしゃるとわかってたら、私は決してここには来ませんでした」

「きみは男を狂わす魔性の女かと思ってたら、案外、理性の女なんだね。ん？」

「冗談はやめてください。帰ります」

「きみはちっとも帰りたがっていない」

「帰ります。手を放してください」

「きみは今日、私と会いたくなってここに来た。違うのか」

その言葉を耳にして英二郎を見上げ、ふいに悠子は身動きができなくなった。

17

「何故、私を避ける」

英二郎はそう聞いたが、表情は場違いなほど浮き浮きしていた。冷蔵庫から取り出したばかりの罎《びん》ビールと、二つのビールグラスを手に、居間を軽い足取りで横切って来る。正方形の大きなガラス製のセンターテーブルにグラスを並べると、彼はにこにこと悠子に向かって笑いかけた。

「車ですから」

そう言って悠子がグラスの一つを押しやったのだが、英二郎は聞いていなかった。あたりをきょろきょろ見回しながら、「さて、栓抜きがないな」とつぶやく。「悠子。栓抜きがどこにあるか、知らないか」

悠子は首を横に振った。英二郎の別荘のどこに栓抜きが置いてあるのか、知っているはずもなかった。

「しげのや聡美が、細かいものをみんな、手あたり次第に片付けてしまう。私に言わせれば、女どもは几帳面《きちょうめん》すぎるよ。弱ったな。まさかこの年で、歯を使って栓を抜くわけにもいかんだろう」

悠子は黙って、蔑《さげす》むような目で英二郎の動きを見守った。

それに気づいているのかいないのか、彼は楽しげに鼻唄まじりに部屋を歩きまわり、マホガニーのリビングボードの引き出しを次々に開け閉めした。栓抜きがそこにないとわかると、次に大型の白いシェードのついたスタンドが置かれた木製チェストの引き出しを覗き、途中で顔を上げるなり、「おお、そうか。あそこだった」と独り言を言いながら、リビングボードの前に駆け戻った。

ボードの左端には、真鍮《しんちゅう》の把手《とつて》がついた扉があった。英二郎は手品でも始める時のように、悠子に向かって思わせぶりに扉を指さしてから、芝居っけたっぷりに把手を引いた。

扉の裏側には、金属製の細いフックがついていた。様々な意匠をこらした美しい栓抜きが、そこに何本も吊るされているのが見えた。

蠍《さそり》、蝶、女性の裸体、猫、ひまわりの花、大口を開けて笑っている女の顔……それぞれをかたどったユニークな栓抜きの中から、英二郎は迷わず女性の裸体の形をした一本を取り出すと、テーブルの前まで来て、落ちついた手つきでビールの栓を抜いた。

「飲みなさい。後でタクシーを呼んであげるから、運転のことなんか心配しないでいい」

「そんなことできません。私がタクシーを使って帰った後、私の車はどうなるんです」

「今夜中に、しげのの亭主にでも頼んで大日向まで届けさせるよ」

「大先生は勝手すぎるわ」

「そうか？　別にそうは思わないがね」

「自分で運転して帰ります。人に頼むつもりはありません」

英二郎は面白そうに悠子を見た。「きみはしょっちゅう、怒っているんだね。怒ってない時の悠子というのは、あまり記憶に残ってないな」

「大先生が私を怒らせるんです」

「怒ってばかりいるから、逃げられてしまうんじゃないかと、私はいつもハラハラさせられるんだけどね。幸い、逃げようとする様子はない。怒りながらも、いつもなんとなく私の近くにいる。そんなところがたまらなく可愛くてね」

悠子に向かって、手にしたグラスを宙に掲げてみせると、彼は悠子の反応などおかまいなしに、ごくごくとそれを飲みほした。

唇についた泡を手の甲で拭《ぬぐ》い、英二郎はゆったりと、レモンイエローの大きな革張りソファーにくつろいで、しげしげと正面から悠子を眺めた。

「聡美は最終の特急でここに着くことになっている。まだ六時にもなってないんだからね。時間はたっぷりあるよ。そうそう、食事は心配いらない。もしきみと二人きりになれることがあったら一緒に食べようと思って、東京から鰻重《うなじゅう》を買って来たんだ。肝吸い付きだぞ。病院の近所にある鰻屋の主人と懇意にしてるもんでね。こっちに出発する時に出来立てを届けさせた。小さな名もない鰻屋なんだが、これが美味《うま》いんだよ。一度きみに食べさせたかった」

聡美のために持って来た青いトルコキキョウの花束は、すでに英二郎の手によって大きなガラス花瓶に活けられ、居間のフロアに置かれていた。花瓶の大きさに比べて花が少なく、いかにも寂しげに見えたが、英二郎はいま一度、満足そうに花を眺め、「きれいだな。何ていう花なんだ」と訊《たず》ねた。

悠子が小声で花の名を口にすると、英二郎は目を細めてうなずいた。

帰ろう、今だ、今この時しかない……そう決意するのだが、悠子はソファーの上に貼りついてしまったかのように動けなくなっていた。窓が閉めきられているせいで、外の木立を吹き抜けていく風の音も聞こえない。英二郎が口を閉ざすと、耳が痛くなるような静寂があたりを包んだ。

英二郎がさりげなくソファーから立ち上がり、テーブルの角をまわって、悠子の隣に腰を下ろした。革張りのシートが、英二郎の体重を受けて少し沈むのがわかった。全身に緊張が走ったが、悠子は目をそらすにとどめた。

「やっと二人きりになれた。この時を待っていたよ」

肩のあたりに英二郎の視線を感じた。悠子は気づかないふりをした。

手を握られるのか。肩を抱き寄せられるのか。腰に手をまわされるのか。それとも、このままここに押し倒されるのか。そのいずれかに違いない、と思ったが、英二郎は何もしなかった。悠子と距離を保って座ったまま、彼は煙草に火をつけ、正面を向きながらゆったりと煙をくゆらせただけだった。

「なあ、悠子」と彼は前を向いたまま言った。「さっきと同じ質問をさせてもらうよ。何故、きみは私を避ける」

「どうして私が大先生を避けるのか、大先生にはわからないんでしょうか」

「わからないから聞いているんだ」

悠子は呆れたように笑ってみせた。「簡単です。私は今、義彦先生と交際してるんです。他にどんな理由があるとおっしゃるんです」

「そんなことは百も承知さ」英二郎は小馬鹿にしたようなふくみ笑いをもらした。「きみが義彦と交際していようが、他の誰と交際していようが、そんなことは関係がない。私は私ときみの話をしているんだ。これは私たちだけの問題なんだよ」

悠子は英二郎を振り向き、まじまじと彼を見た。「私たち？　冗談はやめてください」

「そういうことは、モラルに反することだと言いたいんだろう。私はそんなふうには決して考えない。男と女はね、悠子、常に対《つい》の関係にあるんだ。たとえ一人の女が百人の男と関係していたとしたって、それぞれの関係はあくまでも個と個の対を成している。百人の男と関わるということは、百通りの対の関係を持っているということになるんだ。その逆もまた同じでね。百人の女と関わるということは、私にとっても百通りの関係が生まれるということなのさ」

「おっしゃる意味がよくわかりません」

「簡単だ。対の関係は常に一つではない、ということだよ」

「そんなのは詭弁《きべん》です」

ははっ、と英二郎は可笑しそうに笑った。

「詭弁？　便利な言葉だ。いいかい、悠子。きみが私に無関心であったのなら、私は涙をのんで、きみを追うことを初めから諦めていただろう。ほんとだよ。いくら私でも、いやがる女の尻を追い回すほど暇ではないからね。私は、きみが私に対して無関心ではないことを知っていた。きみがいくら否定しようとも、初めから気づいていた」

悠子は黙っていた。英二郎は余裕たっぷりの視線を悠子に投げ、幼い子供に言いふくめるかのようにして、「きみは」と繰り返した。「きみは私に関心をもってくれた。そして私もきみに関心がある。関心があるどころではない。私はきみが欲しい。欲しくてたまらない」

「私の身体が欲しいんでしょう？」悠子は吐き捨てるように言った。「そうはっきり、おっしゃればいいんです。別に驚きはしませんから。大先生は、美冬さんの時と同じことを繰り返そうとしてらっしゃるんです。よくわかってます。美冬さんとのいきさつは全部、義彦先生から聞きました。どんなに義彦先生が傷ついたか、美冬さんがどれだけ苦しんだか、よくおわかりのはずなのに、ここにきてまた、私のような人間を相手に同じゲームを仕掛けようと……」

ほう、と英二郎は無表情に言った。「ゲーム?」

「ゲームです。好きになったとか、愛しているとかいう次元の話じゃないわ。大先生の楽しみは、女とこういうゲームをして、危ない綱渡りを続けることだけなんです。大先生自身は、何があっても傷つかない。ご自分だけ安全な場所にいらして、毎晩高いびきで寝られるんです。だから、ゲームとは知らずにその中に巻き込まれていった人間の地獄の苦しみなんか、大先生には理解できるわけがない」

言い過ぎたとわかっていたが、悠子はひるまなかった。

これで最後、と彼女は自分に言い聞かせた。もう二度とここに来ることもなければ、この、年齢に見合わないほど性的魅力に長《た》けた男の、歯の浮くような、それでいてつい引きこまれていきそうなお世辞を耳にすることもなくなる。

そんなものは、初めからなかったことと同じなのだ。自分とこの男との間には何もなかった。何ひとつ、生まれはしなかった。

「でも、大先生のお気遣いには今も感謝しています」悠子はソファーに浅く座り直し、目をそらした。「大先生に診療所の薬剤師として雇っていただいたおかげで、義彦先生と出会うことができました。かけがえのない体験をした、と今では思っています。それに、これだけははっきりお伝えしたいと思いますが、私は今も大先生のことが嫌いではありません。軽蔑はしますが、嫌いではない……不思議な感情です。こんなことを言うとまた、ご都合のいいように捉えられてしまうかもしれませんけど」

悠子はこわばった笑みを残して、ソファーから立ち上がった。「失礼します。もう二度と個人的にお目にかかりません。他のいろいろなことは、自然に時間が解決してくれる……そう信じています」

居間のドアに向かおうとした悠子の背に、その時、英二郎の低い声が、ずしりと重い鉈《なた》のように突き刺さった。

「言っておくがね。私が美冬を誘ったんじゃない。私は美冬から誘われたんだ」

スリッパをはいていない悠子の足の爪先が、フローリングの床板にめりこみそうに丸く縮んだ。彼女は怒りをこめて振り返った。

「今度は美冬さんを悪者になさるおつもりですか」

「聞きなさい。まじめな話だ」

「そんな作り話、聞きたくありません」

「作り話なんかじゃないよ。このことを知っているのは私だけなんだ。誰にも言っていない。もちろん聡美にも。話すのはきみが初めてだ」

「誰に話しても信じてもらえないからでしょう」

「違う。誰にも言えなかったからだ。言ってはならないことだったからだ」

英二郎の声は、重たく沈みこむようにあたりを包んだ。悠子は喉が詰まるような感覚を覚え、口を閉ざした。

「美冬は一種の病気だったんだよ」そう言って、英二郎はまっすぐ、揺るぎのない視線を悠子に送った。「典型的なニンフォマニアだった。ニンフォマニア。わかるね？　色情狂というやつさ。そのくせ冷感症で、神経症的な強迫衝動があった。冷感症であることを思いつめると、異常に性欲が亢進《こうしん》してくる。矛盾しているようだがね。事実なんだ」

悠子が立ちすくんでいると、英二郎は「座りなさい」と言った。「どうしてもこのことを話さなければ、きみに誤解されたままで終わってしまう。それは私の本意ではない。だからあえて話すことにする。そんなふうに立ってられるとゆっくり話もできない。座りなさい」

悠子は黙って、ソファーに浅く腰をおろした。英二郎は自分のグラスにビールを注ぎ、ひと口飲んでから続けた。

「美冬はそのことで苦しんでいて、私に相談に来た。義彦が医師会の仕事でドイツに行って、十日ほど家をあけた時だよ。聞いていただきたい話があります、と言って、深夜、彼女が私の部屋に入って来た。泣きはらしたような目をしていた。私はもう寝ようとしていたところだった。パジャマを着てベッドの中にいた。言っておくが、私はそれまで美冬のことを女として見たことはなかった。本当だよ。信じてほしい。いかにきれいで魅力的だったとしても、彼女はあくまでも息子の嫁でしかなかった。でも、その時は異様な感じを受けた。少なくとも彼女は自分の夫の留守に、乳首の形がはっきり映ってしまうような薄いネグリジェを着て、真夜中に義父の部屋に入って来るような、慎みのない女ではなかったからね」

煙草をくわえ、卓上ライターで火をつけた英二郎の横顔を見ながら、悠子は話が思ってもみなかった方向に進もうとしていることに気づき、愕然《がくぜん》とした。

彼の眉間には皺が寄せられていた。彼の表情には、明らかに苦悩の匂いを嗅ぎ取ることができた。それは、悠子がこれまで知らなかった英二郎、想像もしなかった英二郎であった。

「居間に行って話を聞こう、と言ったんだが、美冬はここでいい、ここで話がしたいと言い張ってね。私のベッドに私と並んで腰をおろしたまではよかったが、そのまますがるようにして私に抱きついてきた。抱いてください、と言って、泣きながらネグリジェを脱ぎ出した」

「信じられません」悠子は小声で言った。「信じたくないからではなくて、そんなことがあるのか、って……」

「私だって同じ気持ちだったよ。驚いた。ひとまず、落ちつきなさいと言ってブランデーを飲ませてね、ガウンをはおらせた。美冬の話はこうだったよ。男が欲しくて欲しくてたまらないのだ、ってね。義彦に毎晩抱かれても、まだ足りない。足りないということを義彦に打ち明けるのは恥ずかしいし、自分だけが異常なのだから、そんなことは言うべきではないとわかっている。そのくせ、男を求めて義彦に抱かれても満足な快感は感じることができない。感じないものだから、不安になって、ますます男が欲しくなる。こんなふうに生きていくのかと思うと、自分の汚らわしさにうんざりして死にたくなる……そんなことを話してくれたよ」

悠子は、義彦の寝室で見つけた美冬の写真を思い出した。間違っても「男が欲しい」とは口にしないし、それどころか、そんな言葉の使い方があるなど、生涯、知らずに死んでいくような女にしか見えなかった。美冬は清潔で楚々としていた。美冬から連想できるものと言えば、日向の香り、洗いたての木綿のドレス、レモンの清々しさ、処女性、貞淑……そんなものばかりであった。

「私にはどういうわけか、初めから心を許していた」英二郎は続けた。「可愛い子だったよ。きみと同じで、少女のころに父親を亡くしていてね。私のことを父親と思って懐いてくれていた。私にとっても、美冬は実の娘そのものだった。なんとかしてやりたいと思ったよ。義彦に知られてはならないし、義彦に勘づかれる前になんとかしてやりたい、ってね。そんな私の気持ちが伝わったんだろう。翌日から毎晩、美冬は私の部屋に来るようになった。来るたびに私に心のたけをぶちまけて、そして……そして……私を欲しがった。正直に言おう。どうにでもなれ、と思ったことがなかったとは言わない。美冬は積極的すぎた。大胆だった。この子は病気なのだ、とわかっていても、くらくらしたよ。私は悠子も知っての通り、大の女好きだからね。美冬が他人だったら、間違いなく寝ていただろう。それは認める。しかしね、彼女は私の義理の娘だった。見境もなく間違いを犯すほど、私も馬鹿ではないんだよ」

「大先生にも理性があったのですね」

悠子がおずおずと皮肉を言うと、英二郎は「そうさ」と言って短く笑った。「これも正直に言おう。一度だけ抱きしめてキスをした。額にね。せめてもの愛情のしるしのつもりだった」

悠子は泡の消えたビールをひと口飲んだ。うなずいた。うなずきながら、横にいる英二郎を見た。

信じます、と彼女はつぶやいた。

嬉しいよ、と彼は言った。「わかってるだろうが、このことは絶対に他言無用だよ。誰にも言わないでほしい。義彦にはもちろんのこと、きみの友達にも誰にも」

言えるはずもなかった。この話は自分と義彦との問題でもあった。誰かにもらして、それが義彦の耳に入ることを想像すると、背筋が寒くなった。

悠子はきっぱりと言った。「秘密は守ります」

「義彦は私のせいで彼女が首を吊ったと思いこんでいる。私が彼女を手ごめにしたから、彼女が罪の意識に苛《さいな》まれて死を選んだのだ、とね。そう思わせておくほうがいいんだ。何も、恰好をつけて言っているわけじゃない。美冬の実体は、知らないでいるのなら、永遠に知ら美冬さんのお腹の中の子は自分の子じゃない、大先生との間にできた子だ、って信じてるようです」

「知っているよ」

悠子はそっと目を上げて英二郎を見た。「大先生と何の関係もなかったのだとしたら、美冬さんの相手は誰？」

「学生時代につきあっていた男のうちの一人らしい。本人の話を聞いただけだから、真実かどうかはわからないが」

「そんなことまで大先生に？」

ああ、と英二郎はうなずいて、疲れきったような笑顔を作った。「こちらが聞きもしないのに、いろいろなことを打ち明けてくれたんだよ。義彦の前では貞淑な妻を装って、陰では不特定多数の男と関係を持っていたようだ。複数の男と関係すればするほど、自暴自棄になっていってね。もとはと言えば、厳格な家庭で古典的な教育を受けてきたお嬢さんだったから、自分が堕落していくことに耐えられなくなったんだろう。でもまさかね、自殺するとは思わなかった。いつか時が来れば立ち直ると思っていた。迂闊《うかつ》だったよ」

「義彦先生の誤解をとこうとは思わないんですか」

「血液型から判断して、義彦先生は、

「亡くなった時、妊娠していたと聞きました」悠子はグラスを手にしたまま目を伏せた。

ずにいたほうがいい」

「誤解をとこうとすると、この話をあいつにしなければならなくなる。いいんだ。このままで。私はこれで充分だと思っているし、こうするより他はなかった」

悲しみのようなものが押しよせてきた。悠子が目を瞬くと、英二郎はやおら彼女の肩を抱き寄せた。「わかってくれて嬉しいよ、悠子。義彦にどう思われようとかまわなかったが、きみに誤解されていることだけは耐えられなかった」

この人を受け入れてはならない、と悠子は思った。それとこれとは話は別だった。何かが大きく渦を巻き、いったん遠のいたというのに、再び烈しさを増しながら舞い戻って来たような感じがした。

悠子はそっと身をよじり、英二郎の腕から逃れた。「義彦先生から聞きました。美冬さんは、生前、義彦先生に大先生のことを訴えていたんだそうですね。大先生の自分を見る目が違う、って。何か変だ、って」

「そうでも言わなければ、自分のやっていることを正当化できなかったんだろう」英二郎は言った。「誰でも嘘をつかなくちゃならない時がある。生涯、真っ正直に生き続けることは不可能なんだ。人はそれほど純粋じゃない。もういい、悠子。こっちにおいで」

何かが悠子の中で音もなく崩れていった。危うく均衡を保っていたゼリー状のものが、ふるふると震えたあげくに、ぐにゃりと曲がり、否応なしに溶け出していくような感じがした。

英二郎は悠子の腰に手をまわし、上半身を傾けるなり、もう一方の手で彼女の手を撫《な》でまわした。悠子は慌てて腕時計を覗くふりをした。

「どうして時計なんか見る」

「いえ……何も。ただ、何時になっただろうと思っただけです」

「こんなものははずしてしまいなさい。時間など気にすることはない」

言いながら、彼は悠子のはめていた黒革ベルトの腕時計をはずし、テーブルの上に置いた。英二郎の熱い息が首すじにかかった。温かい唇が軽く耳朶《みたぶ》に触れた。

悠子は背筋を伸ばし、間断なく襲いかかってくる恍惚《こうこつ》感と戦いながら、奥歯を嚙みしめた。

「大先生のことがよくわからない」悠子はしぼり出すような声で言った。「美冬さんのことを義理の娘のように思うことができるのに、何故、私にはこんなことを……。私だって、私だって、義彦先生の……」

「きみは私の義理の娘ではない」英二郎は悠子の首に唇を押しつけながら、肩から胸もとに指を這《は》わせてきた。着ていたターコイズブルーのセーター越しに、悠子の乳房のふくらみが英二郎の大きな掌の中に収まった。乳房の輪郭をなぞりながら、粘りつくような愛撫が始まった。

「この先どうなるかはわからないが、少なくとも今は、私と息子とは対等の立場にある。私はきみが欲しいと思っている。きみに夢中だ。そのことに嘘はない。そしてきみも私を……」

英二郎の唇が、むさぼるように悠子の唇を塞《ふさ》いだ。悠子はのけぞりながら固く唇を閉ざし、首を横に向け、それを拒んだ。拒んでいるのに、身体のどこかがそれを許そうとしていた。それどころか、何もかも失う覚悟で、この一瞬の快楽を味わい尽くしてしまいたいとさえ願った。恐ろしかった。

やはり自分は美冬と同じなのだ、と悠子は思った。ニンフォマニアでしかないのだ。

「ベッドに行こう」

英二郎が甘ったるく囁いた。悠子を抱き上げようとしたものらしい。彼の手が、一瞬、彼女の身体から離れた。

わずか一秒か二秒の隙が生まれた。その一瞬の隙が、悠子の理性を甦らせた。

ソファーから転げ落ちるようにして降りると、彼女は前につんのめるようにして居間を走り抜け、廊下に飛び出し、玄関に走った。泣いているのか、おびえているのか、それとも、危うくむさぼりそうになった快楽のせいで喘いでいるのか、その区別すらつかない。

気がつくと悠子は玄関先で慌ただしく自分の靴をはき、廊下に置きっ放しにしていたセカンドバッグをわしづかみにするなり、外に飛び出していた。

その夜、義彦からの連絡はなかった。何度か診療所に電話をかけてみたのだが、留守だった。

英二郎の別荘に行っている間に、義彦が大日向のアパートに電話をかけた可能性は大いにあった。だが、悠子がアパートに帰ったのは七時半過ぎ。電話をかけようと思えば、いくらでもかけられる時刻であった。何のために、何故、義彦との連絡がつかずにいるのか、不明だった。

あらゆることを想定してみた。蓼科で急に奈津美の具合が悪くなったか。それとも途中で事故にあったか。いずれにしても、連絡はつけられるはずである。

単に渋滞にまきこまれ、遅くなって奈津美が疲労したため、急遽、予定を変えて泊まって来るだけなのかもしれない、と悠子は思った。奈津美に誘われ、ついその気になり、同じホテルに泊まった……そう考えるのが妥当だった。とはいえ、部屋は別々にとるに決まっている。どうして一つの部屋に泊まる必要があるだろう。

これは怒ったり、悲しんだり、まして嫉妬したりするような問題ではなかった。自分のことを棚にあげてはならなかった。自分は今日、英二郎の別荘に行き、英二郎と秘密を共有し合ったのだ。

一夜明けた翌朝、朝の五時少し前に、電話が鳴った。浅い眠りを叩き起こされ、悠子は慌てて受話器を取った。

義彦だった。息せききったような声だった。佐久《さく》市のはずれの、国道沿いにある電話ボックスからかけている、という。

「昨日の夜、電話したんだよ。七時ちょっと過ぎだったかな。道が混んで、にっちもさっちもいかなくなってね。ゆっくり食事してから帰ろうということになって、その時、店から電話した。でもね、食事の途中であの子、気分が悪いって言いだして。たいしたことはないんだが、食べたものを戻してね。疲れたんだろう。ともかく横になりたい、って言うんで、ホテルに部屋をとって休ませたんだ。仕方がないよ。ちょっと休むだけ、とはいえ、まさかラブホテルに行くわけにはいかないだろう？　九時頃だったと思う」

そこまでひと息に喋ってから、義彦は、ふっ、と静かな吐息をついた。「本当なんだ。一、二時間寝かせておけば、そのうち道も空くだろうし、ちょうどいい、と思ってた。昨日中に帰るつもりだったんだよ。でも疲れてたらしい。ソファーに横になったら、そのままぐっすり眠ってしまって、気づいたら、信じられないことに三時だった」

そう、と悠子は言った。「心配してたのよ。どうしたのかなと思って」

気持ちに毛筋ほどの乱れもなかった。本当だろう、と思った。義彦の言っていることに嘘などあろうはずもない。咎められるべきは彼ではなく、自分のほうであることを忘れてはならない……そう思った。

「どこに行ってたの？」義彦は改まったように聞いた。

「買物」悠子は自分でも驚くほど平然と嘘をついた。「電話がかかってくるにしても、もっと遅い時間かな、と思ってたものだから、のんびり買物して、帰ったのは七時半過ぎだったかしら。でもよかった、無事で。連絡がなかったんで、事故にでもあったか、と思ってた」

うん、と義彦は言った。「ほんとに悪かった。ああ、もうコインがないな。もうすぐ切れる。じゃ、またあとで。奈津美ちゃんを送り届けてからまっすぐ診療所に帰って、もう一眠りするよ」

ここに寄ればいいのに、と喉まで出かかったが、その言葉を口にすることはできなかった。身体のどこかに、まだ英二郎のぬくもりが残っているような気がした。そのぬくもりを義彦に嗅ぎとられそうで怖かった。

気をつけて、と言い、悠子は受話器を置いた。秋も深まった寒い朝だった。暖房をつけていない部屋の中はしんしんと冷えていて、吐く息が白く見えるほどだった。

もうじきまた冬が来る、と悠子は思った。季節はめぐり、一巡して元に戻るのである。だが、自分は元には戻れない。どんな冬になるのか、想像もつかなかった。

ベッドに戻ったが、眠れそうになかった。そのまま起き出し、暖房をつけて部屋を温めた。コーヒーをいれ、ぼんやりと考え事をしながらトーストをかじっているうちに夜が明けた。

洗濯機を回して洗濯をすませ、ラジオの天気予報を聞いた。雨にならないどころか、その日は一日中、快晴だということだった。

洗いあげたものをベランダに干し、ついでに簡単に部屋の掃除もした。乱れたベッドを直していた時だった。車のキイやアパートの玄関の鍵など、いつも持ち歩いているものを入れておく、チェストの上の小さな籐《とう》の籠《かご》の中に、腕時計がないことに気づいた。

記憶がまたたく間に甦った。悠子は片手で口をおさえ、呆然《ぼうぜん》としてベッドに腰をおろした。

前の晩、英二郎にはずされて、腕時計は英二郎の別荘の、居間にあるガラス製の大きな正方形のセンターテーブルの上に載せられた。そのまま、別荘を飛び出してしまったのだから、腕時計が今、自分の手もとにあるはずはないのだった。

動転している余裕すらなさそうだった。どうすべきか、考えた。

しげのに連絡して、こっそり持って来てもらう方法もあったが、そんなことは頼めそうになかった。後でどんな噂《うわさ》をたてられるか、わかったものではない。噂ということで言えば、診療所の手伝いに来ている春江に頼んだとしても、同じことである。

頼める人は誰もいなかった。自分で取りに行くか、英二郎に連絡して持って来てもらうか、いずれか一つの方法しかなかった。

結論が出ないまま、出勤する時刻になった。悠子は落ちつかない気持ちを引きずりながら、診療所に向かった。

義彦は元気そうだった。帰ってからまた自分のベッドでぐっすり眠った、と言う。二人の間で、奈津美の話は出なかった。悠子も訊ねなかった。

午前の診療時間が始まってまもなく、診療所は忙しくなった。たて続けに患者がやって来た。悠子は薬の処方に追われた。義彦と私語を交わす時間はなかった。

最後の患者が帰って行ったのが、午前の診療時間を大幅にオーバーした十二時四十分。静けさが戻った待合室の、読みちらかされた雑誌類を悠子が片付けている時、診療所の前に車が止まる気配があった。

外のドアノブには、「午前の診療は終了しました」と印刷されたプラスチック製の札が掛かっている。その札をがちゃがちゃと揺らしながら、聡美が勢いよくドアを開け、中を覗きこむような仕草をした。

「こんにちは。今いいかしら」

化粧品売場のマヌカンのごとく、丁寧に化粧をほどこした顔に、年齢相応の小じわが目立った。聡美は悠子に向かって、にっこりと微笑んだ。

義彦はつい今しがた、ポリタンク片手に庭に出て行った。待合室のストーブの灯油が減り始めたからである。灯油を出し入れするのは、義彦の仕事だった。

診療所の玄関ドアを思わせぶりに開け放したまま、聡美は悠子に向かって、愉快そうに「はい、これ。忘れ物」と言いながら、黒革ベルトの腕時計を差し出した。時計はまるで、不幸の象徴のようにして聡美の掌の中に小さく収まっていた。

「ねえ、変なこと聞くけど、トルコキキョウをくださったの、あなたでしょ？」

悠子が応える前に、聡美は枯れ葉色のジャケットの襟元に見える萌葱《もえぎ》色のスカーフを軽く指先で直すと、「英二郎さんたら、聞いてもしどろもどろなのよ」と言い、皮肉まじりに片方の眉を吊り上げてみせた。「別荘の居間にあなたの腕時計が置き忘れられてて、見慣れないトルコキキョウがあったんだもの。あなたがくださったとしか考えられないじゃない。ねえ」

手渡された腕時計を、悠子は着ていた白衣のポケットにおさめた。返す言葉が見つからなかった。

「いいお天気ね」聡美は、わざとらしくちらと後ろを振り返った。開け放された扉の向こうに、黄金色に色づいたカラマツの木々が見えた。「もうこんなに紅葉しちゃって。来週あたり、見頃かしら。義彦さんは？」

「庭です。灯油を取りに」

「そう。すっかり寒くなっちゃったものね。ストーブなしではいられないわ」

自分たちの会話を義彦に聞かせたくてうずうずしている、といった様子で、聡美はつと背伸びをし、悠子の後ろの、庭に向かった窓を覗きこむようなまねをした。

「わざわざ届けてくださって、すみませんでした」悠子は頭を下げた。「ありがとうござい

「私の記憶もかなりなもんでしょ。ひと目見た瞬間、あなたの腕時計だ、ってすぐにわかったんだから」

悠子はぎこちなく微笑み返した。早く帰ってほしかった。いつ義彦が、庭から戻って来るかわからない。二度とここで、この診療所の玄関先で、トルコキキョウだの、腕時計だの、英二郎だの、といった言葉を口にしてほしくなかった。

聡美は意味ありげに微笑むと、「あなたのおかげで鰻にありつけたわ」と言った。「ゆうべは、お腹をすかせてこっちに来たのよ。英二郎さん、あそこの鰻、あなたと二人で食べるために買って来たんでしょうね、きっと。あなたが食べなかったもんだから、私が温め直していただいたわ。ごちそうさま。それじゃあね、悠子さん。これで失礼するわ。もう腕時計を忘れていったりしないでね」

薄茶色のパンタロンの裾をひるがえし、聡美は笑顔のまま、片手をひらひらさせながら出て行った。車のドアが閉じる音がし、エンジンの音、タイヤが小石を踏みつぶす音が遠のいた。

気を取り直して踵《きびす》を返した悠子の目に、待合室横の、住居用の扉の戸口に立ってこちらを見ている義彦の姿が映った。

はっとして身を固くした悠子に、義彦はうっすらと微笑みかけた。「そんなにびっくりするなよ。どうしたの」

「別に」悠子は声の震えを悟られぬよう、何とかしてごまかしながら、笑ってみせた。「お庭にいるのだとばかり思ってたものだから」

「今、家の中にあがったところだよ。聡美が来てたみたいだね」

風を通そうと、開け放しておいた待合室のガラス戸に、秋の午後の木もれ日が躍っていた。そのくるくるとめまぐるしく回る、小さな影を見るともなしに見ながら、悠子は「ええ」と言った。

「何しに？」

「届けものをしてくれて……」

「そう」

何の届けものか、と義彦は聞かなかった。聞いてほしい、と思った。聞かれたら最も困ることなのに、聞かずに済まされるとかえって恐ろしいような気がした。

二人は一瞬、見つめ合った。火花が散るような視線ではない、むしろ途方もなく静かで、眠たげな感じすらする視線だった。

先に目をそらしたのは悠子だった。「お昼、一緒にいただきましょうか」

「そうしよう」

「今すぐお茶をいれます。着替えてきますからね。ちょっと待ってて」

悠子は笑顔を残して調剤室に入り、素早く白衣のポケットの中の腕時計を腕にはめた。不安のせいで唇が小刻みに震え出した。

大丈夫。大丈夫。さっきの会話は聞かれていない。彼は聡美が帰る直前まで、庭にいたのだ。家にあがった時、ほんの一瞬、聡美の声が聞こえただけなのだ。

彼女は壁に向かい、わななく唇に手の甲を押しつけた。

18

紅葉も終わって十月が過ぎ、十一月に入ると、今にも小雪が舞い始めても不思議ではない寒い日が続くようになった。

診療所では朝から晩までストーブがたかれ、ストーブの上には大型のやかんが載せられた。そのため、日がな一日、しゅうしゅうという静かな湯気の音が診療所内を充たした。

十月中旬、両親と共に軽井沢の別荘を引き揚げて東京に戻って行った奈津美からは、その後、診療所の義彦あてに厚手の封書の手紙が送られて来た。義彦はそれを悠子の目の前で読み、いつでも好きな時に盗み読みしてくれてかまわないんだよ、とでも言いたげに、封書をダイニングテーブルの上に置き去りにした。

読んでみたいような衝動にかられたが、悠子は自重した。封書はいつのまにか、義彦の寝室の、ダイレクトメールや医師会関係の通知書など、他の郵便物が雑多に詰め込まれた状差しの中に押し込まれ、そのまま埃にさらされていった。

英二郎からの電話は間遠になった。間遠になったものの、相変わらず英二郎は悠子のすぐ傍にいて、いたずらっぽい目つきで隙を窺《うかが》っているようでもあった。

一度だけ、英二郎は東京からかけてきた電話で、聡美に関することを口にした。

「心配しないでいい」と彼は言った。「あの腕時計の一件以来、聡美はきみと私の関係を露骨に疑い始めたんだがね。私は頑としてその質問を受けることを拒否している。何かあると、そこらの女と似たような反応をするところがあるが、その実、性根がすわっている女なんだ。このまま私が無視し続けていれば、必ずおとなしくなる。少なくともきみには迷惑をかけさせない。むろん、義彦にも」

「告げ口されるんじゃないかと思って、不安でした」悠子は言った。「あることないこと、義彦先生の耳に」

「そんな馬鹿な真似をするような女を私は身内同然に扱いはしないよ。聡美は利口だ。いかにも口が軽そうに見える時もあるがね。その実、そうじゃない。第一、くだらない告げ口をしたことが私に知れたら、自分の立場がどうなるか、よくわかっている」

悠子が黙っていると、英二郎は、ふふ、と短く笑い、「何も心配はいらない」と繰り返した。「きみのことは何があっても守るよ。義彦を守ってきたようにね」

こんな時にそんな言葉を、いちいち私の耳に吹き込まないでほしい、と言いたかった。軽々しく口にされる情愛のこもった常套句《じょうとうく》は、いかにも英二郎によく似合った。似合いすぎて、悠子に深い感動すら呼び覚ます。魔物にからめとられていくかのようである。

どうして英二郎に背を向けることができないでいるのか、悠子にはわからない。逃げても逃げても、それは逃げたことにはならず、気がつくと英二郎は彼女のすぐ隣にいて鷹揚《おうよう》に微笑んでいる。そして悠子もまた、その微笑を受け入れているのである。

英二郎が発した言葉の一つ一つ、英二郎が自分を見つめた時の視線、表情、がっしりとした贅肉まじりの、その大きな身体の中に抱きとめられた時の体温のぬくもり……そういったものすべてが、烈しい罪悪感と共に、悠子の中に甘やかな記憶として刻みこまれてしまっているのである。

どうすればいいのか、わからなかった。夫を失い、逃げ出すようにしてこの見知らぬ土地にやって来た。凍えるような冬の寒さの中に身を委ね、孤独を飼い馴らしたつもりであった。

だが、再び自分は、性懲りもなく何かを失おうとしているような気がする。わずか一年にも満たない間に、二度目の喪失を味わおうとしている。

勇気をふるって一歩、前に踏み出せば、決まって何かにつまずく。つまずいて引き返せば、孤独が待ち受けている。その狭間に佇んで、身じろぎもせずにじっとしている他に、自分の安穏な生き方はなかったのかもしれない、と悠子は思う。

　義彦の態度にはその後、何ひとつ変化は感じられず、何事も起こらなかった。時はゆるやかに流れ、十一月になった。

　半ばも過ぎた三週目の火曜日。朝から風花《かざはな》とも言うべき小雪がちらちらと舞い始め、いつのまにかうっすらと地面が白くなってしまうほどだったが、雪はまもなくやんで晴間が出てきた。

　風が強く、葉を落としたカラマツの梢《こずえ》がごうごうと音をたてた。風のせいで雲が払われ、空は突き抜けるような青さに染まった。

　別荘地のあちこちには、枯れ葉が敷きつめられた。枯れ葉は秋の光を吸い込んで、乾いた干し草のような匂いを立ちのぼらせた。

　何を思ったか、その日、義彦は患者が途切れた隙に調剤室に入って来るなり、悠子に向かって、「今夜、別荘に行こう」と言った。

「別荘？」

「親父のところだよ。さっき、しげのさんに電話して、親父たちが来ないことを確かめたんだ。夜景をあなたに見せたくなってさ。百万ドルの夜景でも何でもない、ただのちっぽけな田舎町の夜景だけどね。見せたい。きっとあなたも気にいる」

　何か企んでいるのだろうか、とちらと疑わしく思った。

英二郎の別荘から、中軽井沢近辺の家々の灯を見下ろせることは知っていた。秋になり、木々の葉が落ちると、さらによく見えるようになる、と聞いてもいた。初めて英二郎の別荘に招かれた時のことである。

あの渡り廊下で悠子が交わした英二郎との会話を、義彦は聞いていなかったのだろうか。聞いていなかったにせよ、義彦がわざわざ英二郎の別荘に悠子を誘って夜景を見ようと言い出すなど、夢にも思わないことであった。

だが、義彦は無邪気そのものだった。ピクニック気分と言ってもよかった。しげのにうろうろされるのはいやだから、何か簡単に食べられるものを持って行って、向こうで我々で調理して食べよう、アルコール類はふんだんにあるはずだし……などと楽しげに言う。

義彦のはずんだ口調を聞いているうちに、悠子の気持ちも次第にほぐれてきた。外は美しく晴れわたり、秋は静かに深まっていって、冬の訪れを受け入れようとしている。何もかもが大自然の営みの中に溶けこんでいて、恐れるもの、不安に思わねばならないものは何ひとつないような気がしてくる。

素敵ですね、と彼女は言った。「楽しみだわ」

診療所内には誰もいなかった。義彦は悠子の肩を抱き寄せ、こめかみに軽く唇を押しつけた。悠子は身体をやわらかくして、それを受けた。

その日、五時過ぎに患者が帰って行ってからは、診療所に電話もなく、新たに患者がやって来る気配もなかった。

いつになく浮き浮きしていた悠子は、カルテや調剤室の後片付けを手早く済ませ、ぎりぎり診療時間の最後まで待って、飛び込みの患者がいないことを確認するなり、本日の診察は終了しました、と書かれた白い札を玄関扉の表のドアノブに下げた。

六時少し過ぎに、自家中毒で療養中の小学生の女の子の母親から、義彦あてに電話がかかってきた。なかなか嘔吐《おうと》が止まらない、という。心配な容態ではなかったようで、義彦は母親の質問に丁寧に答えながら、目で悠子に指示を送った。急いで食料品を用意するように、という。

悠子は冷蔵庫に走り、何を食べるか、頭の中で考えながら、中に詰められていた食料品を紙袋の中に収めた。春江が買って来たばかりの豆腐と牛肉、しらたき、野菜類があった。スキヤキにしよう、と悠子は決めた。夜景の見える小高い丘の上の別荘で、義彦とふたり、甘辛い湯気のたつスキヤキ鍋を囲んでいる自分を想像すると、幸福感がこみあげた。

義彦の運転するジープで英二郎の別荘に着いたのは、七時過ぎだった。しげのが気をきかせたか、家の玄関灯は煌々《こうこう》と灯されており、室内のどこもかしこも、ぴかぴかに磨かれていた。

各部屋に暖房もつけられていて、部屋はちょうどよく温まっている。台所には、しげのの文字で「冷蔵庫に簡単なおつまみをご用意いたしました」と書かれたメモがあり、開けてみると、甘エビのカクテルが二つ、ガラスの小鉢に入っていた。

義彦は「やり過ぎだ」と言い、肩をすくめて苦々しく笑った。「どうせ、僕があなたと今日、ここに来たことは今夜中に、親父の耳に入るんだろうよ」

だとしても、何も恐れる必要はない、と悠子は自分にきつく言い聞かせた。義彦と二人、この場所に来て、共に夜景を眺めることには何ひとつ、うしろめたさはなかった。ないはずであった。

悠子を手伝ってスキヤキの用意をし、鍋と卓上コンロとをダイニングテーブルの上にセットすると、義彦は冷蔵庫から壜ビールを持って来た。鍋のほうは義彦に任せ、悠子は居間の、リビングボードの扉を開けて栓抜きを選んだ。英二郎があの時ここで手にした、女体をかたどった栓抜きが目に入った。

同じものを使う気にはなれなかった。彼女は猫の形をしたものを手にダイニングルームに戻り、義彦に差し出した。

ありがとう、と義彦は言い、ビールの栓を抜いて二つのグラスに注いだ。二人はグラスを重ね合い、微笑み合った。

湯気をたて始めたスキヤキ鍋をはさんで、ビールを飲み、鍋をつついた。食欲は際限なく続き、食べても食べても胃の隙間は埋まらないような気もしたが、気持ちは充たされていた。

音楽も何もない空間だった。ただ、鍋のぐつぐつという音がしているだけ。窓ガラスは外の闇を湛《たた》えて黒く染まっているのに、室内は隅々まで明るい。

「衝撃の告白をします」悠子はふざけて言った。「私ね、奈津美ちゃんに嫉妬してたんですよ」

「知ってたよ」義彦は半ば愉快そうに言った。「馬鹿だな、と思ってた。僕があんな子供に惚《ほ》れるわけがないのに。あの子はまだ、ほんのネンネなんだよ」

「ネンネでも奈津美ちゃんは魅力的だわ。セクシーだし」

「きみのほうがずっとセクシーだよ」

「ごまかさないで。私のことなんかどうでもいいんです。奈津美ちゃんの話をしてるのよ。先生は初めっから、可愛いと思ってたんでしょう？　そうなんでしょう？」

「可愛い、という言葉を使うのなら、そこらをうろうろしてる子猫も可愛いし、動物園で生まれたばかりの子猿だって可愛いよ」

「それとこれとは話が別です」

「あの子と蓼科に行ったことが不愉快だったんだよね。わかるよ。僕も悪かったと思ってる。しかも泊まって来たりして」

悠子は上気した顔のまま微笑し、慌てて首を横に振った。そんなことはもうどうでもいいのだった。あの晩のことを咎める権利は自分にはない。

「もういいの、先生。からかってるだけよ。なんとも思ってないわ」

「反省してるよ」義彦は箸《はし》を置き、正面から悠子を見た。「度が過ぎてた。親父に対する対抗心が働いてね、あの子のこととなると、どうしても一人占めして自分だけの患者にしたくなる」

悠子はうなずいた。何を話していても、会話の矛先が英二郎に向けられてしまうような気がした。どこにいても、英二郎はおんぶおばけのようにして自分たちの後ろに立っている……そう思った。どうしようもなかった。

「時々、あなたのことがよくわからなくなることがあったけど」義彦は低い声で言った。「奈津美ちゃんのことで、あなたの人間的な反応が伝わってきて嬉しかったよ。焼きもちなんか妬《や》かない人かと思ってた」

「妬きます」悠子は言った。「好きなものは、絶対に人に触られたくない」

「僕もだよ」

二人は視線を絡ませ合った。互いに探るような視線になってしまうのが妙だった。

敷地を貫いている小さな沢をはさんで、右棟と左棟とに建物は分かれており、それぞれの棟は渡り廊下でつながっていた。廊下の南側には細長いガラス窓がついている。春まだ浅い頃、英二郎と肩を並べ、音もなく静かに瞬く遠い町の灯を眺めた窓である。

義彦は食事の途中で卓上コンロの火を止めると、悠子を促して渡り廊下に出た。暖房が効いていない廊下は冷えきっていて、スリッパをはいた足元から冷気がしのび寄ってきた。

義彦は廊下の明かりを消した。あたりは一瞬、闇に沈んだ。

義彦の腕が柔らかく悠子を抱き寄せた。二人は並んで窓辺に立ち、ガラスに額を押しつけるようにして外を窺った。

暗がりに目が慣れるにしたがって、遥か遠くの、小さな星屑《ほしくず》のように瞬いている町の明かりが見えてきた。

それは遠く宇宙の彼方に流れている、優しい銀河を思わせた。ひんやりと青白く、ちかちかと震える静かな光の束……光の数はまばらで、寂しげですらあるのに、胸が詰まるほど美しい。

闇に溶ける遠い山裾の、さらにその奥にも、目をこらせばひっそり瞬く灯が見える。ぽつりぽつりと、闇のあちこちに小さな灯を見分けることができる。

時折、風が吹き、葉を落とした木々の梢を揺らした。遠くの光の束も、それに合わせるようにして小刻みに震えた。

悠子は首を義彦の肩にあずけ、身体の力を抜いた。彼の唇が悠子のまぶた、こめかみ、頬《ほお》についばむような接吻の跡を残した。

だが、それだけだった。義彦はふいに身体を強張《こわば》らせ、動かなくなった。あたかも、見つめている遠い町の灯に、何か得体の知れない怪物の姿でも見つけ、脅《おび》え始めたかのようだった。

悠子は目を開け、姿勢を変えて彼の首に両手を巻きつけた。彼の無反応の理由がわからなかった。

どうしたの、と悠子は小声で聞いた。

義彦は応えない。ただじっと、まじまじと悠子を間近に見ている。薄闇の中で、義彦の双眸《そうぼう》が月明かりの中の湖面のように漣《さざなみだ》立って見える。

悠子は、自らせがむように唇を重ね合わせようとした。「先生、どうしたの?」

「悠子」と彼は低い声で囁いた。「あなたはここに来たことがあるね。僕のいない時に」

悠子の身体の奥深く、冷たく軋《きし》むような違和感が走った。

「来たことがあるんだね?」

「どうして?　どうしてそんなことを……」

「……あなたは栓抜きがどこにあるか、知っていた」

何か言わなければならない、何でもいい、どれほど幼稚な言い訳に聞こえようとも、今すぐ、陽気に笑いながら、何か言わなければならない……そう思うのだが、言葉が出てこない。うろたえるあまり、悠子は自分の小鼻がひくひくと勝手に動き始めるのを覚えた。

「偶然よ」悠子は言った。笑おうとしたのだが、できなかった。自分の唇が醜く歪《ゆが》むのがわかった。「そんなの偶然よ」

義彦は、ふっ、と薄く笑った。「そうかな。そうは思えない。いろいろな種類の栓抜きが、リビングボードの扉の中にあることをあなたは知っていた」

「勘を働かせれば、誰だってそのくらい……」

「僕は知らなかったんだよ。美冬が死んでから、この別荘は聡美が好きなように模様替えしてしまったからね。どこに何があるのかわからなくなった。台所の引き出しを探して、栓抜きがなかったから、弱ったな、と思ってたんだ。それなのに、あなたはまっすぐリビングボードの前まで行くなり、扉を開けて持って来た」

「多分、あそこじゃないかと思って……」

いいんだよ、と彼は遮った。口もとに寂しげな笑みが浮かんだ。

彼は悠子から身体を離した。突き放すような乱暴な離れ方ではなく、かといってふてくされたような、物言いたげな離れ方でもない。それは相手に対する際立った無関心しか感じさせない、無気力な離れ方であった。

「何があっても、それはあなたのせいじゃない。僕はそのことだけは信じているし、これからも同じだよ」

どういうことなのか、わからなかった。悠子が黙ってまじまじと義彦を見つめていると、彼はぱちぱちと二、三度瞬きをし、我に返ったかのように人工的な笑顔を作った。「さあ、食事の続きをしようか」

彼は、ロマネスクな行事は終わった、と言わんばかりに、そっけない手つきで廊下の明かりを灯すと、一人先にダイニングルームに戻って行った。

煌々と光に充たされた窓ガラスには、いくら目をこらしても、町の灯は映らず、べっとりとした粘りけのある夜の闇が張りついているばかりになった。

19

孤独が舞い戻ってきた。再びあの、覚えのある深閑とした闇が悠子をとりまいていた。いたたまれない気持ちにかられ、東京にいる摂子と話がしたくなって、真夜中に電話の受話器を取り上げたこともあった。だが、アドレス帳を見ながら番号ボタンを押しているうちに、気持ちが萎《な》えた。

摂子に何を話せばいいのか。今の情況を理解してもらうことは可能にしても、何故そんなふうになったのか、克明に説明できるはずもないのである。

義彦に恋をし、溺《おぼ》れ、義彦のことしか考えられずにいるというのに、その父親である英二郎からの電話を心待ちにし、あげくの果てに英二郎の遊戯めいた愛撫を許してきた。それどころか、思わずその愛撫がもたらす恍惚《こうこつ》にのめりこみそうになった。

どれほど軽蔑しても、どれほど逃げまわっても、英二郎は悠子のすぐ傍にいる。そして悠子は、そうされることを気持ちの奥底で歓迎している。自分ですら納得のいかぬ心理の機微を、いったいどうすれば摂子にわかってもらえるというのか。

どこかで何かが大きく食い違ってしまった。後戻りはできなかった。かといって現状を打開すべく、策を弄《ろう》するのは悠子のもっとも苦手とすることであった。誰かに心のたけをぶちまけて、それでおさまるような問題でないことは明らかだった。

一番いい解決方法は、手放すことだった。かろうじて手にすることのできたあらゆるものを悠子が失ってしまえばいいのだった。

孤独の闇の中に佇んで、慌てず騒がず、闇に包まれていることを静かに受け入れ、幸福で華やいだ出来事の数々を諦める。諦めていながら妬みもせず、常に世界の外側にいて呼吸をし続けることの寂しい心地よさ。そんな気分に、悠子はすでに慣れ親しんでいた。

もう一度、その中に身を置いて、身のまわりを吹き荒れている嵐が過ぎ去っていくのを待つことは、さしたる苦痛ではないはずだった。失いきってしまえば、守るものはなくなり、休息が訪れる。苦痛は去るのである。

しかし、そう考えながらも、悠子は一方で、身をよじられる寂しさに喘ぎ続けた。

義彦は、その後、目に見えてよそよそしくふるまうようになった。それは悠子を突き放し、無視しようとするよそよそしさではなく、むしろ、わざと内側に取り込んで、罵倒《ばとう》してみせるようなよそよそしさだった。明らかにそこには、身内の不貞に対する怒りと軽蔑、不信感があった。

悠子に対して、露骨に不機嫌な顔を見せることも多くなった。時に診療所内でも、彼は彼らしくもない荒々しい言葉を遣って、悠子のちょっとした仕事のミスや、春江の気配りのなさを叱責《しっせき》した。

「なんだかこのごろ、先生、おかしいねえ」春江はことあるごとにそうつぶやいて、上目遣いに悠子を見た。「何かあったの？　先生と。喧嘩《けんか》でもした？」

「なんにもないですよ」悠子は大らかに笑ってみせる。

「なんにもないわりには、ずいぶん機嫌が悪いじゃないの。いつもと全然、違うわよねえ。いったい全体、どうしたんだろう。高森さん、まさか、先生をふったんじゃないでしょうね。先生以外に、好きな人でもできた？」

「馬鹿なことを言うのはやめてちょうだい、春江さん」

悠子が真顔でたしなめると、春江はげらげら笑って「ごめんごめん」とあやまる。

春江が悠子と義彦の関係に気づいて、若い娘のような好奇心をもち始めてからずいぶんたつ。義彦のベッドに寝た形跡がなければ、悠子の顔を見るなり、「ゆうべはお宅のほうにお泊まりだったのね」といたずらっぽく囁く。春江が来た時にすでに悠子が診療所にいて、台所で簡単な朝食の用意をしていると、「高森さん、そうやってると、早くも先生の新妻みたいよぉ」とからかってくる。

義彦のところに泊まった後は、悠子は細心の注意をはらって室内を丁寧に片づけているつもりでいたのだが、それでも春江は義彦の寝室を掃除しながら、ベッドカバーの上に落ちた悠子の抜け毛だの、灰皿の中の薄い紅のついた吸殻だのを見つけては、「いいわねえ、なんだかこっちまでドキドキしてきちゃう」と聞こえよがしに言う。

そんな具合だったから、春江が義彦のぎすぎすした雰囲気に敏感に反応するのは当然とも言えた。だが、春江がいちいち、悠子と義彦の会話に耳を傾け、義彦の苛立《いらだ》ちの原因を探ろうとしてくるのが、悠子にとってはうっとうしくてならない。

春江は少なくとも、義彦の性格をよく知っている。ただでさえ偏屈で、わかりにくく、ひとすじ縄ではいきそうにない男である。悠子と恋におちたからといって、そのまま素直に結婚に向かってまっしぐらに走っていけるはずがない、と心のどこかで意地悪く信じているのである。

そんな春江の、教養や感性に何ひとつ裏打ちされていない、ただ世なれているだけの通俗的な観察眼が悠子には煩わしかった。

何度、義彦相手に事実をそのまま打ち明けようとしたかわからない。確固たる喪失の予感があるのなら、ぐずぐずせずに筋書き通りに事を進めてしまえば、なおのことすっきりする、とさえ思うのだが、悠子は途中で言葉をのみこむ。

摂子に事の次第を正確に伝えることが不可能なように、義彦にすら、あの日起こったことをあるがままに説明するのは難しい。

たとえ、あの日、別荘で英二郎と二人きりになったのは、自分の意志でそうしたのではない、英二郎の罠《わな》にはまったからなのだ……と強調したとしても、悠子があの日英二郎の別荘で二人きりでいたことは動かしようのない事実であった。しかも、英二郎からは美冬の秘密を打ち明けられた。或る意味で、悠子は英二郎と共犯者になったのだった。

英二郎から何度も電話があったこと、電話の内容、薔薇のアーチの後ろで唐突な愛撫を受けたこと、そのすべてを義彦に打ち明けて、憎悪、嫌悪、軽蔑、怒り、侮蔑の感情をぶつけられるのだとしたら、それはそれで仕方がないような気もする。だが、美冬の秘密だけは義彦の耳に入れることはできないのである。

自分の正当性を訴えるために、誰かを傷つけることを厭《いと》わない人間は多い。だが、少なくとも悠子にはできなかった。美冬の秘密を義彦に告げ口することにより、英二郎との共犯関係を清算しようとは思わなかった。

いいんだ。このままで。私はこれで充分だと思っている……英二郎はそう言った。その通りだった。本当に、こうするより他に、方法はないのだった。

義彦との間で、二度と栓抜きの話は出ることはなくなった。英二郎やその周辺の人間、別荘の話題が出ることもなく、英二郎の名を義彦が口にすることも一切なかった。すべてが凍結され、まるで初めからなかったもののように扱われた。

そんな不透明な危うい空気の中、それでも義彦は夜になると悠子を求めた。がむしゃらで、すべてを忘れようとでもしているかのような烈しさだったが、乱暴なふるまいに及ぶことは決してなかった。

義彦の肉体は悠子を前にして燃え上がり、燃え上がりながらもしんしんと冷めていた。事を終えると、哀しみをこめた目で悠子を見下ろし、その額にそっけなく接吻をして身体を離した。

ひとたび身体を離すと、彼はこわばった岩のようになる。もう二度とその晩、悠子に触れようとはしなくなる。

永遠の拒絶の姿勢が、悠子を傷つけた。にもかかわらず、翌日になると、また義彦は悠子を求めた。悠子の身体を愛撫する指先のそこかしこに、深い憎しみが感じられた。それでも悠子はそれを受けた。受けることによって、義彦との最後の瞬間を引き延ばそうとしている自分が哀れだった。

一緒に酒を飲んでいても、食事をしていても、共に短いうたた寝から覚め、毛布の中で束の間のぬくもりを共有し合っている時でも、義彦が口にする言葉はどこか遠い国から聞こえてくる、真夜中の雑音まじりのラジオ放送のように、無機質に聞こえた。感情は読み取れなかった。隠しているからではなく、感情そのものを失ってしまったかのようにも見えた。

時々、悠子はわけもなく涙ぐんだ。そのたびに義彦は目ざとく悠子の涙を見つけて、「どうした」と聞く。

悠子は黙って寂しく微笑みながら、首を横に振る。答えられるはずもない。失うことがわかっていて、悠子はやはり、この男を愛している、と思う。義彦に襲いかかった運命と、悠子をとりまく運命とが、うまく絡み合ってくれなかっただけで、そうでなければ、出会った瞬間に恋におちたとしても不思議ではなかった相手なのである。

その美しい、男らしい鼻梁、なだらかな凜々《りり》しい眉、思いつめた表情が似合う涼しげな濡れたような目、ひきしまったやわらかい唇、そして彼そのものを象徴するような非のうちどころなく整った肉体……。この人の美しさは残酷だ、と悠子は思う。

女の目をひいておきながら、彼は拒絶する。拒絶しながら、あらゆる女の中に、美冬の幻影を探しているのである。そして残念なことに、どの女も美冬ではない。不完全な美冬を探しあてることはできても、完全な美冬……彼が幻として追い続けている美冬はどこを探してもいないのである。

「泣くな」義彦は低い声で言う。叱《しか》るような、苛々したような刺々しい言い方である。

悠子は涙を拭く。拭いても拭いても小鼻と唇がひくひくと震え、あとからあとから涙がにじむ。

義彦の自分に向けられた困惑と嫌悪、憎しみが手にとるように伝わってくる。今にも「バイタ！」と怒鳴られそうな気がしてくる。怒鳴ってほしい、と悠子は思う。辱《はずかし》めを受けることで自分のしてきた行為の痕《あと》が消えるのなら、そうしてもらいたいと思う。

だが、義彦は何も言わない。悠子を軽蔑し、辱めるどころか、皮肉や嫌味の一つも口にしない。質問もしてこない。したがって悠子もまた、何ひとつ口にすることができない。

英二郎からの連絡はいつからか途絶えた。もとより、遠慮をするような人間ではない。義彦に遠慮して、やはり悠子と距離を置こうと密かに決意を固めてくれるような人間だったとしたら、そもそも、こんなふうにはならなかったはずだった。英二郎はただ、年末にかけて多忙さに拍車がかかり、会合続きの毎日を送っていて、ついつい、悠子に連絡できずにいるに違いなかった。

英二郎と話したいとは思わなかった。話して解決の糸口が見えることではなかった。

そもそも英二郎とは何者なのだ、と悠子は思う。ただの性愛の塊のように見えて、その実、それは何者かに操られているマリオネットの動きのように、どこか過剰に大胆でわざとらしい。

かといって、彼はプラトニックな純愛に溺れていられるだけの男でもなかった。彼はあくまでも女の肌のぬくもりを求める。対の関係が完成されることを執拗に望む。

自分は彼に亡き父の幻影を見ていたのか。それとも、ただ単に浮かれ女《め》のようになって、執拗に彼が伸ばしてくる魔の手を、内心、びくびくしながらも楽しんでいたというのか。

鬱屈した時間が流れ、やがて一九八三年も終わりに近づいた。雪の多い年末となった。クリスマスの晩にまとまった雪が降り、根雪となった上にはらはらと小雪が舞う日が続いた。

十二月二十九日になっても、事態は何ひとつ変わらなかった。兵藤内科診療所は六日間の正月休みに入った。

横浜の兄の家に住んでいる悠子の母親からは、再三にわたって電話がかかってきた。ともかく正月休みは戻って来てほしい、という。五月に帰って以来、ろくに連絡もしていない。母親の寂しさが手にとるように伝わってくる。

このままの状態で義彦と陰鬱な正月を迎えるより、いっそしばらく離れていたほうがいいような気がした。休み明けに戻って来るまでに、もしかすると自分の気持ちも整理がつくかもしれない。第一、いかなる結果が出ようとも、今のまま年末を越すよりは遥かにましだという気もした。

悠子は三十日の午後、軽井沢を出発して横浜に向かうことにした。戻って来るのは一月二日の夜。診療所が開くのは四日からで、間に丸一日あれば、余裕をもって仕事に臨める……義彦にそう告げたところ、彼は「わかった。行っておいで」と言っただけだった。

帰ってきたら連絡をしてほしい、せめて三日の日だけでもゆっくりしないか……そう言われることを期待していたのだが、彼は何も言わなかった。会わずにいることに対する不満げな表情もしなかった。彼はあくまでも冷ややかだった。

正月休みに入ったとはいえ、二十九日の段階ではまだ、悠子に年内の残務整理が残っていた。午後、降圧剤を受け取りに来ることになっている患者もいた。悠子は昼前に診療所に出向き、調剤室に入った。

春江はその前日から休暇をとり、息子夫婦と別所温泉に出かけていた。義彦は寝室の書斎机に向かったまま、午前中、診察室のほうには出て来なかった。

正午を少しまわった頃、電話が鳴った。英二郎の別荘の家政婦をしているしげのの夫、菅井の、往診を依頼する電話だった。

菅井の実父は、菅井夫婦の住む家と同じ敷地に小さな家を建て、一人で暮らしている。以前から心臓を病み、薬を常用していたが、その日は朝から烈しい腹痛を訴えている、という。

菅井は慌ててはいなかった。口調はしっかりとし、落ちついていた。女房は風邪で寝込んでまして、うちの従業員も休暇に入ってしまってますしね、私が発見しなかったら、どうかなってたかもしれませんでね、いやあ、なにしろ年寄りなんで、動かすのはよくないような気がして……どうでしょう、なんとか先生に来ていただくわけにはいかんでしょうか、とおもねるように言う。

しげのと夫婦で英二郎のところで働いている関係上、自分たちは兵藤一家に対し、多少の無理が利く、と信じているような口ぶりである。

別荘滞在中に、英二郎が特別に診察してあげよう、と何度か申し出たこともあったようだが、老人は頑として受け入れず、ふだんは軽井沢病院に通院していた。

老人が英二郎の診察に応じなかったのは、嫁のしげのと英二郎とのよからぬ噂を耳にしているせいだろう、と悠子は春江から聞いたことがある。嫁と噂のある相手に身体を診てもらうのは、息子に申し訳がたたない、と思ってるのよ、きっと、とその時、春江は自信ありげに言いきったものである。

正月休み中でも、義彦は随時、急患を受け付ける心づもりでいた。悠子の報告を受けた彼は、急激な腹痛は心臓の常用薬によって腸内に血栓ができたせいではないか、と言いながら、往診に出て行った。午後十二時半であった。

悠子は見送らなかった。外でジープのエンジン音がし、まもなくそれは遠ざかっていった。

そのわずか数分後、再び診療所の電話が鳴った。

「ああよかった。診療所、開いてたのね」

聡美だった。電話の声がやけに近く聞こえた。悠子の中にいやな予感が渦をまいた。

「ゆうべ、こっちに着いたの。万座《まんざ》にスキーに行く予定だったのよ。それがね、踏んだり蹴ったり。英二郎さんがひどい風邪でダウンなのよ。東京を出る時から微熱があったんだけど、こっちに着いたらどんどん上がっちゃって。珍しいでしょう？　鬼《おに》の霍乱《かくらん》、ってところかしら」

何を言いたいのか、何を頼もうとしているのか、おおよその察しはついた。悠子は身体をこわばらせて聡美の話の続きを聞いていた。

「しげのさんも風邪で寝込んでるんですって。誰も頼れない上に、うっかりして解熱剤も風邪薬も忘れてきちゃったの。別荘中を探しまわったんだけど、全然なくて弱ってるのよ。……高森さん、今、お忙しい？」

「二時過ぎに患者さんが薬を取りに来ることになってますが……」

「春江さんは今日は？」

「昨日からお休みをとって温泉に行ってます」

「じゃあ、やっぱりあなたにお願いするしかないのかな。私、これからすぐに一人で万座に向かわなくちゃいけないの。仕事みたいなものね。あちらで英二郎さんの大事な知り合いのご夫婦が待ってらして、ちょっと断れないのよ」

はあ、と悠子は言った。何を頼まれるのか、はっきりした。「お薬……ですね」

「そうなのよ。何か解熱剤か抗生物質みたいなもの、飲ませたほうがいいと思って。薬屋さんに買いに行く時間もなくなっちゃったし、なんとかあなたに届けていただければ、と思って。図々《ずうずう》しいお願いであることは百も承知よ。そろそろタクシーを呼ぼうと思ってるんだけど、あなたがいらっしゃるまで待ってるから、お願いできるかしら」

「タクシー？　車でいらしたんじゃないんですか」

「車は英二郎さんのために残しておくの。こんな所だもの。車がないと不安でしょう？ 私はこれからタクシーでしげのさんの家まで行って、しげのさんの車、借りることにしたの。やんなっちゃうわ。誰も彼も風邪で。なんだかしげのさんの義理のお父さんまで具合が悪いそうなのよ。そんな時に、ご主人の菅井さんを顎で使うわけにもいかないし」

菅井のところに、たった今、義彦が往診に出向いた……その話はしなかった。するつもりもなかった。

悠子は一拍、間をおいてから、「タクシーが来るまでどのくらいの時間の余裕がありますか」と聞いた。

断りきれなかった。断る理由は何もなかった。英二郎の別荘に、ありふれた風邪薬を届ける。聡美が待ってくれている。薬を聡美に手渡し、引き返す。それだけのことである。英二郎に会いに行くわけではない。

嬉しい、と聡美は、悠子の承諾を知ると、作ったような甲高《かんだか》い声で言った。

悠子は手短に症状を聞いた。喉が痛んで熱が三十八度五分あるという。できるだけ早く行きます、と言い、受話器を置いた。

午後二時に訪ねて来るはずの患者が、その時、玄関先に現れた。用が早く済んでしまったんで、ちょっと寄ってみた、という。色の褪《さ》めた茶色のスカーフをかぶり、痛めた膝《ひざ》をいたわるように歩く小太りの老婆である。

すぐに出かけなければならないので、約束した時間にもう一度、改めて来てほしい、とは言えなかった。悠子はその患者に降圧剤を出し、会計を終えた。

おかげで診療所を出るのが遅れた。義彦に置き手紙を残していくべきかどうか、少し考え、結局やめにした。彼が戻って来る前に、自分が先に戻って来られるという自信があった。待合室のストーブの様子を確かめ、戸締りをしてから外に出た。

雪空に小雪が舞っている、ひどく寒い日だった。注意しながら運転し、別荘地内の迂路をゆっくりと上がった。丁寧に除雪はされてあったが、道の端のほうは一部、路面凍結していた。

野うさぎが横切った。白い冬毛の、まるまると太ったうさぎは、無人の別荘が建っている敷地の奥へ向かって、一目散に走って行った。

英二郎の別荘の前には、すでに黒塗りのタクシーが一台、停まっていて、低くエンジンを唸《うな》らせながら、白々とした排気ガスを吐き出していた。車のルーフの上には、聡美のものとおぼしきスキー板が積まれている。運転席には運転手がいて、後部座席に聡美が座り、苛立ったようにこちらを見ている。

「遅かったのねえ、心配したわ」

遅かったじゃないの、苛々したわ、と言い替えることができるほど刺々しい口調で、そう言いながら、聡美は車から降りて来るなり、鮮やかなオレンジ色のスキーウェアの袖をめくって腕時計を覗いた。

「ごめんね、高森さん。すぐに出発しないと間に合わなくなっちゃった」

運転手が窓を開け、顔を覗かせながら声をかけてきた。「何だったら、お客さん、このまま万座まで行っちまったらどうです。そのほうがずっと早く着きますよ」

「そうしたいところだけど、向こうでも車が必要なの。だからどうしても、私が車を借りて運転して行かなくちゃならなくて……」

悠子は手にしていた薬の袋を差し出した。だが、聡美はそれを受け取ろうとせず、せかせかと「鍵、開いてるわ」と言い、別荘の玄関を指さした。「お願い。英二郎さんに渡してあげてくれる？　寝室にいるわ。水は枕元に置いてあるし。ほんとに急ぐの。ごめんなさいね。どうもありがとう。帰ったらご連絡するわ」

悠子に何も言わせずに、聡美はタクシーに乗り込み、発進しかけた車の窓を開けて「よいお年を！」と大声で言った。

風が吹いてきた。小雪が渦を巻きながら、葉を落とした木々の梢を包みこんだ。

車の音が遠ざかった。リヤウインドー越しに聡美はいつまでも手を振っていた。無邪気な手の振り方だった。聡美が何か企んだわけではなさそうだった。これはあくまでも偶然、引き起こされたことのようだった。

悠子は呆然として、別荘の玄関扉を見つめた。雪空があらゆる音を奪い、あたりは耳が痛くなるほどの静けさだった。野鳥の声も聞こえなかった。

どうしてこうなるのだろう、と思った。二度と会うことはない、と思っていた。会うつもりもなかった。なのに何故、運命の歯車は、自分と英二郎とを会わせたがるのか。何故、二人きりにさせたがるのか。何の意図があってそうするのか。

悠子はのろのろとした足取りで玄関に向かった。舞い踊る小雪が視界を曇らせた。別荘は夥《おびただ》しい落ち葉に囲まれたまま、ひっそりと冬枯れた風景の中に佇んでいた。

ドアノブを回すと、するりと音もなく扉は開いた。中に入り、ごめんください、と声をかけた。返事はなかった。どこかで時を刻む置き時計の音がしていた。

「失礼します。高森です」

そう言いながら、靴を脱いだ。秋の夜、危うく英二郎の愛撫を受け入れそうになってしまった居間に入った。室内は塵《ちり》ひとつなく片づけられ、充分に温められていた。暖炉では薪《まき》が勢いよく爆《は》ぜていた。

薪置き場には、五束ほどの薪が山と積まれてあった。鉄製の火かき棒が一本、暖炉の前に投げ出されている。出かける前に、聡美が暖炉の火をおこしていったらしい。

居間を横切り、ダイニングルームを抜け、渡り廊下に出た。廊下の向こうに続いている、離れのようになったプライベートスペースの中央に、主寝室があることは知っていた。

右奥が床の間つきの広々とした和室、左手前が洋間で、洋間は英二郎の書斎になっている。

悠子は主寝室の前に立ち、軽くドアをノックした。「大先生、私です。お薬、お持ちしました」

おう、と中からくぐもった声が返ってきた。「悠子か。おいで。入りなさい」

ドアを開け、開け放しにしたまま中に入った。かすかに湿布薬の匂いが鼻をついた。

何故ともなく、悠子はその匂いに安堵した。それは不吉な匂いではなく、また性的な匂いでもない、家庭のぬくもりや病の静けさ、そこはかとない友情を物語るような匂いだった。

中央に置かれたキングサイズの巨大なベッドの中で、英二郎が半身を起こしたまま、満面笑みを浮かべて悠子を見ていた。いつもは美しく撫でつけられている白髪まじりの髪の毛は、乱れてべったりと頭に張りついていた。

上質なシルクとおぼしき卵色のパジャマの上に、温かそうなキャメル色のガウンを羽織っている。喉に湿布薬が貼られている。

「医者の不養生だ、まったくだらしがない。おまけに薬がないだなんて、どうかしているよ」英二郎はそう言い、笑いかけようとしたが、背を丸めて咳《せき》こみ始めた。ひどく老人くさく見え、その姿に悠子は一瞬、本物の老醜を感じて哀れを覚えた。

「ごくふつうの抗生物質と消炎剤です。咳止めも持ってくればよかったですね」悠子はベッドに近づき、持って来た薬の袋を彼に手渡した。

何の興味もなさそうに薬の袋を一瞥し、英二郎はすぐにそれを悠子に戻した。「飲ませてくれ。熱が下がらないものでね。ちょっとふらふらする。聡美とは会ったのか」

「会いました。さっき、玄関の前で」

「彼女だけでも行ってもらわないといけないような相手が、万座で待ってるんだ。ちょっと厄介な相手でね。失礼があるとまずい。だから急がせたんだが、聡美は何か、きみに不用意な発言をしたかな？」

「不用意？」

「きみが不愉快になるような発言、という意味さ。彼女はずっときみのことを私から聞き出したがっていたからね。もしもきみに失礼な発言をしたのなら、私があとで叱りつけてやらなくちゃいけなくなる」

別に何も、と悠子は無表情に答え、猫脚《ねこあし》のついた美しい黒檀《こくたん》のサイドテーブルの上の水さしから、コップに水を注いだ。

「嘘を言わないでもいいんだよ。本当のことを言ってくれてかまわない。聡美がきみに悪意をもって何か言ったのだとしたら、私が許さない」

「本当です。聡美さんはふだん通りでした。ご心配なく」

セントラルヒーティングの利いた寝室はほかほかと優しい温かさに包まれていて、そうやっていると外に雪が舞っているのが信じられないほどだった。

水の入ったコップと、パッケージから取り出した薬を英二郎に差し出した。英二郎は、ありがとう、と言い、錠剤を口に含んで飲みほした。ちらりと悠子を見たが、彼は何も言わなかった。

不精髭《ぶしょうひげ》が白く口のまわりを被っていた。熱のせいか、彼は少しやつれて見えた。たるみかけた肌には脂《あぶら》が浮き、大きな目はとろりと不健康に潤んでいた。彼はただの年老いた病人にしか見えなかった。

ごくごく水を飲んでやりたいんだが、飲むと喉が痛くてね、と英二郎は言い、ゆっくりと水を飲み干してから、空になったコップを悠子に返した。

悠子はそれを元に戻し、水さしの脇に薬の袋を置いた。するべきことは果たした。

「それじゃこれで」と悠子は言った。

言いながら、内心、かすかな痛みを感じないでもなかった。英二郎は本当に具合が悪そうだった。おまけに今夜は看護してくれる人間がおらず、彼は一人になってしまう。こんな山の中の大きな別荘で、たった一人、寝ていなければならないのは、英二郎ならずとも気の毒だった。

「あの……お食事のほうはどうなさるんですか」悠子はおずおずと聞いた。

「たいして食欲がないからね。いいんだよ」

「こういう時こそ、きちんと食べなければいけません。栄養のつくものを召し上がらないと」

「大丈夫だ。台所に聡美がいろいろ用意してくれている」

悠子はうなずいた。英二郎には、いつもの強引さが見られない。素直で弱々しくさえ見える。危うく、私が何かお手伝いしましょうか、と言いそうになり、悠子はぞっとしてその言葉を飲みこんだ。恐ろしかった。この男の前に出ると、相変わらず自分は意志や理性を失って、自ら身を投げ出しそうになってしまう……。

「診療所は今日からお休みですが、義彦先生はどこにも出かけずに診療所にいます。何かあったらご連絡ください。じゃ、お大事に」

「もう帰るの」

「はい」

「せっかく会えたんだ。そんなにそっけなくしないでもいいじゃないか」

「仕事を残してきたので……」

悠子、と英二郎は言った。咳こみそうになりながら、かろうじて彼はそれをこらえた。

「こっちに来なさい」

悠子は立ち尽くした。英二郎はベッドの傍らの布団をぽんぽんと軽く叩いた。

「ここに来て、少しでいい、私と一緒にいてほしい。何もしないよ。私が寝るまで見ていてほしい」

「子供みたいなことをおっしゃるんですね」

「男は幾つになっても子供だ」

「そんなに近くに行ったら、大先生の風邪がうつってしまいます」

「うつさないようにするよ。悠子が傍に来てくれるなら、ずっと息を止めてたっていい」

「傍にいる間、ずっと止めていられますか？　そんなことをしたら、死んじゃうわ」

「かまわんよ。きみの傍で死ねるなら本望だ」

悠子は軽く吐息をついた。「私、明日から横浜の実家に帰るんです。母が待ってるので。私が大先生から風邪をもらって、それを母にうつしたりしたら面倒でしょう？」

「横浜に？　義彦と正月を迎えるんじゃなかったのか」

「その予定はありません」

「どうした。喧嘩でもしたか」

悠子はうっすらと笑った。「別に」

「何かあった。そうなんだな」

「何も」

英二郎は軽く眉を上げたが、それ以上、その話はしなかった。

「まあいい。悠子、何か音楽をかけてくれないか。レコードがそこにあるよ。クラシックばかりだが、何でもいい。きみが好きなものを選びなさい。ただし交響曲は願い下げだよ。熱のある時に交響曲は神経に障《さわ》るからね」

　ベッドの向こう側に、作り付けの飾り棚が部屋を囲むようにL字形に延びており、その上にシルバーメタリックの小型のステレオデッキが置かれていた。デッキの横のスチール製のレコードラックには、何枚ものLPレコードが整然と並べられている。

　悠子はラックの前に立ち、レコードジャケットを一枚一枚、覗いてみた。誰もが知っているような、ありふれたクラシック音楽は見当たらず、輸入盤なのか、日本語が書かれていないものばかりである。見慣れぬ作曲家の名を読み取るだけでも精一杯だった。

　英二郎にクラシック音楽の趣味があることを悠子は初めて知った。知ってみれば、誰よりもその趣味が似合っているようにも思えた。英二郎の、人知れぬ崇高な孤独を見たような気がした。

「ペルゴレージがいい。あるだろう、そこに。スターバト・マーテルっていうやつが」

「どちらが作曲家の名前なんですか?」悠子は聞き返した。「ごめんなさい、なんにも知らなくて。スターバト何とか、っていうのが作曲家の名前なんですか」

　熱のせいでぼんやりしているのか、英二郎は悠子の無知をからかわなかった。「スターバト・マーテルっていうのは、ラテン語で〝御母はたたずむ〟っていう意味だ。十字架に磔《はりつけ》にされたキリストを思う聖母を歌った詩だよ。ペルゴレージの他にも、ハイドンとかドヴォルザークなんかが同じものを作曲してるが、私はペルゴレージのものが一番好きでね。悲しーペルゴレージの『スターバト・マーテル』はすぐに見つかった。悠子はそれをプレーヤーに載せ、アームを落とした。

ソプラノとアルトの美しい繊細な二重唱が始まった。ヴァイオリンとヴィオラの弦楽合奏が続く。

もう少しボリュームをしぼるように、と英二郎に言われ、悠子はそうした。室内はひしひしと静けさが伝わるような歌声で充たされた。湿布薬の匂いとその歌声は、不思議に調和した。外界から閉ざされ、悠子の中でふと、時間が止まった。

悠子はベッドの足元に浅く腰をおろし、『スターバト・マーテル』のLPジャケットを眺めた。全部で十二曲から成っている。「悲しみの聖母はたたずみ」から「裁きの日にわれを守りたまえ」「肉体は死んで朽ち果てるとも」まで、三行詩にのせて奏でられる旋律は、レクイエムのようにおごそかである。

「時々、死が間近にあるような気がしてならなくなる」

ふいに英二郎が言った。痰が絡まったような声だった。

悠子はふと顔を上げ、彼を見つめた。「どうしてそんなことを……」

「考えるんだ。帳尻《ちょうじり》の合った人生というのは、いったいどんなものなんだろう、ってね。死が訪れた途端、どんな人間の人生も、必ず帳尻が合うようにできているんだろうか。死んでみないと答えは出ないんだろう。そう思えば、死もまた恐ろしくはない」

相槌《あいづち》の打ちようのない話だった。熱のうわごとのようにも聞こえた。

悠子は立ち上がり、レコードジャケットを戻してラックの脇に立てかけた。「もうおやすみになってください。じきにお薬が効き始めて、眠くなるはずですから」

英二郎は赤子のように素直だった。そうしよう、と彼は言い、羽織《はお》っていたガウンを脱いで、シーツの上をすべるようにしながら布団の中にもぐった。

悠子はガウンを広げて布団の上に重ねた。襟もとが寒くないよう、羽布団の下の毛布を引き上げてやった。そうやって仰向けに寝ている英二郎は、性の匂いのしない、このうえなく安全な一人の老人にすぎなかった。

彼女を見上げる英二郎の目が、少し潤んでいるように見えた。二人の視線が、その時、ベッドの上で意味ありげに交わった。

目を逸《そ》らそうと思うのだが、どうしてもできなかった。悠子はその目に射すくめられたかのように、動けなくなった。

悠子、と彼は囁いた。布団がわずかに持ち上がり、その奥から手が伸びてきて、何かを烈しく求めるかのように宙をさまよった。

顔、と彼は恐ろしく低い声でいった。「きみの顔をここに」

拒否できなかった。室内に溢《あふ》れる『スターバト・マーテル』のもの悲しい宗教音楽は、悠子からあらゆる俗世の感覚を奪い取った。今この瞬間だけは、自分はこの人と対の関係にある、と悠子は思った。それは不思議なほど強い感情だった。

悠子は少しでも枕に顔が近づくように、前かがみになった。英二郎はその顔に触れ、その額、鼻、眼窩《がんか》、頰《ほお》……と順に指先を這《は》わせた。汗ばんだ生温かな手だった。手は唇から顎、顎の下に向かい、やがて指ではない大きな肉づきのいい掌《てのひら》が、悠子の首を愛撫し始めた。悠子は首を傾けて、それを受けた。

英二郎の目はさらに潤いを増した。彼のまぶたと鼻翼はひくひくと小刻みに震え、目の下には細かな水泡のような汗が浮いた。泣いているようにも見えた。

仰向けになったまま、英二郎の手は悠子の首から肩、腋《わき》の下にすべっていき、やがてそれは彼女の乳房のふくらみを探しあてた。悠子はじっとしていた。二人は互いの目しか見ていなかった。

覚えのある、性的な興奮を呼びさます火種が、静かに燃え広がり始めるのがわかった。悠子はわずかに身体を反らせ、逃げの姿勢をとった。だが、無駄だった。無駄だということは、初めからわかりすぎるほどわかっていた。

英二郎の手は、悠子が着ていた芥子《からし》色のタートルネックのセーターの裾《すそ》をまさぐり、気がつくと下着をかきわけるようにして彼女の乳首に届いていた。ひどく熱く感じられる指先が、悠子の乳首を柔らかく転がした。

自分の口がかすかに開いたような気がした。それでも悠子は目を閉じなかった。瞬きもせずに、奥歯を嚙みしめたまま英二郎を見ていた。

深い吐息が悠子の腹の奥底からもれてきた。それを合図にしたかのように、英二郎が布団を勢いよくめくり、ベッドの上に起き上がった。

次の瞬間、悠子はベッドに組み伏せられた。耳元で、悠子、と囁く声がしたように思った。はいていたジーンズの前ファスナーがおろされた。セーターはたちまち顎の下までめくり上げられた。英二郎の両手が悠子の肌の上を所狭しと這い回った。

発熱した彼の身体は、湯あたりした人のそれのように火照り、触れると吸いついてくるような粘っこさがあった。

気が遠くなるような快感が全身を貫き、同時に発狂しそうな恐怖心が悠子を襲った。煉獄《れんごく》の中にあって、天上の果実を口に含んでいるような感じがした。

「やめて！」思わず声が出た。

自分のものとは思えないほど、大きな叫び声だった。

「いや！　やめて！」

両足を烈しくばたつかせた。肉体は明らかに英二郎を求めていた。なのに、気持ちがそれを許さないのだった。

涙があふれた。『スターバト・マーテル』は終わらない。アリアが高らかに歌い上げられている。

やめてちょうだい、お願いです、やめてください……しゃにむに拒絶の言葉を繰り返す。だが、英二郎の耳に届いている様子はない。彼は何も聞いていない。彼はただの熱の塊、欲望の鬼である。

英二郎が片方の手で悠子の乳房を愛撫しながら、もう片方の手でパジャマのズボンを脱ごうとしている。英二郎の喘ぎ声が烈しすぎて、『スターバト・マーテル』の旋律が途切れる。悠子は叫ぶ。やめてやめてやめて、と叫び続ける。

顔を歪め、大きく目を見開き、涙をためた目で天井を見ていた悠子の視界に、ふとそれが映った。何か大きな黒い影のようなものだった。それは音もなく、少しずつすべるようにしながら、ベッドのほうに近づいて来た。

悪夢を見ているのかと思った。そうに違いなかった。その影は次第に輪郭を取り始めた。輪郭の内側の、詳細な表情まで見えるようになった。義彦だった。

何故、ここに。

そう思った瞬間、悠子の頭の中でめまぐるしくパズルの断片が飛び交い、それは瞬く間にあるべきところに収まった。

タクシーに乗った聡美は、しげのの家に車を借りに行った。おそらくそこで、しげのの義父の往診に出向いていた義彦と顔を合わせることになったのだ。

義彦を前にして、聡美は悠子の名を口にした。悠子に英二郎の薬を届けてもらった、と教えた。そして悠子に対する感謝の意を表しながら、聡美はその話にほんの少し、加えなくてもいいエピソードをつけ加えたのだ。

「急いでたものだから、英二郎さんの寝室まで高森さんにお薬を持って行ってもらったのよ」……と。

自分がここに来た時、玄関扉の鍵をかけなかったことを悠子は悲しい気持ちで思い返した。『スターバト・マーテル』のレコードをかけっ放しにしていたので、車の音はもちろんのこと、廊下に足音がしたことにも気づかなかった。おまけに寝室の扉は開け放されていた。

おしまいだ、と思った。正真正銘の、それは終幕だった。

義彦は大きく目を見開き、青ざめた顔をしてベッドの上の二人を見ていた。こめかみに浮いた青い静脈が、ぴくぴくと細い蛇のようにのたうっているのがわかった。そこには憎悪と憤怒しかなかった。

悠子は英二郎の肩ごしに義彦を見つめた。許しを乞《こ》おうと哀願するつもりはなかった。ごまかすつもりもなかった。ただ一言、違う、とだけ言いたかった。だが、声が出てこなかった。

義彦は悠子を見てはいなかった。何も見ていないように見えた。

彼が勢いよく両手を振り上げた。彼の両手にしっかりと握られている長く鋭いものが、寝室の照明を受けてきらりと光った。

それが、居間の暖炉の前に転がっていた火かき棒だとわかったのと、いや、という低い声が悠子の口からもれたのは同時だった。

英二郎は気づかない。パジャマのズボンは彼の太もものあたりで止まっている。悠子の上にのしかかってくる身体は、岩のように固く重い。切ない欲望にこらえきれなくなったかのように、彼の唇が悠子の唇を塞いだ。

悠子は目を開けたまま、されるままになっている。義彦が何をしようとしているのか、悠子にはわかる。明らかな殺意が見える。本物の、疑いようのない殺意である。

首を大きく横に振り、やっとの思いで英二郎の唇から逃れた。唇が自由になった途端、細く短い叫び声があがった。

英二郎が悠子の異変に気づいた。彼は身体の動きを止め、彼女の視線を追って振り返ろうとした。

その瞬間、義彦は恐ろしい声をあげながら、英二郎に殴りかかった。火かき棒が肉にめりこむ音がした。英二郎が呻きながら悠子から身体を離し、ベッドの下に転がり落ちた。

義彦は大きく顔を歪めた。口がへの字に曲がった。端から唾液が流れた。彼は泣いていた。奥歯の先端まではっきり見てとれるほど、口を大きく横に開き、彼は号泣しながら、何ごとか叫び続けた。火かき棒が容赦なく、英二郎の身体に何度も何度も打ちつけられた。

英二郎は腹をおさえながら、寝室の床を転げまわった。嘔吐するような気配があった。それでも義彦は英二郎を打つことをやめなかった。肉を打ち、肉を殴り、肉が動かなくなると、蹴り上げて、また殴った。

義彦の獣じみた嗚咽《おえつ》、呻き声が続いた。憎しみと怒りが彼を人間ではない、何か別のものに変えてしまったように見えた。

悠子はそれを見ていた。見ていることしかできなかった。止めに入ることも、叫ぶことも、泣き出すことすらできなかった。身体が震え、硬直し、しびれ、麻痺《まひ》していた。

フローリングの床に、細かい流砂のような血しぶきが飛んだ。英二郎の身体のどこから出血したのか、わからなかった。まもなく彼は背を丸め、黒々とした大きな塊のようになってベッドの脇に転がったまま、びくともしなくなった。

ふいに義彦が火かき棒をふり上げるのをやめた。彼は全身で喘ぐように息をしながら、床の上の塊を見下ろした。

レコードはまだ終わらない。『スターバト・マーテル』のソプラノの声だけが穏やかで優しい。窓の外にしんしんと降り続ける雪が見える。それはまるで、四角い額縁の中に収められた、一枚の雪の絵のようである。

義彦の手から火かき棒が離れた。ごとり、といやな音がして、火かき棒が床の上に転がった。

それを合図にしたかのように、レコードが終わった。プレーヤーの上から自動的にアームが離れた。

物音が途絶えた。義彦がゆっくりと首をまわして悠子のほうを向いた。

彼は、聞き取れないほど低く掠《かす》れた声で言った。

「警察に電話してくれないか」

第二章

1

一九八四年四月十七日
長野県S市、S拘置所内　兵藤義彦様

この手紙を書くまでに、いったい何通の手紙を書き、破って捨てたことでしょうか。眠れない夜など、義彦さんに話しかけるようにして手紙を書き、思いのたけを綴《つづ》っていくらか気持ちが楽になるのに、翌朝、改めて読み返してみると、その内容の醜悪さに背筋が寒くなるのです。あなたはこんなものは読みたくもないのだろうと思うと、投函《とうかん》する勇気が失せ、結局、こんなに時間がたってしまいました。

今年の桜はいつ咲いたのか、母と暮らす兄の家の前の坂道は桜並木になっていて、外出するたびに桜吹雪に打たれていたはずなのに、私には何ひとつ記憶が残っておりません。

舞い踊る桜の花びらは私にとって、雪にしか見えなかったのでしょうか。私は今も、春の光の中に雪の幻を見ているのでしょうか。

覚えていらっしゃいますか。あの日も雪でした。風花のように舞っていた小雪はやがて本降りになっていって、最後には窓の外に、しんしんと降り続く雪しか見えませんでした。義彦さんが警察の車に乗せられて行ってしまった時、私は腰から力が抜けて、玄関の外でしゃがみこんでしまったのですが、その時、膝のあたりに感じた雪の冷たさは、今も忘れることができずにいます。

昨日、判決を知りました。弁護士の刈谷《かりや》先生が、私のところに連絡してくださったのです。犯行時の残虐性を思えば、懲役六年というのは最大限の温情判決ですよ、と言われました。

私は裁判のことは何もわかりません。でも刈谷先生がそうおっしゃるのですから、そうなのでしょう。刈谷先生によると、義彦さんは法廷で静かにうなずいて判決を受け入れたとのこと。お気持ちに少しの乱れもなく、大変、冷静で落ちついておられると伺いました。

高森さんが法廷で、臆せずに一切合切をすべて公にしてくれたからこその温情だ……と刈谷先生はおっしゃいます。でもそうすることは当たり前のことでした。

どれほど世間に後ろ指さされても、軽蔑されても、笑われ、馬鹿にされても、私は私自身をできるだけ正確に、包み隠さず語らなければならなかったのです。それが、あの雪の日、あなたと一緒に現場にいた私にできる、唯一のことだったのです。

あなたがあの一瞬、大先生に殺意を抱くに至るまでのすべてを克明に知っているのは私だけでした。そして、何故あの瞬間、あなたが大先生に火かき棒を振り回したのか、痛いほど理解できるのもまた、私だけでした。

あなたを凶行に走らせたのも私なら、大先生を死に至らしめたのも私でした。そんな愚かな人間に、世間体や自尊心など許されるはずもありません。私は私自身をさらすこと、そして私が知っているすべてを明かすことしか考えませんでした。たとえその事実が、義彦さん、あなたを深く傷つけることになろうとも、それでも私は法の上であなたを救いたかった。あなたは何も悪くないのだ、と法廷で訴えたかった。

大部分は刈谷先生を通じて、義彦さんの耳にも入っているとは思いますが、あの後のことを簡単にご報告いたします。

私は軽井沢警察で調書をとられている最中に、ショックのせいで昏倒《こんとう》し、軽井沢病院に入院いたしました。三日ほどで退院できましたが、警察での一切の聴取を終えてからも、大日向のアパートには戻らず、そのまま横浜の兄の家に身を寄せました。

診療所を閉鎖することに関しては、早いうちから東京の兵藤クリニックのスタッフの方々が相次いでみえて、患者さんたちへの連絡など、適切な措置をとったようです。でも、その方たちは義彦さんの住まいのほうには立ち入らず、義彦さんのプライベートスペースは、あの日、義彦さんが出て行った時のままになっていると小耳にはさみました。

大日向のアパートを引っ越すことも含め、長い間、そのことが気になっていたのですが、体調がすぐれず、そのままになっておりました。なんとか掃除と戸締りだけでも頼めないか、と春江さんに連絡してみたのですが、いろいろ理由をつけて断られてしまいました。春江さんもしげのさんも、義彦さんの患者さんだった方々も、大先生の死に何の関係もない人たちも、殺人事件ということだけで、耳を塞ぎ、目を塞いでしまいます。やりきれない思いにかられます。

二月も終わりになってから私が出向き、大日向のアパートを引き払ってから、あなたのお住まいを片づけて掃除をし、戸締りをいたしました。下着類など、あなたの身のまわりの品物をまとめて横浜まで持ち帰り、何度か刈谷先生を通してあなたにお届けしようとしたのですが、あなたがそれを拒否なさっていると聞き、諦めました。まとめた荷物はそのうちまた、軽井沢に行くことがあったら、診療所のほうに戻しておきます。

私は今、母と一緒に兄の家で何もせずにおります。過去の出来事を一つ一つ検証して、悔やみ、絶望し、苦しみの蟻地獄《ありじごく》の中に陥っていた日々はかろうじて去りました。今はただ、空っぽの毎日です。現実感が希薄で、何をしていても、見るもの聞くもの触れるものに実体が感じられません。

でも、空洞のような状態にいながら、ふと気がつくとあなたのことを考えています。頭の中は、あなたのことで占められてしまうのです。

拘置所まで面会に行き、あなたとひと目会いたい、お顔を拝見するだけでもいい、というささやかな望みも絶たれました。あなたが私と、金輪際、会いたくない、会うつもりもない、とおっしゃっていることは、刈谷先生から伺っています。

無理もないとわかっております。当然だろうと思います。でも、今一度、お願いしてみます。落ちつかれた頃でいいのです。私と会ってくださいませんか。

一度でいい。私は義彦さんに会いたいのです。目を伏せずに、まっすぐ義彦さんのお顔を見て、私自身をさらしたいのです。そんな瞬間が訪れてくれることを夢見て生きる愚かさを、どうかお許しください。

また近いうちに手紙を書きます。もう、破り捨てずに投函できそうです。六年……長いようで短い年月のような気がいたします。待っております。私が待っていようがどうしようが、何の関わり合いにもなりたくない、とあなたはお思いになるでしょうが、充分承知した上で、それでも私はお待ちしています。

S市はまだ、肌寒い日があると聞いています。桜はこれからなのでしょうか。くれぐれもお身体をお大切に。

高森悠子

2

一九八四年五月六日
高森悠子様

お手紙を拝受。

懇切な文面からはあなたの気持ちがよく伝わってきました。しかし、僕はあなたに会うつもりはありません。あなたたちはもう、会わずにおいたほうがいい。会っても悔恨しか残らない。感傷のひとかけらでも残っているのなら話は別ですが、僕たちに、しみじみと懐かしめるような過去があったでしょうか。こうなってしまった以上、会うのは無意味なことです。少なくとも僕はそう考えます。

ましてて六年後を待つなどと、愚かなことは言わないように。申し訳ないが、僕はあの一行を読んで笑った。あなたは少女趣味的な空想を楽しむ、悲劇のヒロインにすぎない。

診療所の清掃等、気をつかわせてしまったようで、申し訳なく思っています。今後もし、面倒な後始末など生じましたら、遠慮しないで兵藤クリニックのほうに申し出てください。

僕はもう診療所とも医師の世界とも無縁の人間になりました。クリニックが万事、処理してくれるはずです。

それでは簡単ながらこれにて失礼。健康を害されたとのこと。くれぐれもご自愛ください。

長野県S市、S拘置所内

兵藤義彦

3

一九八四年七月二十八日

長野県S市、S刑務所内　兵藤義彦様

東京は梅雨も明け、毎日、暑い日が続いています。いっとき健康を害したせいか、体調が思わしくないままに夏を迎えることになってしまいました。兄夫婦や母に甘えつつ、未だ、私は横浜で何もせずに暮らしております。仕事を見つけようという気分にはまだなれません。こんなことではどうしようもない、と思うのですが、精神も肉体も思うように動いてくれず、困ります。

たまに訪ねて来る摂子が、昔のことには一切触れずに、もはや私には縁遠くなってしまったような世間の楽しい話を聞かせてくれるのが、今のところ唯一の慰めになっています。それでも摂子の顔を見ると、義彦さんのことを思い出します。あの霧の深かった日の晩、摂子と栗田さん、私と義彦さんの四人で食事をした時のことが甦ります。

いい年をして、つまらない感傷に浸ってばかりいる少女趣味の女だと、またあなたには言われてしまうかもしれません。でも、そんなふうにして記憶をたどり、自分があなたと、確かに繋《つな》がっていたという事実を確認することによってしか、私は今、生きるよすがというものを得られなくなってしまいました。

五月にいただいたお手紙を読んだ時は、義彦さんから離れなくてはいけない、二度とつまらないことを書き綴った手紙など、送るべきではない、と考えました。それが今の義彦さんに対する最低限の礼儀であるということは、私自身、よくわかっているつもりでしたのに、それでもこうしてまた、あなたの面影を追いながら手紙を書いてしまうのです。

何故なのか。何故、あなたに不快な思いをさせてまでも、私は過去に起こったことを再現しようと試み、それをあなたに繰り返し、伝えたいと願うのか。

幾度も幾度も冷静に考えてみました。自分は義彦さんに何を訴えたいと思っているのか、何をわかってもらいたいと思っているのか、と。

考えてみれば、私だけが知っている事実、というものはもはや何も残されてはおりません。私の記憶の一部が、何か外部から受けた衝撃によって失われていて、私自身、そのことに気づいていないのだとしたら、話は別ですが、少なくとも私は、現実に起こったことはすべて、細部にわたって公にしたつもりでいます。

大先生の手で肌を愛撫された時、どんなふうに快感を覚えたのか、ということまで、公衆の面前で口にした恥知らずな人間です。そんな人間に、これ以上気取って隠すことなど何ひとつない、と言えば、義彦さんにもわかっていただけるかと思います。

ですが、私がこれまで口にしてきた、人の耳を被わせるような恥ずかしい事実の数々は、それがどれほど破廉恥《はれんち》な内容のものであったにせよ、あくまでも法廷のためのものでした。法廷で口にしなかった言葉、する必要のなかったことは、弁護士の刈谷先生に包み隠さずお伝えしましたが、それも含めて、私がこれまで口にしてきた事柄というものはすべて、何か近づきがたい、冷え冷えとした、法律という名の巨大な壁に向かって、一人、喋り続けていたことのように思えてなりません。

義彦さんには、それとは別にわかっていただきたいことがあるような気がしてならないのです。法律という名の壁から、谺《こだま》のようにはねかえってきた私自身の声は、包み隠さずの真実でありながら、なお、そこには言い尽くすことのできなかった何かが隠れているような気がしてならないのです。それを今こそ、義彦さんに打ち明けたい、知っていただきたい、と思うのです。

ですが、まだ私の中でもそうしたことは未整理のままになっています。私なりにそれらの複雑に絡み合った気持ちの糸を整理した上で、近いうちにまた、手紙を書かせていただきます。読んでいただけることができるのなら、これほど嬉しいことはないのですが、正直に申し上げると、こんなふうにもっともらしい理由を作ることによって、私はなんとかあなたに手紙を書き続けたい、送り届けたいと企んでいるに過ぎないのかもしれません。その愚かな企みも含めて、私はもう、あなたに対して隠さねばならないことは何ひとつ持っていません。

刈谷先生から、あなたのことはよく伺っております。刑が確定して刑務所に移られてから、どんな生活を送られているのか、ご不便はないのか、何の本を読み、どの本が面白かったと言っていたか、今現在、どのような精神状態でいるのか、逐一、私が刈谷先生から聞き出そうとするものですから、先生はさすがに呆れておられるようです。

ですが、今となっては、刈谷先生しか私とあなたとをつないでくれる方はおりません。お目にかかることも、刈谷先生を通して差し入れをお届けすることもかなわずにいる私は、私なりの方法で先生とコンタクトを取りつつ、陰ながらあなたを案じ、あなたの健康を祈るばかりです。

夏の午後、汗にまみれて油蟬《あぶらぜみ》の狂い鳴きを聞きながらも、目を閉じれば、軽井沢の診療所の静かな冬の佇まいが浮かんできます。診療所の煙突からは、もくもくとストーブの煙があがっています。秋の間に枯れ落ちたカラマツの葉が雪に埋もれ、あたりには甘いような氷の匂いが漂っています。私自身、見慣れた風景であるはずなのに、何故かそれは今、異国の風景のように遠くにあります。

暑さが厳しい折、どうか御身お大切になさってください。

高森悠子

4

一九八四年十月十五日

長野県S市、S刑務所内　兵藤義彦様

愚かしくも気持ちのどこかで、お返事をいただけるものと信じていました。

私が身を寄せている兄の家には、毎日、午後二時頃になると、郵便屋さんが配達にやって来ます。門の前に止まるバイクの音が聞こえなくても、午後二時が近くなると、何をしていても落ちつかなくなります。日曜日は配達が休みになるので、今日こそは、と淡い期待を抱きながらポストを覗く楽しみも奪われ、毎週日曜日だけ、私は廃人でした。

いつのまにか秋になり、ついこの間まで住宅地のこのあたりでは、金木犀《きんもくせい》の花の香りでむせ返るようでした。S市の秋の風景を想像しながら、また懲《こ》りずにあなたに手紙を書いています。

夏にお送りした手紙の中に、あなたに今いちど、わかっていただきたいことがあるような気がしてならない、と書きました。あなたからの返事を待つともなく待ちながら、私はどこかで絡み合っていた気持ちを整理しようと試みてまいりました。二度と思い出したくない自分自身を、またしても深追いするように検証し、自分が法廷や弁護士を相手にではなく、まさしく他ならぬあなたに向けて、改めて言うべきことは何なのか、と考え続けたのです。

あの、大先生の別荘での恐ろしい一瞬を目の前にした私は、いくらでも私自身を偽ることが可能だったように思います。不謹慎な言い方をすれば、「死人に口なし」です。

大先生は亡くなってしまわれた。その大先生との経緯《いきさつ》を都合よく証言してみせようと思えば、いくらでもできるはずでした。

あなたがあの部屋に入って来た時、あなたの目に映ったのは、私をベッドの上に無理やり組み伏せている大先生と、必死で抵抗を続けている私の姿です。あなたは決して、私と大先生が甘い情事のひとときを過ごしているとは思わなかったはずですし、実際、そんなことはあるはずもなかった。

あなたが逆上したのは、私の姿に美冬さんの姿が重なったからなのでしょう。あなたはずいぶん前から、大先生が私に言い寄っているのではないか、私と大先生との間に何かが起こりつつあるのではないか、と疑っていらした。十一月、大先生の別荘に夜景を見に行った時、栓抜きがどこにあるのか、即答できた私を前にして、あなたがどれだけ猜疑心《さいぎしん》を働かせたか、私には手にとるようにわかりました。

或る意味では、長い長い時間をかけて少しずつ育ててきたあなたの中の猜疑心が、あの冬の日、一瞬にして爆発した……そう解釈するのが当然ですし、実際、今回の法廷でもそのあたりの義彦さんの心理の変遷はいやというほど明らかにされたわけです。

一方、私のほうはあの事件の後、法に触れない程度に事実を偽ることが可能な立場にありました。つまり、自分は大先生に口説かれて徹底的に迷惑していた、と言い続けることができたはずなのです。

口説かれるのがいやでいやで仕方がなく、ほうほうのていで逃げまわっていたのに、なお、大先生は大日向のアパートに電話をかけてきたり、突然訪ねて来たりした、と。美冬さんとの一件を義彦さんから聞かされていた関係上、義彦さんに疑われることを恐れて、義彦さんには何の相談もできなかったのだ、と。そして、あの事件のあった日、風邪で寝ている大先生に薬を届けに行って、大先生に犯されかかったのだ、もしも義彦さんが来てくれなかったら、自分は本当に犯されていただろう、と。

少なくとも、私が義彦さんにとっての裏切り者にならずに済ませる方法はいくらでもあっことだってできたのです。あの聡美さんも、美冬さんの実体はほとんど知らされていなかったわけです。私さえ、美冬さんがどんな女性だったのか、私が大先生から聞いた話を証言しなかったら、あなたは辛い思いをせずにすんだのです。最後まで美冬さんを神聖な無垢《むく》な女性として信じていたかったであろうあなたのために、協力することはいくらでもできたはずなのです。

でも私はそうしなかった。私は残酷にも、一切合切を打ち明け、公表し、証言しました。私はね、義彦さん、美冬さんのことをいつまでも神聖な天女であると信じてやまずにいたあなたの幻想を突き崩し、破ってやりたかったのだと思います。

そんな天女のような女はどこにもいない。いるはずもありません。生身の肉体をもち、生き、呼吸をしている限り、女もまた男同様、無器用に試行錯誤しながら歩み続けるだけの、一匹の愚かな動物に過ぎない。そしてそのことは、今回の一連の事件を通して、この私自身が証明しているのです。

大先生の命を奪ってまで、あなたが守り抜きたいと思ったのは、おそらく私ではない、美冬さんの幻影だったのだろう、と私は考えます。そんな幻影はどこにもないのだ、ということを私は意地悪くあなたに教えたかった。幻影としての美冬さんを抱えている限り、あなたと私との間には常に距離があって、それは同時に、永遠に縮められることのない距離でした。

その意味で、大先生から美冬さんの現実の姿を打ち明けられた時、恐ろしい事実を耳にしてしまったという気持ちの片隅で、私は密かに快哉《かいさい》を叫んでいたような気がしてなりません。ほうら、やっぱり、という気持ちがあった。ですが、そのことを伏せながらあなたと関わるのはとても辛く、自分のついた嘘が雪だるまのように転がっていって、しまいには岩となり、自分自身を押しつぶすのではないか、と思ったほどです。

大先生は単純で、わかりやすい、或る意味では憎めない方でした。この人はただの快楽主義者なのだと思うと、すべて許すことができる、そんな方でもありました。

本当です。大先生の愛撫には、歪《ゆが》んだ感情や複雑にねじ曲がった企みは何もなかった。ただそれは、きみに欲情している、というサインにすぎないものでした。

大先生の中に、私は確かに死んだ父親の面影を見ていたのかもしれない。今さらそんなふうに、心理学者よろしく分析してみても仕方のないことだし、必ずしもそうだと言いきれないのですが、どういうわけか、私はあの方を心底、軽蔑することができずにいました。

そのためでしょうか。あまりに大らかな大先生の欲情のサインを私は何度か、危うく受け入れそうになった。受け入れてしまったら最後、自分がどんなふうに崖《がけ》から転がり落ちていくのか、よくわかっていながら、私はあの方が広げてみせる両腕の中で、これまであったこと、将来のこと、自分自身のこと、何もかも忘れて憩っていたい、と思ったものです。

そんな私が、地獄と裏腹の桃源郷を最後まで拒絶することができたのは、他ならない、あなたの存在があったからでした。

いくらでも捏造《ねつぞう》し、手前勝手に塗り替えることのできた事実を私があえて余すところなく公表したのも、自分が裸になりたかったからでした。裸にされたあなたが牢獄《ろうごく》にいる時に、自分だけ裸の身体にショールをまとい、アクセサリーまでつけて、人の目から逃れようとすることは、いくらなんでもできませんでした。

だから私は裸になりました。醜い臓物の奥の奥まで公開しました。美冬さんのことを含めて、あなたを地獄の底に叩き落とすようなことまで証言しました。

あなたに裏切り者だと思われてもかまわなかった。ただの尻軽女、口説かれればすぐに服を脱ぎ始める色情狂だと言われてもかまわなかった。

夫を失い、失意の中でかたくなに他人を拒みながらも、私は大先生に陽気に言い寄られ、身体を触られただけで反応してしまう、ふつうの女でした。大先生に背を向けながらも、時折、わざわざ後ろを振り返って、気がつくと大先生を手招きするようなことまでしてしまう、自分でも理解できない魔物を飼い馴らしている女でした。

きれいごとは言いません。それが私なのです。そんな私があなたを愛し、あなたをこれほど求めてきたのだ、一切があなたを中心に回っていたのだ、ということをあなたにわかって欲しかった。だからこそ、あんなふうに必要のないことまで証言し、刈谷先生ですら、そこまで言うことはない、とおっしゃるような些細《ささい》な出来事にこだわったのです。今となっては、そんな気がしてなりません。

時々、考えます。いったい何が間違っていたのか、誰が悪かったのだろうか、と。いくら考えても私にはわからない。ひょっとすると、間違っていたことなど何ひとつなく、美冬さんも含めて、私たちは皆、わけもわからずに一列に並んで、生きること、生きていくことに取りつかれていただけなのではないのか……そんなふうにも思います。そう思うと、少し救われるような気もします。

倦怠感《けんたいかん》と沈みこむような憂鬱《ゆううつ》がとれず、兄はしつこく精神科に行け、と言ってくるのですが、私は行きません。精神科に行って薬を処方してさえもらえば、懊悩《おうのう》から解き放たれる、と信じている兄の健康的な発想が羨ましい限りです。

お返事は求めません。ただ、この手紙をあなたが最後まで読み終えてくださることを祈るばかりです。

雨が降り続いています。横浜もだいぶ秋めいてきて、朝晩は暖房が欲しくなる時もあります。S市はそろそろ、紅葉の季節なのでしょうか。

お身体、ご自愛ください。

高森悠子

5

一九八五年一月十六日
長野県S市、S刑務所内　兵藤義彦様

またしても読みたくない手紙が来た、と苛々されているのかもしれない、と想像致します。簡単なご報告のみ、お許しください。

一年がたちました。何をするというあてもなく、じっとしていることができなくなり、昨年暮れに軽井沢に向かいました。行ってどうするという目的があるわけもなかったのですが、診療所の前まで参りまして、建物が以前のまま、残されているのを眺めながら、しばらくぼんやりしておりました。

兵藤内科診療所の表札は取りはずされていて、お庭も荒れている印象がありましたが、その他は本当に元のままで、今にも中から診察を終えたあなたが出て来られるのではないか、と想像したほどでした。暮れに大雪が降ったらしく、あたりは雪に包まれていました。東京を引き払い、初めて診療所に伺った時の風景と少し似ていて、その時のことを思い出したりいたしました。

寒い季節、ぶらぶらと歩いていても、見知った顔に会うこともありませんでした。帰りがけ、急に大先生の別荘まで上がってみよう、という気になり、タクシーの運転手さんにおずおずと頼んでみたところ、今の季節、あそこは雪に埋もれて、普通乗用車じゃ上がれない、と断られました。別荘に出入りしていたしげのさんはもちろん、しげのさんのご主人もあの建物には近づかなくなってしまったらしく、除雪車を動かして丁寧に除雪してくれる人がいなくなってしまったようです。

だらしのない話ですが、軽井沢から帰った途端、風邪をひいて熱を出し、寝込んでしまいました。どうにかこうにか、起きられるようになったのが数日前です。

そろそろ自力で立ち上がり、仕事を探さなければと考えております。摂子は以前にも増して頻繁に連絡してくれます。ご主人の栗田さんが、知り合いの医院や小さなクリニックなどで薬剤師の空きが出そうになったら、すぐに知らせる、と言ってくれていますが、どうなるか今のところはわかりません。

義彦さんはいかがお過ごしでしょうか。刈谷先生とも、ここのところ御無沙汰しています。正直に申し上げましょう。軽井沢の帰りに、私はS市に参りました。

タクシーで刑務所の近くまで行き、長い間、建物のまわりをうろうろしていました。東京の刈谷先生に頼んで、電話か何かで面会手続きをとってもらえばあなたに会えるのかもしれない……そう思って、すぐに目についた電話ボックスに飛びこみました。

そんなに急に、いろいろな手続きができるわけもないのです。身内以外の人間が服役中の人物と面会するためには、煩雑な手続きが必要だ、ということはわかっていました。ですが、気がつくと私は実際に受話器を手にして、空で覚えていた刈谷先生の事務所の電話番号をダイヤルしていました。

あいにく先生はお留守でした。秘書の方の事務的な応対に接しているうちに、私はやっと我に返りました。来る予定でいたのなら、初めから先生に手続きをお願いしておけばよかったのです。急に来たからといって、会えるわけもなく、たとえ奇跡的に手続きが完了したとしても、あなたが私と会うことを拒めば、それでおしまいなのです。

ご存じでしょうか。刑務所の近くに、ラーメンの屋台を出しているおじさんがいます。タクシーの運転手さんの話では、そのおじさんは十何年も前から同じ場所に屋台を出している名物おじさんなのだそうです。面会に来た人や出所したばかりの人が帰りにラーメンを食べて行くらしく、地元では刑務所ラーメンとも呼ばれているそうです。

あまりに身体が冷えてしまったので、私もそこでラーメンを一杯食べました。薄皮のようなチャーシューが一枚入っているだけの、麺《めん》ばかりの安いラーメンです。

その時、屋台のおじさんから「誰かいい人が、この中に入ってるのかい」と聞かれました。私のように、うろうろと刑務所のまわりをうろついて、諦めたように帰って行く女が年に一人か二人、いるのだそうです。思いがけず、胸が熱くなりました。

ごめんなさい。またまた筆がすべってしまい、愚かなことを書きました。ご報告かたがたのつもりで短い手紙にするつもりでしたのに。

深く自戒しながらこれでペンを置きます。お元気で。さようなら。

高森悠子

6

一九八五年二月一日
高森悠子様

いただいた手紙はすべて拝読しました。

刑務所の近くまでいらしたとのこと、寒い中、わざわざこんなところまで来る必要はなかったのに、などと、あなたの並外れた熱意と過去に向けた感傷（怒らないでください。僕には相変わらずそんなふうに見える）を半ば驚いて受け入れながら、一方で、僕はあなたのそうした気持ちを無視することができずにいます。それどころか、ありがたいとさえ思っている。

しかし、あなたはもう、僕のような男がいたことなどきれいに忘れて、新しく生き始めるべきなのでしょう。たまたま不幸な事件に関わることになったあなたの不運には、心底、同情するが、あんなものは一刻も早く忘れるべきです。僕とは以後、関わらないほうがいい。

感傷にふけるのは自由だが、僕はあなたによって偶像化され、あなたの唯一無二の愛の対象にされていくのを見ているのが何よりも辛いのです。僕は途方もなくくだらない男だ。あなたの愛の対象にはふさわしくない。あなたに唾《つば》を吐きかけられ、冷たく見捨てられるほうが僕には似合っているし、僕はそうされなければならない人間です。

風邪の具合はどうなりましたか。あなたは丈夫な人だったという記憶があり、いただく手紙の中に、その都度、健康状態が不安定なことが書かれてあるのが気になります。

こちらは相変わらずの毎日です。刑に服してしまえば、囚人のやることといったら、判で押したように同じことの繰り返しに過ぎません。暇つぶしに考えることもないではないが、その内容をあなたに伝える必要も義務もないのでここでは触れません。

しかし、矛盾するようだが、あなたのことはいつも考えています。あなたが辿《たど》ってきた長い道のりを僕のそれにあてはめて考えることもある。僕たちはどこかで大きく食い違ってしまったが、それでも僕とあなたとは、最後まで兵藤英二郎という男を間にはさんで立つ、相似形の人形だったのかもしれない。兵藤英二郎は天衣無縫の傀儡師《くぐつし》であり、僕たちは、彼に踊らされていた一対の操り人形だったのかもしれない、と。

時がたつにつれて、あなたが兵藤英二郎にどのように操られ、兵藤英二郎の、いわば単純な男としての魅力にどのように惹《ひ》かれていったのか、あなたが彼の手さばきでどんなふうに踊らされていたのか、理解できるようになりました。そしてまた、そのことを僕に隠しておかねばならなかった理由も。あなたはあなたで、辛く苦しい日々を過ごしていたのだろう、と思うと胸が痛む。

あなたが言うように、誰も悪くはなかった、と僕も思う。おそらくは兵藤英二郎その人でさえ。ただ、僕という世界一の大馬鹿者がいただけだ。

美冬に初めから裏切られていたとも知らずに、僕は滑稽《こっけい》にも彼女の幻を追い続け、その幻影をあなたに託する、という馬鹿なことをやった。そしてその大馬鹿者は、自分で終幕のベルを鳴らし、自分で舞台の緞帳《どんちょう》を下ろした。簡潔にまとめると、今回の事件はそういうことになるのでしょう。

唯一、僕に褒《ほ》められることがあったとしたならば、自ら馬鹿げた舞台の緞帳を下ろすことができたことかもしれない。血なまぐさい緞帳ではありましたが、そうすることができたのは僕の最後の、せめてもの罪ほろぼしでもあった気がしてならない。

あなたが一日も早く社会復帰して、僕のことなど記憶の底に葬り、あなたにふさわしい生活を新たに始められますよう、心から願っています。

最後に一つだけ。あなたは法廷で口にした証言の数々が、聞くに堪えない恥ずかしい破廉恥なものだった、とおっしゃるが、そんなことはまったくありません。一連の証言を知って、僕はひそかにあなたの正直さに打たれた。あなたは聡明《そうめい》で、真摯《しんし》な人です。あなたが口にする証言内容が強烈であればあるほど、僕の目にはあなた自身の中にある無垢しか見えなくなっていった。そしてそれは、まぎれもなく僕が知っていた、僕が愛していたあなたそのものでした。

獄中にいる人間が、別れの言葉を模索する、というのも妙ですが、あなたにどんな別れの言葉がふさわしいのか、と考えています。気取った言い方をしても始まらない。ただ一言、さよなら、と言うだけにとどめておきます。

あなたの幸福と健康を誰よりも深く祈っています。

長野県S市、S刑務所内

兵藤義彦

7

一九八五年二月七日

長野県S市、S刑務所内　兵藤義彦様

どれほど嬉しい思いであなたからの手紙を読んだことでしょう。読むのが怖いようで、それでいながら、悠長に鋏《はさみ》で封を開けている余裕もなく、私は気がつくと震える指で乱暴に封をちぎっていました。

別れの言葉など、決して言わないでください。その必要がどこにあるのでしょうか。以前にも申し上げた通り、私はあなたが戻って来るのを待っています。刈谷先生に伺ったところ、今回のようなケースでは刑期の三分の二を果たし終えたら仮出獄になるだろう、とのこと。あなたの刑期は六年でしたから、仮出獄は四年目ということになります。もうすでに一年が過ぎました。あと三年……たった三年です。少女趣味的な悲劇のヒロインだとあなたにどれほど笑われようと、私は待ち続けます。

義彦さん、会いたいのです。いつでもS市に参ります。今度こそ、ラーメンを食べて帰るのではなく、正式に刈谷先生を通して手続きをしていただき、あなたと面会したいと思っています。私は今のところ無職ですし、自由がききます。四、五日、S市に宿泊して、毎日、面会に行くことも可能です。

いただいたお手紙を何度も何度も読み返しました。あなたが私を突き放そうとなさっていることはよく理解できます。あなたらしい結論の出し方、ポーズの取り方であると思います。

でも私には私の結論の出し方があるのです。私なりのポーズの取り方があるのです。今ひとたび、私の願いを聞き入れてくださいませんでしょうか。

会ってください。会いたいのです。私はあなたに焦がれています。恋に恋する少女のようにではなく、現実を引きずり、嫉妬や憎しみや裏切りや復讐《ふくしゅう》や軽蔑、人間のありとあらゆる醜い感情の波を通過した上でなお、私はあなたに焦がれるのです。

お返事、首を長くしてお待ちしています。すぐに、とおっしゃるのなら、すぐに参ります。温かくなってからのほうがいい、とおっしゃるのであれば、春が来るのを待ちます。遠い春を待つ苦しみも、あなたに会えると思うと和らぎます。

こちらでは朝から小雪が舞っています。S市も雪なのかと思いつつ。

高森悠子

8

一九八五年三月三日

高森悠子様

もっと早く返事を書くつもりでいました。遅くなってしまい、申し訳なく思っています。あなたの気持ちはとてもよく理解できるし、僕もできればそうありたいと思う。本当です。心からそう思います。

あなたが僕の出所を待ってくれているということに希望をつないでみたい。過去に起きたことは、それがどれほど苦痛を伴うものであったとしても、時と共に風化していくことは、経験上、よくわかっている。時がすべてを解決する。歳月はまたたくまに流れていくはずだし、その間に僕の罪も贖《あがな》われるのだろう。その上であなたに会い、もう一度あなたと始めることができれば、と思わずにはいられない。

しかし、僕はどうしても、そうした健全な甘ったるい考え方に身を委《ゆだ》ねることができないのです。僕はもう死んだ人間だ。義父を殺し、僕もまたあの時、死んだ……そうお考えください。

僕の知らないところで、僕がどんなふうに裏切られ、嘲笑され、憐れまれていようとも、僕さえ知らなければ済んだことでした。錯覚だとわからなければ、どんなことだって人には荘厳《そうごん》な真実であるのと同じように、僕は僕の錯覚の中でおめでたく生き、生をまっとうすることができたのかもしれない。

しかし、僕が義父を殺したために、すべて明るみに出てしまった。自ら犯した罪の重さと同時に、僕はその事実の重みを受け入れなければならなくなった。人殺しの男が、何を受け入れようが知ったことではない、ざまあみろ、と世間では言われるだろうが、ともかく僕はうそ寒い事実に直面し、恥じ、後悔し、自分自身を嫌悪した。

これはあなたに対する愛情の深さとか、情熱の烈しさとか、そういったレベルの問題ではない。僕自身の問題なんだよ、悠子。僕の問題であって、あなたの問題ではない。あなたを巻き込むわけにはいかないし、どれほどあなたが僕を支えようとしても、支えきれる問題ではないと思う。第一、あなたにそんなことをする義務はないんだ。

あなたのように純粋で、無垢な女性には必ずふさわしい男が現れる。あなたはあなたの人生を歩む権利がある。うす汚れた殺人犯の男のことなど、一刻も早く忘れてください。心からそう願います。

言わずもがなのことですし、以前の手紙にも書いたと思いますが、あなたが証言したことについて、何ひとつ僕は不快には思っていません。あなたには何ひとつ責任はない。あなたは、正しくあなた自身を救った。僕に気を遣う必要はさらさらなく、あのように凜《りん》と背筋を伸ばして証言台に立つことのできたあなたは、自分自身のことを誇りに思うべきだ。

そういうわけですので、面会はできません。万一、刈谷先生と一緒にいらっしゃることがあったとしても、僕は会いません。そのほうがいいのです。これでよかったのだ、とあなたはきっと、何年か後に納得するでしょう。

もう手紙も書きません。あなたからの手紙も開封しません。あなたのことは僕の胸の中にしまっておく。今さら会わなくても、今さらあなたからの手紙を読まなくても、僕の記憶の中にはあなたが詰まっている。それで充分だ。
さようなら、悠子。幸運を祈っている。

長野県S市、S刑務所内
兵藤義彦

9

一九九一年二月二十五日
サウス・ケンジントン　ロンドン
ミズ・エリザベス・ハマー

ユウコ・タカモリ

はじめまして、ミズ・ハマー。日本から初めてお便り差し上げます。つたない英語で読みにくい箇所もあるかと思いますがお許しください。

以前、そちらのフラットに部屋を借りていた日本人、兵藤義彦さんは私の大切な友人です。兵藤さんがあなたの貸していた部屋を引っ越されたようなのですが、引っ越し先がわからずに困っています。家主であるあなたなら彼の新しい連絡先を知っているかもしれない、と思い、手紙を書きました。

お願いがあります。もしもあなたが、兵藤さんの居所をご存じなら、同封した手紙を彼あてに転送してほしいのです。どうしても兵藤さんと連絡を取りたいのです。くれぐれも宜《よろ》しくお願い致します。

兵藤義彦様

お久しぶりです。最後にあなたからお手紙を受け取ってから、早くも六年が過ぎようとしています。

三年前……一九八八年の四月にあなたの仮出獄の日がやって来るという話は、それ以前から知っておりました。刑が確定してから四年の歳月が過ぎ、いよいよあなたは保護観察下にあるとはいえ、自由の身になるのだと思うと、期待に胸がふくらんだものです。

必ずあなたとは会える、会って話をすることができるようになる、と信じておりました。

刈谷先生には、あなたの居所を教えていただくことになっていましたし、私のほうの都合さえ許せば、あなたが仮出獄されるその日に、S市まで行こうとさえ考えていたのです。あなたが仮出獄の権利を放棄し、刑期満了の日まで獄中にとどまる旨、申し出るなどということを、いったい誰が想像したでしょうか。

　ですが、今となってみれば、そうした選択をなさったのもあなたらしいことだったと思います。あなたは仮出獄という形で自由になることなど、何ひとつ望んではいなかったのでしょう。自由、ということはあなたにとって、もはや何の意味も持っていなかったのかもしれない。そんなふうに思えてなりません。

　去年の四月の刑期満了を迎えて出所なさった時は、刈谷先生から事後報告をいただきました。その後、なんとかあなたと連絡が取りたいと思い、あなたの居場所を教えてくださるよう、刈谷先生に頼んでおいたのですが、どうなさったのか、刈谷先生ですら居所が掴めなくなったとのこと、本当に心配しておりました。

　昨年暮れ、先生からじきじきに私の勤め先に連絡をいただき（現在は薬剤師の仕事はしておらず、都内にある医療品会社に勤務して事務職の仕事をしています）、出所後まもなく、あなたがイギリスに渡っていたことを知って驚きました。

　刈谷先生とは二度ほど、手紙のやりとりがあったそうですね。ロンドンに大学時代の先輩が住んでおられるそうで、その方を頼って渡英されたのだと聞きました。とりあえずは何の目的もないらしい、と刈谷先生はおっしゃっていましたが、あなたのことですから、いずれ落ちついて仕事のこと、将来のことをお考えになるのだろうと想像しています。

すぐにサウス・ケンジントンのあなたのフラットあてに手紙を書いたのですが、受け取り人不明で戻って来てしまいました。もしかすると引っ越したのかもしれない、と思い、刈谷先生に伺ってみたところ、そういう話は聞いていない、とおっしゃいます。

またしても居所がわからなくなった、と慌てたのですが、先生があなたの住んでいたフラットの家主さんの名前を覚えておいででした。そこで、まず家主さんあてに手紙を書いて、同封したあなたあての手紙を転送してほしい、とお願いしました。

今、どこにいるのでしょう。この手紙があなたの手元に無事に届けられていればいいのですが。

私ももう、今年で三十七歳になります。義彦さんは今年四十二歳ですね。時の流れを感じます。諦めの悪いやつだとお笑いください。私は何ひとつ変わらずにあなたのことを考えています。

今は兄の家を出て、吉祥寺《きちじょうじ》の住宅地の中にある小さなマンションに一人で暮らしています。勤め先は新宿ですので、通勤は楽です。

事件のことを口にする人間はまわりに誰もおらず、私自身、一度も軽井沢での出来事を人に打ち明けたことはありません。摂子とは相変わらず親しく行き来していますが、摂子もめったに軽井沢の話はしなくなりました。

ほんのときたま、お酒が入った時など、摂子に向かってあなたの思い出話をすることがありますが、摂子は黙って聞いてくれるだけで何も言いません。

ご存じでしたでしょうか。八六年の春、摂子は可愛い女の子を出産しました。由香《ゆか》ちゃんと名付けられた女の子も今年で五歳。私はもっぱら、悠子おばちゃん、と呼ばれています。

あなたの大学時代の先輩という方が漢方の専門医で、現在、ロンドンのどこかの総合病院で漢方医として働いているとのこと、刈谷先生から聞きました。ということはあなたも今後、ロンドンに腰を落ちつけて、その病院で何か仕事を始める準備をなさるつもりなのでしょうか。それとも、漢方医の方と組んで、何か新しい仕事の計画をたてておられるのでしょうか。

お伝えしたいこと、お話したいことが山のようにありますが、ひとまずあなたの新しい連絡先を知りたいと思っています。私の吉祥寺のマンションの電話番号、ファックス番号ともに記しておきました。もちろん、葉書一枚でもかまいません。お返事、お待ちしています。

高森悠子

10

サウス・ケンジントン　ロンドン
エリザベス・ハマー

一九九一年三月八日
ミズ・ユウコ・タカモリ

ご依頼のミスター・ヒョードーあての手紙、残念ながら、転送することができませんでした。何故なら、今の段階で、私はミスター・ヒョードーの引っ越し先をまだ知らずにいるからです。

でもがっかりなさらないでください。私はミスター・ヒョードーとは、店子《たなこ》と家主の関係を超えて親しくしておりました。ロンドンを出て、郊外のフラットに移ると言って出て行ったミスター・ヒョードーは、落ちついたら私に新しい住所と電話番号を教えてくれる、と約束してくれました。彼が引っ越したのは今年の二月半ば、あなたからの手紙が来る少し前のことですから、そろそろ連絡が来ると思います。

彼から連絡があったら、すぐにあなたの手紙を転送することをお約束します。それまであなたの手紙は私が責任をもって預かります。

私は六十五歳になる未亡人です。夫は生前、市内の園芸センターに勤務していました。夫ともども、イギリスから出たことがなく、日本人とは話したこともありませんでした。

初めは日本のことがよくわからず、夫が残してくれたフラットの部屋を貸すことにもとまどいがありましたが、とてもとてもハンサムで誠実なミスター・ヒョードーと話をしている間に、すっかり日本が好きになりました。私の小さな孫娘たちもミスター・ヒョードーの大ファンです。

ミスター・ヒョードーから連絡があり、彼のお友達であるあなたの手紙が無事にミスター・ヒョードーの元に届くよう、お祈りしています。

一九九一年三月二十日
サウス・ケンジントン　ロンドン
ミズ・エリザベス・ハマー

11

ユウコ・タカモリ

ミズ・ハマー、お手紙を本当に嬉しく拝見しました。お目にかかったこともないというのに、ご親切、本当に嬉しく思います。ありがとうございました。

ミスター・ヒョードーからいずれあなたに連絡があると信じています。それまで、私の手紙は預かっておいてください。

私はミスター・ヒョードーのガールフレンドだった人間です。日本でいろいろなことがあり、彼が渡英したいきさつも知らずにいました。手がかりが何もなく、案じていたところ、あなたとこうして知り合うことができたのは、天の助けとしか言いようがありません。ミズ・ハマーからのご連絡、首を長くして待っています。

サウス・ケンジントン　ロンドン

12

一九九二年二月十五日
ミズ・ユウコ・タカモリ

エリザベス・ハマー

私のことを覚えていますか。あなたがミスター・ヒョードドーにあてて書いた手紙を預かっているフラットの家主です。

ミスター・ヒョードドーが引っ越して行く際、落ちついたら私に新しい連絡先を教えてくれる、と約束したはずなのに、あれから一年たっても何の音沙汰もありません。いくらなんでもあなたからの手紙をこれ以上、預かっておくわけにもいかず、迷った末に、あなたの元に返送することに決めました。

世間にはいろいろな人がいます。長いこと、若い人たちに部屋を貸してきた私にはそのことがよくわかります。彼にも何か事情があるに違いありません。どうか気を落とさないように。

あなたから預かった手紙、同封しました。あなたの幸運とあなたのお友達、ミスター・ヒョードドーの無事を祈っています。

13

一九九二年三月五日

サウス・ケンジントン　ロンドン
ミズ・エリザベス・ハマー

ユウコ・タカモリ

先日は、わざわざ手紙を送り返してくださって、どうもありがとうございました。

ミズ・ハマーのもとに、いつか必ず、ミスター・ヒョードーは連絡をよこすに違いない、と信じていました。どんなに時間がたっても、そう信じて待っているつもりでおりました。このような結果になったこと、残念でなりません。

今後、ミズ・ハマーが彼に関する情報を耳にしたら、どんな小さなことでもかまいません、是非《ぜひ》、私に連絡をください。お願い致します。

ミズ・ハマーのご親切は一生忘れません。遠く日本から、あなたとあなたの大切な家族のご健康を祈ります。

14

一九九四年十二月二十四日

サウス・ケンジントン　ロンドン
エリザベス・ハマー

ミズ・ユウコ・タカモリ

メリー・クリスマス、ユウコ。

あなたのことを思い出して、ロンドンからクリスマスカードを送ります。元気にしていますか。私は今年の春、地下鉄の階段ですべって転び、足首を折って以来、ベッドでの生活が多くなってしまいました。

実はこの間、私が通っているロンドン記念総合病院の廊下で、ミスター・ヒョードーの部屋を時々、訪ねて来ていた男の人とばったり会いました。そのことを急いであなたに教えたくて、こうしてカードを書いています。

その男の人は日本人の漢方医で、その病院に勤めているドクター・シマムラという方でした。名前は初めて聞きました。以前、彼がうちのフラットに来ていた時に、二、三度、庭先で挨拶しただけなので……。

ミスター・ヒョードーはどうしているか、と聞いてみたのですが、僕もわからなくて困っているのだ、と彼はとても残念そうに言っていました。ドクターには、ユウコ・タカモリという女性がミスター・ヒョードーを探している、と伝えておきました。あなたがまだ、ミスター・ヒョードーを探しておられるのなら、ロンドン記念総合病院のドクター・シマムラあてに手紙を書いてみたらいかがでしょう。ドクターはミスター・ヒョードーよりも少し年上の太ったおっとりした紳士で、優しそうな方でした。

よいお年を！　あなたにとって、一年が素晴らしい年でありますように。

ユウコ・タカモリ

15

一九九五年一月十八日
サウス・ケンジントン　ロンドン
ミズ・エリザベス・ハマー

ミズ・ハマー、昨年暮れはクリスマスカードを送ってくださって、本当にありがとうございました。とてもとても懐かしく、嬉しかったです。いただいたカードは、すぐにベッド脇の写真立てに入れて飾りました。片づけるのがもったいなくて、今もそのままにしてあります。

もっと早くお礼を言いたかったのですが、体調を崩してしまって寝込みがちだったため、思うように英文の手紙が書けませんでした。お返事が遅くなってしまってごめんなさい。

足首を骨折なさったとのこと、心配しています。その後、お加減はいかがでしょうか。焦らずにゆっくり養生なさってください。

ミスター・ヒョードーからは、相変わらず何も連絡がありません。足取りはつかめないままです。どこで暮らしているのか、元気でやっているのか、せめてそれだけでも知ることができれば、と長い間、望みを繋いできたのですが、悲しいことに何の情報も入ってこないまま、時が流れてしまいました。

不吉な知らせもない、ということは、どこかで元気に暮らしているということにもなります。そう考えて、自分を慰めております。

さて、そこでミズ・ハマー、あなたに最後のお願いがあります。今後、ミスター・ヒョードーから永遠にあなたのところに連絡が入らない可能性のほうが大きいような気もしていますし、きっとそうに違いない、と思ってもいるのですが、それでも私はあなたに一通の手紙を託します。わずかでも可能性が残されているのなら、それに賭けてみたいのです。

現在、私とミスター・ヒョードーを繋いでくれるのはあなたしかいません。本当にあなただけなのです。

彼あての封書を同封しました。あなたのところに彼が訪ねて来たり、あるいは連絡があったりした場合に、どうか、この封書が日本のユウコ・タカモリから届いている、と彼に伝えてください。そしてその必要があれば、彼あてに転送してください。

もしも、この先ずっと彼からの連絡がなければ、あなた独自のご判断で、この封書を捨ててくださって結構です。処分する際に、わざわざ私の許可をとる必要はまったくありません。あくまでもミズ・ハマー、あなたの判断にお任せします。

また、万が一、引っ越し等であなたがこの封書を紛失してしまったとしても、責任を感じたりなさらないように。すべてがそのような運命の下にあったのだ、と考える覚悟はとっくの昔にできておりますし、いずれにしても、ミズ・ハマー、私はあなたのご厚意を死ぬまで忘れないでしょう。

それから、ロンドン記念総合病院の漢方医ドクター・シマムラには、ミスター・ヒョードーのことを問い合わせる簡単な手紙を書きました。病院の住所は、東京で市販されているロンドン市の地図を調べたところ、すぐにわかりましたので簡単でした。

一日も早くドクターのほうから返事が来て、そこに少しでも喜ばしいニュースが書かれてあればいい、と祈っています。嬉しいニュースを耳にした時には、真っ先にあなたに知らせることに致します。

それでは、ミズ・ハマー、同封したミスター・ヒョードーあての手紙をご面倒でも、しばらくの間、保管しておいてくださいませ。

　これからロンドンも寒い日が続くのでしょう。くれぐれもお身体をお大事に。骨折なさったという足首の具合が一日も早くよくなることを心からお祈りします。

　なお、封筒の差し出し人住所に新しい住所を記しましたが、私は現在、兄夫婦の家に母と一緒に住んでいます。あくまでも一時的なことで、また住所が変わることになりますが、当分の間は、この住所で確実に私と連絡がつきますので、よろしくお願いします。

兵藤義彦様

　最後の手紙をいただいてから、早くも十年の歳月が流れました。ロンドンであなたが暮らしていたフラットの大家さんであるミズ・ハマーにお願いし、再度、この手紙を彼女に託すことに致します。

　今後、あなたが永遠にミズ・ハマーに連絡をとるつもりがないのだとしたら、こんなことをしても無駄なのですが、そうだとしてもかまわない、という気持ちが私にはあります。あなたを待ち、あなたを探し、こんなに長い時間を過ごしてきた私は、もうこれ以上、恐れること、不安に思わねばならないことは何ひとつなくなってしまいました。

相変わらずこうやって、万に一つの可能性に賭けながらも、実のところ私は、穏やかに諦めてもいるのです。十年という歳月は、私の中から絶望を消し去りました。残っているのは、甘やかなあなたとの記憶の断片だけです。

その断片を糸で繋ぎ合わせる作業をすることにささやかな喜びを見つけ出し、私はもう、さめざめと泣いたり、後悔したり、喪失の苦しみにうめき声をあげたりすることもなくなりました。

それでも時々、あなたがどこか遠い外国で客死してしまったのではないか、と思うことがあります。人里離れた雑木林の中や、あるいは雪に埋もれた谷間の洞窟《どうくつ》の奥で、一人ひっそりと死んでしまったのではないか、などと考えるのです。

そうすると、いてもたってもいられなくなるのですが、取り乱している時間はそれほど長いわけではなく、私はすぐに我に返ります。あなたがそのようにして人知れず異国の地の果てのような場所で静かに死んでいき、その遺体を獣が齧《かじ》り、鳥がついばみ、風がさらっていったのだとしたら、それはそれでいいのではないか、と思えてくるからです。

縁起でもない想像ではありますが、私にとってあなたがどこかで元気で暮らしているよりも、すでに私の手の届かないところで静かに彼方の世界に旅立っていき、生きていた時の痕跡は跡形も残されていない、と考えるほうが、より気分が楽になるのです。私自身が葬られるその日まで、あなたとは二度と会えないのだ、と思えば、諦めもつきます。見知らぬ土地で、あなたが元気で暮らしている、と知れば、あなたを探したくなってしまう。あなたはもう死んでいる、そうに違いない……そう考えて、私は悪魔のような安堵《あんど》のため息をつくのです。

ところで、あなたにお知らせしなければならないことがあります。考えた末、私は今年の秋、結婚する決心をいたしました。

四十になってなお、幻を追うがごとく、あなたのことを忘れ去ることができずにいる愚かな私を案じたのか、兄が或る男性を紹介してくれたのが、昨年九月のことでした。兄の顔をたてなければならない、という義務感にかられて、何度か食事におつきあいしたり、ドライブに出かけたりしていたのですが、その後、相手の方から熱心に求婚されました。

私よりも五つ年上の方なので、あなたと同じ年齢です。中堅の商事会社に勤める会社員で、男ばかり四人兄弟の三男坊にあたり、そのせいもあってか、ものごとにこだわらない大らかな優しい方です。三十代半ばで離婚した前の奥様との間に男の子が二人いますが、結婚が早かったため、二人の息子さんはすでに成人しており、奥様のことも含めてそちらの問題はまったく残されておりません。

彼には、あなたのこと、軽井沢での出来事をすべて明かしました。私が法廷で証言した数々の性的なエピソードも含めて、一切合切を、です。

いったん耳にしてしまった以上、この人はそれらの話を決して忘れることがないに違いない、それどころか、私のことを軽蔑し、内心、烈しく憎み始めるのかもしれない、と私は陰で意地悪く観察し続けたのですが、予想に反して、彼は穏やかにそれらの事実すべてを飲みこんでくれたあげく、けろりとした顔をして、以前と変わらぬおつきあいを続けてくれました。

この人ならばいいのではないか、と思いました。ここのところめっきり年老いて、私の行く末を案じてばかりいる母を見ているのが辛くなってきたところでもあります。結婚すれば誰よりも母が喜んでくれる……そんな思いに衝き動かされた、というのが正直なところでしょうか。でも、それだけではありません。

大先生が亡くなられてから丸十一年。遅まきながら自分が結婚することによって、長かったこの歳月の苦悩を箱に収め、蓋をして鍵をかけることができるのかもしれない、と私は考えました。自分のため、兄や母など周囲の人たちのためにも、いえ、あるいはひょっとして義彦さん、あなたのためにこそ、そうするにふさわしい時期が訪れたのかもしれず、そう思えば、この静かな出会いもまた、大きな意味を持つものになる……そんなふうに考えたのが、結婚を決意した最大の理由です。

式はあげずに、秋に入籍して、都内のマンションで一緒に暮らし始める予定でおります。私は昨年十一月末日付で、アルバイト先の医療品会社を辞めました。結婚後、仕事を持つつもりは今のところありません。会社を辞めてから、一人で暮らしていたマンションを引き払い、再び横浜の兄夫婦の家に居候《いそうろう》しています。

薬剤師として、誰よりも病院や医療施設になじんできたはずなのに、自分の身体のこととなると、私は検査を受けようという発想すら浮かばない人間になってしまいました。ここのところ、連日、胃の痛みに悩まされるようになっていて、胃潰瘍《いかいよう》もしくは十二指腸潰瘍なのではないか、と自己判断を下しています。長年、あなたを烈しく思いつめた果ての……と書きたいし、事実、そうなのだと確信してもいるのですが、あなたはそんな決めつけをされるのがお好きではないでしょうね。ごめんなさい。でも実際、あなたを思う気持ちが、胃の中に潰瘍を作ったのだとしたら、潰瘍そのものがいとおしくなるような気もいたします。相変わらず、あなたに対してこんな異様な感覚を持ってしまう愚かさをお許しください。

この手紙は、あなたの目に触れぬまま、埃《ほこり》をかぶっていくのかもしれませんし、多分そうなのでしょう。でも、もしもそうでなかったとしたら、どうか急いで私に手紙を書いてくださいい。古い体質の女だとお笑いでしょうが、私は結婚後、あなたのことで夫を裏切りたくはないのです。夫に隠し事はしたくないのです。これは愛情の深さの問題ではなく、単なる私個人のささやかなこだわりであるとご理解ください。

せめて私が正真正銘、独身である間に、あなたからの手紙を心ゆくまで読みふけりたいと思っています。あなたの無事と近況を確認し、ひとり密かに、心ゆくまで時のうねりを遡《さかのぼ》ってみたい。でも、結婚後は違います。今度の結婚を最後に、私はあなたとの記憶を二度と自分の目に触れない箱に収め、封印する覚悟を決めました。

先日、ミズ・ハマーから来た手紙で、ロンドン記念総合病院に勤めておられるドクター・シマムラのことを知りました。あなたが渡英された際、お世話になった先輩というのが、そのドクターなのだろうと見当をつけています。ドクターが何かあなたについての情報を知っているかもしれない、と思い、この手紙をミズ・ハマーに託すかたわら、ドクターのほうにも手紙を書いておきました。返事をいただけるかどうかわかりませんが、おそらくこれが、諦めの悪い私の最後の賭けになるのでしょう。

秋までにあなたからの連絡を受けることができればいいのですが、それも今では、見果てぬ夢のようになってしまいました。この手紙が流れる歳月の中に埋もれ、あなたの手に渡らぬままに終わったとしてもかまわない、それでもこの手紙を私は書く……そんな気持ちでおります。

これまで私は、たとえ一方的であったにせよ、あなたに向けて自分の気持ちを偽りなく綴ってまいりました。その記憶だけは、生涯、私の胸から消えることはないでしょうし、私のささやかな支えになってくれるのでしょう。

義彦さん、私はあなたのことを愛していました。

高森悠子

16

一九九五年二月一日

ミズ・ユウコ・タカモリ

ロンドン記念総合病院内

タカシ・シマムラ

お手紙、拝読しました。

兵藤義彦君の居所についてのお訊《たず》ねでしたが、残念ながら、兵藤君の連絡先は私にもわからないままでいます。

日本で彼が引き起こした事件のあらましは、共通の知人も多かったことから、早いうちに私の耳に入っていました。刑期を終えて出所した彼から、突然私あてに、渡英したいと書かれた手紙が送られて来た時、正直なところ、とまどいもありました。それでもそうした諸々《もろもろ》のつまらないこだわりを断ち切って、ロンドンにやって来た彼と正面を向いて再会し、親交を温めて、本当によかったと今では思っています。

彼は私に事件の詳細は決して語ろうとはしませんでした。私も何ひとつ質問はしなかったのですが、私は彼の気持ち、人間性が深く理解できました。短い間ではありましたし、人づきあいを避けたがる彼の性格上、さほど頻繁に会ったわけでもないのですが、私たちは古くからの友人同士のようなつきあいを重ねたものです。

医学部時代の先輩の一人として、晴れて自由の身になった彼のために何か力になれれば、と私は本気で思うようになっていました。ビザはおりていましたし、労働許可証を取りさえすれば、ロンドンで仕事を見つけることができるので、とりあえず気にいった英国人女性と結婚してしまえばいい、などと冗談めかしてけしかけたこともありました。

そのせいもあって余計に、私あての短い手紙を残したまま、彼が行方知れずになってしまった時は、本当に驚いたものです。なにぶん古い話なので、その時、彼から来た手紙は紛失してしまい、手元にはありません。ですが、文面はおぼろげながら覚えています。

過去を断ち切って生きていこうとしている時に、ここにいるとどうしても自分は島村さんに甘えてしまう、これ以上、島村さんに迷惑をかけたくない……といった内容の手紙でした。とはいえ、それは彼なりに気をつかった表現に過ぎず、昔の彼を知る人間（私のような）が一人でもいるような土地では生活していたくない、というのがおそらくは彼の本音だったのではないかと思います。

そのうち落ちつき先が決まったら、葉書くらいよこすだろうと思っていたのですが、その後、何の連絡もありません。学生時代、医師時代と併せて、何かとドイツを訪れ、ドイツの気候と風土を好んでいた男なので、ドイツに渡ったのではないか、とも思っているのですが、これも私の根拠のない憶測に過ぎません。

何の力にもなれず、大変心苦しいのですが、そういうわけですのでご了承ください。病院内でミズ・ハマーとばったり会った時も、同じ話をいたしました。

あなたのお名前は、一度だけ、彼の口から聞いたことがあります。どのような話の流れからあなたの話になったのか、情けないことに何も覚えていないのですが、高森悠子さんという名前だけは記憶に残っております。

今後、もしも兵藤君の動向がつかめるようなことがあったら、あなたにお知らせします。ロンドンにいらっしゃる機会があれば、是非、連絡してください。私はイギリス人女性と結婚しています。観光ガイドの仕事についていたこともある妻は、日本語ができますし、あなたやあなたのご家族のために、喜んで市内観光をしてくれることでしょう。

それではこのへんで。ご多幸を祈ります。

17

一九九六年十二月二十四日

サウス・ケンジントン　ロンドン
ミズ・エリザベス・ハマー

ユウコ・タカモリ

メリー・クリスマス、エリザベス！

ごぶさたしてしまい、ごめんなさい。あんまり長い間、手紙を書かなかったので、もう私のことはお忘れになってしまったかもしれない、と案じながら、カードを書いています。いかがお過ごしでしょうか。骨折もとっくの昔に完治して、元気にクリスマスを迎えていらっしゃるのだろうと想像しています。

実は私は、昨年の秋に結婚しました。結婚と同時に住所が新しくなったので、そのこともお伝えしなければ、と思っていたのですが、ついついうっかりしていました。以前、あなたにお教えした住所は兄夫婦の家の住所で、そこに届けられた手紙類はいつでも転送してもらえることになっていたため、安心していたのです。新しい住所は表記の通りです。

結婚を機に、ミスター・ヒョードーのことはもう忘れようと決めました。あなたから教えていただいた、ロンドン記念総合病院のドクター・シマムラにも連絡を取って、ドクターから懇切丁寧なお返事をいただくことができたのですが、ドクターは何もミスター・ヒョードーについてはご存じない様子でした。やるべきことはすべてやりました。これも運命だったのだろうと思っています。

ミズ・ハマー、あなたには厚い友情を感じています。ミスター・ヒョードーのことは別にして、いつかきっとロンドンを訪れ、あなたに会いに行きたいと思っています。

私はすっかり身体が弱ってしまい、しょっちゅう風邪をひいて寝込んだりして、夫になった人に迷惑をかけてばかりいます。来年は身体を丈夫にするための一年にしよう、と決めました。

来年がハマー家にとって、健康と幸福に恵まれた素晴らしい年でありますように！

一九九七年一月五日
ミズ・ユウコ・タカモリ

18

サウス・ケンジントン　ロンドン
ジェラルド・ハマー

先日は、僕たちの母であるエリザベス・ハマーあてにクリスマスカードを送っていただき、ありがとうございました。母からあなたのことを聞いていなかったものですから、通知が遅れてしまい、申し訳ありませんでした。

実は悲しいお知らせをしなければなりません。母は昨年三月に自宅で倒れ、入院先の病院で息を引き取りました。心臓発作でした。

生前のご厚情に感謝して、ご返事に代えさせていただきます。取り急ぎお知らせまで。

第三章

1

軽井沢の南原《みなみはら》地区は、長野新幹線の線路と軽井沢バイパスにはさまれた一角にあたる。中軽井沢駅にも軽井沢駅にも車で五、六分という近さなのだが、生い茂ったカラマツ林は外界のあらゆる音をいとも易々《やすやす》と飲みこみ、何ひとつ騒々しいざわめきは伝わってこない。

摂子の夫で、都内の大学病院に勤務する内科医、栗田の父親が、南原に小ぢんまりとした美しい山荘を買ったのは七年前。自分のため、というよりは、可愛い孫娘の情操教育のため、と考えての買物だったようである。

夏になるたびに、義父は摂子や栗田に声をかけ、孫娘の由香会いたさに、長期の別荘暮らしを勧めてくれた。栗田は仕事柄、長期の休暇がなかなかとれず、同行することは少なかったが、摂子は由香を連れて頻繁に山荘を訪ね、由香の夏休みが終わるまでそのまま、東京に戻らない、という贅沢な夏を過ごすこともたびたびあった。

そのため、摂子はその山荘によくなじんでいた。夏の夜、明かりに群がってくる蛾や昆虫のたぐいを極端に嫌っていた義母は、めったに山荘にやって来ることもなかったから、山荘における女手は摂子一人であった。内装から家具の配置、庭の花壇にいたるまで、すべて自由に手を加えてかまわない、と義父から許しをもらったのをいいことに、摂子は花壇を作って花を植え、壁紙を張り替え、自分の好きなインテリア小物を並べて楽しんだ。

当時、まだ長野新幹線が開通していなかったとはいえ、上野まで二時間という近さであり、由香の通う小学校での行事がある時は、親子ともども一旦、朝早い特急列車に乗って東京に戻ればそれで事足りた。行事を終えてから、再びいそいそと列車に乗って、また軽井沢に戻って来る。お盆休みで列車が混み合う時分ともなれば、週末の夜、道路が空いた頃合いを見計らって、夫も一緒に車で山荘まで来ることもあった。

朝早く起きて弁当を作り、家族で離山に登ったり、旧軽井沢での買物を楽しんだり、庭でバーベキューをしたり……。時々、義父の友人や、栗田の医師仲間が家族連れで遊びに来たりもし、そのつど山荘は賑わった。足をのばして北軽井沢にある軽井沢プリンスランドまで遊びに行ったり、由香にせがまれた栗田が、群馬サファリパークまで車を運転して行くこともあった。

そして、そうこうする間に、短い夏は瞬《また》く間に過ぎ去って行く。朝夕の空気はひんやりと冷たくなり、山荘の庭を吹き抜けていく風に秋の気配が感じられるようになる。そんな季節になると、摂子は毎年慌ただしく、あたかも逃げるようにして山荘を閉め、軽井沢を後にした。

何故、それほどせわしく山荘を閉めてしまうのか、その理由を夫である栗田に打ち明けたことはない。あるいは栗田は理解してくれているのではないか、と摂子は思う。間違いなくわかってくれている、と確信することさえある。

摂子は、軽井沢に秋の気配が広がる季節になると、決まって沈みこむような気分に陥るのだった。見たくないもの、思い出したくないもの……そのくせ、常に記憶の隅にこびりついていて、自分から離れていこうとしない何かが、軽井沢の秋の匂いの中に滲んでいるからであった。

自分が関わった何か……それは決して尾を引かねばならないような問題ではなく、単なる偶然、運命のようなものだったとしか言いようがない。だが、摂子にとってそれは、未だにはっきりとした結末がわからないまま、中途半端に映像を垂れ流してくる古い映画フィルムそのものであった。

映画の中には自分はもちろんのこと、悠子も兵藤義彦も、兵藤英二郎も登場してくる。義彦が英二郎を殺害し、公判が繰り返し行われ、自分もまた証人の一人として出廷したシーンが映し出される。

有罪判決を受けて刑に服した義彦は、六年で出所したが、まもなく行方がわからなくなってしまう。悠子は打ちひしがれ、以前にも増して病気がちとなる。

悠子を励ますつもりで時折、悠子を訪ねながら、摂子はどこかで「何かが違う」と思っているのである。悠子の物語はこれがすべてだったのだろうか、と。そうだとしたら、あんまりではないか、と。

しかし同時に、ひょっとすると悠子の物語に、終幕など用意されてはいないのかもしれない、と思うこともある。このままフィルムはだらだらと、摂子の中の記憶のスクリーンに映し出されていくだけなのかもしれない。そして或る時、途中で音もなく途切れ、フィルムが宙に舞いあがり、画面にはただ、白いざらざらとした映像しか残らなくなるのかもしれない、と。

軽井沢に秋を感じると、摂子は毎年、そんなことばかり考えるのだった。

二年前、軽井沢を愛する義父が、クリスマスと新年も軽井沢で迎えようと言い出して、山荘に全館、床暖房を取り付けた。山荘が真冬でも充分、温かく過ごせるようになってからは、夏同様、義父は息子一家と共に、しきりと冬の休暇を軽井沢で過ごしたがった。

だが、摂子は決して冬の軽井沢に行こうとはしなかった。雪に被われた美しいカラマツ林を目にするのが怖かった。軽井沢の冬の風景は、容易に摂子を過去に引き戻してしまうに違いなかった。

あの事件のあった日の翌日、知らせを受けて、摂子は急遽、軽井沢に行ったのだった。悠子はショックのため警察署で昏倒し、軽井沢病院に運ばれていた。

軽井沢に到着した時、すでにあたりには夜のとばりが下りていた。前日から降り続いた雪が病院の庭を被っていた。さらさらと乾いた雪だった。

病院の玄関前でタクシーを降り、凍りついたタイル張りのポーチを滑らぬよう注意しながら歩いて、見舞い客用のスリッパにはき替えた。院内は森閑としていた。

エレベーターに乗って三階の病棟に行き、ナースセンターで名を名乗り、悠子の病室に案内してもらった。悠子が入っていたのは個室だった。

ベッドの中で、悠子は青白い顔をしたまま摂子を迎えた。そっと手を握ってやった。悠子は死んだ魚のような目をしたまま、笑うでも泣くでもなく、顔を大きく歪ませて「雪」と言った。「摂ちゃん、雪の匂いがする」と。

言ったのはそれだけだった。悠子は唇を固く結び、目を閉じ、肩を震わせながら小さく息を吸うと、それきり身動きしなくなった。

冬になると、東京にいても、あの時のことが甦《よみがえ》る。自分のせいだ、と摂子は思う。自分さえ、あの時、兵藤内科診療所での薬剤師の仕事を悠子に紹介しなかったら、と思わない時はないのである。

夫に死なれ、孤独の淵《ふち》に立たされて喘いでいた悠子に、なんとかして新しい世界を見せてやりたかった。だが、いくら誘いをかけても、悠子は都会の騒々しいお祭り騒ぎのような遊びには目もくれようとしなかった。

悠子が静けさを好み、むしろ喘いでいたはずの孤独の中にはまりこみつつ、判で押したような日常を送ってこそ、その辛い情況を乗り越えられるのだ、と知った摂子は、それならば、と思ったのだった。自分の後釜《あとがま》に、診療所での仕事を紹介するのが一番ではないか、と。

それが間違いだったことが今でははっきりしている。自分さえあの仕事を紹介しなかったら、悠子は今ごろ、東京のどこかの大きな病院で薬剤師として、元気にばりばり働いていたかもしれない。あるいはまた、とっくの昔に再婚し、自分よりも遥かに早く赤ん坊を産んで、平凡な家庭の母親になっていたのかもしれない。英二郎や義彦のような男の、烈しい思慕や肉欲の対象にはならずとも、もっとささやかにありふれた幸福の中に、ゆったりとたゆたっていることができたのかもしれない。

そんなことを考えても今更どうしようもないことはわかっていた。第一、摂子には何ひとつ、責任のないことでもあった。誰が聞いても、あなたが診療所での仕事を紹介したからといって、責任を感じる必要はまったくない、と声高らかに言ってくれただろう。

ずっと後になってから、摂子は悠子にもぽつりと同じことをもらしたことがある。もとはと言えば、私のせいだった、種をまいたのはこの私だったのよね、と。

聞くなり悠子は目を丸くし、笑い出し、摂ちゃんたら、と言った。それ、本気で言ってるの、と。頭がおかしくなったんじゃないの、と。

だが、摂子は今も同じことを考える。何もわざわざ、冬ざれた軽井沢の小さな診療所での仕事を紹介する必要はなかったのだ、と。少なくとも兵藤義彦だけは悠子に紹介すべきではなかったのだ、と。

何故、来ないのか、みんなで正月をこっちで過ごすのも楽しいよ、と義父から熱心に誘われるたびに、摂子は笑ってごまかす。

東京で賑やかなお正月を過ごしたいんです、お義父《とう》さん、お正月はお義母《かあ》さんとゆっくり夫婦水いらずがいいんじゃないですか……そう言うたびに、義父は怪訝な顔をする。もっともだ、と摂子は思う。だが、義父に合わせて冬の軽井沢に行こうという気にはまだなれない。

この山荘が、南原にあるからよかったのだ、と摂子は今も時々思う。もしも義父が買った山荘が千ケ滝地区にあったとしたら、自分は決してこれほど頻繁に山荘を使うことはなかったのではないか、夏、由香だけを義父に任せ、一人、東京に居残ったのではないか、と。

山荘で楽しい夏の休暇を過ごしている時でさえ、摂子は時折、昔のことを思い出した。行ってどうする、と自分に言い聞かせながらも、それでもこらえきれなくなって、こっそり大日向まで車を運転して行ったこともある。

自分が住み、悠子が住んでいた大日向のアパートは今も昔のままの姿で建っており、かつて自分たちが暮らした部屋の窓辺には、洗い上げられたばかりの花柄の胸あて付エプロンが干され、午後の風に揺れていた。

かつて兵藤内科診療所で働いていた家政婦の春江とは、一度だけ、中軽井沢のスーパーマーケットでばったり会ったことがある。おやまあ、と春江は言い、喋りたいことがあふれて口がきけなくなっているかのような、狂おしい表情で摂子のほうに走り寄って来た。

髪の毛は哀れなほど白くなり、ただでさえ細かった身体は枯れ木のごとく痩せ衰えて、ひどく老けた春江は別人のように見えた。短い挨拶を交わしているうちに、摂子は春江が、自分を高森悠子だと勘違いしていることを知った。

いやだわ、春江さん、私、高森悠子じゃないのよ、高森さんの前に働いていた摂子です、児島摂子……そう言うのだが、春江は聞いていない。一方的に声をひそめ、噂話よろしく口に手をあてがって、兵藤内科診療所が取り壊された話を続ける。

取り壊される前まではね、あなた、診療所は地元の子供たちの間ではお化け屋敷って呼ばれてたもんよ、冬の寒い日なんか、誰もいないはずの診療所の診察室の窓辺に、女の人が立っているのを見た子供もいてねえ、だったら、それは、高森さんだよ、間違いないって私は言ったんだけどね、でもよく考えたら、高森さんが死んだわけじゃないんだし、現にここにいて、今私と喋ってるんだし、変だよね、出るんだとしたら、大先生に決まってるんだけど、でも、子供たちはみんな、女の人の幽霊が出るんだ、って言ってきかないのよ、変よねえ……。

口に合っていない義歯が、喋るたびにカタカタと骨ばった音をたてる。目が少し据わっていて、話し方がどこか、とりとめもない。

そのうち、春江はふいに口を閉ざし、「これはこれは」と言った。「私としたことが。どなたかと思ったら、あなたでしたか」

「そうよ、春江さん。児島摂子よ。やっとわかってくださった？」

コジマ？　と春江は聞き返し、さも薄気味悪そうに摂子を頭のてっぺんから足の爪先までじろじろ眺めやると、そのまま言葉もなく立ち去った。

まだ七十になったかならないかの年齢のはずであった。春江もまた、遠くの世界に行ってしまったのだ、と摂子は思った。

感じる必要はない、とわかっていながら否応なく感じてしまう責任感のようなものが、摂子をいっそう、摂子らしい情愛深さに駆り立てることになった。

摂子はさりげなさを装いながら、つかず離れずの距離を保ちつつ、悠子と関わりを持ち続けた。会ってもいたずらに事件の話をむし返すことはしなかった。悠子のほうから口にしない限り、話題が事件に関することに流れていきそうになると、意識して話を変えた。

それでも、悠子が依然、義彦を思い、義彦とひと目会うことを夢見、そのことだけのために生きているのだ、ということはすぐに理解できた。見ているのは切なく辛かったが、摂子にはどうすることもできなかった。摂子にできるのは、きわめて日常的な話を面白おかしく話して聞かせ、悠子を笑わせ、気をまぎらわせてやることしかなかった。

悠子のことで、もっとも気がかりだったのが、年々悪化の一途をたどっていくように見える体調の悪さであった。

もともと丈夫な人間だったという印象が強く、めったに風邪もひかなかったはずなのに、事件後の悠子は人が変わったように虚弱になった。

摂子が時折、訪ねて行く横浜の、悠子の兄夫婦の家で、悠子はいつも病み衰えたような表情で力なく摂子を迎えた。どこが悪いの、と聞いても、本人ですらはっきりしない様子で、微熱、だるさ、疲労感、食欲不振、憂鬱などといった、よくわからないような症状を並べたてる。

あれだけのことがあったのだから、何年もの間、身体が心の動きについていくことができず、不定愁訴《ふていしゅうそ》のような症状を訴えるのも仕方がないだろう、と夫の栗田は言っていたし、摂子自身もそうだと思っていた。なんとか心が癒《いや》されるまで、身体の変調が消えずにいるのも、当然と言えば当然だった。

だが、そうした元気のなさは長期にわたって続いた。元気そうに見える時でも、人の目に触れないところで、さも息苦しそうに肩で息をしていることもあった。たまに買物などに街に連れ出しても、途中で疲れたと言って座りたがることが多くなった。風邪をひきがちになり、一旦ひくと、養生していても思いのほか長引いた。

とはいえ、事件後、いっとき、急激に減った体重も、数年でほぼ元に戻った。やつれた表情は相変わらずだったが、どういうわけか喪失の悲しみにうちひしがれていながら、悠子の肌には透明感が増していった。白目の部分が青く澄みわたり、深く傷つき苦悩する人の目のようには見えないほど美しかった。

だが、化粧をしていないと、顔色の悪さがひと目で知れた。唇は血の気が薄く、時に紫色に見えることもあった。

一度病院に行って徹底的に検査してもらったら、と幾度となく勧めたのだが、悠子は寂しく笑って退けた。どこも悪くなんかない、これは心の病気なんだから、私が自分で乗り越えないとどうしようもないことなのよ、と。

言われてみれば確かにその通りであるような気もした。とりたててどこが悪い、と言えるような具体性のある症状は見られない。ただなんとなく元気がない、というだけでは、肉体の病とばかりも言えず、精神の問題が大きく関与しているであろうことは容易に想像がついた。

大丈夫なの？　と聞けば、大丈夫よ、と即座に答える。そう言われてしまうと、それ以上、何も言えなくなる。

悠子は、自分の健康状態を人から過剰に案じられることを嫌っていた。それどころではないのだ、健康状態などどうでもいいのだ、と言いたげに見えることもあった。実際、緩慢な自殺のごとき死を夢想しているかのように見えることすらあった。

悠子の兄の紹介で知り合った富岡《とみおか》と交際を始めた頃、悠子は胃の痛みに悩まされている、と摂子に打ち明けた。市販の痛み止めを服用するとおさまるし、疲れないように注意しているとさほどの症状も出ないというが、「これは間違いなく、義彦先生が作った胃潰瘍《いかいよう》だわ」と悠子が半ば冗談めかしつつも、嬉しそうに言った時はさすがの摂子も驚いた。

あたかも肉体の奥底深くに出現した潰瘍を愛《め》で、慈しむかのようだった。悠子は胃の執拗な痛みを擬人化し、義彦と結びつけて、そこに自分たちの絆《きずな》の幻を見ていたのだった。

富岡の求愛を悠子が受け入れることになったのも、富岡の年齢が義彦と同じであるからではないのか、と摂子は勘繰ったことさえある。義彦とは似ても似つかない、どちらかというと、群衆にまぎれてしまえばすぐに見分けがつかなくなるような平凡な面差しの富岡と義彦の共通点は何ひとつない。

義彦のように、ひりひりとした神経を隠蔽《いんぺい》しようとして、否応なしに醸《かも》しだされてしまう、独特の冷淡な雰囲気は富岡にはなかった。むしろ富岡には、尖ったもの、研ぎ澄まされて鋭利になり過ぎたものをもくもくと手でこね、柔らかくし、丸くしてしまえる才能があった。苦悩することとは縁遠く、苦悩それ自体と無縁の男でもあった。

頑固に自己主張したり、過剰な自意識に悩まされたりすることもなさそうだった。富岡はどんな時でも好んで熱心に人の話を聞き、受け入れ、そして面倒な話はすぐに忘れることができた。

並んで立つと悠子とほとんど同じ背丈で、ふくふくと太っている。思春期の少女のようにつまらないことでもよく笑い、いつでも微笑《ほほえ》んでいる表情が、柔和な仏像のようでもある。

いい人じゃないの、伴侶にぴったり、と摂子が悠子に言った時も、悠子は、そうね、私と年の差が五つ、というのがいいわ、と応じた。

義彦先生のことを言ってるの？　と摂子は聞いてみた。悠子は笑って答えなかった。

「悠子をよろしく」と摂子は、富岡に言ったことがある。入籍を済ませ、中野に新しく借りた新築マンションに引っ越しを済ませた後のことである。

いくら親しい友人だからといって、そこまで言うのは僭越《せんえつ》か、と口にした途端、後悔したのだが、富岡は意に介した様子もなく、「まかしといてください」と言い、ベルトの上にせり出した丸い腹をぽんと叩いた。

何もかも打ち明けた、と悠子からは聞いている。自分が兵藤英二郎の誘惑に負けそうになった事実も打ち明けたのだという。それでも富岡は静かにうなずき、眉ひとつ上げず、取り乱す様子も見せず、じっと黙って聞き入れてくれたのだという。

これで安心だ、これでよかったのだ、と摂子はその話を悠子から聞いた時、しみじみと思ったものだった。魔物のようだった軽井沢の記憶は封印され、もう二度と悠子を、そして自分を悩ませることはなくなったのだ、と。

だが、まもなくその安堵感も揺らぎ始めた。一九九七年の九月。涼しくなったのをいいことに、摂子と夫の栗田、長女の由香、そして富岡と悠子の五人で、群馬県の温泉に一泊旅行をした時のことである。

由香も一緒に、摂子と悠子と三人で温泉に浸《つ》かった。摂子は悠子の尋常ではない痩せ方に目をむいた。

大げさな言い方に聞こえぬよう注意を払いながら、「痩せたわね」と言うと、悠子は「そう？」とこともなげに聞き返した。「そうでもないと思うけど」

「ダイエットでもしたの？」

「ううん、何も」

「体重、計ってみた？」

悠子は苦笑して背を向けた。「いやね、摂ちゃんたら。そんなにじろじろ見ないでよ」臀《でん》部《ぶ》の肉が落ち、骨ばって見える。乳房だけは豊満だが、あばら骨が浮いていて、ウエスト部分は年端のいかぬ痩せっぽちの少女のそれのように細い。

富岡はこの異様な痩せ方を知っているのだろうか。知っているのなら、どうして黙っているのだろう。何故、病院で検査を受けさせないのだろう。

怪訝な思いが錯綜《さくそう》した。異変が起こったのはその後だった。脱衣所で摂子が身体を拭いていると、背後から由香の叫び声があがった。

「ママ、大変。悠子おばちゃんが！」

振り向くと、悠子が脱衣所の床に倒れていた。横向きだった。両手両足をしどけなく丸めている。溶け始めた白いクリームか何かのように見える。居合わせた数人の老女たちが、あれまあ、あれまあ、倒れちゃったよ、と声をあげ始めた。

慌てて駆け寄って行き、その裸身にタオルを巻きつけてやりながら、摂子は悠子の首を起こした。

悠子は目を閉じたまま、軽く肩で息をするように喘いだが、まもなく、大丈夫、と言って薄く笑った。「貧血よ。急にくらくら、ってきたの。じきに治るわ」

この人は、と摂子はその時思った。何か重い病気に罹《かか》っているのだ、と。すぐに医者に見せなければならないのだ、と。何の根拠もないことなのに、確信に近い気持ちでそう思った。

2

温泉旅行をした日の晩のことは、長らく摂子の記憶から消えていない。その晩を境に、あらゆることが変化を見せ始めた。それまで停滞していたこと、見て見ぬふりをしてきたようなことすべてが、一つの結末に向けてそれぞれ急速に連動し始めたのである。

その晩、摂子は食後、由香と一緒に旅館の売店に赴《おもむ》いた。十一歳になったとはいえ、由香はまだ、大人たちの会話になじむことができない。退屈しきっていた様子の娘の機嫌をとろうと、摂子が部屋から連れ出してやったのである。

旅館のロビー脇にある売店は、縦長に広がっており、ただのみやげ物店とは思えない豊富な品ぞろえだった。由香はすぐに、兎《うさぎ》のミッフィーの絵がプリントされたメモ用紙や消しゴムなどの文房具類を覗きこむのに夢中になった。浴衣《ゆかた》姿の若い女の宿泊客が数人、苔桃《こけもも》のジャムの試食をしながら歓声をあげている。他にも家族連れが何組かいて、煌々《こうこう》と明かりが灯《とも》された店内は賑やかだった。

ありふれた温泉饅頭《まんじゅう》が積み上げられたコーナーを見るともなく回っていた時、摂子は背後に人の視線を感じて振り返った。

売店の入口付近に、悠子の夫、富岡が立っていた。浴衣姿だった。小太りの、いくらか腹が突き出した身体に浴衣が似合っている。

あら、と摂子が言うと、富岡は照れくさそうに、小さくうなずいた。

夕食後、悠子は疲れたから先に休むと言って、部屋に引き取った。一方、熱心なプロ野球ファンでもある栗田は、自分たちの部屋のテレビでヤクルト巨人戦を観戦していた。富岡も一緒のはずであった。

「どうしたんですか。もう野球、終わっちゃったの？」

いや、まだ、と富岡は言い、由香のほうをちらりと見た。「ちょっといいかな。摂子さんに折入って話したいことがあって」

「改まって何？　悠子の目の届かないところで、私、富岡さんに口説かれようとしてるのかしら。わあ、どうしよう」

夕食時に飲みすぎた酒が、摂子につまらぬ軽口を叩かせた。富岡はわずかに唇の端を持ち上げ、微笑んでみせたが、何も言わなかった。

「あっちのロビーに行きませんか。由香ちゃんは一緒でもかまわないから」

悠子のことだ、と摂子は直感した。「もしかして……悠子の……悠子の身体に関係する話？」

富岡は薄く微笑んだが、黙っていた。その小さな鳩のような丸い目に、射すような不安が浮かんだ。

その日、脱衣所で倒れた悠子は、すぐに気丈を装ってきぱきと着替えを済ませ、なにごともなかったかのような笑顔を見せた。全員そろっての夕食の席でも、栗田や摂子の冗談に腹を抱えて笑い、自らビールを手に酌をして回ったりした。食欲がない様子で、テーブルの上に豪勢に並べられた料理にもあまり手をつけようとしなかったものの、とりたてて具合が悪いようには見えなかった。

悠子ったら、脱衣所で貧血起こして倒れちゃったのよ……摂子が皆に向かってそう報告した時ですら、大げさね、と悠子は渋面を作りながら笑ったものだった。「ただちょっと、湯あたりしただけよ」と。

顔色も元に戻っていた。声にも張りがあった。せっかくの楽しい旅行であった。自分ばかりが悠子を気づかって、悠子自身を惨めな気持ちにさせてしまうのも気がひけた。摂子はなるべく気にしないように努め、以後、悠子の健康に関する話題を出さないよう心がけた。

いくら医師である夫とて、診察もしないのに悠子の身体がどんな具合になっているのか、即断できるはずもない。後で夫に相談してみよう、と思いつつ、摂子は夫が返してくる言葉を容易に推測できた。

問診もしないで、どうして俺に悠子さんの病名がわかるんだよ……彼は半ば呆《あき》れながら、そう言うに決まっていた。

「どうしても検査を受ける気になってくれなくてね、困ってるんです」

ロビーに並べられた革張りの赤いソファーに腰をおろし、浴衣姿のまま煙草に火をつけた富岡は、いきなりそう切り出した。

「検査、って何の」

「身体の検査ですよ。全身、頭のてっぺんから足の爪先までの。内臓、血液、骨、神経……調べられるものは全部、調べさせたい。さっきも、部屋で栗田さんにその話をしてきたところですが」

「……やっぱりどこか悪いんですか」

「やっぱり、って？」

「いえ、ただの勘に過ぎないんですけど」

　売店でミッフィーのシリーズを眺めていた由香が、振り返って母親に手を振った。ここにあるものを何か買ってほしい、というサインである。

　うなずき返してやってから、摂子は富岡を見た。「ほんとのこと言うと、さっき一緒に温泉に入って、悠子の身体を見て驚いたんです。すごく痩せたわ。昔からそうだったんだけど、彼女、痩せても顔の肉があまり落ちない体質でしょう？　だから服を着ていると、痩せたことがよくわからなくて、本人はせっかくダイエットしても人に痩せたね、って言ってもらえないことを悔しがってたこともあったんです。ここのところ、全体がほっそりしたような印象を受けてたんですけど、あんなに痩せてたなんて知らなくて……」

「異常な痩せ方ですよ。健康な人間は、あんなふうには痩せない」

「痩せたのは急に？」

「少しずつです。人に気づかれないほどゆっくり。だから、しばらくぶりに会う人以外は、あまり勘づかなかったかもしれない」

「貧血は？　よく起こしてたんですか」

「僕が気づいたのは最近です。でも、少し前からひどくなってたようですね」

「富岡さんに隠してた、ってこと？」

「そうらしいですね。ともかく具合が悪そうな時が多かったです。微熱があったり、頭痛がしたり、胃が痛いと言ってみたり。風邪をひくことも多くて、いつもだるそうで。でも、僕が心配すると、途端に元気を装うんですよ。病院で診てもらったら、なんて言おうもんなら、その必要がどこにあるのか、って、逆に食ってかかられる始末でね」

「じゃあ、一度もお医者には……」

「行ってません。人間ドックはおろか、近所の開業医の血液検査すら受けたことがない。何があっても病院には行かない、と頑固に言い張るばっかりで」

「病院に勤めてたくせして」摂子は苦々しい口調で言った。「病院嫌いになっちゃうなんて、いったいどうしてなんでしょう。彼女、薬剤師なんですよ」

「死ぬのは怖くないと言ってます」

摂子がつと富岡を見ると、富岡は、ははっ、と短く笑った。「まるで死にたがってるように見えることも……」

まさか、と摂子は言い、ぎこちない笑みを浮かべてみせた。後の言葉が続かなかった。

由香が走って来て、ミッフィーのついたキイホルダーを買ってほしい、とねだり始めた。

「いくらなの？」

「千円。それとね、メモ帳もすごく可愛いのがあるの。そっちはミッフィーじゃなくて、くまのパディントンがついたやつ。クラスの女の子でも、あれ、持ってる子が多いのよ。東京でも買えるんだけど、ママったら、前、買ってくれなかったじゃない。メモ帳なんかたくさんあるんだから、って。ね？　ママ。ここで買ってもいいでしょ。そんなに高くないの。五百円よ」

　摂子はため息をついてみせながら、手にしていた財布から千円札を二枚取り出した。「おつりはちゃんと返すのよ」

　由香は喜びいさんで売店に戻って行った。

「栗田は何て言ってました？」摂子は聞いた。「やっぱり、どこか悪そうだ、って言ってました？」

「いえ、そうは言ってませんでしたけど。ただ、ダイエットもしないのに痩せていったり、原因不明の貧血を繰り返すのは、ちょっと心配だ、って言われて」

　いろいろなことがあったから、と摂子は言い、遠くを見るふりをした。「あんなことがあって、神経が参ってるせいだと思ってたんです。実際、ひどい鬱《うつ》状態を繰り返していた時期もありましたし。富岡さんと結婚する前あたりから、めっきり身体が弱くなってきたみたいなんだけど、それも、長い間、いろいろな問題を抱えて生きてきたせいだろう、そのうち治る、なんて思ってて……。でもなんだか、それればかりでもないような気がしてたのも事実なんです。ずいぶん前から、どこかおかしい、と思ってはいたんですが、こっちがいくら心配しても、本人がなんともない、と言い張れば、どうしようもなくなって……」

ええ、と富岡はうなずき、吸っていた煙草を傍にあったスタンド式の灰皿でもみ消した。

「摂子さんにお願いがあるんです」

「何ですか」

「悠子が一番、心を許してるのはあなただ。彼女を栗田さんの病院に連れて行くのに、協力してもらうことはできないでしょうか」

摂子は腰をよじって富岡と対峙《たいじ》する姿勢を取った。「私、来月、人間ドックに入る予定になってるんです。毎年、この季節になると栗田の病院で診てもらうことに決めてて……。なんとかして悠子を誘い出してみましょう。うまくいくかどうかはわからないけど、私も一緒にドックに入るって言えば、なんとかなるかもしれない」

「もう予約を入れたんですか」

「ええ。十月二十日の月曜日に。どんな場合でも予約が必要なんだけど、彼女がその気になってくれるんだったら、大丈夫。いつでも栗田になんとかしてもらえますから」

遅いな、と富岡は言い、薄くなった髪の毛を両手で包みこむようにしながら前かがみになった。恐ろしく低い声だった。

「何ですって？」

「遅い、と言ったんです。もっと早く、できれば東京に帰ってすぐに、連れて行きたいと思って」

そんなに切羽詰まった状態なのか、と思った。そう思った途端、摂子の中にあった不安もまた、膨れ上がった。

温泉の洗い場で身体を洗っていた時の、悠子の痩せた身体を思い出した。ぬけるように白い、なめらかな肌ではあったが、そこには血の気が感じられず、かろうじて豊かさの痕跡をとどめている乳房ですら、白い陶器のごとく冷たそうだった。

「もしも何か悪い病気でも見つかったら」富岡は前を向いたまま言った。「僕のせいだな」

「どうしてそんなことを……」

「彼女の過去を思いやるあまり、僕はたいていのことを彼女の好きにさせてきたんです。どんなことでも、無理は言わないようにしてきた。彼女がいやだということをさせないよう、気を配ってきましたしね。でも、これは彼女の命がかかっている話です。縄で縛ってでも、病院に連れて行くべきだった……って、多分、そんなふうに後悔することになるのかもしれない」

由香が踊るような足取りで戻って来た。包んでもらったキイホルダーとメモ帳を見せびらかすように宙に掲げ、微笑んでいる由香は生命のもつ力強さにあふれていた。衰えつつある悠子と比べると、その命の煌《きらめ》きは不思議なものに見えるほどであった。

釣銭を手渡した由香は摂子の隣に腰をおろし、大人びた表情で富岡を見上げて聞いた。

「何の話してたの」

富岡はにっこり笑い、「由香ちゃんの話」と言った。「由香ちゃん、大人になったら美人になるよ、ってお母さんに言ってたところ」

「嘘だ」

「ほんとだよ」

「たとえばどんな美人？」

「ええとね、若尾《わかお》文子《あやこ》」

「誰、それ」

「知らないの？　きれいな女優さんだよ。ああ、でもそれも昔の話か」

摂子は笑いながら立ち上がり、「そろそろ戻りましょ」と娘の尻を軽くたたいて促した。

「パパ、ひとりで寂しがってるわよ、きっと」

由香が、スキップしながら朱色の絨毯《じゅうたん》が敷きつめられた旅館の廊下を走って行く。その後ろに従うようにしてゆっくりと歩を進めながら、摂子は富岡に口早に囁いた。

「東京に戻ったらすぐに予約を入れておきます。二人分の人間ドック。できるだけ早くしてもらえるよう、栗田に頼んでおくわ。うまくいったら、十月に入ってすぐ、っていうことになるかもしれません」

ありがたい、と富岡は言った。「そうしてください」

その晩、摂子と由香、栗田の三人は川の字になって寝た。壁際の布団がいい、と言う由香を端にして、中央に摂子、もう一方の端に栗田が横になった。

由香が眠りにおちたのを確認してから、摂子は栗田の布団を片手で軽く叩いた。「もう寝た？」

いや、と布団の中からくぐもった声が返ってきて、夫は寝返りをうち、仰向けになった。

「何？」

「悠子のことよ。富岡さんから聞いたでしょ」

摂子はロビーで富岡から聞いた話を栗田に打ち明けた。「で、どう？　あなたの意見は」

「どう、って何が」

「悠子、あなたの目から見ると、どんなふうに見える？」

栗田は布団の上に腹這《はらば》いになり、スタンドの明かりを灯すと、煙草に火をつけた。

「血液検査をしてみないとなんとも言えないけど……とりあえずは白血球の数が心配だね」

「どういうこと？」

「うん」

栗田は、二口ほど煙草を深々と吸ってから、「血液関係の疾患」と言った。淡々とした事務的な口調であった。「あるいは何かの悪性腫瘍《しゅよう》」

「いやね。あなた、医者なのよ。素人《しろうと》でもないのに、憶測でものを言わないでよ。しかも怖い病気ばっかり」

「きみが聞いたんだぜ。だから答えた」

「わかってるけど、でも……」

「俺は千里眼じゃないんだ。診察もしないで、はっきりしたことは言えないだろうが」

「そんなこと、とっくの昔にわかってるわよ」

「東京に帰ったら、すぐドックの予約、入れておいてやるよ。あるいはドックだと言っておいて、時間外に僕が診てもいい。血液と尿を調べるだけでもずいぶん違う。本当はそっちのほうが早く結論が出せていいんだろうが、僕が直接、時間外の診療をするなんてことになったら、悠子さん、疑うに決まってるからな。ドックのほうがいいよ。予約しておく。きみの予約を改めて取り直して、悠子さんの予約と一緒にしておけば問題ないだろ」

宴会が続いている部屋があるらしい。どこか遠くから、かすかにがなりたてるような男の歌声が流れてくる。それに合わせるようにして笑い声が弾けるのだが、決して騒々しくはない。それらは遠い浜に打ち寄せる波のように、くぐもった音となって消えていく。

「そうしてよ。ねえ、そうしてくれる?」

ああ、と栗田は言い、煙草をもみ消すと、スタンドの明かりを消した。部屋に闇が広がった。

「心配だね」

「ええ」

「何もないことを祈ろう」

その声はざらついたような闇の中にひそひそと滲んでいった。

3

温泉旅行の帰途、二台連ねた乗用車の、富岡が運転するほうの車に乗り込み、摂子は悠子相手に無駄話をしながら、さりげなさを装って人間ドック入りを勧めてみた。

その必要はない、の一点張りだった悠子も、次第に態度を軟化させた。摂子も一緒に入るということに気持ちを動かされたのか。それとも、何が何でも病院に行くのはいやだ、と言い張る人間の気持ちの奥底に渦巻いている子供じみた不安について、摂子が意地悪く指摘したせいだったのか。あるいは、悠子自身、もう限界だと感じていたのか。

「自分でも心配でしょう？　違う？」

摂子が聞くと、悠子は「別に心配はしてないの」と言った。「私は平気。でもみんなに迷惑をかけてるのだとしたら、問題よね」

「きちんと診てもらって、どこも悪くないんだったら、それで安心するじゃない」

ハンドルを握っている富岡が、しきりに、そうだそうだ、とうなずいている。

悠子は助手席に座っていた。彼女はわずかに後部座席を振り返り、ごめんね、と言って目を伏せた。「わがままばっかりで。いいわ。摂ちゃんと一緒に、人間ドック、入るわ」

そうこなくっちゃ、と大声で言った摂子に向かって、悠子は微笑み返した。人を拒絶するような、寂しげな笑みだった。

軽井沢であの事件があった後、悠子はしばらくの間、笑うことも忘れていた。やっと笑みを取り戻したと思ったら、そこには凍りつくような翳《かげ》りばかりが覗き見えた。

にもかかわらず、悲しみを貼りつかせたようなその顔は、以前にも増して美しくなったような気がする。喪失の悲しみが人を美しくするなどということがあるのだろうか。義彦を待ち、来るはずもない手紙や連絡を待ち続けている間に、この人は若さと美しさをそのまま凍りつかせてしまったとでもいうのだろうか。

それからわずか二日後、十月二十日に予定されていた摂子の人間ドックは、十月三日に変更になった。同時に悠子の予約も取ることができた。

本人がその現実を受け入れたのか。あるいはまた、症状が進行して抵抗する気力すらなくなったのか。あたかも静かに諦めてでもいるかのように、悠子は重態の病人のごとくおとなしくなり、その驚くほどの従順さが、いっそう摂子の不安をかきたてることになった。

予約していた人間ドックは、半日ドックだった。せっかくその気になってくれたのだから、と摂子が一泊二日のドックを提案してみたのだが、栗田は、その必要はないだろう、と言った。基礎的な検査を一通り受けさえすれば、大まかではあっても確実な情報を得ることができるのだから、と。

朝から病院に入り、昼にはもう終わっている。昼食時をはさんで、希望者は午後二時になれば、直接担当医から、検査結果の説明を受けることができるようになっている。

当日、検査を済ませた摂子は、悠子と共に病院近くのシティホテルで軽い昼食をとり、その足で再び病院に戻った。

ロビーに入った途端、若い看護婦が小走りにやって来て、栗田医師が摂子を呼んでいる、と告げた。摂子もよく知っている内科の看護婦だった。軽井沢の義父の別荘に立ち寄って、みんなで花火を楽しんだこともある。

「何かしら」

「さあ、かなりお急ぎのようでしたけど」

「いやね、こんな時に。これからドックの結果を聞こうと思ってたんですよ」

「奥様がいらしてるんで、何かついでのご用でも頼もうとしてらっしゃるのかも」看護婦はくすくす笑った。

「どうせ、そんなところでしょ」摂子は悠子に向かって笑ってみせた。「ちょっと行って来るわね。ここで待ってて」

栗田は人間ドックの担当医ではなかった。だが、夫は当然、その日、自分と悠子が人間ドックに入りに来たことを知っている。そのつもりになれば、いくらでも自分と悠子の検査結果をあらかじめ確認することができる。

何か検査結果に関係のある話に違いない、と摂子は思った。不安が胸の奥底で渦巻いた。悠子をロビーに残し、内科診察室のあるフロアまでエレベーターに乗った。外来診療が終わったフロアは森閑としていた。

夫は三つ並んだ内科診察室の右端の個室にいた。内科医長でもある栗田は、腕がいいということで患者たちの評判がいい。三つ並ぶ内科の診察室の中で、そこは連日、予約が最も多く入る部屋でもあった。

摂子が中に入って行くと、白衣を着た夫の横顔が見えた。小柄で小太りの体型は結婚以来、ほとんど変わっていない。変わったのは、額の広さと髪の毛に混じる白いものぐらいか。

夫はデスクに向かっていたが、妻の顔は見ようとしなかった。

「まずいよ」と彼は前を向いたまま言った。

摂子はそっと丸椅子に腰をおろした。よく晴れた日だった。透明な窓ガラスは外の光を湛《たた》えていた。光が強すぎるせいか、外は白くもやもやと煙っているように見えた。

「まずい、って何が」

「悠子さんだよ。どうしてこんなになるまで放っておいたんだろう」

夫の手元には、人間ドックの検査結果が記載された書類があった。幾つもの数字、幾つもの小さな横文字、要再検の項目に並べられた幾つもの禍々《まがまが》しいような丸印……。

部屋に物音がし、摂子を呼びに来てくれた看護婦が衝立《ついたて》の陰から顔を出した。栗田は片手を振って、もういい、ありがとう、と言った。

看護婦が部屋から出て行く気配があった。あたりに静寂が戻った。

「悠子さんは？」

「今、ロビーよ。何なの。彼女に何かあったの？」

栗田は首を回し、摂子をじろりと見た。赤の他人の、あまり好かない患者でも見ている時のような目つきだった。「確か、彼女、胃が痛いと言ってたことがあったね」

「あったけど、ずいぶん前よ。そうね、三年くらい前だったかしら」

「その時、どうして医者に見せなかったんだろう」

「大した症状じゃない、って本人が言ってたし、義彦先生が潰瘍をプレゼントしてくれたんだ、って喜んでて……。馬鹿みたいに聞こえるかもしれないけど、ほんとにそうだったのよ。ねえ、それがどうかしたの？　胃に何か問題があったの？」

「いや、違う。胃はきれいだったよ。ただ、胃症状が出た時点で血液検査をしていれば、白血球数が増えていたことが確実にわかったのに、と思うと残念でね」

「胃が痛いのと白血球が増えるのと、どういう関係があるのよ」

「関係があるんだよ」

「それだけじゃわからないわ」

栗田は両手で書類をそろえ、背筋を伸ばすと、そこに目を走らせた。「白血球数が三万を超えると、血液中のヒスタミン濃度が高くなる。それで消化性潰瘍を誘発しやすくなるんだ。どうやら悠子さんは、ずいぶん前から慢性骨髄性白血病に罹ってたらしい。ほとんど無症状だった慢性期に発見して治療を行えば、回復の可能性は非常に高かった。骨髄移植すれば、完治する。今はもう、白血病は怖い病気ではなくなったんだ。治すことのできる病気なんだよ。でも、残念ながら、遅すぎた。骨髄液を採取しないとはっきりしたことは言えないが、僕の勘だと、十中八九、慢性白血病の急性転化だろう」

「……何ですって」

栗田が前歯で唇を噛んだ。噛んだまま、彼は妻を見た。

「そうだとしたら、あと半年、もつかどうか……」

「あなた、何を言ってるの」

「慢性なら、それでもいい。急性でも、なんとか手を打てる。生存率は両方とも高いんだ。でも、慢性が急性に転化してしまうとね……予後は不良なんだよ。今の医学ではどうしようもない」

廊下に院内放送が流れている。女の声が、どこかの診療科目の医師の名を呼んでいる。温室のようになった室内は、むっとするほど温かい。

栗田はもう一度、唇を噛んだ。「きみも知ってると思うけど、骨髄液の採取には痛みを伴う。何故、そんな辛い検査をしなければならないのか、説明が必要にもなる。告知の時を慎重に選ばなくちゃならない。もちろん、富岡さんにはあらかじめ伝えておかなくちゃいけないが、まずきみに話したかった。医師としてじゃない。悠子さんの友人であるきみの夫として」

心臓は停まってしまったように静かだった。摂子は黙っていた。首すじと額に汗をかいている。かいているのだが、それはすぐに冷えていき、水のように冷たくなる。

「ただ、悠子さんは薬剤師の資格をもつ医療従事者だ。病名はきちんと告げるべきだと思う。正確な診断がついたら、僕が告知することになるだろうね」

「あなた、彼女の担当医になれる？」

「そのつもりだよ」

「正直に言って。もし本当に、慢性白血病の急性転化なのだとしたら、生存率はどのくらいなの」

「八パーセント。いや、七パーセントかな。少なくともそれ以下だと思ったほうがいい」

そう、と摂子は言った。「それでも見込みはゼロじゃないのね？」

「ゼロではないが、難しい」

「限りなくゼロに近いっていう意味？」

「今の段階ではなんとも言えないよ。でも、残念ながら、可能性はとても低い」

これが、夫以外の医師だったとしたら、今の話は信じないだろう、と摂子は思った。だが、他ならぬ夫がそう言っているのだ。誰よりも勘の鋭い、誰よりも力のある、誰よりも冷静で腕がいいと摂子が思っている医師が言っているのだ。信じないわけにはいかなかった。

「助けてあげて。お願いよ」

言った途端、意に反して目が曇った。室内の白い光が、潤んだ目の中で柔らかく弾けた。

栗田は手を伸ばして摂子の膝《ひざ》を軽く叩いた。「きみが泣いてどうする」

摂子は大きく息を吸い、うなずいた。ショルダーバッグの中をまさぐり、ハンカチを探したのだが、すぐに見つからなかった。栗田がデスクの上のティッシュペーパーを取ってくれた。摂子は礼を言い、洟《はな》をかんだ。

「きみのほうは、何も問題なかったよ」

「何が」

「何が、ってドックの結果だよ。なんにもない。全部正常。きれいなもんだ」

何があっても、自分は貧乏くじをひかないのだ、と摂子は悲しい気持ちで思う。たまに乗った飛行機が墜落する飛行機には乗り合わせないようにできているのが摂子だった。その違いがどこからくるのか、摂子にはわからない。

努力の結果でもなく、まして人知では計り知れぬ運命のせいばかりとも言いきれない。

摂子はとりあえず、分をわきまえつつ、ひたすら前に進み続ける。一方、悠子はことあるごとに立ち止まる。その違いのせいなのか。

「悠子、どうすればいいの」摂子は聞いた。「今も私たちのすぐ近くにいるのよ。この病院の中にいるのよ」

「ドックの担当医と一緒に僕も同席することになってる。心配いらないよ。今日のところは本人を驚かせるようなことは言わないでおくから。富岡さんには後で僕から連絡する。彼女が何か言い出さない限り、きみは知らんぷりをしてればいい」

「ひどい人ね。先に私に言うなんて」

「きみなら受け止めてくれると思ったからだよ」

「私はそれほど強くないのに」

自分でそう思ってるだけさ、と栗田は言い、わずかにいたずらっぽい笑みを浮かべてみせると、書類を手にだるそうな仕草でドクターチェアから立ち上がった。

4

軽井沢における事件後、長い友人づきあいの中で、摂子が悠子から義彦に関する話を聞いたのは数えるほどしかない。

いずれの場合でも、めそめそと思いのたけをぶちまけるようなことは決してなく、ふとした会話の端々から義彦に向けた変わらぬ熱い思いが感じとれる、といった程度だった。摂子がさりげなく水を向けてみても、うなずくでもなく否定するでもなく、どこか曖昧《あいまい》に話をそらしてしまう。自ら義彦の名を口にする時は、あたかもそれが、罪のないほんの軽い冗談であるかのように装った。

辛い記憶を引き出すことになるのを恐れるあまり、悠子と義彦との甘やかな記憶ですら、触れるのがためらわれた。次第に摂子は、義彦の話題、ひいては兵藤内科診療所の話題、軽井沢という土地に関する話題を出すことを避けるようになった。

だが、悠子は明らかに獄中にいた男を烈《はげ》しく恋い慕っていた。兵藤義彦を何年でも待ち続け、待って待って待ったあげく、老いさらばえてしまったとしても、そうすることが悠子の喜びであることに間違いはなかった。それは、聞かずもがなのことであった。

イギリスに渡ったという義彦と、連絡が何もつかなくなってしまった、と悠子自らの口から聞いたのが最後だった。義彦が借りていたというフラットの家主との間に、何通かの手紙のやりとりがあったようだが、詳しいことはわからなかった。以後、義彦の話が二人の間で交わされることはなくなった。

一度だけ、悠子が富岡と結婚する直前、摂子は悠子の謎めいたつぶやきを耳にしたことがある。

「結婚前に会いたかった」

言ったのはそれだけだった。悲壮感あふれる言い方ではなく、むしろ、さばさばとした、陽気な諦めを感じさせる言い方だった。

富岡と新しく暮らすことになる中野の新築マンションの一室だった。まだ荷物が運ばれておらず、ベランダから差し込む午後の光が眩《まばゆ》いだけの、四角い部屋の中で、悠子は両腕を胸の前に組み、よく磨かれたサッシ窓のガラス越しに、空を見ていた。

摂子は「え?」と聞き返した。「何て言ったの?」

悠子は我に返ったように摂子をふり返り、「なんでもない」と言って笑った。

慢性骨髄性白血病は、一般に経過がゆるやかである。白血球の数が一立方ミリあたり、一万になるまで、平均六年ほどかかる。その時点で多くの患者は、無症状のまま、健康診断の際に、偶然、病気を発見される。

予後はとても良好な病気であり、悠子の場合も三年ほど前、少なくとも胃痛に悩まされていた時期に診察を仰いでいれば、充分、治療の対象になったはずであった。だが、すでに遅すぎた。

十月中旬。栗田が勤務する大学病院で、骨髄液採取検査など、必要な検査が入念に行われ、悠子に正式な病名診断が下された。

慢性骨髄性白血病の急性転化。白血球の莫大な増加を防ぐための治療として、輸血と注射、抗癌剤《こうがんざい》の投与を要する。入院はできる限り短期間にとどめ、苦痛の軽減と在宅期間延長を治療の主目的とする。予測される存命期間、約六ヵ月……。

完治断念の告知は、栗田が富岡と悠子を前にして行った。話を聞いている間中、悠子は終始、乱れなかった。感情的になることは一切なく、顔色ひとつ変えなかった。まるで初めから自分の病気の予測がついていたようだった、と栗田は後になって摂子に語った。

検査も含めた入院生活を余儀なくされたが、それも短期間で終わり、十月末にはもう、悠子は退院した。定期的に入院して抗癌剤治療を受ける以外は、四週間に一度の診察を受けに病院に行くだけでよかった。

あたかも回復期にある患者のごとき気楽な治療形態であった。だがそれは、確実に死に向かっていく人間に与えられる、苦痛緩和のための特権に過ぎなかった。

外国旅行にでもどこにでも行ってかまわない、好きなことを好きなようにしていいのですよ、と栗田が言った時だけ、悠子は一瞬、遠くを見るような目をして、「外国?」と聞き返した。「本当に外国旅行をしてもかまわないんですか」

「もちろん。疲れがたまらないようなスケジュールを組むのなら、どこにでも行ってください」

「ヨーロッパにでも、ですか」

「ヨーロッパでもアメリカでもどこでも。北極と南極だけはやめたほうがいいかもしれませんけどね。風邪をひきますから」

悠子はくすくす笑った。

「どこか行きたい国がありますか」

「イギリスと」と悠子は言い、少し考えるような素振りをしてから「ドイツ」とつけ加えた。

「行かれたらどうです」

ええ、と悠子は言い、羞《は》じらうようにして小首を傾げたが、それ以上、その話を続けようとはしなかった。

摂子は後でそのことを夫から聞かされた。義彦が一時滞在していたイギリスの名を挙げたのは納得できる。だが、何故、悠子がドイツと言ったのか、摂子にはわかりかねた。軽井沢の気候と似ているからか。それとも、何か他にドイツという国が悠子を惹《ひ》きつける理由があるのか。

体調のよさそうな時を見計らって、摂子は足しげく中野の悠子の住まいを訪ねた。抗癌剤による副作用で、髪の毛が抜け落ちることがわかっていたため、悠子はあらかじめ、ショートヘアスタイルのかつらを用意していた。副作用が出始める前からかつらを装着していたので、痛々しい姿はひとつも摂子の目には触れなかった。

口では髪の毛を失うことを嘆きながら、治療の効果が出ているのか、症状は明らかに緩和したようだった。以前ほど気分も悪くなさそうに見えるのが意外でもあり、時に摂子は、悠子は奇跡的に治癒に向かっているのではないか、と思うことさえあった。

天気のいい日は外に連れ出し、映画を観た。帰りにデパートを覗いたり、気のきいたカフェテラスでお茶を飲んだりした。新しい服を一緒に選び、悠子に似合いそうなアクセサリーを一緒に探した。まるでこのごろの摂ちゃんは、お便所友達みたいになったわね、と言い、悠子は笑った。

「来年の桜を見終わったら、再来年の桜はもう見られないと思うと、どうしても信じられないのよ」或る時、悠子はそう言った。「あんまり気分がいいせいかな。全部、嘘だったんじゃないか、と思ったりすることもあるの」

「テレビのどっきりカメラみたいに？　ごめんなさい、全部、嘘だったんです、って言って？」

まもなく十二月になろうとしている、温かな小春日和《びより》の午後だった。目の前には、悠子が出してくれた紅茶と皿に盛られたマドレーヌの包みがあった。

中野のマンションを訪ねるたびに、摂子は小さなブーケを持って来るのが習慣になっていた。その日のブーケは黄色い小菊の花をあしらったもので、それはテーブルの上のガラス花瓶の中におさまり、窓越しに差し込む初冬の陽射しを受けていた。

「例えばね」と悠子は続けた。「こうやって私が摂ちゃんと二人で、私のお葬式の準備の話なんかしてる時に、栗田先生が突然、どっきりカメラのプラカード持って出て来るの。それで騙《だま》されてたことがわかって、私が大あばれして、そのへんにあるものを栗田先生に投げつける、っていうの、どう？」

摂子は肩を揺すって笑ってみせた。笑う、というなんでもない仕草を意識的にこなさなければならないのは、辛いことだった。

「ほんとにそうなるかもしれない。覚悟しておいたほうがいいわよ、悠子」

悠子は、こくり、と少女のように小さくうなずき、微笑み返した。「冗談よ。決まってるでしょ。私はね、これでよかったような気がしてるの。なんだか気持ちがすっきりして、かえって元気になったみたい。死ぬ日が晴れがましい日のように思えてきてね。楽しいピクニックの予定をたてるみたいに、どこか浮き浮きしながら死ぬ準備をしてるのよ。富岡には呆れられるんだけど」

何と応えればいいのか、摂子にはわからない。微笑めばいいのか、気のきいた冗談を返すべきなのか。

摂子が黙って紅茶をすすると、悠子は「ねえ、摂ちゃん」と呼びかけた。改まったような言い方だった。「昔、榊原奈津美っていう女の子がいたの、覚えてる？」

「誰ですって？」

「いつか、摂ちゃんに電話で話した記憶があるわ。夏だけ診療所に来てた患者さんよ。別荘が軽井沢にあって、夏以外は東京の大先生の患者さんだった人」

悠子の口から診療所だの、大先生だの、という言葉を聞いたのは本当に久しぶりのことだった。摂子はティーカップを戻し、まじまじと悠子を見た。

「覚えてないかな。十代のころ急性白血病に罹って、骨髄移植をしたっていう子よ」

ぱらぱらと記憶のカードがめくれ上がり、摂子の中で奈津美という名前が一つの輪郭を成し始めた。何度か、悠子との電話でその名を聞いた覚えがある。会ったことはない。だが、悠子が奈津美の容貌《ようぼう》に関して克明に説明してくれたので、まるで会ったことがあるような錯覚すら覚えたものである。

「思い出した。悠子がやたらとやきもちを焼いてた子ね」

悠子は微笑んだ。白く透き通るような歯が覗いて見えた。「義彦先生を取られると思ってたのよ」

「ほんとに取られたわけでもないのに」

「誤解してたの。恥ずかしいわね」

摂子は神妙にうなずいた。「そうよね。その子、白血病だったのよね」

「移植も成功して、完治してたのよ。今、どうしてるんだろう、って時々考えることがあるわ。あの時、私には白血病に関する知識はほとんどなくてね。あの子の度を越した錯乱とか不安とか、傍で見てて、どうしてこんなふうになるんだろう、って少し苛々したこともあったくらい。ただのわがままなんじゃないか、と思ったりもしてね。でも、今はね、いやになるくらい、よくわかるの。彼女、あの時、一番つらい時期だったのよ。再発の不安におびえてたんだわ。私みたいに治らないってことがわかったほうが、かえって安心したかもしれないけど、いつ再発するか、って不安に思ってたら、多分、毎日が地獄になる」

「おやおや、理解があること。昔の敵も今は何とやら、ってわけ？」

ふふ、と悠子は喉の奥で笑った。「彼女、あんなに義彦先生が好きだったんだもの。にこにこして貸してあげればよかった」

「大盤振る舞いねえ。私だったら貸さないけどな」

「どうして？」

「それとこれとは別よ。いくら相手が病気で苦しんでる人だったとしても、愛する男を貸すとなれば話は違ってくるもの」

「じゃあ、私が栗田さんを貸して、って言っても貸してくれない？」

「ああ、うちの旦那？　うちの旦那だったら話は別。いいわよ。どうぞどうぞ。いつでも好きな時に好きなだけ」

「もらっちゃってもいい？」

「あげるあげる。悠子にならただであげちゃう」

摂ちゃんたら、と言い、悠子はさも可笑しそうに笑った。「紅茶、もう一杯どう？」

「ううん、もういい。そんなに動かないでよ、悠子。じっとしてなさい」

悠子はうなずき、はい、と言った。

窓から差し込んでくる午後の陽射しが、悠子の横顔をシルエットのように浮き上がらせた。端正な横顔がその時、束の間、光の中にすべて弱々しく透けて見えたような気がして、摂子は目をそらした。

「それにしても私、変な縁があるのね、診療所と。こうなってみると、私は軽井沢での記憶から人生の最後の最後の瞬間まで、逃げることができない人間だったんだ、って、可笑しくなっちゃう」

ふっと黙りこんだ悠子は、何か深い物思いに沈んでいるかのように静まり返った。

「会いたい？」ややあって摂子は聞いた。

悠子の眉がぴくりと反応した。「誰に？」

質問の意味を取り違えている、と摂子は思った。我知らず、どういうわけか、顔が赤くなるのを覚えた。

摂子は一呼吸おき、吐き出す息の中で柔らかく聞いた。「その奈津美ちゃんっていう子よ」

ああ、と悠子は言い、身体の力を抜くようにして薄く笑った。「別にそういう意味で彼女の話をしたんじゃないのよ。会ってもどうしようもないわ。向こうだって迷惑でしょう、きっと。ただちょっとね、思い出しただけ」

「あの頃もう完治してたんだから、きっと今も元気でいるわね」

「三十を過ぎたはずよ。今年、三十三歳かな。結婚してるわ、きっと」

「いいところのお嬢さんだったわよね、確か。上流階級に嫁いで左うちわよ」

「多分そうね」

「わがまま放題のいやなマダムになってるかも」

「可愛い奥さんになってるわ、きっと」

「やけに肩をもつのね」

「ただの昔話をしてて、肩をもつもたないも、ないでしょ？」悠子は笑った。

会話のリズムに合わせるようにして、摂子はさらりと質問した。「もう一人の人は？　会いたくない？」

「誰のこと？」

「わかってるくせに。兵藤義彦先生よ」

悠子は眉を上げ、呆れたような顔を作って短く笑った。「彼はとっくの昔に、私の人生の中からいなくなっちゃったのよ。今から会ってどうするって言うの」

「会いたいでしょ？　ねえ、会いたいと思わない？」

「会いたいっていう思いが少しでも残ってたら、富岡と結婚しなかったわ」

「じゃあ、本当に切り捨てたってこと？」

「当たり前でしょ、摂ちゃん。あれから何年たったと思ってるの」

「忘れることができるものかしら」

悠子は静かにうなずいた。「できるわ」

「本当に？　あれほど愛してたのに？」

悠子の頰にわずかに赤みがさした。

「くどいのね、摂ちゃん」悠子は微笑み、摂子から目をそらした。「思い出すことはあっても、会いたいとはもう思わなくなったのよ。私には残された時間がほんの少ししかないんだもの。やらなくちゃいけないことが多すぎる。思い出に浸って、夢を見てる余裕なんかないの」

会わせてやりたい、とその時、摂子は思った。

なんとかして義彦を探し出し、悠子が元気なうちに会わせてやりたい。それが自分に課せられた使命である……やみくもに、場違いなほど強烈に、摂子はそう思った。

5

悠子を義彦に会わせてやりたかった。

彼女が衰え果ててしまう前に、人間としての、女としての尊厳が充分残されている間に、なんとかして義彦を悠子の目の前に連れて来てやりたかった。一言でいい、義彦の声を聞かせ、義彦の手のぬくもりを悠子の掌《てのひら》の中に感じさせてやりたかった。そう願う気持ちは日毎夜毎、つのっていき、その熱意は次第に摂子の生活そのものを支配し、おびやかすまでになっていった。

何がこんなに烈しく自分を駆り立てるのか、摂子にもわからない。お節介なことを、と人は言うかもしれなかったし、そう言われて当然だという思いも摂子の中にはある。

事実、その決意を打ち明けた時、夫の栗田は苦笑するどころか、軽蔑の光を宿した目で摂子をじろりと見据えた。

「馬鹿なまねはやめたほうがいい」

「何が馬鹿なの？　どうして？」

「たとえ兵藤先生の居所がつかめたとしたって、今さら悠子さんの目の前に連れて来て何になるんだよ。過去の辛い記憶を思い出して彼女はいたたまれなくなるだろうし、兵藤さんにいたっては迷惑この上ないのかもしれないじゃないか」

でも、と摂子は反論した。「口には出さないけど、彼女、死ぬ前に会いたいと思ってるのよ。会わせてあげたっていいじゃないの」

「それもきみの勝手な思いこみかもしれない。どうしてそんなふうに決めつけられるんだよ」

「思いこみなんかじゃないわ。絶対そうなのよ。私には彼女の気持ちが、いやになっちゃうくらい、よくわかるのよ」

「だったらいいよ。彼を連れて来て、彼女に会わせるとしよう。それで？　それできみは、どうしようって言うんだよ」

「どうもしないわ。会わせるだけよ」

「会わせて、悠子さんの気持ちに火をつけて、もうすぐ死ぬんだから、これで諦めなさい、って言うつもりかよ。それがどれほど残酷なことか、わかって言ってるのか」

「残酷？　どうして？　あんなことがあっても、悠子は義彦先生をずっと思い続けてきたのよ。会いたがって、身体をぼろぼろにするまで恋い焦がれてきたのよ。先に死んでいく悠子には、義彦先生に会う権利があるし、義彦先生は悠子のために何をさしおいても駆けつけて来る義務がある。そうでしょ」

「馬鹿馬鹿しい。義務だの権利だの、そういう問題じゃないだろう」

「あなたには悠子の気持ちなんか、わかりっこないわ。人を恋い焦がれるっていうのは、つまりそういうことなのよ」

「子供っぽい感傷に浸るなよ、いい年して。悠子さんのほうがよっぽど人間が出来てる。終わったことは終わったんだ。彼女が血へどを吐くような思いでけりをつけた問題に、いくら親友だからといって、きみがしゃしゃり出ていく必要はない。そうだろ」

「子供っぽい？　感傷？　どういう意味よ。これが感傷なの？　会いたい人に会いたいと思う気持ちが、あなたにかかると感傷の一言で片づけられるわけ？」

そこから口論が始まる。馬鹿げている、夫婦でこんな争いをする必要はない、と思いながらも、摂子はやめられなくなる。

言われなくてもわかっていた。夫の言うことは正しかった。刻々と死期が近づく友人を、静かに見守る……それが今の自分にできる唯一のことに違いなかった。この問題に、自分でけりをつけた悠子の強さを受け入れてやるべきだった。

どうあがこうとも、それ以上のことはできないのだという現実を、摂子は受け入れねばならない。神に祈り、仏の前にひれ伏し、世界中の祈禱師《きとうし》を呼びつけ、悠子の病の回復を祈ったところで、事態は何ひとつ変わらない。その事実を受け入れない限り、自分自身をも救うことができない。そういうこともすべて、わかっていた。

夫の言う通り、出すぎたまねをしたら、かえって悠子を今以上の不幸のどん底に叩き落とすことにもなりかねない。会いたくて会いたくて、焦がれる思いに苦しみ続けた悠子は、自らその思いを封印した。その、二度と開けて見ることのない小箱の厳重な封印をとき、もう一度、無理やり中を覗きこませる必要がどこにあるのか。

だが、そうわかっていながら、摂子の中に不思議と迷いはなかった。摂子は決然としていた。

自分が悠子の立場だったら、と摂子は思う。死を前にして、哲学も思想も宗教も、励ましも慰めも何ひとついらない。死んでいくことがわかっているのなら、何が何でも、生きている間に今一度、義彦と会いたいと思うのではなかろうか。

ひと目会えればそれでいいのである。それだけで心安くなれるはずなのである。義彦と会うことによって、悠子は多分、思い残すことなく静かに運命を受け入れ、旅立っていけるはずなのである。

生まれついてのお節介な気質に、摂子自身、見ないように努力してきた罪の意識が加わって、一刻もじっとしていられなくなった。こうなったそもそものきっかけは自分のせいだ、と思う罪の意識。それが病的な熱意と化して、悠子のために義彦を探そう、何があっても探し出さねば、という気持ちを突き動かしてくる。

死んでいないのなら、必ずどこかで連絡がつく。摂子はそう信じていた。地球の裏側にいたとしても、地の果てにいたとしても、義彦が生きている限り、必ず思いは通じるはずだ、と。

そのいかにも楽観的な思いこみは、摂子らしいものだった。なんとかなる、と摂子は考える。なんとかならないことでも、なんとかするように努力し続ければ、必ずうまくいく。摂子はそう信じる人間だったし、いつだってそうやって生きてきた。

馬鹿な楽観主義者だと言われても、かまわなかった。ひょっとしたら、知能が足りないんじゃないか、と言われてもよかった。万一、うまく事が運ばなかったら、ということも、何ひとつ考えずにいられた。ひと目会わせればいいのである。難しいことではないのである。結果がどう出ようが、兵藤義彦を探し出すことが先決だった。栗田には頼めそうになかった。摂子は単独で、密かに動き始めた。

6

一九九七年十二月十日。よく晴れた冬晴れの日の午後、摂子は兵藤クリニックを訪れた。港区麻布の高級住宅地の中にあるクリニックは、白いコテ塗りの壁と朱色の洋瓦《ようがわら》がスペインの屋敷を思わせて、医療施設というよりは、瀟洒な低層マンションのように見える。いくらか白壁に汚れは目立っているものの、手入れがいいのか、かつて摂子がここを訪ねた時と建物の様子はさほど変わっていない。

兵藤英二郎に面会を求め、軽井沢の兵藤内科診療所での薬剤師の仕事を悠子に引き継がせたい旨《むね》、申し出たのは十五年も昔のことになる。十五年。その数字それ自体が、遠い幻のように感じられる。

あなたが推薦する女性に、簡単な面接をさせてもらいたい、と英二郎はその時、院長室のソファーに座り、煙草をくゆらせながら言ったのだった。

好色そうな男だという印象はその時からあった。診療所の春江からは、英二郎の放蕩《ほうとう》ぶりをさんざん聞かされていた。愛人が何人いるんだか、わかったもんじゃない、と春江は面白そうに摂子に教えたものだった。

摂子にとっては、所詮《しょせん》、他人事だった。したがって、英二郎の好色さが悠子にどんな影響をおよぼすことになるか、考えもしなかった。

悠子の運命を狂わせるお膳立てを、他ならぬこの自分がしたことになる……クリニックの白亜の建物を目の前にし、またしても摂子はそのことを思い返した。誰のせいでもない、とわかっていて、やはり、すべての発端を作ったのはこの自分である、という自責の念は拭《ぬぐ》えない。後悔ばかりが残って、摂子は摂子らしくもなく、ともすれば打ちひしがれそうになる。

よく磨かれたガラスの自動ドアは、するすると音もなく開いた。薄桃色の壁で囲まれた待合ロビーに人の気配はなく、正面に据えられた大型テレビも消されていて、背の高い観葉植物のヤシの木の葉を空調の生温かな風が揺らす音がしているだけだった。

着ていたショートコートを脱ぎ、腕にかけると、摂子は背筋を伸ばしてまっすぐ受付カウンターに進んだ。横長の美しい大理石のカウンターテーブルの奥に、若い女性事務員が一人座っていた。紺色の制服を着て、肩まで伸ばした髪の毛を茶色に染めている。書類に何か記入しているところで、とても忙しそうである。

事務員は書類に目を落としたまま、「ご面会ですか」と聞いてきた。これ以上、事務的な口調はない、と思われるほど素っ気ない物言いだった。「人間ドックの患者さんとのご面会は午後四時からになりますが」

「いえ、違うんです」

摂子は旧姓を名乗り、かつて自分が兵藤内科診療所で薬剤師の仕事をしていたことを教えた。事務員が顔を上げた。

美しくはないが、醜くもない。特徴のない凡庸な顔だった。無表情が乾いた砂のように顔全体を被っていて、せっかくのなめらかな肌の魅力を消している。

「内科診療所？」事務員は抑揚をつけずに聞き返した。

「軽井沢の兵藤内科診療所です。昔、夏の間だけ、兵藤英二郎先生が開業してらした……」

「はあ」

「英二郎先生はずいぶん前に亡くなられましたが……英二郎先生の息子さんの義彦先生が診療にあたってた診療所ですよ。あの……失礼ですけど、英二郎先生をご存じないのかしら。このクリニックの元の院長先生ですけど」

事務員は黒いマスカラをたっぷり塗った睫毛を二、三度大きく瞬かせ、「いえ」と言った。

「そういう話でしたら、少し聞いたことがありますけど……私はここに勤めてまだ二ヵ月目なんです。ですからそういうことには詳しくなくて。それで、御用件は」

「お医者様じゃなくてもいいんです。このクリニックのスタッフのどなたかに、義彦先生の居所をご存じの方がいらっしゃらないかと思って。それで不躾《ぶしつけ》とは思いながら、思いきってお訪ねしてみたんです」

「居所？」

「義彦先生と連絡がとれなくなってるんです。外国に住んでいるのか、日本に帰っているのか、それすらもわからなくて。どうしても早急に、義彦先生と連絡を取りたいことがあるんです」

「連絡？」

「ええ、そう。できるだけ早く。外国に住んでおられるのなら、なおさらです。急いでお知らせしなければならないことが……」

「外国？」

次は何の言葉をおうむ返しに聞き返すのだろう、と苛立つ気持ちを抑えつつ、摂子は、軽くため息をつきながら笑ってみせた。「勤めて二ヵ月だったら、わからなくても無理もないですね。義彦先生という名も初めて耳にしたんじゃないのかしら。義彦先生というのはね、このクリニックを創設した英二郎先生の息子さんのことですよ。いろいろ事情があって、お医者様をお辞めになって、そのまま行方がわからなくなってるんですけどね」

厭味《いやみ》をこめて言ったのだが、相手に通じた様子はなく、それが摂子をほっとさせもした。

この人は何も知らない。かつて軽井沢に、兵藤クリニックの季節診療所として建てられた施設があったことも、そこに雇われた薬剤師と義彦が恋に落ちたことも、義彦が英二郎を殺害したことも、義彦が刑期を終えて出所し、渡欧したことも何もかも……。

事務員は軽く片方の眉を上げ、申し訳ありません、と機械的に言って席を立った。「私ではわかりかねます。ちょっとそちらでお待ちください。誰かわかる人間を探して来ますので」

お願いします、と言う間もなく、事務員は紺色のタイトスカートの尻を振りながら奥の、事務局とおぼしき部屋に消えて行った。

待合ロビーには、座ると腰が冷えそうな硬いプラスチック製の卵色の椅子が並んでいた。摂子は中の一つに腰をおろし、事務員が戻って来るのを待った。

空調の音だけが相変わらず続いている。大きなガラス張りの窓からは、冬の光が射し込んでいて、室内はむっとするほど温かい。

壁には診察時間、担当医の名前が印刷されたものと一緒に、何枚かのポスターが貼られている。がん撲滅《ぼくめつ》運動のポスター、乳がん検診をすすめるポスター、健康維持のための十ヵ条を謳《うた》うポスター……。

埃ひとつないロビーである。患者用のスリッパは整然とシューズボックスの中に並べられている。手入れのよさそうな観葉植物が数点。マガジンラックの中には、経済情報誌、ガーデニング雑誌、英文の『TIME』誌がさしこまれている。

クリニックの経営状態が悪いようには決して思えない。それどころか順調きわまりない様子である。

英二郎が死に、義彦が追放されてなお、クリニックが以前と変わらぬ佇まいを見せ、検診を中心にした、何ひとつ変わらぬ診療を行っているのが摂子にとって不思議でもあった。

英二郎が死んでから、当時、副院長だった英二郎の弟が院長の座に収まったと聞いている。義彦にとって、戸籍上の叔父にあたる人物である。

診療所で働いていた時も、摂子は英二郎の弟という人物とは会ったことがない。英二郎と違って、自己顕示欲が希薄な、目立たない男のようである。凄惨《せいさん》な事件の果てに院長の座についた、ということで医療関係者の間であることないこと取り沙汰されても不思議ではなかったのだが、摂子も栗田も、その種の話を耳にしたことはない。

まして、クリニック内で働くスタッフと摂子とは、初めから交流がなかった。軽井沢にある診療所と、麻布のクリニックとを結んでいたのは、英二郎ただ一人であった。クリニックの専任医師や医療技術者も含めて、摂子が知っている人間は一人もいない。

従って、義彦がスタッフの誰かと今も連絡を取り合っている可能性があったとしても、それが誰なのか、摂子には見当もつかなかった。あるいは義彦は初めから、クリニックの誰彼かまわず、一切交流を絶っていたとも考えられる。そうであったとしたらなおさらのこと、クリニックを訪ねたのは、ただの徒労だったような気もした。

引き返してしまいたくなる衝動にかられながら、それでも摂子はなお、冷たい椅子に座りながら誰かが応対に出て来るのを待ち続けた。

五分ほど過ぎてから、紺色のスーツに身を包んだ痩せた男が現れた。頭が半分以上禿《は》げ上がっている。見たところ、五十代の半ばとおぼしき年恰好である。

男は摂子のいるところまでやって来ると、どこか面倒くさそうに名刺を差し出しながら、「はじめまして」と言った。

摂子は立ちあがり、礼をした。桜田《さくらだ》と印刷された男の名刺には、事務局次長の肩書があった。

「児島摂子さん、ですね。児島さんという女性が、軽井沢の診療所で薬剤師の仕事をされていたことは記憶にあります。むろん、お目にかかったことはないはずですが。それで今日は、兵藤義彦をお探しとか……」

はい、と摂子はうなずいた。義彦の名を呼び捨てにしていることに、クリニック全体の事件に対する反応が推し量れた。

椅子を勧めるでもなく、どこか別の部屋に案内しようとするでもなく、桜田は立ったままでいる摂子に向かって、「結論から申し上げますと」と言った。わずかに皮肉めいた笑みがのですよ」

その、色の悪い唇に浮かんだ。「私どもはあれ以来、彼に関するどんな情報も持っていない

「一切、連絡はとっていらっしゃらない、ということですか」

「そういうことです。彼から連絡を受けたこともなく、院長を含めた私どもの誰かが、彼と連絡を取ったこともありません。ああいうことがあった後です。とりわけ院長の心労は烈しかったですしね。そうなるのが自然な成り行きだと思っていただけると助かるのですが」

「それはわかります。でも……ちょっとした事情がありまして、どうしても義彦先生と連絡を取らなければならなくなりまして。こちらに伺えば、何か手がかりのようなものが見つかるのではないか、と思ったのですが……」

「ないですね、残念ながら」

あっさりと拒絶するような言い方の裏に、いかなる隠し事も潜んでいないであろうことは明らかだった。

「もしかすると、古くからいらっしゃるスタッフのどなたかがご存じなのではないか、と思って祈る気持ちで来てみたのです」摂子はその場の刺々しいような空気を和ませるように、微笑んでみせた。「すみません。私の勘違いでした。おっしゃる通り、連絡を取り合うはずもないと思いつつ、それでも望みを捨て切れなくて……」

「お役に立てず、申し訳ない」

「いえ、こちらこそ、お忙しいところ、つまらないことでお邪魔致しました」

摂子はコートとショルダーバッグを抱え、もう一度、桜田という男を見た。「あのう……弁護士の刈谷先生とこちらとで、何か連絡を取り合うようなことはなかったのでしょうか」

「刈谷先生と？」

「ええ。内密な連絡、という意味ですけど」

「そんなことあるわけないでしょう」桜田は場違いなほど大きな笑い声をたてた。「どうして、私どもが兵藤義彦のためにそんなことをしなければならないんです」

兵藤クリニックを訪れる前日、摂子は弁護士の刈谷と、あらかじめ電話で話をしていた。すでに六十代半ばになった刈谷は、悪化の一途をたどる糖尿病を抱えながらも、未だ衰えを見せない精力的な弁護活動をしている様子だった。

十四年の間に悠子がぽつりぽつりと、摂子に向かって口にした義彦に関する経緯以外に、刈谷から聞き出せた新しい情報は何もなかった。悠子から受けた心情的な相談ごとの数々ははっきり覚えていても、刈谷の中で、刑期を終えた後の義彦に関する記憶は、甚《はなは》だ曖昧になってもいた。

渡英してロンドンに住みついたことは刈谷も知っていたが、その後のことに関しては、悠子同様、何ひとつ知らない様子だった。それでも、刈谷が何か嘘をついているのかもしれない、とする当てずっぽうの想像は摂子の中から消えずに残った。

外部には公表することのできない、義彦に関する事実を刈谷だけは知っているのではないか、と。悠子にも告げずに、刈谷はこれまで、義彦の居場所について密かにクリニックの院長らと連絡を取り合っていたのではないか、と。

「ただの憶測です」摂子は弱々しく言った。「お気にさわったのでしたらごめんなさい」

「いや、別に気にさわることなど何もありませんよ」桜田は鷹揚《おうよう》に言った。「あれはもう、終わったことなんです。正直なところ、思い出したくはない。それが、院長をはじめとした我々の率直な思いです」

「よくわかります」摂子は微笑み返した。「本当に失礼致しました。それではこれで」

受付カウンターの奥に、さっきの女性事務員が戻って来た。摂子が会釈をすると、無表情な会釈が戻って来た。

自動ドアに向かおうとした時、背後から呼び止められた。摂子は振り返った。

「もしよかったら、聞かせていただけませんか」桜田が摂子に近づいて来て言った。「どうして兵藤義彦を探しておられるのか」

その問いに答えることには、かすかな抵抗を感じた。相手はいやな顔をするに決まっていた。高森悠子の名は、兵藤義彦の名に次いで、聞きたくないと思っているに違いなかった。

だが、摂子は正直に答えた。それ以外の答え方は思い浮かばなかった。

高森悠子が慢性骨髄性白血病の急性転化で余命いくばくもないということ、生きている間に、一度でいいから兵藤義彦と会わせてやりたいと思っていること……。

それはまた、ご苦労様なことですね……桜田は皮肉たっぷりにそう言うと、呆《あき》れたようにため息をついた。「お友達のために奔走なさっているわけですか」

「そんなところです」

「それにしても、お気の毒に。そうでしたか。あの方が白血病にねえ」

摂子はうなずき、しばし相手の次の言葉を待った。

「あなたは、土方《ひじかた》という女性をご存じですか」ややあって桜田は訊ねた。「土方聡美です」

咄嗟《とっさ》に誰のことなのか、わからなかった。聞いたことがある、と思ったのも束の間、摂子の中でそれが一つの具体的な像として結ばれるまでには時間がかかった。

ああ、と摂子は言った。「もしかして大先生の……」

桜田は侮蔑を秘めたような笑みを浮かべながら、大きくうなずいた。「愛人だった女性ですよ。彼女に聞けば、あるいは何かわかるかも……もちろん、何の確証もないことです。ただの憶測に過ぎません」

摂子は勢いこんで桜田と向き合った。「どこに行けば、その聡美さんという方と会えるのでしょう」

「事件後、しばらくの間、うちのクリニックで事務の仕事をして働いていたんですがね。辞めてからは神田《かんだ》神保町《じんぼう》のコーヒー店で働いてます。ええっと、何だっけな。そうそう、レモンだ。『れもん』って、平仮名を使った店」

「神田神保町のどこにあるんですか」

「駿河台下《するがだい》の交差点の近くだったと思います。詳しいことは忘れたな。私も一度しか行ったことがなくて……。いやなに、しつこく電話がかかってきて、一度でいいから来てほしい、と言うものだから、他にも二、三人引き連れて行ってやっただけです。ちょっと待ってください。電話番号を控えてあるはずだな」

言いながら、桜田は上着の内ポケットから厚手のシステム手帳を取り出し、ページをめくり出した。「あったあった。どうします？　行ってみますか」

摂子は慌ててバッグの底をまさぐってアドレス帳を手にし、そこに『れもん』という店の電話番号を書きとめた。

受付カウンターの電話が鳴り出した。事務員が受話器を取り、何か言っている。

「助かります。ありがとうございました。来た甲斐《かい》がありました」

摂子が頭を下げると同時に、カウンターの女が「桜田さん」と声をかけた。「お電話が入ってますけど」

桜田はいかにも慇懃《いんぎん》な会釈を摂子に返すと、早足でカウンターに向かった。ロビーに薄桃色のガウンをはおった男の患者が数人やって来て、賑《にぎ》やかに談笑し始めた。人間ドックで検査を受けている患者のようだった。

にわかに活気づき始めたロビーを後にして、摂子は外に出た。風のない日で、陽射しはやわらかく、にもかかわらず気温が低くて、空気の中に冬の香りが嗅ぎ取れた。

クリニックの近くの小さな古い雑貨屋の店先に、公衆電話があるのが見えた。摂子は駆け寄って行き、受話器をはずしてテレホンカードを差し入れた。

「はい、『れもん』です」

ざらついた声の女が電話口に出て来た。

「これからそちらに行きたいんですけど、場所を教えてください」

珍しい、と女がひとり言のようにつぶやくのが聞こえた。「あら、ごめんなさい。そういう問い合わせはめったになくて、つい……。簡単ですよ。駿河台下の交差点を御茶《おちゃ》ノ水《みず》駅に向かって左に曲がって……」

礼を言って電話を切ろうとすると、女は「うちの店、女性誌でご覧になったんでしょ」と聞いてきた。「ついこの間、グラビアページできれいに紹介していただいたものだから」

そうです、そこで見たんです、と摂子は嘘を言い、受話器を置くなり、たまたま通りかかった空車タクシーに向かって手を上げた。

7

『れもん』は大通りからはずれた、細い路地の並びにある古い店だった。珈琲店《コーヒー》『れもん』と描かれた看板も古めかしく、周囲には似たような店構えのスタンドバーや一膳めし屋などがひしめいている。冬ざれた光が路地に弱々しく射しこんでいるばかりで、大通りの賑わいが嘘のように、あたりはひっそりとしている。

全身、夜の闇のように黒い野良猫の親子が、『れもん』の外の、打ち捨てられた鉢植えの後ろで丸くなっていた。小さな日だまりの中、光を浴びて、うつらうつらしている。

摂子が傍を通り過ぎようとすると、親猫が立ち上がり、逃げ出す構えを見せた。摂子はおどかさないよう注意してゆっくり歩みを進め、『れもん』の扉を押し開けた。

木製の、どっしりと風格のある扉だった。開けた途端、ぎい、と錆《さび》ついたような蝶番《ちょうつがい》の音が響いた。

カウンターとボックス席が二つあるだけの小さな店だった。山小屋のそれのように、太い梁《はり》が天井に何本か渡されている。梁も柱もカウンターテーブルも何もかも、焦げ茶色である。かつては白かったと思われる漆喰《しっくい》壁まで茶褐色《ちゃかっしょく》に染まっていて、昭和四十年代頃、街のあちこちによく見かけた珈琲専門店をしのばせる。

客が一人、カウンターの端でコーヒーを飲んでいる。時代遅れと思われるような茶色のベレー帽をかぶった初老の男である。画家か詩人を素人が演じたら、多分、こんなふうになるのではないか、と思わせる気取った仕草で煙草をふかしながら、男は黒ぶち眼鏡の奥の、警戒するような眼差《まなざ》しを摂子に向けた。

「いらっしゃいませ」女が愛想よく言った。「もしかしてさっき、電話をかけてくださった方？」

「そうです」

「わざわざどうも。嬉しいわ。さあ、どうぞ」

勧められた席は、初老の男が座っている席と一番離れた、右側の隅の席だった。摂子はスツールに腰をおろし、キリマンジャロを注文した。

カウンターの中にいる女は、間違いなく土方聡美のようだった。聡美のことは何度か、悠子から聞いたことがある。痩せて、モデルのようにすらりとした体型の美人だが、前歯の中央が小さく透いているせいか、喋ったり笑ったりすると少し品がなく見える……悠子はそう形容していた。

当時四十を少し過ぎたばかりだったはずで、となると、今の聡美は五十代の半ば……いや、もしかすると六十近いのかもしれなかった。相変わらず痩せている。悉《ことごと》く若さを失ってしまったせいか、贅肉のまったく見当たらない身体からは潤いというものが感じられない。全体が枯れ木のように乾いて見える。

かつらなのか、自分の毛なのか、ソバージュパーマをかけた栗色の髪の毛を胸のあたりまでふわりと垂らし、頭には銀灰色のターバンを巻いている。ターバンと似た色合いのニットワンピースを着ているのだが、下着のせいなのか、小さな乳房があまりに鋭角的に尖って見え、かえって身体の細さ、潤いのなさを強調している。

大きな目は黒く縁取られている。口紅は薄いが、塗りたくったファンデーションの厚みがはっきりわかるほどの厚化粧である。気の毒なほど夥《おびただ》しい小皺が顔全体を被っていたが、若かった頃はそれなりに頽廃的な魅力をふりまいていたのだろう、と容易に想像がつく。

聡美はサイホンでコーヒーを淹れ始めた。食器の音をたてながら、コーヒーカップの用意をしている。時折、初老の客と世間話を交わしている。なじみの客であるらしい。

悠子が言っていた通り、笑うと透いた前歯が剝《む》き出しにされる。歯と歯の間に、二ミリ程度の丸いすきまが出来てしまっている。喫煙習慣があるせいか、そのすきまにはかすかに煙草の脂《やに》が付着している。

兵藤英二郎はこの女のどこが気にいっていたのだろう、と摂子は考えた。自分次第でどうにでもなるタイプの女だからか。上品にふるまえ、と言えばその通りにし、閨《ねや》の中では簡単に情婦になれる。そんな便利な、面倒のかからない女だったからだろうか。

だとすれば、英二郎は何故、悠子に惹かれたのか。悠子でなくてもよかったのか。常に周囲に悠子のような女が、性の対象、いっときの恋の対象としてうろついていてくれれば、それで満足だったのか。

できあがったコーヒーを聡美が摂子の目の前に差し出した。摂子は聞いた。「土方聡美さんですね？」

聡美は目を丸くした。「私の名前、雑誌に載ってたかしら」

「本当のことを言うと、雑誌のグラビアを見て伺ったわけじゃないんです。刑事みたいな聞き方してごめんなさい。私、高森悠子の前に、軽井沢の診療所で薬剤師をしていた者です」

摂子は簡単に自己紹介してから事情を説明し、この店に来ることになった経緯を教えた。

聡美の表情にはさほどの変化はなかった。聡美は明らかに話の内容を面白がっていた。とりわけ、悠子の命が後わずかしか残されていない、というくだりにさしかかると、お気の毒に、と言いつつ、目の奥の光が輝きを増したほどだった。

「そろそろ行くよ」カウンター席の初老の男が立ち上がった。

聡美が弾かれたように男と向き直った。「あらもう？」

「また来るよ。七時頃にでも」

「そうね。そうしてください」

ツケにしているのか、あるいは聡美とは深い関係にあるのか、男は金を出さなかった。聡美は透いた前歯を見せて笑いかけながら、男を見送った。

男は戸口に立ち、聡美に向かって軽く片目をつぶってみせた。聡美は腰をくねらせるようにして目を瞬かせると、あとでね、と小声で言った。

「あの人、この店のオーナーでね、私のパパなの」聡美は男が出て行ってから言った。「パパがいなけりゃ、生きていけないのよ。あなたや高森さんみたいに手に職がないもんだから、仕方ないわ。もっとも、この年になってパパができるとは思ってもみなかったから、私は恵まれてるほうよね。コーヒー、お味のほうはいかが？」

おいしいです、と摂子は言った。

聡美は煙草をくわえ、優雅な手つきでライターの火を近づけた。「義彦さんとはね、あれ以来よ。ごめんね。せっかく来てくれたのに」

摂子は黙っていた。そんな返事が返って来るであろうことは、どこかで想像がついていたような気もした。

「私はそもそも義彦さんに嫌われてた人間なの」聡美は言った。「あんなことがなかったとしても、彼が私と連絡を取ろうとしてくることなんか、考えられないわ。どこでどうしてるのか、時々、思い出すことはあったけど、想像もつかないわよ。でも、今から思うと、彼もかわいそうだったわよね。英二郎さんを殺してから、あんなに大切にしてたはずの美冬さんのこと、すべて明るみに出ちゃったんだから」

摂子が黙っていると、聡美は「生き地獄」とつぶやいた。「きっと、生き地獄を味わったんでしょうね。かわいそうに」

摂子はうなずき、正面から聡美を見た。「伺ってもいいでしょうか。大先生が義彦先生ご夫妻と一緒に暮らしていらした時、聡美さんは大先生とはもう……」

「つきあってたかどうか、ってこと？　つきあってたわよ。ちょうど蜜月時だったんだもの。英二郎さんは精力的でね、私は身体が幾つあっても足りなかったくらい」

言葉が意味する淫猥《いんわい》さに気づかなかったふりをして、摂子は一番聞きたかったことを訊ねた。「それで……聡美さんは気がついてらしたのかしら」

「気がついてた、って何を？」

「……つまり……美冬さんが大先生を……っていうことですけど」

「ああ、そのこと。あの女が、義彦さんのいないところで英二郎さんにしきりにモーションかけてたのは勘づいてたわ。女って、同性の色事には敏感じゃない。私は義彦さんみたいに、おめでたい幻想に浸って人を見ない人間だしね。初めっから、美冬さんっていうのは、誰彼かまわず誘い出すテクニックをもってる人だな、って思ってたわ。この世の中にはね、道徳なんてもの、はなから持ち合わせていない女って、いるのよ。持ち合わせていないくせに、外見は楚々として見えて、どこの深窓の令嬢か、って思わせるみたいな女。そういう女は五万といるわ。だから、あの女が英二郎さんを誘惑してたことがわかっても、たいして驚かなかったわよ。ああ、やっぱり、そうだったんだな、って思っただけ」

摂子はコーヒーを口にふくみ、ソーサーに戻した。店内には低くジャズが流れていた。極端に音量が絞られているので、何の曲なのか、見当もつかない。

美冬が英二郎を誘惑しようとしていることに気づいた聡美が、意地悪くそのことを義彦の耳に入れる、という愚かな真似をしていてくれれば、と摂子はふと思った。そうなっていたら、悠子と義彦のドラマの筋書きも大幅に変わっていたかもしれない、と。

義彦は聡美に対して激怒し、作り話だとしてはなから信じなかったかもしれないが、それでもひとたび浮かび上がった疑念は、消そうにも消せなくなったはずである。あげく、義彦と美冬との間に何らかの亀裂が生じ、夫婦間の諍《いさか》いの火は瞬く間にめらめらと燃え広がっていったかもしれないのだ。

美冬と義彦の関係が壊れてしまえば、義彦が美冬に対して抱き続けていたおめでたい幻想も崩れ去る。結果、義彦は英二郎を恨むこともなく、むしろ戸籍上の親子は互いに歩み寄り、仲むつまじく暮らすようにさえなっていたのかもしれない。

初めから美冬の実体がわかっていれば、たとえ、そのことによって一時的に傷つき、絶望したとしても、義彦はやがて、その傷を癒し、新たに出直したに違いないのだ。悠子と恋に落ちた義彦は、真っ直ぐに悠子に向かって突き進んでいたはずだし、そうなっていたら、英二郎が悠子のまわりをうろつくこともなかったかもしれない。義彦は永遠に殺人犯の汚名をかぶることから逃れられていたはずなのだ。

「高森さんもお気の毒にね」聡美は両方の鼻の穴から、勢いよく煙を吐き出しながら言った。「白血病だなんて。何の縁かしら。奈津美ちゃんと同じ病気になるなんて」

摂子は顔を上げた。「ご存じなんですか。奈津美ちゃんのこと」

「ご存じも何も。私、あの子にはさんざん振り回されたのよ。英二郎さんが死んで、私、身の置きどころがなくなって、クリニックで事務の仕事を手伝わせてもらうことになったんだけどね。あの子はその後、クリニック専属の医者と恋愛して、結婚したの。知ってるかしら、義彦さんよりも少し年下の人で、顔は似ても似つかないけど、けっこう腕がよくて評判の人」

聡美はその医師の名を言ったが、摂子が知る由もなかった。

「もともと、わがまま放題のお嬢ちゃんだったでしょ。結婚してから、わがままがもっとひどくなって、私のこと追い出しにかかったのよ。あの事件を思い出させる人間が亭主の勤務するクリニックにいるのが、どうしても我慢できないんだって。言ってくれるわよね。誰があんたの命、救ったのか、思い出したことがあるのか、って聞いてやりたかったわよ。義彦さんが病気を発見して、英二郎さんが病後のケアをしてくれたんじゃない。それを殺人事件のことを思い出しただけで、貧血が起きそうになる、なんて言いだして。恩知らずもいいとこよ。それなのに、クリニックのみんなは、お嬢ちゃんに振り回されてめろめろ。あることないこと、悪口を言いふらされて、結局、私はお払い箱になっちゃったわけ」

「そうだったんですか」

「それも五年くらい前の話よ。お払い箱になってよかったわ。あのまんま、クリニックに残ってもろくなことがなかっただろうから。今のほうがよっぽどいい。英二郎さんに比べれば、風采のあがらないパパだけど、どのみち私には、こういう暮らしが向いてるんだしね」

摂子は曖昧に微笑み返した。「結婚したということは、奈津美ちゃんって方、病気のほうは完治したんですね」

「白血病だったなんて信じられないくらい元気になったのよ。子供まで生まれたの。ふつう、骨髄移植すると妊娠できないって言われてるのよ。あなた、知ってた？」

「いえ、知りませんでした」

聡美は煙草をはさんだ指を優雅に反らせながら、「高森さんも絶対によくなるわよ」と言った。「英二郎さんが生きてたころ、奈津美ちゃんはいつ見ても死にかけた小鳥みたいに、ぶるぶる震えてたのよ。それがあんなに元気になるんだから。高森さんも怖がらないで、骨髄移植手術を受ければいいのよ。どうして受けないのかしら」

それはかなわぬ夢なのだ、と言おうとして、摂子はその言葉を飲みこみ、曖昧にうなずき返すにとどめた。

またしても徒労に終わった、と摂子は思った。一縷《いちる》の望みも絶たれた。義彦がかつての関係者のところに、何も連絡をよこしていないことは、ほぼ明らかになった。出所後、渡英したことすら知らない人間が、現在の義彦の居場所を知るはずもない。

張りつめていたものが、ここに来て一気にしぼんでしまったような気がした。最終的には興信所を使ってもいいと考えていたが、それにしたって、のんびり構えているわけにはいかなかった。

悠子の病気は確実に進行している。一見、健康な人間と何ひとつ変わらないように見えることもあったが、死は着々と、悠子の体内で育ち始めているのである。急がねばならなかった。

夫の栗田の協力を仰ぐことができずにいるのが寂しかった。何もかも一人でやらねばならない。

栗田は相変わらず、摂子が兵藤義彦を探し出そうとしていることに猛反対し続けている。やるなら勝手にやればいいが、自分は一切、関知しないし、後で困ったことになっても尻拭いは一切しないからな、と宣言している。

悠子をはさんで、自分たち夫婦にはここのところ、小さな目に見えない罅《ひび》が入ってしまった、と摂子は半ば苦笑まじりに考える。夫と口論することには慣れていたが、大半が一日寝れば忘れてしまえるような些細《ささい》な問題が発端だった。価値観の違いを露骨に提示されるような問題は、これまで起こったためしがない。

だが、今の栗田の、悠子に対する情愛の示し方に対し、摂子は断じて納得することができない。栗田の中には、殺人罪で服役した人間に対する差別意識が根強く感じられる。人非人扱いをしているのである。そんな取るに足りない人間のクズをわざわざ探し出して、死期が近づいている人に会わせる必要などない……栗田が言いたいのはそれだけのことなのかもしれない、と考える。

そう思うと、いっそう苛立ちが増す。この人は、恋い焦がれることの苦しみも喜びも何も知らないのだ、と思ってしまう。

「せっかく来てくれたのに、力になれなくて悪いわね」聡美がカウンター越しに和らいだ視線を投げてきた。「がっかりしたでしょう」

「いいんです。仕方ありません」

「がっかりついでに、もう一つ。またまたがっかりさせてしまうことになると思うけど、でも、教えてあげなくちゃいけないことがあるわ。私、隠しごとができない性分だから」

「何ですか」

「義彦さん、見つかったとしても、多分、高森さんには会いに来ないわよ」聡美はそう言い放つと軽く両肩をすくめ、口をへの字に曲げた。「そういう人なのよ。あの人、どこかがしんと冷たいの。美冬さんに自殺されてから、心の中に氷を張って生きてきた人だもの。その氷が今じゃ、何倍も厚くなって、ちょっとやそっとじゃ溶けなくなってしまってるんじゃないかしらね」

「そうでしょうか」摂子は低い声で聞きなおした。「会いに来てくれないでしょうか」

聡美は片方の眉を大きく吊り上げた。「ふつうの男だったら来るでしょうよ。昔の恋人が重い病気に罹って会いたがってる、って話を聞いたら、誰だって気持ちを動かされるんじゃない？　でも義彦さんは別。ただでさえ情を切り捨ててしか生きられない人だったんだもの。おまけにあんな事件を起こして。今さらあの人が、高森さんに会いに来ると思う？」

悪意は感じられなかった。その分だけ、真実味があった。摂子は打ちのめされるような失望を味わった。

「プライドの問題じゃないのよ」聡美は続けた。「何て言えばいいのかしら。あったかい情がらみの世界に近づくのを怖がってるだけなのよ。自分を氷にしてしまわないと生きていけない人なの。もっともそんなところが、義彦さんの魅力なんだけどね。ともかくいい男よ。あんなにハンサムな殺人犯っていた？　ねえ、彼は幾つになったの。四十は過ぎてるはずでしょ」

「四十七歳になってるはずです」

あらまあ、と言い、聡美は笑った。顔一面に小皺が寄り、透いた前歯が剝き出しにされた。「立派な中年おやじだわね。今なら、私とだって似合うかもしれない。今度会うことがあったら、こっちから口説いてみようかしら」

扉が開き、女子大生ふうの若い女が二人、連れ立って入って来た。聡美とは親しいらしく、三人はすぐさま世間話を始めた。二人の娘のうち、どちらがつけているものなのか、コーヒーの香りを消し去るほどの、甘く強烈な香水の匂いが店内に漂った。

それをしおに、摂子は席を立った。聡美がやって来て、レジを叩いた。

コーヒー代を支払い、頭を下げた。「いろいろお世話になりました」

「お役に立てなかったわね」聡美は唇を横に伸ばし、目を細めた。「ごめんなさいね、変なことばっかり言っちゃって。でも、義彦さんが見つかるように祈ってるわ」

「ありがとうございます」

「高森さんによろしく。骨髄移植、受けるように言ってね。簡単よ。それだけで治るんだから。奈津美ちゃんの話もしてあげてよね」

摂子は微笑みながらうなずき、もう一度軽く礼をして店を出た。

埃だらけの鉢植えの脇に野良猫の親子の姿はなく、初冬の午後の太陽は大きく傾いており、路地はすでに暮れ方の影に包まれていた。

8

何か忘れていることがあるような気がしてならなかった。小さなこと、取るに足りないことなのだが、それを忘れてしまって、どうしても思い出せないでいるのが、何故か気にかかる。

悠子のマンションを訪ねたり、マンションの近くの喫茶店で悠子と会ったり、富岡も一緒に摂子の家に招き、簡単な食事を共にしたりしながら、時間ばかりがいたずらに流れていった。義彦を探していることは富岡にはもちろんのこと、悠子にも言えなかったから、焦っている気持ちを打ち明けるわけにもいかない。

栗田は家庭では無関心を装っていて、相談相手にはなってもらえそうになかった。何かに追いたてられるような気分にかられながらも、なお摂子は、興信所に出向くのをためらい続けた。何か忘れていることがある。まだ何か、試してみるべきことが残っている。そう思うからだった。

その年も暮れようという頃になって、摂子は、学校が冬休みに入ったばかりの由香と共に銀座に出た。

クリスマスに由香が祖父からプレゼントされた熊のぬいぐるみには、その熊専用のセーターやマフラー、ブルゾンなどを着せられるようになっている。帽子、眼鏡などの小物もあるらしい。そのちまちまとした着せ替え用品がどうしても欲しい、と由香が言い、ここのところ、悠子のことにかまけ過ぎて、娘の相手をしていなかったことを反省しつつ、摂子は義父がぬいぐるみを買ったというデパートに娘を連れて行く気になったのだった。

ほとんどの子供たちが、例外なくファミコンゲームに夢中になっているような時代に、ぬいぐるみだの、ままごと道具だの、可愛い動物の絵のついたノートだのを好む由香のことを摂子は時折、誰彼かまわず自慢したくなる。由香の好みは自分の幼い頃と同じなのである。ファミコンの前に座っているよりも、由香はぬいぐるみにセーターを着せて楽しむような子供なのである。あくまでも現代感覚から外れた由香の幼さが、摂子にはいとおしい。

デパートのおもちゃ売場で、掌に載るような小さなセーターやブルゾンを見つけて歓声をあげる由香に、贅沢にならない程度のものを何点か買い与えてやってから、摂子は地下の食料品売場に行った。正月用に、と日もちしそうな昆布巻きを買い、まもなく軽井沢の別荘に向けて出発することになっている、甘いもの好きの義父のために小さな和菓子の詰合わせを買った。

デパートを出て、道路をはさんだ正面に大型の楽器店があるのを見上げた時、摂子はふと、寄ってみる気になった。以前から気になっていたCDが一枚あった。ペルゴレージの『スターバト・マーテル』。

英二郎が義彦に殺害された日、軽井沢の英二郎の別荘にはその曲が流れていた、と悠子から聞いた覚えがある。そんな禍々しい曲は生涯、耳にしたくない、と固く決心しつつ、このごろになってどんな曲だったのか、聴いてみたいような気になってきた。

事件の後、十四年の歳月が流れた。ちょうど十四年前の暮れに、雪の匂いのたちこめる別荘地で惨劇は起こり、その時にペルゴレージの『スターバト・マーテル』の曲が流れていたわけである。

よく考えてみれば、その日は事件の起こった日であった。英二郎の命日であり、同時に義彦の転落が始まった日、悠子の人生が悲しみに支配され始めた日でもあった。摂子はいたたまれないような気持ちになった。

「ねえ、由香。ママはちょっとCDを見て来たいんだけど、つきあってくれる？」

「何のCD？」

「クラシック」

「へえ、ママって、クラシックなんか好きだったっけ」

そういうわけじゃないんだけど、と言いつつ、摂子には『スターバト・マーテル』という曲がどんな曲であるのか、想像もつかない。クラシック音楽には、縁のない人生だった。人並みに流行《はや》りの音楽は聴いてきたし、コンサートにも出かけた。だが、音楽と言えばその程度であり、そもそも夫の栗田を含め、周囲にクラシックファンはいない。

由香を従えて、早くも日が傾きかけた夕暮れ時の銀座の交差点を渡った。楽器店に入り、エスカレーターを使ってクラシック売場に急いだ。

声楽曲、器楽曲、室内楽……などと分かれているものの、どこを探せばいいのか、わからない。摂子は諦めて店員に訊ねた。

背が高く、髪の毛をきちんと撫《な》でつけている三十代とおぼしき男の店員が、まもなく一枚のCDを手に戻って来た。

「ペルゴレージはこれですが、ロリン・マゼールの指揮でよろしいんでしょうか」

ロリン・マゼール？　それが指揮者の名だということすらわからない。摂子は笑ってみせた。「よくわからないの。でも、多分、これだわ。これ、いただきます」

レジで会計を済ませ、楽器店を出て由香と一緒に地下鉄に乗った。由香ともども、運よく座ることができたので、摂子は買ったばかりのCDの包みを開いてみた。

中の説明書にざっと目を走らせる。摂子の知らない音楽家、演奏家の名が連ねられてあるばかりで、説明文そのものはさほどの興味を引かない。かろうじて、『スターバト・マーテル』という言葉の意味がわかる程度である。

ペルゴレージというのが、二十六歳で他界したイタリアの作曲家であることも初めて知った。『スターバト・マーテル』を何人もの作曲家がそれぞれ作曲していることも、その時、初めて知った。

知らないことだらけであり、その無知に対して恥ずかしさすらない。あまりに無知でいると、人は恥じらいも感じなくなってしまうのか、と思いながら、摂子は内心、苦笑した。

そもそも、この説明書の中で、聞き覚えがあるのは、ハイドン、ドヴォルザーク、という作曲家の名と、ベルリン放送交響楽団という名称だけである。

ベルリン……摂子はその時、CDを手にしたまま、思わず虚を衝かれたようにして息をのんだ。

　地下鉄の中は、年末の買物帰りの家族連れでごった返している。その会話のざわめきに、唸《うな》り声をあげて走り続ける地下鉄の音が重なる。

　暖房が効き過ぎていて、車内はむし暑い。額や脇の下にじんわりと汗をかいているのがわかる。

　何か忘れていることがあるような気がしてならなかったのは、これだったのか。

　ベルリン……。

「どうしたの？　ママ」由香が摂子の顔を覗きこんだ。

　一瞬の沈黙の後で、摂子は隣に座っている娘の顔を見つめた。

「変なの。変な顔しちゃって」

　摂子は慌てて表情を和らげた。「ちょっと考え事してただけ」

「また悠子おばちゃんのこと？」

「どうしてわかるの？」

「別に」

　由香は小生意気そうに軽く眉を上げ、そんなことは自分には無関係だと言わんばかりに、買ったばかりの熊のブルゾンと帽子の入った包みを大事そうに膝に抱え直した。

　その晩、家に戻って来た夫の栗田がいつものようにパジャマに着替え、居間にやって来るのを待って、摂子は切り出した。前置きも何もつけなかった。そうするのが一番よかった。

「先々月だったか、あなたが悠子を診察して、彼女にどこにでも好きなところに旅行してもかまわない、って言った時、彼女、何て言ったか覚えてる?」

「え?」

「外国旅行に行ってもかまわない、って、あなた、彼女に言ったんでしょう? その時、彼女がどう答えたか、よ」

「どう、って……ヨーロッパに行ってもかまわないか、って聞かれただけだよ」

「で、あなた、何て答えたの」

「ヨーロッパだろうがどこだろうが、行ってもいい、っていうようなことを答えたはずだけどね。それがどうしたんだよ」

「その後で、あなた、彼女に質問したでしょ」

「何を」

「どこか具体的に行きたい国はあるか、って」

「聞いたと思うよ」

「彼女、何て言ったか覚えてる?」

さあね、と彼は言った。思い出そうとする前に、義彦探しに懸命になっている妻を軽蔑するほうが先だ、と言わんばかりの顔つきだった。「だから、彼女はヨーロッパに行きたがって……」

「私は覚えてるわ」摂子は夫を遮った。「よく覚えてる。あなた、帰ってからその話、私に教えてくれたもの。彼女、その時、イギリスとドイツに行きたい、って答えたはずよ」

「それがどうしたんだよ」

クリスマスから年末にかけて厄介な患者が増え、栗田はひどく疲れている様子だった。だらしなくソファーに座り、自分で作った水割りのグラスを口に運ぶ夫の膝に、摂子は両手を置いた。

「義彦先生はドイツにいるのかもしれない」

栗田は肩をいからせるようにして深呼吸した。「まだそんなことをやってたのか」

摂子はひるまなかった。「イギリスに行きたいって悠子が言うのは当然でしょ。義彦先生がロンドンに住んでたのは確かなんだから。でもドイツ、って答えたのはどうしてなのか、考えて、それで思い出したことがあるのよ」

「彼がドイツにいる可能性があったんだとしたら、初めから悠子さんが自分で探してたはずじゃないか。どうして探さなかったか。答えは簡単。彼女が勝手に、彼がドイツにいるかのように想像して……」

「教えてほしいの」最後まで聞かずに摂子は夫に詰め寄った。「ロンドン市内にある病院で、東洋医学を治療に取り入れてるところはどこ？」

「東洋医学？　なんでそんな……」

「漢方治療なんかをやってるところよ。日本人医師がいるところがわかればなおいいわ」

「それがいったい……」

「言ったでしょう？　思い出したことがあるのよ」摂子はせかせかした口調で言った。「悠子は以前、義彦先生が住んでたロンドンのフラットの家主さんと文通してたことがあるの。その家主さんから来た手紙の中にね、義彦先生の大学の先輩にあたる医者のことが書かれてあったそうなの。何度かフラットにも遊びに来てたらしくてね。その人、ロンドン市内にある病院の漢方医だったんですって。悠子はもちろんすぐに、その漢方医に手紙で問い合わせたのよ。そしたら丁寧な返事が来てね、その中に、義彦先生はひょっとしたらドイツにいるんじゃないか、っていうようなことが書かれてあったって話、悠子から聞いたのを思い出したのよ。だからこそ、悠子は海外に行くんだったら、イギリスとドイツがいい、って答えたんだと思うわ。私、その漢方医ともっと詳しい話をしてみたいの。その人が何か知ってるんじゃないか、っていう気がして仕方がないの」

栗田は水割りのグラスを口に運び、背もたれに首を落として目を閉じた。ひどく疲れている時に、決まってとるポーズだった。

栗田は閉じた目をそのままに、ごくりと喉《のど》を鳴らして唾液《だえき》を飲みこみ、きみは、と言った。「少女みたいに純粋なのか、それともただ、お節介なだけなのか、僕にはよくわからないよ」

「両方よ」

ははっ、と栗田は力なく笑い、だるそうに目を開けた。疲労のせいで血走っている目は、とらえどころがなかったが、奥底にかすかな笑みが読み取れた。

「きみも頭が悪いな」

「え？」

「その医者と連絡が取りたいんだったら、僕なんかに聞くよりも、悠子さんに直接聞いたほうが早いじゃないか。もちろん、悟られないようにさりげなく。そのための方法はいくらでもあるし、きみならわかるだろう」

「でも彼女は、結婚する時に昔の手紙を全部捨ててしまったかもしれない」

「捨ててしまったんだとしても、その医者の名前と勤務先くらいは覚えてるさ」

摂子が黙っていると、栗田は柔らかく目を伏せた。グラスについた水滴が、栗田の指先をしとどに濡らしているのがわかった。

「僕が行方不明になっても、由香が行方不明になっても、そんなふうにしてきみは探しまわるんだろうな」

「当然でしょ」

「おまけに、そのことに疑いを持たない」

「持たないわね」

「全然？」

「気が短いもんだから、疑ってる暇がないのよ。それだけ」

「きみと関わった人間は幸せだ。どんな時でも見つけ出してもらえる」

「それ、皮肉？」

まさか、と言い、栗田はにんまり笑った。「安心だ、って言ってるだけさ。おい、もう一つグラスを持って来いよ」

摂子は微笑みながらうなずき、自分の分の水割りを作るためにキッチンに入った。

どこか遠くで犬が吠《ほ》えている。暖房が効きすぎている室内が少し暑苦しい。摂子は小窓を開け、外の空気を吸いながら、その向こうに広がる夜の闇を覗き見た。

隣のマンションの屋上越しに、ぽかりと天空に浮かんだ月が見える。ほぼ円形を描いた、冬の月である。

この月がまた、満ち欠けを繰り返すのである。何度も何度も同じことが繰り返される間に、時は確実に流れていくのである。

じっとしていられなかった。明日、と摂子は思った。明日、悠子に会いに行こう、と。

9

悠子は肉体が衰えていけばいくほど、かえって輝きと落ちつきを取り戻していくように、摂子の目には映った。秒読み段階に入っている短い命が、むしろ彼女自身に刺激を与え、澄み渡った理性を蘇らせ、雑多なくだらない感情の数々を消滅させてしまったかのようでもあった。

まもなく自分の生の終わりが来る、ということを悠子は一種、清々しい気持ちで受け入れようとしている。死の側に立って、自分の生を静かに見つめ返している。まっすぐの一本の線、一本の太い糸のように、その生はきれいにまとまっていて、揺るぎもほつれも何もない。眼前の死を待つということの寂しい潔さが、今の悠子の中にかいま見えるのである。

そんなふうに眺めれば、自分のしていることはやはり間違っているのかもしれない、と摂子には思えてくる。この人にはもう、義彦はいらないのだ、と思えてならなくなる。

義彦との記憶、義彦と培《つちか》った思い出の数々もまた、幾多の他の記憶の断片と混ざり合って、見分けがつかなくなっているのかもしれない。潔く待ち続ける死の中にあって、悠子はあらゆる思い出を一本の糸に紡いでしまおうとし、それが残された日々のかけがえのない仕事になっているのかもしれない。

悠子は通りすぎて来た時間だけを見つめていた。時はすでに、彼女の中で止まっているようでもあった。

「ロンドンの漢方医？」と悠子は聞き返した。

中野のマンションだった。そうやって悠子と二人、冬の午後を過ごしていると、年末の慌ただしさも、外国の遠い喧騒《けんそう》のように感じられる。

富岡の勤め先は正月休みに入っていたが、摂子が訪ねて行くと、気をきかせたつもりなのか、買物があるからと出かけて行った。

悠子は具合があまりよくないらしい。動くのも億劫《おっくう》なのか、いつもは摂子に向かって元気を装いつつ、手ずからお茶をいれてくれるのだが、その日は、代わりに台所に立った摂子をソファーに横になったまま申し訳なさそうに見ているだけで、動こうとはしなかった。

「ロンドンの漢方医だなんて、私、そんな話、摂ちゃんにした？」

「覚えてないの？」

対面式のキッチンカウンターの奥で、紅茶の用意をしているふりをし続けながら、摂子は「ほら」と言い添えた。「義彦先生がいたフラットの家主さんが教えてくれた、って言ってたじゃない」

悠子との間で、義彦という名は、もはや禁句になってしまっている。その名を口にする時は、鉱物の名でも口にするかのように、無機質な表情を装っていなければならない。

摂子はカップに紅茶を注ぎ入れつつ、もう一度、その名を口にした。「義彦先生の大学の先輩にあたる人よ。ロンドン市内の病院で漢方医をやってる、って。違った？」

「そうだけど」悠子はうす笑いを浮かべながら言った。「それがどうかした？」

ごまかそうとする時、説明過多になってはならなかった。過剰に説明を加えれば加えるほど、相手の猜疑心を生む。

摂子は好機を失うまいとして、たたみかけるように次の質問を発した。「ロンドンにも漢方専門病院があるの？　東洋医学専門の、っていう意味だけど」

「さあ」

「じゃあ、そのお医者さんっていうのは、漢方の専門病院の人じゃなかったのね。ふつうの総合病院に勤務する勤務医だったんだ」

「何なのよ、摂ちゃん。どうしてそんなこと聞くの」

「うん、実はね」摂子はそう言いながら、トレイにティーカップを二つ載せてキッチンを出た。ふだんと変わりのない足取りでソファーの前まで行き、センターテーブルの上にトレイを載せると、砂糖は入れる？　と悠子に訊ねた。悠子が小さくうなずいたので、シュガーポットの中のグラニュー糖をひと匙《さじ》、紅茶の中に落とした。

「栗田に姪《めい》がいるでしょ。栗田の兄貴のところの娘。今、大学四年で、卒業したらイギリスに行きたいって言ってるの。何のためだと思う？　彼女、中国人のボーイフレンドがいてね。ついこの間、漢方医になったばっかりの医者なんだけど、もうすぐロンドンの病院に勤めることになりそうだっていうの。それで何が何でも、ロンドンに一緒に行く、って計画をたててるらしいのよ」

摂子が何の恥ずかしげもなく、そこまで大嘘《おおうそ》をついたのは、生まれて初めてのことだった。栗田には確かに大学四年になる姪がいるが、姪には中国人のボーイフレンドはおらず、いるのは男女とりまぜて色気のない飲み仲間ばかりで、どう見ても恋とは縁遠そうだし、第一、姪はめったに栗田のもとに連絡をよこさない。

嘘がばれる可能性は万に一つもなかった。不思議な偶然が重なってばれることがあったとしても、常識的に考えれば、その頃、悠子はもう、この世にいないのである。

摂子は紅茶を一口飲んでから、おもむろに聞いた。「悠子のところに手紙をよこしたっていう先生、ロンドンの何ていう病院にいるの？」

「ロンドン記念総合病院」悠子はだるそうにスプーンでカップをかきまわしながら、そう言った。兵藤義彦とは何ひとつ関係のない話題であることを知って、安堵した様子だった。

「東洋医学に力をいれてる病院らしいわ。欧米の大都市にはそういう病院が増えてるみたい」

「ロンドン記念総合病院か。じゃあ、姪っ子のボーイフレンドもそこに勤務することになるのかもしれないな」

「恋におぼれてるのね。わざわざ追いかけていくなんて」

「それがね、今のところ、片思いらしいのよ。むこうは友達以上には思ってないみたいなんだけど、それでもいいんだって」

悠子は微笑んだ。「押しかけ女房ってわけ？　結婚するつもりなの？」

「そんなことまで考えてないんでしょ、多分。一緒にいたいだけなのよ」

話の方向がずれてしまうのを恐れ、摂子は間髪《かんはつ》をいれずに問いかけた。「その漢方の先生って、何ていう人？」

「シマムラ・タカシっていう人。手紙文は日本語でも、差し出し人の名前と住所は英文だったから、タカシっていう字が、どんな漢字を使うのかはわからないけど」

「今でもいるのかしらね、その病院に」

「どうかな。手紙をもらったのはずいぶん前の話だし。わかんないわ」

「もしも姪のボーイフレンドとやらが、同じ病院に勤めて、そのドクターの下についたとしたら面白いわね。縁は異なもの、ってやつよ」

悠子は肯定も否定もせずに、目を細めて摂子を見つめ、「姪御さんには私のことは伏せておいてね」と言った。「私はもうロンドンともどことも誰とも、何の関係も持ってないんだから」

わかってる、と摂子は言い、うなずいた。

小一時間ほどたってから富岡が戻って来た。買物に行ったというのに、どこをどううろついて時間をつぶしてきたのか、買物包みは手にしておらず、買って来たのは甘栗だけだった。

富岡が煎茶《せんちゃ》をいれてくれたので、食べたくない、という悠子をよそに摂子は富岡と差し向かいで甘栗を剝《む》いた。

出来立ての甘栗はまだ生温かかった。中でも柔らかそうな一粒を選んで、摂子が悠子の口もとに近づけてやると、悠子はそれを口にふくみ、二度三度、奥歯で嚙みしめた。そして今にも泣きだしそうな顔をしたかと思うと、悠子はやおら、ごめん、と言うなり、ティッシュペーパーの中にそれを吐き出し、席を立った。

トイレに行く気配があり、戻って来た悠子の顔は蒼白で、青いと言うよりも死人のような土色に見えた。

「なんだか今日は気分が悪くて」

悠子はよろけるようにしてソファーに横になり、それきり目を閉じてしまった。

この人の身体はふつうではないのだ、とわかっていても、弱々しく横たわる悠子を見ているのは辛かった。摂子の前であろうとも、他人の前では元気を装ってきた悠子が、無防備に横になってしまうのはあまりいい兆候とは言えなかった。摂子はいとまを告げた。

玄関先まで見送りに出てきた富岡は、声をひそめながらも、存外、明るい表情で、「今日明日、あぶないというわけじゃないですから」と言った。「健康な人間でも原因不明の頭痛がしたり、下痢をしたり、食欲がなくなることがよくあるでしょう？　悠子の場合、その程度のことでもあんなふうに真っ青になってしまうんです。ですので、あんまり心配なさらないように」

「良くなったり悪くなったりして、不安定になることが、これからどんどん多くなる、って栗田も言ってました。でもせっかくのお正月なんだし、少しでも気分がよくなってくれるといいんだけど」

「治療はきちんと受けてますし、先生の言いつけは守ってますしね。万一病院が正月休みに入ってる時にひどく具合が悪くなったとしたって、何しろ彼女には栗田先生がついてるんですから。遠慮なく連絡させていただきますよ」

「本当にそうしてください」

富岡は柔和な笑みを浮かべ、少し遠くを見るような目をした。「去年と同じ正月を過ごさせるつもりでいるんです。元日、天気がよければ初詣《はつもうで》に連れ出しますし、彼女の母親や兄貴夫婦も来てくれると言ってるし。家族水いらずで賑やかに……。これが最後の正月になるなんてこと、本人もまわりも忘れてしまうくらい、賑やかにやるつもりでいます」

視界がうるみ始めた。摂子は慌てて瞬きをし、うなずいた。「年明けにでもまた連絡します。必要だったら、ほんとにいつでも栗田を呼びつけてくださいね。遠慮なんか、絶対にしないでね」

「ありがとう。そうさせてもらいます」

よいお年を、と言おうとして、言葉に詰まった。来年が富岡にとって、よい年になるわけもなかった。それじゃ、と言うにとどめて、摂子は会釈をし、マンションの廊下に出た。

非常階段に抜ける扉のすき間から吹きこんでくる風のせいで、廊下はひんやりと、底冷えのするような空気に包まれていた。摂子は小走りにマンションを出て、駅の近くの書店に入り、ロンドン市のガイドブックを片っ端から覗《のぞ》いてみた。

ロンドン記念総合病院はハイドパークのすぐ近くにある大きな病院で、ガイドブック巻末の救急連絡先リストの中にも入っており、住所も明記されてあった。摂子はそのガイドブックを買い、まっすぐ家に戻って、夕食の支度にとりかかるまでの短い時間、ダイニングテーブルに向かい、ドクター・タカシ・シマムラ宛ての手紙を書いた。

文面は簡潔に、できるだけ感情をまじえないように努力し、兵藤義彦の連絡先を知ることが、どれほど急を要するか、という一点だけ強調した。

書き終えて、エアメール専用の封筒に入れ、時計を見るとすでに六時をまわっていた。翌日は大晦日で、郵便局はすでに休みに入っていることを思い出した。

仕方なく、郵便料金ガイド表を見ながら、台所用のスケールで封筒の重さを計り、料金を割り出して相応分の切手を貼《は》った。空腹を訴える由香に、今日は外でなべ焼きうどんでも食べてこようか、と誘いをかけ、喜ぶ娘と一緒にコートを着て外に出た。栗田は病院の忘年会があり、その晩、遅く帰ることになっていた。

思いがけず寒い年の瀬だった。凍《い》てつくような北風に娘と二人、目を細めながら、そば屋の近所にある郵便ポストに摂子は、祈る思いでエアメール用の封筒を投函した。

10

どの程度の確率で返事が来ると思っていたのか、摂子はその瞬間が訪れるまで考えたことはなかったし、案じもしなかった。祈りは必ず聞き届けられるはずだし、そうならなければいけない、とする執念のようなものがあっただけだった。

ドクター・シマムラの勤務先が変わってしまっているのだとしたら、返事は期待できないし、それどころか、受取人不明で戻ってきてしまう可能性もあった。自分が書いた英文字の並ぶ、見慣れたエアメール用の封筒が自宅の郵便受けに入っている光景だけは目にしたくない、と思いつつ、毎日摂子は、郵便配達人が乗って来るバイクの音を耳にするたびに祈る思いで玄関を出た。

幸い、年賀状が届けられる時期を過ぎても、郵便受けの中に自分が宛て名を書いた白い封筒を見つけることはなかった。時はいまいましいほど静かに流れていった。

例年になく温かな日が続いていたと思っていたら、一月八日、東京は大雪に見舞われた。

十四センチの積雪は都市の交通を分断し、摂子の家の近所も一面の銀世界となって、道行く人も見当たらず、そこがどこなのか、一瞬わからなくなって怖いほどであった。

翌九日は、晴天だったが、由香の通う小学校は休校になった。朝、夫を送り出してから由香と二人、せっせと門の前の雪かきをし、ついでに小さな雪だるまや雪うさぎを作ったりしているうちに、まもなく昼食の時間になった。気になっていたので、食事の支度にかかる前に、悠子に電話をかけて様子を聞いた。

悠子は元気そうで、声にも張りがあり、温室みたいにぽかぽかしてる部屋の中から、雪化粧した街を見下ろしてたところよ、と言ってのどかに笑った。ちょうど病院に行く日ではなかったのが幸いし、今日は一日、家から一歩も出ないでくつろいでいるから心配しないで、と言われた。

遅い昼食を済ませた頃、郵便配達人の乗るバイクの音が聞こえ、まもなく玄関チャイムが鳴った。

夫あてに小包が届けられ、書籍と思われるその小さな包みの受け取り証に判を押し、よく降りましたねえ、バイク、すべったりはしないんですか、などと年若い配達人と世間話を交わしつつ、摂子はその日の郵便物を受け取った。

何通ものダイレクトメールや夫の古い友人から送られてきた葉書、通信販売のカタログ、衛星放送の月間プログラムガイドなど、ざっと眺めながら、摂子は配達人が出て行った後の玄関に鍵をかけ、その場に立ち尽くした。
待ち望んでいた一通のエアメールが、そこにあった。
一九九八年一月三日
ミズ・セツコ・クリタ
ロンドン記念総合病院内
タカシ・シマムラ
お手紙拝読。すぐに電話でご連絡を、と思ったのですが、電話番号が記載されていませんでしたので、なるべく早くこの手紙が届くよう祈りながらこれを書いています。
実は、高森悠子さんと連絡を取る必要が出てきたにもかかわらず、自宅の引っ越しなどが重なったため、以前いただいた手紙を紛失してしまい、だらしのないことに高森さんの住所を控えておかなかったものですから、どうすることもできずに弱っていたところでした。
と申しますのも、実は昨年夏、ロンドンの別の病院に勤務している医師仲間の一人の日本人が、仕事でフランクフルトに滞在した際、たまたま酒場で隣り合わせになった日本人の男と世間話を交わしたというのです。

そこは、フランクフルト市内を流れるマイン川近くのザクセンハウゼンという一画にある酒場です。その医師は、一人で名物のアップルワインを飲みに行って、バーカウンターの隣のスツールに座って飲んでいた中年の日本人男性と互いに日本人であることを確認した上、ぽつぽつと会話を交わしたと言います。

かつて医師の仕事についていたこともある、というその男は、医師を廃業してからロンドンにも住んでいたことがあるそうで、それを聞いた医師が何気なく私の名を出してみたところ、驚くべきことに彼は、私のことはとてもよく知っている、と答えたそうです。

容貌《ようぼう》、年恰好から、私はそれが兵藤君ではないか、と直感しました。早速、フランクフルトの日本総領事館を通して調べてもらったところ、私が想像した通り、兵藤君はドイツ人女性と結婚し、フランクフルト郊外にあるクロンベルクという小さな町の、オルゴール工房に勤めていることがわかりました。

とはいえ、私はまだ彼と連絡をとっていません。手紙を書き、電話の一本もかけたいという気持ちはあるのですが、彼はもう、彼自身の過去を知る誰とも接触するつもりはないのだろう、という思いが、私を自制させるのです。ですが、あなたからの手紙を受け取って、そういったことにはこだわらず、近々、葉書の一枚でも書いてみようと思うようになりました。いずれにせよ、すべて昔の話です。少なくとも私は、彼の過去の傷にはすでに何ひとつ関心はなく、今の彼はあくまでも、私の後輩、大切な古い友人の一人にすぎません。

ともあれ兵藤君の住所をここに記しておきます。日本からの思いがけない連絡に、彼がどのような反応を返すか、私には想像がつきませんが、いい結果が出ることを遠くから切に祈っています。

高森さんは重いご病気とか。何のご病気かは存じませんが、兵藤君が見つかったことをきっかけにして、一日も早く快癒《かいゆ》されることを祈ります。よろしくお伝えください。

11

一九九八年一月十日
クロンベルク　フランクフルト
兵藤義彦先生

栗田摂子（旧姓　児島）

本当にお久しぶりで、どのようなご挨拶《あいさつ》を申し上げるべきか、わかりません。突然の手紙でたいそう驚かれたと思います。

一昔以上前の、ごく短い時期、軽井沢の診療所で先生と共に仕事をしていたにすぎない私のような人間から、こうした形で手紙が来るとは想像もしておられなかったと存じます。ですが、わけあって、残念ながら私には今、その経緯を詳しく説明している余裕がございません。

なんとかして、という祈る思いで先生の居所を探し続け、ひょんなことから、先生の学生時代の先輩でいらっしゃるロンドンの島村先生とコンタクトをとることができて、この連絡先を知りました。島村先生はフランクフルトの日本総領事館に訊ねて、先生のご住所を知った、とのことです。今のところは、この程度の簡単なご説明でお許しください。

早速、本題に入ります。実は昨年秋、高森悠子さんが体調を崩し、検査の結果、慢性骨髄性白血病の急性転化であるとの診断が下されました。十月中旬の段階で、余命半年と宣告され、本人にも告知されました。

今年の桜の季節が終わるまでもつかどうか、ということですが、今のところ経過は悪くないようですので、あるいはもう少し、猶予が残されるかもしれません。現在は病院で定期的な治療を受けながら、基本的には自宅で通常通りの生活をしております。私の夫が主治医となり、できる限りの苦痛緩和を試みておりまして、今はまだ元気で、ごくふつうに会話もできますし、調子のいい時には外出はもちろんのこと、ちょっとした小旅行も充分可能です。

悠子は三年前に結婚しました。優しいご夫君に支えられながらの末期の日々で、傍目《はため》にはこれ以上の治療、看護はもうどこを探してもないだろうと思われるほどなのですが、一点、彼女には友達である私にも打ち明けることのできない問題が、未解決のまま残されてしまいました。

義彦先生にひと目、会いたい、ひと目会ってから死にたい、という悠子の願いをかなえてやりたいと思いつつ、これはただのおせっかい、場合によっては残酷なことであるのかもしれない、と迷いもいたしました。ですが、私は悠子を見守り続けてきた友人の一人として、やはり諦めきれないのです。

悠子は私がこのような形で先生を捜し出し、先生にこんな手紙を書いていることなど、何ひとつ知りません。もしも知ったら、驚くと同時に私を強く非難してくるだろうと思います。

悠子は悠子なりに、先生のことを自分の中で整理し、箱に入れて封をしたに違いなく、その封を今一度、開かせようと企むなど、いくら友達とはいえ、言語道断だと言ってくるかもしれません。

そこで先生にお願いがあります。今の段階で、彼女がまだ、私の企みに何も気づいていないことを前提にお願いするのですが、できるだけ早いうちに日本に帰って、悠子と会ってやっていただくことはできないでしょうか。

私のような立場の者がこんなお願いをするのは心苦しく、その図々しさに赤面する思いがいたしますが、それでもこんなことをお願いできるのは私しかいない、という事実から逃げることができないのです。先生に会うことがかなえば、悠子もどれだけ嬉しいだろう、思い残すことなく、旅立っていけるだろう、と考えてしまうのです。

どうか、ご一考なさった上で、私に至急、ご返事をいただけませんでしょうか。

もちろん、悠子に会うと一口に言っても、遠い外国にお住まいの先生には、お仕事、生活、その他の面で、迅速な行動がとれないことは充分、承知しています。ご結婚なさっているようですので、ご家族への説明もおありでしょう。悠子との再会を実現させるためには、気が遠くなるほどの煩雑な準備が必要になってくることもよくわかっています。

それでも、彼女と会ってやって欲しいのです。一時間でもいい、三十分でもいい、それが無理ならば、本当に正真正銘、ひと目会ってやってくれればいい……悠子の古くからの友人として、そうお願いしたいのです。

ただし、もしも先生が悠子と金輪際会う気はない、とお思いであるのなら、正直にその旨《むね》、私におっしゃってください。その可能性はある、と私は考えていますし、今さらそのことで驚いたり、失望したり、先生を非難したりすることはあり得ません。

その場合、私は私の胸の中でそのご返事を処理し、密かに葬ります。悠子にはもちろんのこと、誰にも、私が先生と連絡を取ったことを口外いたしません。ご安心ください。

とはいえ、嬉しいお返事がいただけることを強く望む気持ちには変わりありません。表記の住所に手紙を送っていただいても結構ですし、電話番号も書いておきましたので、電話をかけていただいても結構です。

私は主婦ですので、たいていい自宅におります。もし外出していても、ここしばらく泊まりがけということはありませんので、時間をおいてかけ直してみていただければ連絡がつきます。また、その場合、電話はファックス兼用になっているので、ファックスで短いメッセージを送っていただいても結構です。

夫の栗田の話では、悠子がかろうじて元気を保っていられるのは、せいぜい三月中旬まで、うまくいっても四月初めまでだろう、ということです。それからはみるみるうちに容態が悪くなり、入院を余儀なくされることがあらかじめわかっているらしく、繰り返しますが、時間的余裕はほとんど残されておりません。

もっと早くご連絡できればよかったのに、とわが身のいたらなさを責めたい思いがいたしますが、こんなに遅くなって、文字通りぎりぎりになってやっと先生の連絡先がつかめたというのもまた、運命だったような気がします。でも、まだ間に合います。充分とは、言えませんが、それでもまだ本当に間に合うのです。

一日も早いご返事をお待ちしています。

追伸
かつて悠子は、ロンドンで先生が滞在されていたフラットの大家さんと何度も手紙を交わし、先生の移転先を突き止めようと努力していたようです。家主さんあてに先生に渡してもらおうと、長文の手紙を何度か書き送ったこともあるそうです。

ですが、大家さんも先生の連絡先を知らずにいたので、先生あてに書かれた手紙もそのままになってしまったと聞いています。

そんなことをしている間に発病したようなのですが、自分の身体のことなどかまっていられる精神状態ではなかったらしく、病院にも行かなかったことが発見を遅らせたのでしょう。

とはいえ、もちろん言わずもがなのことで、誤解しないでいただきたいのですが、だからといって悠子の病気が先生の責任だ、などと言っているのではありません。私が言いたかったのは、ひとつだけ。悠子はこれまで、あの事件以来、一度として先生を忘れたことがないはずだということ、そして同時に、そのことを誰にも言わずに死んでいこうとしていること……それだけです。

12

一九九八年一月二十三日
栗田摂子様

クロンベルク　フランクフルト

兵藤義彦

お手紙拝読しました。まさかあなたから手紙が来るとは思わなかったので、本当に驚きました。

そしてそれ以上に、悠子の病気のこと、驚いています。言葉もありません。彼女と白血病の結びつきは、あまりにも突飛で異様な感じさえします。僕の知る限り、彼女は病とは無縁の女性でした。

それでも幸福な結婚をされたそうで、よかった。一人でもくもくと生きていく彼女を想像することが、どういうわけか、僕には辛くてならなかった。

簡単に僕のことを書きます。僕はオルゴール職人を父にもつドイツ人女性と結婚し、この地に移り住みました。現在、彼女と義父、彼女が前の夫との間に作った十歳になる男の子と共に暮らしています。

妻とはロンドンで知り合いました。別居中だったイギリス人の夫と離婚が成立したばかりの頃で、フランクフルトの実家に戻ろうとしていた彼女と共にドイツ入りしたのが、結婚のきっかけでした。正式に結婚して六年たちます。

妻は、僕が元犯罪者であることを知っています。事件のあらましも話しました。前の夫との結婚生活がひどく不幸だったせいでしょう。殺人を犯したことがある男を夫にした、ということは彼女にとって初めから何ほどの意味も持っておらず、むしろ彼女が今でも気にし続けているのは、僕がいつか日本に帰ってしまうのではないか、ということのようです。

実際、僕が日本人と接触することを極端にいやがり、町で日本人らしき人を見かけただけで、僕の知り合いが僕を連れ去りに来たのではないか、と妄想《もうそう》する始末です。

ですがいつのまにか、そんな妻に合わせるように生活しているうちに、僕自身、過去から完全に解き放たれたような、奇妙な安堵感を覚えるようになりました。偶然の結果とはいえ、不思議です。

今は義父のオルゴール作りを手伝うだけの日々です。もともと手先に自信があったせいか、細密な作業も苦にならず、重宝がられています。

静かで、心躍ることもない代わりに、波風も立たない、死んだような毎日ではありますが、田舎町での暮らしにさしたる不満はなく、口数の少ない東洋人がオルゴール工房の片隅で日がな一日、手仕事に溺れていることに、人々が目もくれずにいてくれるのは、どれほど僕にとってありがたいことか。

あなたからの手紙を読んで、僕は迷いました。さんざん迷って、眠れなくなった。

どれほど切羽詰まった事情があるにせよ、悠子には会いに行くべきではない、とする強い意志のようなものが、相変わらず僕にはある。気取った言い方を許してもらえば、それは僕に残された、唯一人間らしい理性と言い換えてもいい。

出所した後もなお、のらりくらりと日本に居続ければ悠子に会いたくなるに決まっていました。それはわかっていた。

そのうえ、僕が悠子に近づけば、彼女が喜んで僕を迎え入れてくれることもよくわかっていた。ひとつかみの感傷と、甘ったるい思い出の数々と、彼女が僕に対して抱き続けてきたありがたい幻想のせいで、彼女は僕を難なく受け入れるだろうし、僕さえその気になれば、ぎくしゃくとしてはいても、それなりに落ちついた生活を二人で営むことができたのかもしれない。

でも僕は、彼女のその優しさに甘え、身を委《ゆだ》ねることをどうしても自分に許したくなかった。ともすれば甘えかかりたくなる自分を抑え、彼女から遠く逃げ出すことによってしか、僕は生きられない、という、そんな馬鹿げた思いこみにすがりついた。

ひとたび悠子の顔を見たら、意志がひとたまりもなく砕け散ってしまうことはわかっていました。そうなったら最後、再び過去の自分と対面しなければならなくなる。それは辛いことでした。

ロンドンの島村先生を頼りに、僕が後先も考えずに日本から離れることを決心したのは、簡単に言うと以上のようないきさつがあったからです。

正直に言います。僕は過去の自分と対面することを恐れている。もう何度も何度も、数えきれないほど眠れぬ夜を過ごしながら、過去の自分と顔を合わせてきたはずなのに、それでもなお、僕はそこから逃げ続けていたいと思ってしまう。

それでも、逃げているのに、ふと後ろを振り返ると、目と鼻の先に過去の自分が、過去の顔をしたまま僕を追いかけてくるのです。逃げても逃げても、いい年をして、いたちごっこのように僕は過去から逃れられない。

それはこの先、僕が死ぬまで続くのだろうし、それを受け入れることが、僕に科せられた本当の意味での罰なのでしょう。そうに違いない、と考えるようになってきて、最近では工房の片隅で手仕事をしている時など、ふと過去の取るに足りない出来事の数々を故意に思い出そうと試みてしまうことすらあるほどです。

そのたびに、ぞっとするものが全身を走り抜けていくのですが、それでもそういったことに、僕は少しずつ慣れていかなければならないのかもしれない。いつまでも過去に囚《とら》われ、嫌悪し、忌避《きひ》していても何の意味もないのかもしれず、そう思ってみると、今さらながら悠子がいとおしく、懐かしく、彼女の死を思って胸が張り裂けそうになる。

二晩、ほとんど眠らずに考えました。これが生きている悠子と会う最後のチャンスなのだとしたら、何故、自分はドイツのうそ寒い小さな町で、ぐずぐずと逡巡を繰り返しているのだろうか、と。今すぐ行って、生きている悠子をこの目に焼きつけておくべきではないか、と。

日本に帰ります。今この段階ではまだ、いろいろなことの予定が立たず、いつ帰るとはっきり言えませんが、ともかく二月中に必ず帰ります。悠子に会いに行きます。どこでもいい、来てくれと言われたところに僕は行きます。

あなたからの手紙を読んで、まず思ったのは、今すぐにでも荷物を作って、妻に適当な嘘をついて飛行機に飛び乗ってしまおう、ということでした。本当です。

日本に戻りたいと思ったことはかつて一度もなかった。でも、今は思う。帰りたい。帰って彼女と会いたい。そのことしか頭にない。

近々、予定が立ち次第、必ず僕のほうから電話します。その時、どこに行けばいいのか、教えてください。

それにしても、摂子さん、あなたとは不思議な縁だとつくづく思います。あなたが僕と悠子を引き合わせた。あなたがいなければ、もしかすると僕は兵藤英二郎を殺さずにすんだのかもしれない。そう思うこともあるのですが、何もこれはあなたを責めて言っているのではありません。

僕はあなたに感謝している。悠子と引き合わせてくれたことを感謝している。そして、ここまでして僕を探し出してくれたあなたに、言葉にならないほど感謝している。

あなたがいなかったら、僕は悠子の近づく死も知らず、相も変わらず過去のくだらない出来事の数々を嫌悪し、過去の自分を罵《ののし》りながら、陰気な顔をして生き続けていたに違いない。そしてずっとずっと後になって、おそらくは僕自身が棺桶《かんおけ》に片足を突っ込むような頃になって、悠子の死を偶然耳にし、深い後悔の坩堝《るつぼ》から抜け出られなくなっていたに違いない。

悠子には、僕が会いに行くということを伏せておいてください。神経を乱れさせないためにも、余計なことを考えさせないためにも、そのほうがいいように思います。偶然、再会した……そんなふうにしたい。ドイツに住んでいる僕と、東京に住んでいる彼女とが、偶然日本のどこかでばったり会う、というのは考えられないことなのかもしれないが、奇跡が起こったのなら、それもあり得る。そして僕は今、彼女との間に奇跡を起こす決心をした。

こちらは寒い日が続いています。日本の冬がどんな寒さであったか、何か遠い記憶の彼方にしか感じられないのですが、あまり天候の芳しくない季節、悠子の容態に悪い変化がないよう、祈る思いでおります。末筆ながら、摂子さんもくれぐれもご自愛ください。

13

摂子は毎日、電話を待った。外出している間にかかってくるのではないか、と思い、留守番電話をセットして出ても、なお気がかりで、何かに急《せ》かされるようにして家に戻る日々が続いた。

ドイツと日本の時差は八時間。義彦が電話をかけやすい時間帯、日本は夜間となる。とりわけ夜九時から十二時頃までの間にかかってくるような気がしてならず、その時刻にかかってくる保証など何もないというのに、摂子は風呂に入っている時でも、居間で電話が鳴り出しはしないか、と耳をそばだてていた。

幸いにして悠子は小康状態を保っていて、急を要するようなことも何も起こらず、通院しながらの治療の成果は上々で、さしたる苦痛はない様子であった。

刻々と失われていく命の砂が、昨日よりは今日、今日よりは明日、といった具合に減っていくのは火を見るよりも明らかなことなのに、悠子だけがさして変わらずにいられる、というのは奇跡というほかはなかった。この頃になると、富岡は悠子の入院治療日に限らず、理由をつけては会社を休んで、悠子と一緒にいられる時間を作るようにし始めたが、悠子のほうでは特別扱いを受けることを嫌って、私は大丈夫、と言うのが口癖になっていた。

三日に一度は、悠子の母親や兄、義姉が入れ代わり立ち代わり、中野のマンションを訪ねていたので、寂しさもまぎれ、時に兄の運転する車に乗って実家に戻り、一泊してくることもあるようだった。

摂子は夫や由香が出かけた後、毎日のように大音量で『スターバト・マーテル』のCDをかけた。その荘厳な宗教音楽は海を越え、幾百幾千の小さな町や村を越えて、クロンベルクという土地にまで行き着くような気もした。

二月七日、土曜日の夜八時半頃になって、電話が鳴った。ちょうど冬季長野オリンピックの開会式があった日で、昼間行われた開会式のもようをテレビが再放送しており、珍しく早く帰宅した夫と由香と三人で、見るともなく画面を見ていたところだった。

何という理由もなしに、摂子はこの電話は義彦からの電話ではない、違う、と思った。テレビ画面に気を取られていたせいもあるのだが、さして緊張もせずに受話器を取ったところ、はい、栗田です、と言う間もなく、電話はすでに切れていた。

いたずら電話かしら、と誰に言うともなくつぶやいたのだが、夫は由香と何か話していて摂子のほうは見ていない。席に戻った時に、「誰から?」と聞かれ、「切れちゃった」と言った摂子に向かって、夫はさも関心なさそうに、ふうん、と言っただけだった。

由香が、飲んでいたココアのカップを倒してしまい、まだ半分以上入っていたココアがテーブルからフローリングの床にしとどにこぼれてしまったのはその直後である。反射的に立ち上がってキッチンからタオルを取って来た摂子は、由香のだらしのない飲み方が悪いせいだ、と小言を言いながら、床を拭き始めた。

　再び電話が鳴り出したのはその時だった。僕が出ようか、と言い、立ち上がりかけた夫を自分でも驚くほど強く制して、摂子は部屋の片隅にある電話機目がけて走り出した。何故とも知れず、胸をわしづかみにされたような緊迫感を覚え、受話器を取り上げた瞬間、相手の声を聞く前に、摂子はすでにそれが誰からの電話であるのか、わかっていたような気がした。

　声は海を渡り、険しい山々の尾根を越えてきたものとは思えないほど、間近に聞こえた。同じ町の、家のすぐ近くの公衆電話、あるいは隣の部屋からかけているかのようだった。

「兵藤です」声の主は言った。「摂子さんですね」

「そうです」

「手紙ありがとう。僕の手紙、読んでいただけましたか」

「もちろんです。電話をいただけるのを首を長くして待っていました。もう日本に？」

「いえ、まだフランクフルトですが」

「すごく声が近く感じます。だから、もうこちらに帰っていらっしゃるのかと思って……。あ、ごめんなさい。お久しぶりだというのに、ちゃんとご挨拶もしないで、こんな……」

　誰が電話をかけてきたのか、気づいたらしい。栗田はリモコンを使ってテレビの音声をしぼった。家にはコードレスの子機が二台あったのだが、居間の電話機はコードのついた親機だった。自在に部屋から出て行くことはできなかった。

「悠子はまだ大丈夫でしょうか」

「はい。今のところは容態に目立った変化はありません」

「そうですか。よかった」

「……先生、帰って来られますか？」

「先生はやめてください。僕はもう医者でも何でもないのですから」

声は変わっていなかった。喋り方も何もかも、昔の義彦のままであった。

「来週にでも、と思っていたのですが」義彦は言った。無念そうな口ぶりに、摂子は不吉な予感を働かせた。何かあったのかもしれない。のっぴきならない事情が生じて、帰れなくなったのかもしれない、と。

「……だめになったんですか？」

「実は三日前、義父が倒れて、入院しました。脳出血です。ごく軽いものでしたが、当分入院が必要になって……」

「じゃあ、戻って来られないということですか」

「僕が、義父と悠子を天秤《てんびん》にかけるような人間だったとしたら、こんなふうにしてあなたに電話をかけるはずもないでしょう」義彦は軽口をたたく時のように、なめらかな口調で言った。「来週は無理ですが、再来週には帰れます。十六日にこちらを出て、十七日には成田に着きます。昨日、チケットを予約しました」

安堵のせいで摂子が全身の力を抜き、言葉を失っていると、義彦は不安げに聞いてきた。

「それでは遅すぎますか」

「いえ、そんなことはありません。大丈夫です」

「もっと早く帰りたいと思ってるんです。今すぐにでも」

「わかります。でも、再来週で充分です。まだまだ元気な悠子と会えるはずです」

「どこに行けばいいですか。彼女の家？　それともどこか他の場所？」

摂子には何度も何度も、考えて、想像して、組み立てては壊し、壊しては組み立て直してみた計画があった。

悠子には富岡という夫がいる。悠子と義彦とをどうやって再会させるか。富岡に正直に言うべきかどうか、迷ったが、やはり言わずにおいたほうがいいように思った。これは決して、富岡に対する裏切り行為なのではなかった。しなければならない儀式のようなもの、と考えるべきだった。

となれば、富岡には隠したまま、悠子をどこかに連れ出す必要がある。どこか静かなホテルに部屋を取る。もしくは摂子の自宅で再会させる……。

いずれも富岡に黙ってできることではあったが、ホテルに部屋をとる、というのは何かあさましいような気もしたし、まして摂子の自宅を使う、というのも気がすすまなかった。もっと二人にゆかりのある場所で再会させたい……そんな気がした。

「日本にはどのくらい滞在できますか」摂子は聞いた。「丸一日、悠子と過ごすことができますか」

「丸一日？　それだけしか僕は彼女と会えないんですか」

摂子は視界が曇るのを感じた。「そんなことありません。もっともっと、会えるはずですし、彼女だってそう願うはずです。でも……」

「何か問題が？」

「富岡さん……悠子のご主人なのですが、その方にはなるべく知られないほうがいいと思って」

ああ、と義彦は言った。「そうですね。わかります。当然です」

「先生のほうはいかがですか。ドイツ人の奥様は先生が日本に帰ったきり、戻らないのではないか、と心配なさってるんじゃないですか」

「東京の大切な友人が死にかけてる、と説明しました。今会わなければ、二度と会えなくなる人だ、と。思っていた通り、小さな諍《いさか》いはありました。でも義父が倒れたことで、どういうわけか僕の気持ちが通じたようで……今はわかってくれています。ご心配なく」

「あの」と摂子は言い、乾ききった唇を舐《な》めた。受話器を手にしたまま、うつむいた。目を伏せたまま、ひと思いに聞いた。「軽井沢にいらっしゃるのはおいやですか」

沈黙が流れた。わずかな沈黙でしかなかったのだが、摂子にはそれが永遠の沈黙のように感じられた。

「どこにでも」と彼は言った。「どこにでも僕は行く。手紙にもそう書いたはずです」

事件の記憶を蘇らせたのではないか、これは彼にとって何よりも失礼な提案だったのではないか、と訝《いぶか》ったが、そのことを確認するのは怖かった。

摂子は何も気づかなかったふりをして、「軽井沢を考えているんです」と言った。「私の義父が所有している別荘があります。小さな山小屋のようなものですが、静かで誰にも気兼ねせずに話ができます。南原というところです。線路をはさんで南側になりますが」

「南原でしたら知っています」

「去年、新幹線が開通したんです。ご存じでしたか」

「いや、知りませんでした」

「東京駅始発で、軽井沢まで一時間とほんの少し。びっくりするほど近くなりました」

「軽井沢も変わったんでしょうね」

「そうでもありません。変わるとしたらこれからでしょう」

「……で、僕はその別荘に行けばいいのですね」

「ええ。私が悠子を別荘に連れ出しておきます。十七日に成田に着くのでしたら、十八日に軽井沢でお目にかかることにしましょうか」

「わかりました。そうします」

「別荘の電話番号をお教えします。今、メモできますか」

「できます。どうぞ」

摂子はゆっくりと別荘の電話番号を告げた。間違うといけないので、二度繰り返し、三度目にもう一度、義彦にその番号を読み上げてもらった。聞き違いはないようだった。

「寒い時期ですが、別荘には床暖房をつけてあるので室内にいる限りは東京よりも温かいかもしれません。悠子の身体にはさわらないと思います。何時に到着するのか、当日、電話でお知らせくださいさい。遅い時間でも早い時間でも、軽井沢駅まで私がお迎えにあがりますから」

「突然、僕は悠子の目の前に姿を現すことになるんですね」

「……怖いですか」

いや、と彼は言い、その後で、曖昧に笑った。

「当日、お待ちしています」摂子は心から言った。「お気をつけて」

ありがとう、と義彦は言い、その後ですぐ「感謝します」とつけ加えた。「あなたに。どうお礼を言えばいいのか、わからない」

「お礼なんていりません。悠子に最後の贈り物をしてやりたいだけですから」

海底をすべる砂のように、ざらざらとした沈黙が広がった。わずかに鼻をすすり上げるような気配がしたと思ったら、義彦は「それじゃ、その時に」と言い、ほどなくして電話は切れた。

14

事件から一年たった一九八四年の暮れ、悠子は単身、軽井沢を訪れている。

その年、軽井沢では十二月末に大雪が降った。雪に埋もれた診療所はひっそりと静まりかえっており、住む者もなくなった懐かしい建物はいくらか荒れてはいたものの、診療所の表札が取りはずされていたことを除けば、ほとんどが元のままだった。建物の前にじっと佇《たたず》んでいると、今にも入口の扉が開き、義彦が外に出て来るような気がしてならなくなった。そして、実際、義彦の幻を見たような気さえしたのだ、と悠子は後に摂子に語った。

悠子が摂子の前で、軽井沢という地名を自ら口にしたのはそれが最後となった。以後、悠子は二度と軽井沢の話をしなくなった。話題が軽井沢の記憶を刺激するものになった途端、悠子は途中で大急ぎで話を変えた。その反応の凄《すさ》まじさは、痛々しいほどであった。

悠子の気持ちが、摂子にはよく理解できた。時に、自分も暮らした懐かしい大日向《おおひなた》のアパートの話など、悠子相手にしてみたくなる衝動にかられることもあったが、大日向という地名を口にすれば、義彦や英二郎が亡霊のように悠子の周囲を徘徊《はいかい》し始めることはわかっていた。したがって摂子もまた、悠子の前では軽井沢や大日向といった地名、そればかりか、あの時代を思い出させるすべての話題を避ける習慣を身につけざるを得なくなった。

摂子の義父が南原に山荘を買った時は、嘘をつく必要もないので正直にそう報告したし、由香もまじえて夏ごとに摂子が軽井沢に出かけるようになった時も、悠子にはありのままを教えた。だが、それだけだった。軽井沢で何をしたか、どこに行ったか、東京に戻ってから摂子は悠子に何ひとつ話さなかった。悠子もまた、そのことについて何も聞かなかった。

軽井沢という土地は、悠子にとって長い間、禁忌の土地であった。その禁忌を今、摂子は破ろうとしている。何があっても悠子を軽井沢に連れて行かねばならなかった。連れて行くだけの正当な理由を編み出さねばならなかった。義彦と会わせるためのその演出に、綻《ほころ》び一つあってはならないのだった。

摂子は正攻法でいくことを決意した。もってまわったような巧妙な、計算ずくの誘い方はすべきではなかったし、それは自分の流儀に反した。

或る一つの目的に向かおうとする時、人は何があっても真摯《しんし》さを失うべきではない、というのが摂子の信条だった。その目的がどんなものであろうと、摂子は薄汚い嘘や冷淡な合理性を極力排するような人間だった。たとえ大きな商談を成立させようとしている時ですら、大金を動かそうとしている時ですら、自分は目の前にいる人間に大まじめな顔をして、いつのまにかしみじみと人生を語ってしまう愚かさを持っている、と摂子はいつも思っていた。

「ねえ、軽井沢の冬を女二人で過ごさない?」

悠子に電話をかけ、摂子は何の前置きもなくそう誘った。そして悠子が何か言う前に、何も言わせまいとする勢いで喋り始めた。

「栗田の父親が持ってる山荘の話、したでしょ? 南原にあるの。静かよ。全室、床暖房が入ってるわ。おかげで東京よりもあったかなの。お風呂場はもちろん、トイレも玄関も全部ポカポカ。冬でも半袖でいられるくらいよ。食事も悠子の身のまわりの世話も全部、私がやる。滞在中は女王様気分でいてちょうだい。家は山小屋程度で粗末なものだけど、居心地よく作ってあるわ。家の中のどこにいても庭が見えるの。義父が野鳥を呼び寄せてるから、鳥が餌を食べに来るのよ。鳥に餌をやるのも楽しみの一つなの。暖炉で薪をたいて、火を見ながら、悠子と二人きりでゆっくりのんびり、気兼ねなくおしゃべりしたい。中野のマンションにはいつでも行けるし、これからもそうするのはもちろんだけど、でも私、悠子と軽井沢に行きたいのよ。馬鹿みたいでしょ。どう思われてもかまわない。悠子とね、私は軽井沢の冬を過ごしたいの。軽井沢っていう地名をこれまで私は悠子の前で口にするのを避けてきた。ほんとよ。わかるでしょう? 南原の山荘の話もめったにしなかったわ。でも、今は不思議ね。あなたと一番行きたいのが軽井沢なのよ。他にはどこにも行きたくない。軽井沢が懐かしいの。軽井沢の冬の匂いを思い出すと、時々、涙が出てくる。凍った雪の匂い。甘く澄んだ空気の匂い……。私ね、あれからしょっちゅう軽井沢には行ったけど、冬だけは行かなかった。行けなかったの。冬だけじゃない。夏が終わるとそそくさと帰って来た。でも今は違う。冬の軽井沢が見たいの。それも他の誰とでもなく、あなたと……」

鼻の奥がわずかに熱くなり、摂子はそこまでひと息に喋ってから言葉をとぎらせた。自分は果たして演技をしているのだろうか、と摂子は訝しく思った。今しがた口をついて出てきた言葉の群れは、気持ちの底からわきあがってきた素朴な感傷に過ぎなかったような気がした。

悠子は口をはさまずに聞いていた。一通り聞き終えてからも黙っていた。誘いに応じかねている悠子の顔が、摂子の目に浮かんだ。

言下に断られる可能性もあった。病が日々刻々、体力を奪っている。旅行はおろか、歩くことも、喋ることすら、もうあとわずかしか猶予が残されていないことはわかっている。気持ちは嬉しいが、たとえ東京から近い場所であったとしても、遠出などしたら、残った体力がその時すべて失われてしまいそうで恐ろしい……そう言われてしまえばそれまでだった。

あるいは摂子が気づかぬうちに、容態が悪化していることも考えられた。栗田にすらわからぬほど、本人の体力消耗は加速度を増しており、すでにもう新幹線に乗って別の土地に行くことすら難しくなっているのかもしれなかった。

「どうして黙ってるの?」摂子はおずおずと聞いた。「聞いてる? 悠子。そこにいるの?」

「いるわ」悠子は言った。軽い咳払いがそれに続いた。「ありがとう。そんなふうに言ってもらって、すごく嬉しい」

「どう？　二泊くらいしてこない？　もちろん二人きりで。富岡さんも栗田も抜きで」

ええ、と悠子は言った。「素敵ね」

「栗田には確認を取ったの。こんな寒い季節にあちこちうろうろしたら、風邪をひいて大変なことになるだろうけど、山荘の外に出ないという条件つきなら、まったく問題はない、って。主治医のお墨付きよ。話が決まったら、すぐ管理事務所の親しくしてる人に頼んで、床暖房をつけたり、水道の栓を開けたり、いろいろ準備しておいてもらうつもり。富岡さんには私や栗田から説明する。万一、滞在中に具合が悪くなったらどうするか、っていうことも、事前に栗田と相談して決めておくし、その時には……」

「そんなことはどうでもいいの」悠子は静かに遮った。「私の身体のことなんか、どうでもいいのよ。大丈夫。私はまだ生きてるし、あとしばらくはこんなふうに生きていられるんだ、って自分でわかる。迷惑はかけないわ。摂ちゃん、私が怖がってるのはね、そんなことじゃないのよ」

摂子が黙っていると、悠子は、ふうっ、と息を吐くようにして軽く笑った。

「何なの。何が可笑しいの？」

「ごめん。別に可笑しいわけじゃないんだけど……摂ちゃん、私ね、もう何もこだわってなんかいないつもりでいたんだけど、でも……冬の軽井沢に行く、って思ったら、やっぱり

「……」

「怖い？」

「……少しね」

「思い出すことがたくさんあるから？」

「冬は特別だわ。まだしも夏ならよかったのに。でも今度の夏まで、私は生きていられないから、こんなこと言っても始まらないんだけど」

天候の話でもするように、自分の死をさらりと口にした悠子は、自嘲気味に笑った。摂子は聞かなかったふりをした。

「行こうよ、悠子。私はすっかりその気でいるのよ」

沈黙が広がった。受話器の向こうが静まり返った。

摂子は続けた。「今はもう、あそこは悠子にとっていやな思い出ばかりの土地じゃないわ。いいこともいっぱいあった。むしろ、いいことのほうが多かった。そうじゃない？」

「……どうかしら」

「軽井沢に行って義彦先生のことを思い出すのは、そんなに怖いこと？」

「そうは言ってないわ」

「怖くなんかないでしょ？　軽井沢という土地に取って食われるわけじゃなし」

「そりゃあそうだけど」

「ねえ、悠子。そろそろ、甘い思い出を楽しんだら？」

「どういう意味？」

「いいことがいっぱいあったんでしょ？　そういう思い出話、一人占めにしてないで、少し私に聞かせてよ」

「一人占めになんかしてないわ」

「してる、してる。一人で甘い思い出に浸ったことだってあったくせに。なかったとは言わせない」

「摂ちゃんたら、変ね。そんな話、今さら言わせてどうするの」

「聞きたいのよ」

「古い話よ。忘れたわ」

「嘘言わないの。忘れるわけがないでしょ」

「ほんとよ。カビが生えるくらい古い話だもの」

「古いからこそ、もう時効じゃないの」

「時効とか何とか、って、そういう問題じゃ……」

「私、聞きたいのよ。悠子が元気でいるうちに、そういう話、聞いておきたいの」

「そういう話、って何なの」

「決まってるじゃない。高森悠子と兵藤義彦の烈しい烈しい恋物語……」

馬鹿ね、と悠子は呆れたように言い、笑った。今にも泣きだしそうな笑い方に聞こえた。

笑い終えると、悠子はため息をついた。深いため息だった。

摂子はひるまずに言った。「行きましょ、悠子。うん、と言って」

「……そうね」

「そうね、じゃだめ。行く、って言って。言いなさい」

わずかの沈黙の後、悠子はおずおずと、しかし、口調に思いがけない積極性を滲《にじ》ませながら、「わかった」と言った。「いいわ。行く」

15

兵藤義彦が帰国するのは二月十七日の火曜日だった。翌十八日の水曜日、何時になるかはわからないまでも、おそらく常識的に考えれば午後の早い時間に軽井沢に到着することになるに違いなかった。

いずれにしても、十八日、南原の山荘に義彦から電話連絡があったら、摂子はすぐにタクシーを呼び、義彦が到着する時刻に駅まで彼を迎えに行くことにしていた。そして義彦を山荘に送り届け、おそらくは幽霊でも目の前にしたかのように驚くことになるであろう悠子に手短に経緯を説明してから、二人を山荘に残して再び車に乗り込む。

どこか気のきいた喫茶店にでも行き、たっぷり時間をかけてコーヒーを飲み、天気がよければあたりを散策して時間をつぶす。場合によっては自分用に、ホテルに部屋をとる必要も出てくるかもしれなかった。そうなってくれれば、と願う気持ちは強く、それならば、とあらかじめ部屋を予約しておこうと考えたが、そこまでするのは何だかあさましい気がしないでもない。

とはいえ、二月七日に開幕した冬季長野オリンピックの影響で、カーリング会場になっている軽井沢のホテルは満室状態が続いていると聞いていた。急に部屋を予約しようとしても無理なのではないか、と思うと落ちつかなかった。

いくらなんでも温泉旅館まで満室になるはずもない、と自分に言いきかせ、万一の時には温泉旅館やペンション、それでもだめなら民宿をあたってみればいい、と決めて、人心地ついたものの、それでも摂子はあれやこれやと気持ちの準備に忙しく、これではまるで、十五年ぶりの再会をするのが悠子ではなく自分のようではないか、と可笑しくてならなかった。

ウィークデイのことゆえ、夫の栗田に娘の面倒をみてもらうわけにもいかず、摂子の留守中は義父母に家まで来てもらうことに話がまとまった。お嬢さん育ちのわがままが老年期に入っても抜けず、気分がのらないと何ひとつ周囲と足並みを合わせることができずにいる義母も、珍しく孫と寝泊まりしたいと言い出して摂子をほっとさせた。

悠子の余命については義父母ともよく知っていて、それならば、と心よく協力もしてくれた。義父は、南原の山荘を開けるにあたって管理事務所に連絡し、床暖房や水道の具合に支障がないかどうか、業者に確認してくれた。滞在中の除雪に関しても念入りに注文を出し、暖炉の薪を用意させ、いつ行っても居心地のいい環境が保たれているよう万全の配慮を怠らなかった。おかげで、摂子の出る幕は何ひとつなかった。

富岡には、摂子と栗田が一緒にいる時に、そろって電話をかけた。滞在中、万一、体調が悪くなったらすぐに東京に戻り、栗田の診察を受ける、ということで話が決まった。

この小旅行の計画を、富岡は初めから歓迎していたようでもあった。

「よろしくお願いします」と富岡は、栗田に代わって電話口に出た摂子に言った。「ぺちゃくちゃと女同士、たっぷり亭主の悪口を喋りまくって来てください。さぞかしすっきりするでしょう」

「そうします。二泊三日かければ、たいがいの悪口は言い尽くせますものね」

「それでも足りなかったら、また誘ってやってください。雪の軽井沢もいいですが、春もいいんでしょうね。栗田先生のご両親さえ山荘を使うことを許してくださるなら、芽吹きの頃にでも、また」

富岡は時として、悠子の死を忘れているかのような話し方をしてくる。悠子が不治の病にかかっていることも、余命数ヵ月であるということも、この人はすべて忘れているのではないか。そんなふうに思われるほど、あっけらかんとした話し方……。

彼は易々と悠子の将来を語った。未来の計画を口にした。悠子の手前、そうしているにすぎないのか。あるいは自分で忘れたふりをしていたいだけなのか。

摂子は喉が塞がるような感覚を覚えながらも、「はい」と応じた。「義父母はいつでも使ってくれてかまわない、と言ってくれてます。だから……春でもいつでもまた……」

ええ、と富岡は言った。「世話になります」

「とんでもない。私のほうこそ、悠子とこうやって気兼ねのいらない時間がもてるのはどんなに嬉しいか」

「彼女も楽しみにしてるようです。まるで遠足気分だ。クローゼットを開けては、洋服を選んで、あれもこれも、なんて言ってますよ。パーティーに行くわけじゃないんだから、そんなにたくさんいらないだろう、って僕は呆れてるんですけどね」

たくさん洋服を持って来て、と摂子は心の中でつぶやく。あなたが一番きれいに見える洋服。軽井沢で義彦先生と会うことになるのだから。きれいでいたいでしょう。きれいな自分を見せたいでしょう。

一方で、富岡に対するかすかな罪悪感が、摂子の中に生まれた。自分はこの人を裏切っている、と思った。この情愛の塊のような温かな人を裏切っている……。

だが、後には引けなかった。誰かを裏切ることになるとわかっていながら、そうしなければならなくなる時が、人には必ずある。そう思わなければ、一歩も前に進むことができなくっなる時がある。

悠子が義彦と再会しても、彼女が富岡を捨てて義彦のほうに走る心配は万に一つもなかった。あるはずもなかった。悠子に残されている時間は僅《わず》かである。その中のほんのひとときを義彦と共有し、そして再び悠子は富岡の元に戻る。富岡の元で最期を迎える。悠子の最期を看取ることを許されるのは義彦ではない、富岡なのである。

だから、富岡に罪悪感など感じる必要はない……そう自分に言い聞かせながら、「楽しい二泊三日にします」と摂子は明るい口調で言った。「任しといてください」

笑顔で言ったつもりだった。だが、おやすみなさい、と言いおいて受話器を戻した途端、思いがけず胸が熱くなり、涙がにじんだ。

栗田が黙って摂子の肩を抱き寄せ、あやすように軽く揺すった。言葉が出てこなかった。摂子は束の間、夫に頭を預け、強く目を閉じて、刻々と近づきつつある友の死の影を追い払った。

十七日の昼過ぎ、摂子は中野のマンションまで悠子を迎えに行った。

悠子は、夜になって勤め先から帰って来る富岡のために、温め直せばいいだけの簡単な惣菜を作りおきしていた。肉じゃがと豆腐の味噌汁。耐熱容器にそれらを入れ、冷蔵庫に納める悠子は、平凡な幸福と健康に恵まれた、平凡な主婦に見えた。

今さら夕食の支度までしておく必要はないだろう、何をそんなに頑張る必要があるのだろう、と思い、そう思った途端、摂子は視界が潤み始めるのを覚えた。

つまらないことでいちいち動じてしまう自分が疎ましくてならない。

あと何日、という残された命の中で、悠子は身体の自由が利く限り、日々、これまでと同じ暮らしを続けている。同じ暮らしを続けようとする努力を怠っていないのである。

涙ぐんでなどいる場合ではなかった。悠子が生きている限り、自分もまた、生きている悠子と十全に関わらねばならなかった。だからこそ、今日という日を迎えたのではないか。摂子は自分に向かってそう言いふくめ、肩をいからせながら唇を強く噛んだ。

遠足に行く時のように、クローゼットを開けては何を着て行くか、何を持って行くか決めかねていた、と富岡から聞いていたわりには、悠子の荷物は少なかった。小ぶりのボストンバッグが一つあるだけ。部屋着兼用のパジャマと厚手のカーディガン、それに下着が入っているだけだと悠子は言い、よく考えたら、おしゃれをしなくちゃいけない理由は何もないことに気づいたの、と言って微笑んだ。

それでも、チャコールグレーの温かそうなウールのパンツスーツに身を包んだ悠子は、年齢相応の洒落っ気は充分だった。かなり痩せてしまっていたが、スーツそれ自体がゆったりしたデザインになっているせいで、不健康さはほとんど目立たない。病気が発見されてからは、化粧をする気にもなれなかったのか、たいてい素顔でいたのだが、その日、悠子は念入りに化粧もしていた。

呼んでおいたタクシーが到着すると、悠子はスーツの上にあでやかな美しい朱色のロングコートをまとった。今回の旅行のために、富岡が特別に誂《あつら》えてくれたものだという。鮮やかな朱の色はくすみがちな青白い顔を明るく見せるのに役立ち、きちんと紅をひいた唇も赤々と濡れたように光っていて、悠子は美しかった。

だが、頬紅のおかげで赤みを甦らせた頬も、タクシーに乗って十五分とたたないうちに青白く見えるようになった。珍しく道路の渋滞がなく、車はスムースに走り続けていたのだが、摂子が案じていた通り、悠子は車に酔ったようだった。

大丈夫？　と聞くと、弱々しく笑って大丈夫、と答える。窓を開けて外の風を吸わせてやりたいのだが、感染症を引き起こす心配があるので、むやみと外気に触れさせるわけにはいかない。

よほど途中で車を降りて、どこかの駅から電車を乗り継いで行ったほうがいい、と思ったが、人ごみの中を悠子に歩かせるのは気がすすまなかった。かといって今さら引き返し、軽井沢行きを中止にするわけにもいかない。あと少し、もう少しの辛抱だから、と摂子が胸の中で祈り続けている間、悠子は目を閉じたまま、シートにぐったりもたれていた。

車が東京駅に到着したのは、マンションを出てから三十五分後。駅前のタクシー乗降場に車が横づけになるなり、悠子は自らドアを開けんばかりの勢いで外に出て、口をおさえながら路上にしゃがみこんだ。

人々の目が一斉に悠子に注がれた。朱色のコートの背がこわばった。摂子は料金を支払うのを後回しにして車から飛び出した。

苦しげな嘔吐《おうと》があった。朝から何も食べていなかったのか、悠子の白い手からあふれ、こぼれ落ちてきたのは胃液だけで、固形物らしきものは見えなかった。

朱色の美しいコートの裾《すそ》が、吐瀉物《としゃぶつ》で少し汚れた。摂子はハンカチでそれを拭き取り、周囲の人目からかばうようにしてそっと悠子を立たせると、腕を取りながら目立たぬ場所に連れて行った。

急いでタクシーに引き返し、料金を支払って悠子のボストンバッグとショルダーバッグ、それに自分の荷物をまとめて抱えながら車を降りた。お気の毒にね、と初老の、前頭部が禿《は》げあがった人のよさそうな運転手が後ろを振り返って言った。「かなり悪いんじゃないんですか、あの人」

「悪い、って、何が？」

「病気ですよ。昔、私の姉が心臓やられて寝込んだ時と、同じ顔色してましたもんね」

いやな話なら聞きたくない、と摂子は思った。どうせ、その姉とやらは亡くなったのだろう。この鈍感な男は、そう言いたいだけなのだろう。

だが、運転手はにっこり笑うと「姉は今、よくなってぴんぴんしてますよ」と言った。「石巻《いしのまき》で乾物屋をやってる男と結婚してね。病気だったことなんか、とっくの昔に忘れてますよ。病気ってのはね、ある時から、嘘みたいにけろっとよくなるもんです。そういうもんです。だめか、と思ってても、そうなるんです。ほんとですよ。私が言うんだから間違いない」

そうですね、摂子は緊張をといて微笑んだ。そうであったら、どんなにいいか。また目の奥が熱くなった。

「ごめんね、摂ちゃん」

少し気分がよくなったのか、悠子は唇の端に笑みを浮かべてそう言った。「我慢してたんだけど、間に合わなかった。ハンカチ、汚しちゃったでしょう」

「そんなこと気にしないの。私は今日これから、悠子の看護婦なんだから。さてと、少し座って休んでこうか。新幹線なんか、しょっちゅう出てるんだから、一、二本遅らせたってどうってことないし」

「いいの。平気。予定通りの新幹線に乗りましょ。早く山荘に行きたいもの。それより、私、ひどい顔してるんじゃない？」

「全然。口紅もとれてないし、顔色もよくなってきた。それともトイレに入って、お化粧直しする？」

「これ以上塗ったら、厚ぬりお化けだわ」

あはは、と摂子は笑い、二人分の荷物を足元に置くと、コートのポケットに両手を突っ込み、悠子と並んで駅舎の外壁にもたれかかった。行き交う男たちが時折、悠子をちらりと見ていくような気がするのは、何のせいだろう、と摂子は考えた。悠子が美しいからか。それとも異様に青白く、今にもよろけそうに見えるせいか。

いずれにせよ、明日の今頃、悠子は義彦と再会を果たすのである。大丈夫。義彦の前で悠子は充分、美しくいられる。青白くとも、病人のように見えようとも、悠子は昔のままの悠子の美しさを未だ損なっていない。

あらかじめ決められた運命のシナリオを手にしている自分が、摂子には少し恐ろしく感じられた。自分は未だ起こっていないことのすべてを知っている。明日、何が起こるか、知っている……。

「こんなふうにしてると、学生時代を思い出すわね」悠子がつぶやいた。「菓子パンとか、棒のついたバニラアイスクリームとか、そんなものを食べながら、摂ちゃんと二人、大学の本館の壁にもたれて、よく日向ぼっこしたわ。覚えてる？」

「忘れてないわよ。悠子は邦夫さんのことばっかり話してたもの。結婚するの、しないの、愛してるだの、胸がときめくだの、って」

「そう？　そうだった？」

「私と会えば、邦夫さんの話が始まるの。初めてキスした時の話なんか、よく覚えてるわよ。確か、どこかに二人でドライブに行って、突然、人けのない山道で車を停めて、彼がシートを倒しながら迫って来たんだっけ。そうだったわよね」

「そんなことまで私、話したの?」

「げんなりするくらい、事細かに報告してたわよ。もうめろめろ。こっちはただの聴き役でしょう。馬鹿みたい」

悠子はうつむくようにして、くすくす笑った。摂子も笑った。

冬の日の午後の光が伸びている。駅舎の外は、タクシーや乗用車の乗降客で賑《にぎ》わっている。光の中に埃《ほこり》が舞っているのが見える。

どこかの車がクラクションを大きく鳴らした。遠くを行き交う車の音が間断なく続いている。

「寒くない? そろそろ行こうか」

摂子がそう声をかけながら悠子を見ると、悠子は摂子の視線を逃れるようにして目をそらし、うん、と子供のようにうなずいた。

その両の目はしとどに潤んでおり、気づかなかったふりをしながらも、摂子は再び強く唇を嚙んで、襲いかかってくる悲しみをこらえねばならなくなった。

16

軽井沢南原の義父の山荘は、玄関を入って右横に、ベランダに面した窓の大きい居間とダイニングキッチンが並んでいる。左横に納戸と十畳の和室、中央の階段部分が吹き抜けになっていて、二階に上がると踊り場をはさんで左右対称に洋間が二つ、さらにその上に屋根裏部屋が一つ……といった間取りであった。

義父は畳の部屋で眠るのが好きで、滞在中は一階の和室を居室として使うのが常だった。何度か長期の滞在を繰り返しているうちに、文机の上には義父の細々とした私物があふれ、床の間には義父の好きな中国史の書物が乱雑に重ねられ、居心地のいい部屋には違いないが、山荘と言うよりも、自宅の茶の間のような趣になってしまっている。

悠子には、畳の上で寝起きさせたいような気もしていたのだが、義父の部屋は片付けようもなかった。結局、摂子は、二階の二つの洋間をそれぞれ自分と悠子の寝室にすることに決めた。

悠子用に用意した部屋の日当たりは、もう一部屋よりも遥かによかった。出窓のガラス窓の外側に義父が透明なプラスチックの小鳥の餌台を取り付けていたので、居ながらにして野鳥が餌をついばむ姿を眺めることもできた。カラマツ林に遮られて浅間山は見えなかったが、代わりに大小様々の木々が冬枯れたドームのような姿を見せる、義父自慢の庭が見渡せた。

山荘に到着してから、まず摂子がしたのは、悠子の部屋のベッドメイキングだった。温かな毛布と羽布団。乾いた清潔なシーツ。枕は弾力のある羽枕にし、加湿器をセットして、乾ききった冬の空気を潤わせることも忘れなかった。

一階の居間には大人が寝そべってもまだ余裕のある大きなソファーがあった。摂子はクッションとひざ掛け毛布をソファーの足元に並べ、いつでも好きな時に、悠子がくつろいで横になれるよう配慮した。

義父が管理人たちに指示を出してくれておいたおかげで、室内はどこも清潔に掃除が行き届き、心地よく温められていた。居心地のよさと、ベランダの向こうに広がる根雪で被われた冬の庭、餌台目がけて飽くことなく飛来し続ける野鳥の群れに、悠子は少女めいた感嘆の声をあげた。

新幹線で軽井沢に到着し、かつての軽井沢駅を思い出させる何ものも残されていない近代的な駅舎を、半ば唖然《あぜん》とした顔で眺めまわして以来、悠子は心なし、元気を取り戻したようにも感じられた。古い軽井沢は明らかに隠れて見えなくなっていた。雪をかぶった浅間山を除けば、ひとまず悠子の目に映ったのは新しい軽井沢だけだったはずで、あれほど軽井沢にこだわっていた自分自身を嘲笑《あざわら》うかのように、悠子は少し饒舌にさえなった。

摂子は悠子が手を洗い、部屋着に着替え、くつろいだことを確かめてから、タクシーを呼んだ。大急ぎで近所のスーパーマーケットに出かける必要があったからである。

二泊三日の滞在中、外食はしないつもりでいた。食欲のない悠子が食べてくれそうなものを少しずつ、見た目も美しく食卓に並べたかった。東京の一流マーケットにひけを取らない品ぞろえの大型スーパーである。新鮮な果物やちょっとつまむ甘いものも含めて、目につき次第、深く考えずにショッピングカートに放り込み、買物を済ませると、摂子は再び、待たせておいたタクシーで山荘に戻った。

留守にしていたのは小一時間ほどだった。その間、電話が鳴っても出なくてかまわない、義父の関係者かもしれないし、応対するのは面倒だろうから、と言いおいて来たのだが、いくらかの不安は残されていた。

義彦はすでに成田に到着しているはずであった。翌十八日、何時に軽井沢に着くか、摂子に知らせるために、その日のうちに電話をかけてこないとも限らなかった。

たとえ悠子が電話に出なくても、呼出し音を鳴らし続ければ、自動的に留守番電話機能が作動してしまう。すでに山荘に悠子が到着しているのを知っているはずの義彦が、留守番電話に何か吹きこむことは考えられなかったが、万が一、ということもあった。

だが、両手に食料品の入ったポリ袋を提《さ》げながら、摂子が山荘に戻ると、悠子は居間のソファーに横になってぼんやり庭を眺めており、電話が鳴った様子はなく、まして留守番電話装置が点滅している気配もなかった。

ほっとすると同時に、細かいことを気にしすぎている自分がいやになった。しまいには、翌日の義彦との再会を悠子がまったく喜ばず、それどころか本気で怒り出すのではないか、という妄想までわき上がる始末だった。

そんなはずはない、とわかっていながら、このきわめて作為的なやり方にはそもそも初めから無理があったのではないか、などという考えが頭をもたげてくる。所詮、他人事ではないのか。他人の色恋に何故、ここまで自分は無理難題を乗り越えて、わが身を削り続け、時に私生活まで犠牲にしながら関わらねばならないのか。悠子が死にかけているからか。だとしたら、その、死にかけている悠子が本心から義彦に会いたいと思っている証拠は、どこにあるのだろうか。

やめなさいってば、と摂子は自分に言い聞かせた。そんなことを今さら悶々と検証してみたところで、無駄だった。いいと判断して、ここまでやってきたことだった。もう後には引けなかった。何も考えずに明日という日を迎えるしかなかった。

摂子は慌ただしく頭の中でそんなふうに結論を出し、買ってきたものを冷蔵庫に詰め込むと、暖炉の薪に火をつけた。点火の仕方が下手だったせいか、あるいは薪が湿っていたせいか、なかなか薪に火が回らずに手こずったが、悠子は暖炉が珍しいのか、楽しそうに摂子の薪との格闘を遠くから眺めていた。

なんとか暖炉の中に炎が燃えたつと、CDデッキで古いアメリカンポップスのメドレーを流した。熱いミルクティーをいれ、チーズ味のスティックを添えて居間に運んだ。

山荘での午後の時間は、和やかに緩やかに流れていった。悠子の体調はよさそうだった。お茶を飲み終えると、夜にならないうちに、と悠子は自ら言い出し、庭に出たがった。コートの上にさらに毛糸のショールをはおらせ、手袋をはめさせて、摂子は悠子の腕を支えながら、ゆっくり庭を一周した。庭はひっそりと、冬の香りに満ちていた。

初夏から夏にかけて、ここに花がいっぱい咲くのよ、と摂子は自分の作った花壇を指さした。悠子は雪をかぶった花壇を見下ろしながら、どんな花が咲くのか、教えてほしい、と言った。

黄菖蒲《きしょうぶ》、ジュウニヒトエ、オダマキ、山百合、フシグロセンノウ、サルビア、ルピナス、フウリンソウ……。摂子が一つ一つ、思い出しながら花の名を口にしていくのを、悠子は目を閉じ、うなずきながら聞いていた。そこに花が咲き乱れている様を想像しているかのようであった。

「野の花が多いのね」

「軽井沢には、園芸物よりも野の花のほうが似合うじゃない。鮮やかな花よりも、小っちゃな小ぢんまりとした花のほうがしっくりくるの。散歩に行くたびに、義父がいろんな野草を掘り起こして来ては私に渡すのよ。今に野草園になるわ」

「フタリシズカは?」

「え?」

「フタリシズカ、っていう野の花。知らない?」

「ああ、知ってる。ヒトリシズカの仲間でしょ。白くて小さな花。静御前《しずかごぜん》にあやかってるのよね。ここには植えてないけど。でも、どうして?」

ううん、別に、と悠子は慌てたように微笑みながら首を横に振った。「ちょっと聞いてみただけ」

「好きなの?」

悠子はうつむき加減になった。「名前がきれいでしょう。それでね……昔から好きだった」

「じゃあ……今度植えとく。悠子のためにフタリシズカを」

「ありがとう」悠子は目を細めて微笑んだ。「だったら私、透明な魂になって、花が咲いたらここに見に来るわ」

摂子が眉間に皺を寄せ、表情を曇らせると、悠子は「安心して」と笑いをにじませながら言った。「幽霊になんかならないから。絶対に怖がらせたりしない。約束する」

馬鹿ね、と摂子は言った。「そんなこと聞いてないじゃない」

「死んだら人はそれきりだと思ってたけど」と悠子は誰にともなくつぶやいた。「そうじゃないのかもしれない、って最近、思うようになったの。変ね。うまく言えないんだけど、死ぬことがわかってから、なんだかそんなふうに思えてきて仕方がない。だから、透明な魂になって花を見に来ることくらい、簡単にできると思う」

摂子は大きく息を吸った。「見に来てちょうだい、いくらでも。何だったら幽霊になってでもいいのよ。悠子の幽霊、きれいでしょうね。きっとそう」

「幽霊にきれいも何もないでしょ。大丈夫。朝早く、みんながまだ眠ってるうちにそっと来て、そっと帰るから」

摂子はうなずき、唇を嚙みながら微笑み返した。「馬鹿なこと言ってないで戻りましょう。冷えてきたわ。風邪ひいたら大変」

山荘に向かって静かに足を運びながら、悠子は言った。「ありがと、摂ちゃん。感謝してる」

「ん？」

「軽井沢に来たこと。来てよかった。ほんとよ。いろんなこと思い出すの。でも、思い出すんだけど、それが不思議に辛くないの」

よかった、と摂子は言った。それ以外、何を言えばいいのか、わからなかった。

摂子は夕食に湯豆腐を作り、柔らかく炊《た》いた米飯をほどよく焼いた鱈子《たらこ》と一緒に小さくむすんで、海苔《のり》を巻いた。他には具だくさんの野菜の味噌汁と野沢菜のわさび漬け。食欲がなくてもなんとか食べられそうなものを、と考えぬいた献立だった。

悠子の箸の運び方は、思っていたよりもリズミカルだった。いっときわき上がった食欲が失われないうちに、と焦っているかのような勢いで、悠子は温かい豆腐を口に運び、柔らかく煮込んだ味噌汁の中の野菜を味わい、海苔を巻いたおむすびを齧《かじ》り、食べるという行為に神経を集中しているかのようにも見えた。

食事を終え、暖炉の前で煎茶《せんちゃ》を飲み始める頃から、悠子はやっとぽつりぽつり、昔の思い出を語り始めた。大日向のアパートでの生活。冬の夜、アパートの窓から見えた無数の星屑。慣れぬ凍結道路の運転、初めてカケスを見て、これが幸福の青い鳥なのか、と思ったという話。夏の嵐の凄まじさ。自分が調合した薬を飲んでいた患者たちのこと。そしてあの別荘地の中にある診療所。あの美しかった建物。山の麓《ふもと》からうねうねと続く坂道を上がっていった所にある見晴らしのいい高台の別荘。兵藤英二郎、兵藤義彦……。

その二人の男の名前が出てきてから、悠子は一旦、口を閉ざしたが、それも束の間のことで、その色の悪い唇はやがて再び開かれ、言葉がなめらかにあふれ出てきた。

「私はね、摂ちゃん、軽井沢に来た頃、毎晩のようにトーマス・マンの『トニオ・クレーゲル』を読み直してたの。死んだ邦夫が好きで読んでた本だったからなんだけど、それだけじゃなかったような気がする。どうして私が『トニオ・クレーゲル』みたいな、芸術家の悩みを描いた小説を何度も何度も読み返してたのか、ずっと不思議だった。何か理由があるような気がしてたんだけど、それがわからなかったのよ。自分とはかけ離れた世界としか思えないじゃないの。あのころですでにもう、時代遅れみたいな小説だったし。でもね、今頃になって、おぼろげにわかってきたことがあるの」

摂子は黙ったままうなずき、悠子の次の言葉を待った。

「私は芸術家でも文士でも何でもないし、あそこに出てくるトニオのような人間とはまるで違う。でもね、似てるところが一つだけあるような気がするの。トニオみたいに、私もまた分裂してる人間なのかもしれない。例えばこういうことよ。ものすごく感情的なのに、理性的でもあって、ものすごく俗っぽいところがあるのに、俗っぽいことを心底、軽蔑してて。ものすごく生きることが好きなくせに、死ぬことがさほど怖いとも思えなくて、精神を大事にするくせに、一方でものすごく肉体に素直な……」そこまで言って、悠子はちらりと摂子を見、照れを含ませた笑みを浮かべた。「要するに二つの全然違う要素の間で、いつも板ばさみになってる人間、ってこと。どっちも真実なのよ。嘘はないの。でも嘘がない分だけ、本人は苦しいの。わかるかな」

わかる、と摂子は言った。「ということは、そういう小説を愛してた邦夫さんも、そういう人だった、ってこと？」

「かもしれない。可笑しいわね。今になるまで気づかなかったんだけど、邦夫と私は、お互いに分裂してる人間だったからこそ引き合って結婚したのかもしれない。そう考えると辻褄《つじつま》が合うような気がするの。私は分裂しっ放しで、結局、こういうことになったけど、その意味では彼は案外、幸せだったのかもしれないとも思うわ。分裂してる人間は、芸術家じゃなくても生きていくのがへただもの。上手そうな顔をすることができるだけでね。早く死んだほうが楽に決まってる。死を受け入れることにかけては、分裂してる人は強くいられるから」

「でも、そうは言うけど、彼があんなに早く死んだせいで、悠子は……」

「そう。そうなの」そう言って悠子は優雅に冷たく微笑んだ。「私は彼の分まで分裂状態を引き受けなくちゃならなくなった。皮肉よね。分裂の二乗。私があんなに義彦先生に惹かれて、恋に溺れていながら、一方で大先生の愛撫から逃れられないようになったのも、なんだかね、そのせいだったような気がして仕方がなくって」

「邦夫さんのせい、ってこと？」

「ううん、誰のせいでもないのよ。それはわかってる。わかってて時々、そんなふうに思ってみたりするだけ。全部つながってたんじゃないのか、って。私が彼と結婚した時から、私の物語は全部、こんなふうになることがわかってたんじゃないか、って」

「悪い物語じゃないわ。それどころか、むしろ素敵な物語よ。ドラマティックで、ロマンティックで」

悠子はくすくす笑った。「悲劇のヒロイン、高森悠子。出来すぎてるくらいドラマティックな話よね。確かにいいかもしれない」

暖炉の中で薪が爆《は》ぜた。室内は充分に温かく、静かで、満ち足りていた。

摂子は微笑みかけ、「まだ起きていられる？」と聞いた。「疲れてない？」

「平気よ。大丈夫」

「じゃあ、一つ聞かせてもらおうかな。すごく下世話な質問だけど。聞きたい聞きたいと思ってて、ついに聞くチャンスがなかったんだもの」

「なあに？」

「初めて義彦先生とキスしたのはいつ？」

悠子は目を丸くし、天井を振り仰ぐようにして笑い出した。「何を聞くかと思ったら。そんなこと？」

「大切なことじゃない。あのね、言っとくけど、私は何も、先生との初めてのセックスを根掘り葉掘り聞こうとしてるわけじゃないのよ。私が聞いてるのは初めてのキスの話なんだから」

可笑しい、と悠子は肩を震わせながら笑い続けた。「だからこそ可笑しいのよ」

「どうして？　どういう意味？」

だって、と悠子は目に涙までためながら笑い声を飲みこみ、再び爆発させて、もう一度「だって」と言った。「義彦先生と初めてキスをしたのは、摂ちゃんと栗田先生の結婚式の晩だったんだもの」

呆気《あっけ》に取られたようになった摂子は、「はあ？」と聞き返した。その間の抜けた言い方に摂子自身、可笑しさがこみあげて来て、二人は暖炉の前で、転げまわるようにして笑い合った。

「やってくれるじゃない。すみにおけないんだから。どこで？　どこでしたの？」

「日比谷公園」

「確かあの日は、雨だったわよね」

「だから木陰で」

「どうしてそんなことになったのよ」

「結婚式の後、帝国ホテルのバーで少し飲んだのよ。その後、なんとなくそういうことになって……」

「ねえ、素敵だった？」

「野暮《やぼ》な質問ねえ。当たり前でしょう？」

ロマンティックな思い出を辿《たど》ろうとしながら、意に反して摂子と悠子は笑い続けた。

「その時はキスだけだったの？」

「そうよ」

「じゃあ改めて聞くけど、初めてセックスしたのはいつ？　どこで？」

悠子はまた笑い声をあげた。「結局、それが聞きたいんじゃない」

「違うわよ。そういう意味で聞いてるんじゃなくて……」

「それもドラマティックだったら面白い、って他人事のように思ってるんでしょ」

「そりゃあそうよ。私の時があんまりドラマティックじゃなかったんだもの。教えたと思うけど、私たちはあらかじめ予定を組んで、その日は決行するんだ、って二人で決めて、箱根のホテルを予約して、用意万端整えて出かけてって、結局、その通りにしただけなんだから」

「それもまたいいじゃない」

「今から考えると、ちっともドラマティックじゃなかったのよ。その時はちょっとはドキドキしたけど、私の本当の理想は違ったんだもの」

「どういうのが理想だったの？」

「私の好みは昔から決まってるの。或る晩、二人が会っている時に、偶然嵐になって帰れなくなっちゃって、どこかに雷が落ちて停電して部屋の中は真っ暗で、そして何となく突然、二人は惹かれ合って、そういうことになっちゃうの。外では雷が鳴ってて、稲妻が部屋の中を走り抜けて……。そういうシチュエーション」

　悠子は息も止まらんばかりに烈しく笑い出し、笑いすぎて涙がたまった目を手の甲で乱暴に拭き取った。化粧が剝《は》がれて目の周りが黒ずんだ。そんなことに気づいた様子もなく、悠子は、摂ちゃん、と笑いすぎて痰が絡まったような声で言った。「私と義彦先生はね、まさにその通りだったのよ」

「その通り？　ひょっとして、嵐の晩？　雷？　稲妻の走る部屋？　ねえ、それは診療所で、ってこと？　突然？」

悠子はうなずいた。のけぞるようにして摂子が床の上に仰向けに倒れてみせると、悠子は部屋着の膝《ひざ》を抱え、どこか恍惚《こうこつ》とした光を目の奥に湛《たた》えながらいつまでもくすくすと笑い続けた。

「夏だった。よく覚えてる。忘れたこと、ない」

悠子はそう言った。

ふいに弾けるようにして二人の間で笑い声が途絶え、後には暖炉の中で薪が爆ぜる音だけが残された。

17

翌十八日も朝から上天気が続いた。

久しぶりに過去を話題にして喋り続け、はしゃぎ過ぎたせいか、悠子はあまり眠れなかったと言った。顔色がすぐれず、どこか気分が悪そうだった。摂子は朝昼兼用の軽い食事をさせてから、ベッドで横になっているようにと勧めた。

ことさら嫌がる様子も見せずに、悠子は言われた通り、二階に上がり、ベッドにもぐりこんだ。

このままどんどん、具合が悪くなっていく可能性もあった。そうならぬように、と祈るしかなかった。

義彦は何時に電話をかけてくるか、わからない。前日のうちに帰国しているのは間違いないのだから、ゆっくり旅の疲れをとってから軽井沢に向かうにしても、日暮れて到着するということはまず考えられなかった。

したがって、午後一時、遅くとも二時頃までには何らかの形で連絡が来るはずであり、そう考えながら頻々《ひんぴん》と居間の掛け時計に視線を投げていると、何だか息苦しくなるような気もしてくる。摂子は室内をうろうろと歩き回り、これではまるで、悠子ではなく自分が懐かしい恋人を待っているようではないか、と苦笑しつつ、朝やったばかりでまだその必要もないというのに、小鳥の餌台にヒマワリの種を補充したり、きれいに磨きあげたキッチンの流しを再び洗い始めたりしながら、落ちつかない時間を過ごした。

悠子が起き出して来たのは、三時近くになってからだった。冬の太陽は早くも西に傾き、カラマツの群生をぬうようにして、細長い光が庭の堆積《たいせき》した雪の上に伸び始めていた。

珍しくぐっすり眠ったので、とても気分がよくなった、と悠子は言い、それでもどこか寝起きのけだるさを残してソファーから動こうとしないのを横目で見ながら、摂子は紅茶をいれてやった。

「あっという間に時間がたつのね。なんにもしないで寝てるだけで」悠子はティーカップで両手を温めるようにしながら、つぶやいた。「どんどん時間がこぼれ落ちていくような気がするわ。もったいなくて、すくい取ろうとするんだけど、絶対にできないの。寂しいわね」

「ぼんやりするために来たんだもの。それでいいのよ」

「明日また東京に帰るのね。楽しい時間はあっという間」

「まだ今夜があるじゃないの。それに何だったら、もう一泊したっていいし」

悠子はぎこちなく首を横に振り、それはできない、と言った。

「どうしてよ」

「迷惑かけるわ、みんなに」

「迷惑なんかじゃないって。私なんか、義父母に由香を預けっ放しにして、あと一月《ひとつき》くらい、こういう生活、したいと思ってるくらいなんだから」

前夜の興奮ぶりが嘘だったかのように、その日の悠子は一転して、陰鬱《いんうつ》な殻の中に閉じこもってしまっている感じがした。居間のガラス越しに、弱々しい冬の陽射しが伸びてきて、温まった室内に立ちのぼる陽炎《かげろう》が透けて見える。悠子は自分から喋ろうとしなくなり、餌台に群がって来る四十雀《しじゅうから》や斑鳩《いかる》をぼんやり眺めながら、淡い陽射しの中に無表情のまま座っているだけとなった。

四時になり、四時半になった。電話はかかってこなかった。

ひょっとして、電話が故障しているのかもしれない、と摂子は考えた。そう言えば、昨日、ここに到着してから、一度も電話は鳴っていない。

キッチンカウンターの上に置いてある電話機を覗きに行き、受話器を取って耳にあてがった。ツーツーという、力強い発信音が聞こえてきた。

試しに一七七番にかけてみた。女の声で、長野県中部地方の天気予報が流れてきた。

「何をしてるの？」

受話器を戻す前に悠子にそう聞かれた。摂子はぎこちなく笑い返して、「天気予報よ」と言った。「今日の夜から少し天気が崩れるみたい。大したことはないらしいけど」

「雪になる？」

「どうかな。降ってもそんなに積もらないいんじゃないかな」

長野オリンピック開催中ということもあり、何か大きな事件が起こって新幹線が遅れているのだろうか、とも考えてみた。長野駅構内でテロが発生したということも考えられる。さもなかったら頭のおかしい爆弾魔が、オリンピックに反対して新幹線の中に爆弾を仕掛けたのか。昨日からずっとテレビをつけていないし、新聞も読んでいないから、世間で起こっていることが何ひとつわからない。

だが、たとえ新幹線が何時間も遅れてしまっているのだとしても、東京という都市が壊滅でもしていない限り、電話はどこからでもかけられるはずであった。あらかじめ東京駅から電話をかけることができなかったのだとしたら、乗車中にかければそれで事足りる。

新幹線の中から、車両電話を使って外部に電話をかけるにはテレホンカードが必要だったが、いくらなんでも、義彦がテレホンカードの使い方を知らないわけもなかった。テレホンカードはヨーロッパでも普及している。第一、義彦は浦島太郎になったわけではない。ドイツの大きな都市の近郊に暮らしているような人間が、いくら久しぶりに祖国に戻ったからと言って、電話一本かけるのにまごつくはずもないのである。

あらかじめ教えておいた山荘の電話番号メモを紛失した……そんなふうにも考えられた。だが、もしそうだったとしても、摂子の東京の自宅に連絡すれば、義父母か由香のいずれかに山荘の電話番号を教えてもらえる。東京の自宅の連絡先まで不明になってしまったとは考えにくく、よもや、それらを明記したアドレス帳や手帳をどこかで落としてしまったのだとしても、ひとまず軽井沢まで来て、南原地区の別荘地の管理事務所を訪ねれば、必ずここを探しあてることができるはずであった。

摂子は義彦に、必要と思われる情報はすべて与えていた。軽井沢南原の山荘が義父の所有するものであることを話してあるはずだし、それを思い出しさえすれば、所有者名が栗田であることは一目瞭然である。義父があれだけ念を入れて、暖房や清掃を頼んだ直後のことでもある。栗田という名を出せば、管理事務所の人間はすぐにピンときて、ここに連絡をくれるに決まっていた。

落ちつかない気持ちでそわそわしている摂子に、悠子が不審を抱き始めているのがわかる。一度ならず、どうしたの、と聞かれた。摂ちゃん、なんだか様子が変ね、と。

そう？　全然変じゃないわよ。陽気に笑い声すら上げながら、そう答えるのだが、変じゃないのなら何故、前日のようにゆったりと暖炉に薪など焚《た》いてくつろげないでいるのか、自分でもうまく説明がつかない。

五時になった。すでにあたりはたそがれて、目をこらしても窓の向こうに庭は見えず、ガラスは居間の明かりを映し出すばかりとなった。

丸一日、それだけしか僕は悠子と会えないんですか……確か、義彦は電話でそう聞いてきたはずであった。それは、少しでも長く一緒にいたい、という気持ちの表れとしか思えない。そうであるのなら、こんなに遅くなるはずもなく、むしろ午後の早い時間に軽井沢駅に降り立つのが普通ではないのか。

食事の支度に気をとられているふりをしながら、摂子は悠子がトイレに立った隙を見計って電話の受話器を取った。別荘の管理事務所にかけてみる。どなたか、うちを訪ねてみえた方がいませんでしたか……そう聞いたのだが、顔なじみになっている事務所の男は、だみ声で、そんな人はいなかった、と言い、先日、義父が気持ちばかりの品として送ってやった佃煮《つくだに》の礼を繰り返しただけだった。

東京の自宅にも電話をかけてみた。義父母とも家にいて、由香が電話に出てきた。どこからかママあてに電話、かかってこなかった？ と聞いた。由香は、こないよ、といくらか不機嫌そうに答え、今日の夜はおじいちゃんがすき焼きにするって、と言った。

キッチンに立ち、前日買っておいた銀鱈《ぎんだら》を甘辛く煮つけながら、摂子はほとんど上の空でいた。こんなはずではなかった。今頃自分は、どこかホテルの部屋にいて、再会を果たした義彦と悠子のことをあれこれ想像しながら、のんびり今夜は何を食べようか、などと思案しているはずであった。あるいは上出来に終わった自分の計画の成功を誰彼かまわず自慢したくなって、病院に電話し、栗田を呼び出して、迷惑がられるのを承知で、昨日から今日にかけて起こった出来事を喋りまくっているはずでもあった。

何かあったに違いない、と考えた。帰国した途端、病気で倒れて緊急入院したのか。あるいは東京駅に行く途中、交通事故に巻き込まれたのか。だが、瀕死《ひんし》の状態でない限り、それでも義彦はここに連絡することができる。本人が電話をかけることができずとも、誰かに頼んでかけてもらうことができる。死んでしまったのだとしたら別だが、そんなことはまず考えられない。第一、どうしてこんな大切な時に義彦が死なねばならないのか。

はたと思いついて、摂子は慄然《りつぜん》とした。航空機の事故があったのではないか。あるいはフランクフルトを飛び立った飛行機が、成田での着陸に失敗し、炎上したのか。あるいはフランクフルトの空港を離陸する際、大事故が発生したのか。

六時からニュース番組が始まっているはずだった。摂子はテレビをつけてみた。どのチャンネルに合わせても、画面は長野オリンピックの話題一色で、禍々《まがまが》しい航空機事故の現場の速報など、どの局でも流していなかった。

事故がなかったのだとしたら、何故、電話がないのか。あるいは彼は帰国していないのではなかろうか。

そこまで考えて、摂子は胃の底にしぼられるような鈍い痛みを覚えた。まさか。そんなことはあるはずがない。急に気が変わったなどと、どうしてそんなことがあろうか。たとえドイツ人の妻に一時帰国を猛反対されようと、来ると約束した彼は来るに決まっている。来なければならない。百パーセント感情を差し引いて考えても、彼は来るべきなのである。

食事中も、摂子は悠子との会話も途切れがちに、あれこれと考え続けた。

自分が日にちを間違っているのか、とも考えた。記憶を総動員させてみた。何度思い返してみても、間違っているとは到底、思えない。電話で確認したではないか。十七日に成田に着くのであれば、十八日に軽井沢でお目にかかりましょう……摂子がそう言い、それを義彦は受け入れた。第一、間違いようもない。十七日に成田に着く、と最初に口にし、そのためのチケットも予約済みであることを真先に口にしたのは彼のほうなのだ。

十七日に帰国し、十八日に軽井沢に来る……。義彦の一時帰国の目的は悠子と会うことだけなのだから、帰国してしばらく、ぐずぐずと東京で時間をつぶす必要など、何ひとつないはずなのである。

「摂ちゃん？」

悠子が摂子の顔を覗きこむようにして呼びかけた。「いったいどうしたっていうの？　私の話、全然聞いてないじゃない」

摂子は我に返り、慌てて作り笑いを浮かべてみせた。「聞いてるわよ。うん。ちゃんと聞いてる」

「さっきから質問してるのよ。この銀鱈、煮つける時に生姜《しょうが》を使ったのかどうか、って」

「え？　ああ、それね。生姜？　ううん、全然、使ってないわ」

「変よ、摂ちゃんたら」悠子はふざけて睨《にら》みつけるような表情をした。「さっきから心ここにあらず、って感じよ。何か心配事でもあるの？　それとも私に隠し事？」

病人の感受性は、ふつう、健康な人間のそれと比べて何倍も強い。ただでさえ感受性が豊かだった悠子の場合、直感めいたものは、病を得てからさらに深く研ぎ澄まされた。したがって、ひとたび悠子の猜疑心を刺激したら最後、こちらは猫に見入られた鼠《ねずみ》同様、逃げ場を失わざるを得なくなる。

「隠し事なんてあるわけないでしょ。変なのは悠子のほうなんじゃない？」摂子は笑ってごまかした。

そうする他はなかったのだが、悠子は自分が感じた摂子の態度の変化を執拗に問い質《ただ》そうと試み始めた。

あるいはそれは、子供じみたふざけた遊びの域を出ないことだったのかもしれない。相手の微細な変化を目ざとく嗅《か》ぎつけて、大したことではない、とわかっていながら、冗談めかしつつ責め続ける時の少女めいた快感……そんなものが欲しくて、悠子は摂子を問いつめていただけなのかもしれない。

だが、その、戯れに仕掛けられたゲームのような質問は、皮肉にも現実に摂子を追いつめてしまう結果になった。

どうして？　本当のことを言いなさい、私に何か隠しているとしたら、それはいやなこと？　ぞっとすること？　絶望的なこと？　それとも、楽しいこと？　……繰り返される単純な質問に、頑なに首を横に振りつつ、「それは楽しいこと？」と聞かれて、思わず、うんうん、と大きくうなずいてしまったのがきっかけだった。

悠子は手にしていた箸をテーブルに置くと、「何なの」と生真面目な表情で摂子を見た。「教えて、摂ちゃん。隠し事はいやよ。せっかく楽しい旅行なのに」

「だから、何でもないんだってば」摂子はけたたましく笑った。「何度言えばわかるの。何でもないの」

「何か企んでるのね。そうなのね」

「企んでなんかないわ。考えすぎよ」

「じゃあどうして様子がそんなにおかしくなったの。昨日は何ともなかった。今朝もよ。でも私が昼寝から起き出してから変になったじゃない。今日の午後、ここで何かが起こるはずだったの？　それが起こらないから、苛々して困ってるの？　わかった。そうなのね？」

見事な直感にたじろぎながらも、摂子はごまかし続けた。違う、何でもない、悠子の誤解だ、頭がぼんやりしているだけだ、ちょっと疲れたのかもしれない、今日は早目にお風呂に入って、悠子には悪いけど少しアルコール、飲んじゃおうかな……。

「ごまかさないで、摂ちゃん」悠子はしんと静かな声で言い放った。「正直に言ってちょうだい」

「正直も何も……だって私、別に……」

「誰かから電話がかかってくるのを待ってるのね」

「そんなこと全然……」

「でも私にはそう見えるわ」

「そう？　おかしいわね。そんなことは全然……」

「誰からの電話？」

「私の秘密の恋人からの電話だったりして」

ふざけた口調でそう言い、笑ってみせたのだが、悠子はにこりともしなかった。

悠子は正面から摂子を見つめ、わずかに小首を傾げるような仕草をした。「ねえ、摂ちゃん、まさか、あの人が……」

聞き取れないほど細い声だった。摂子は聞こえなかったふりをした。

悠子はさらに細い、かん高いような声で繰り返した。「まさか、あの人がここに来るんじゃないでしょうね」

摂子は黙っていた。今この瞬間、電話が鳴り出してくれればいい、と願った。そうすればすべてが解決する。悠子は受け入れるに違いない。今ここで、電話が鳴りさえすれば……。

だが、電話は鳴らなかった。暖炉の中の太い薪が、燃えつきてごろりと横転した音がしただけだった。

「わけを話して、摂ちゃん」

摂子は悠子を見た。逃げられない、と思った。話していいことなのか、そうでないのか、わからない。何もわからないのだが、打ち明けぬまま、この場が収まるとも思えない。

摂子はため息をついた。もともと嘘をつき通すことのできない性格が災いした……そうとしか言いようがなかった。

悠子は瞬きひとつせずに摂子を見つめている。責めさいなんでいる視線にも見える。期待や興奮、感動や喜び、軽蔑や怒り、といった感情の光は一切なく、その目はただ刺《とげ》のような視線を摂子に向かって投げているだけであった。

「義彦先生が帰国してるの」摂子はひと思いに言った。「ここに来ることになってたの。約束してたの。今日の午後」

悠子は身じろぎもせずにじっとしていた。顔の色が、心なし、青白くなったように感じられた。ブルーグレーの部屋着を着ていたせいかもしれない。悠子は青白い影像のようにも見えた。

「ごめんね、黙ってて。驚かせたかったの。本当よ」

摂子はこれまであったことをかいつまんで打ち明けた。義彦の居所を探し回ったこと、兵藤クリニックに出かけて行ったこと、土方聡美に会ったこと、誰ひとりとして義彦の居所を知らずにいたこと、だが、ひょんなことからロンドンの漢方医、ドクター・シマムラが義彦の大学時代の先輩であったという話を思い出し、手紙を書いて返事がもらえたこと、そして義彦が今、結婚してフランクフルト近郊に住んでいて、連絡がついたのはつい数週間前だった、ということ……。

東京の自宅に義彦から電話がかかってきて、その時、交わした会話の全容も余さず教えた。義彦の口調、悠子に対する気持ち、彼の中に、帰国することへのかすかな逡巡があったことも含めて、正直に伝えた。

悠子は表情を変えなかった。何を考えているのか、どう感じているのか、わからなかった。摂子はおよそ初めて、恐怖に似た感覚を味わった。

「どうして黙ってるの」摂子は聞いた。「……怒った？」

悠子はそれでも黙っている。応えない。身じろぎもしない。

少し外に風が出てきたようだった。日暮れと共にたてた雨戸を風が吹き過ぎ、そのたびに暖炉の煙突部分がかすかに、ごうごうという唸り声をあげた。

悠子、と摂子は呼びかけた。「来るはずなのよ。今日、軽井沢に着くって言ってたんだもの。ここでゆっくり、二人きりにさせてあげるつもりだったのよ。来ないだなんて、何かの間違いなのよ。だって義彦先生はあんなに悠子に会いたがって……」

悠子の顔にかすかに赤みが戻ったような気がした。口もとがゆるみ、そこに冷やかな笑みが優雅な死の影のように浮かんだ。

「来るはずないじゃないの」悠子は掠《かす》れた声で言った。

「どうしてよ。来るって言ってたのよ。チケットも買った、って。何があっても悠子に会いに来るっていう勢いだったのよ。ほんとよ。こんなことで嘘をついてどうするの。義彦先生からきた手紙、見せてあげてもいいわ。今日は持って来てないんだけど、東京に帰ったらすぐ……」

いいの、と悠子は首を横に振り、目を伏せた。「呆れたわ、摂ちゃん。そんなことまでしてたなんて……」

「会わせてあげたかったのよ。どうしても」

「気持ちは嬉しいけど、何もそんなことまでして……」

「……迷惑？」

おずおずと問うた摂子を悠子はぎらりと光る目で見据え、きっぱりと言い放った。「ええ。迷惑ね」

摂子は音をたてて唾液《だえき》を飲みこみ、途切れ途切れに吐息をついた。「そうはっきり言われると……。ごめん。でも私は……」

「どうして迷惑に思うか、わかる？」

摂子が黙っていると、悠子はゆっくりと瞬きをし、だって、と言った。「……彼は来なかったじゃない」

その目がかすかに潤んでいるのを見て、摂子はふいに、ぐらりと頭が揺れたような衝撃を味わった。彼は来なかった、来なかった……確かにそうだった。たとえ何か急な変更があったのだとしても、結局、連絡ひとつよこさなかった。

連絡が入ってくる可能性はまだ残されてはいた。約束の二月十八日が過ぎるまで、あと五時間ほどある。深夜になって、電話が鳴らないとも限らなかった。予想もしなかった突発的な事態に見舞われて、どうしても連絡することができなくなった……そう言い訳しつつ、慌てふためきながら、義彦がどこかの電話ボックスの中で受話器を握っている姿は容易に想像することができた。

だが、そのことを悠子の前で口にするのはためらわれた。

彼は来なかったのだ。今の今まで、連絡もしてこなかったのだ。それは揺るぎのない事実であり、悠子の言う通り、彼はもう、来ないつもりでいるのかもしれなかった。

何故、と自問し、摂子はその答えを見失った。わからなかった。途中で気が変わる理由が想像できなかった。悠子の命に限りがあることを知っていながら、途中で予定を変更し、平然と約束を破り、そのうえ、そのことを連絡もせずにいてしかるべき理由など、この世にあるとも思えなかった。

悠子は目を瞬き、天井を仰ぐようにして大きく息を吸った。「もういいの。来れなくなったのよ。そのほうがよかった。これでよかったのよ」

「何かあったのよ。そうに決まってる。そうじゃないとおかしいじゃない」

「だとしても、来れなくなったことには変わりはないんだから、仕方ないわ。ああ、それにしても驚いた。ただでさえ少なくなった寿命がいっぺんに縮んじゃった。ひどい摂ちゃん。うまいこと言って私をここまで連れて来たのは、そのせいだったのね」

悠子は何事もなかったようにそう言って摂子に笑いかけると、テーブルの上に目を落としながら箸を手に取った。柔らかく炊いた御飯を小さくすくい上げ、口に運びかけて、悠子はふいに、そのまま硬直したように身動きしなくなった。

箸を持った手がぶるぶると震え、それに呼応するかのように悠子の唇も小刻みに震え始めた。箸がテーブルに転げ落ち、白い飯粒が散乱した。

摂子は椅子を蹴るようにして立ち上がり、悠子の傍に駆け寄った。その肩を抱き、頭を胸に引き寄せ、あやし、ごめんね、ごめんね、と囁き続けた。「こんなことしなければよかった。言わなければよかった。ごめんね。私のせいよ。余計に辛い思いをさせちゃって。全部、私のせいよ」

悠子は洟《はな》をすすり上げ、摂子に上半身を預けながら、「違う」とくぐもった声で言った。「摂ちゃんを責めてるんじゃない。全然、違う。わかってちょうだい」

「責めてもいいのよ。私のせいよ。ごめんなさい」

「違うの、違う。聞いてちょうだい。彼はね、思い出したくない人なのに、いつになっても忘れられない人なのよ。忘れたことが一度もない人なのよ。私はもうすぐ死ぬんだけど、死ぬ時、この世の最後に思うのは彼のことなんじゃないか、っていつも考えてる。その人が、今日、ここに来てたかもしれない、って思うと、なんだか私……」

ごめんなさい、と摂子は声にならない声で言い、立ったまま悠子を抱きしめた。「こんなこと、しちゃいけなかったんだ。どうやってあやまればいいんだろう。どうやって償えばいいんだろう」

火が消えかけた暖炉の中で、薪のおき火が寂しい冬の遠い夜景のようにちらちらと頼りなげに光っていた。いっそう強くなった風が、またしても、ごう、と音をたて、建物の外を寂しく吹き過ぎた。

18

義彦が来られなくなったことに対する、考えられるだけの原因を列挙し尽くし、結局、それらは虚しく摂子の中に消えていった。あらゆることが考えられたが、一方でそれらはたった一つの理由……途中で気が変わった、という馬鹿げたほど単純な結果の中に押し込めて片づけることもできた。

その晩遅く、摂子は東京の自宅に電話をかけた。栗田が出て来て、どこからも電話はかかってきていない、と言った。昼間、義父母はずっと家にいたというから、かかってきた電話を聞き逃したということも考えられなかった。

ファックスも入っていなかった。送信されてきたファックス用紙が、何かの加減で機械の裏側に落ちてしまい、見えなくなっているのではないか、と何度も夫や義父に探してもらった。だが、そんな事実はなかった。そしてそれは、翌朝も同様だった。

悠子は朝早く起きて来た。前の晩のできごとなど忘れてしまったかのような小ざっぱりとした顔に化粧を薄く施し、トーストとりんごサラダ、ホットミルク、半熟卵、というメニューの朝食を珍しく平らげると、コートをはおり、おぼつかない足取りで庭に出て行った。

風はおさまっていたが、厚い雪雲が垂れこめて、今にも小雪が舞い始めそうな日だった。

摂子は部屋の中から、庭に佇む悠子を見ていた。朱色のコートを着た悠子は、死してなお、生涯消えることのない炎を胸に抱えてさまよい続ける、寂しく美しい亡者のように見えた。

クロンベルクの義彦の自宅に連絡してみることも考えた。だが、考えるそばから、馬鹿げたことだ、と思い直した。来なかった男、途中で気が変わってしまった男のところに、来なかったことの確認の電話をかけても、何ものも生まれはしない。

恨んでも仕方がない、と摂子は自分に言い聞かせた。何か事情があったのだ。想像もつかないにせよ、彼には彼の事情があって、来ることができなくなったに違いなかった。彼を責めるべきではなかった。それだけは、断じてしてはならなかった。

午前中いっぱいゆっくりして、軽い昼食を済ませ、十四時五十分発東京行きの新幹線に乗ろうと決めた。東京駅着は十六時ちょうど。ラッシュの時間にぶつからずに、悠子を中野まで送って行くことができる。

もしも乗車する前に、悠子が大日向に行ってみたい、と言うのなら、喜んでそうするつもりでいた。タクシーをチャーターして、軽井沢の町を一周することも考えた。

だが、悠子の気持ちを思えば、出すぎたまねは慎むべきだった。

冬になると寒さに凍りつくこの町で紡いだ幾多の思い出、甘やかな感傷や苦い記憶の数々は、おそらく昨晩、兵藤義彦がここに来ることになっていた、という事実を知った途端、悠子の中で或る不可解な変容をとげたのかもしれなかった。そしてそれは、摂子の想像もつかない形に姿を変えて、遠ざかる時のうねりの中に葬られてしまったに違いなかった。

昼食に蕎麦を茹でた。少ない量ではあったが悠子は残さず食べ、蕎麦湯も味わってくれた。何かを吹っ切ったような表情が、或る決意を感じさせた。

義彦の話を耳にしてから、悠子は健康を取り戻したようにさえ思えた。精一杯の痩せ我慢なのかもしれなかった。だが、何にせよ、そうした自己演出をすることができる悠子は、死を間近にして完成され尽くした一人の女……もうこれ以上、何ひとつ補うものを必要としない、完璧な女のようにも見えた。そのことがかえって摂子を切なくさせた。

食後の後片付けをし、摂子は簡単に部屋やトイレ、バスルームの掃除をした。後で管理人にしてもらうべきことを紙に書き、目につきやすい冷蔵庫の正面にマグネットで留めた。暖炉の火が完全に消えていることを確かめ、燃えさしを片づけて新しい薪を並べた。

タクシー会社に電話をし、十四時二十分に山荘の前まで来てほしい、と頼んだ。山荘から軽井沢駅まで、どんなにゆっくり走っても十分もあれば着いてしまう。だが、着いてから慌てたくなかった。後はゆっくりしたかった。話し足りなかったこと、義彦の一件で話さずじまいになってしまったことをのんびり、問わず語りに、車中の話題にしたかった。

「楽しかった、摂ちゃん。ほんとよ。連れて来てくれてありがとう」

着替えを済ませ、小さな荷物と一緒に居間のソファーに座ったまま、悠子は満面、笑みを浮かべて言った。屈託のない笑みだった。摂子は鼻の奥が熱くなるのを感じた。

「もう一度だけ、言っておくわね。こんなはずじゃなかったのよ。でもがっかりしないで。義彦先生は、ずっと悠子のことを思い続けてたのよ。それだけは本当なのよ」

悠子は笑みを絶やさなかった。聞いていたのかいないのか、摂子の言ったことには無反応のまま、悠子はさっと右手を伸ばしてきた。

「何?」

「握手。感謝の握手」

差し出した摂子の右手を悠子は固く握りしめた。細い枯れ枝を思わせる指が、思いがけぬ力強さで摂子の手を包みこんだ。

「どうして泣くの」悠子は聞いた。

摂子は左手の甲を唇にあてがったまま、肩を震わせた。首を横に振った。「ごめんね、悠子。……何もしてあげられなかった」

悠子は、ふうっ、と息を吐《つ》きながら笑い、改まったように微笑んで、ううん、と言った。

「充分よ。充分すぎるくらい」

山荘の外で車が止まる気配があった。クラクションが軽く二度、鳴らされた。

洟をかみ、戸締りを確かめ、カーテンを閉じ、悠子と並んで玄関に出た。コートに袖を通し、靴をはき、荷物を手にした。

外では白い小花が、塵《ちり》のように舞っていた。雪が降り始めたようだった。

運転手が車から出て来て、荷物をトランクに入れるのを手伝ってくれた。悠子を先に行かせ、摂子は玄関の鍵をかけた。

遠くで鳥が、相次いでけたたましく鳴いた。番《つが》いのカケスのようだった。

タクシーが白い排気ガスをもうもうと上げている。悠子はすでに中に乗り、摂子が来るのを待っている。運転手が何か悠子に向かって話しかけている。悠子が短く笑う。笑いながら、ちらと摂子のほうを振り向いた。

アドレス帳をキッチンカウンターに置き忘れて来たことに気づいたのは、その時だった。クロンベルクの義彦の家に電話をかけよう、と咄嗟の思いつきでバッグの中から取り出し、結局そのままになったアドレス帳である。

「ちょっと待ってて」摂子は慌ただしく言って、後部座席にいた悠子に自分のショルダーバッグを押しつけた。「アドレス帳、忘れてきちゃった。すぐ取って来る」

玄関に駆け戻り、鍵を開けている時だった。中で電話が鳴っていることに気づいた。縁の下で鳴き続ける初冬のコオロギのごとく、ベルの音が弱々しく、しかし、間断なく鳴り続けている。

或る本能のようなものに衝き動かされて、摂子は後ろを振り返った。寒さを気づかってか、運転手はいったん後部座席のドアを閉じてくれていた。悠子の顔が窓越しに遠く、ぼんやりかすんで見えた。だが、悠子はこちらを見てはいなかった。

扉を開け、中に飛び込んだ。ショートブーツのジッパーをおろすのももどかしく、摂子はキッチンに走った。何があっても、命を賭けても、この電話には出ないといけない、と思った。それが誰からの電話であるのか、出る前からわかっていた。間違いない、と摂子は確信した。そしてその確信はあたっていた。

「摂子さんですね。兵藤です」とその電話の声は言った。予想に反して、落ちつき払った声だった。「二時四十九分に軽井沢駅に着く新幹線に乗っています。もうまもなくです。東京駅から電話をする約束だったのか、着いてから電話することになっていたのか、忘れてしまって……今、車内からかけているんですが……座席は八号車です。迎えに来ていただけるのか、それとも……」

摂子は我を忘れて声を荒らげ、義彦を遮った。「今日はもう十九日ですよ。先生がいらっしゃると言ってたのは十八日だったはずでしょう？　もう来ないのかと思って、私たち、たった今……」

「ちょっと待ってください。予定変更をお知らせしたファックス、届かなかったんですか」

「は？」

「ファックスを送ったんです、お宅に。天候不順があって、おまけに僕が乗ることになっていた飛行機にエンジントラブルがあって、どうしても出発を一日、延期せざるを得なくなったんです。日本時間が深夜だったもので、電話をかけるのは失礼だと思い、すぐにファック

ス を……」

「どこに送ったんです。山荘ですか」

「いえ……」

「東京？」

「その段階では、まだ摂子さんたちが山荘に到着していないことはわかっていましたから。それで東京の、あなたのご自宅に……」

「届いてません。何かあったんじゃないか、って、何度も確認したんです。違うところに送ったんじゃ……」

「参ったな。本当ですか」

「ですから私たち、もう先生が来ないものと思って……」

そこまで言った時、ふいに電話が通じなくなった。高崎駅を過ぎると、長野新幹線はまもなく長いトンネルに入ってしまう。安中榛名《あんなかはるな》の駅で一旦、地上に出るが、それも数秒のことであり、その後すぐに再びトンネルに入って、それは軽井沢駅のすぐ手前まで続く。待っていても電話はもうつながらない。

これから私たちも軽井沢駅に行く、ということを彼に教えることができなかった。

摂子は腕時計を見た。十四時三十分。連絡の行き違いでこうした結果になったなどということは、もうどうでもよかった。あと二十分もたたないうちに義彦が軽井沢駅に着く。そして自分たちもまた、その時刻に軽井沢駅のホームにいるのである。

摂子は急いで忘れていたアドレス帳を手に取ると、玄関を飛び出した。扉を閉め、鍵をかけ、待たせていたタクシーに乗った。

義彦から電話があったことを悠子に言いたくなった。その名が喉まで出かかったが、危うく飲みこんだ。

言ってはならない気がした。今度こそ、という思いがあった。今度こそ、この二人は会うことができる。だとするならば、その瞬間を期待させずにおいたほうがいい。悠子は何年もの長い間、期待し続けてきたのだった。絶望し、諦めてなお、くすぶった残り火は消え去ることがなかったのだった。

最後の期待を与え、裏切ってしまった昨夜のことを考えると、もうそのことは口にできなかった。これでいいのだ、と摂子は思った。何故なら、二人は会えるのだから。確実にあと十数分後に会えるのだから。

タクシーが動き始めてから、摂子はバッグの中をかきまわして手帳を取り出した。表紙の裏に長野新幹線の時刻表が貼ってある。

十四時四十九分、軽井沢着の東京発下り新幹線は、終着駅が長野ではない、軽井沢だった。軽井沢止まりの車両は、下りホームではなく、上りホームに入って来る。

ということは、彼が乗った新幹線もまた、これから自分たちが乗車しようとしている十四時五十分発、東京行きの上り新幹線と同じホームに入って来ることになる。その差、わずか一分。上りが発車するまでの六十秒間だけ、二本の列車の乗降客がホームで一緒になることになる。

義彦は確か、八号車に乗っている、と言ったはずだった。下り新幹線の八号車といえば、ホームに入って来た際、上りの最後部、八号車もしくは七号車と隣り合わせに停車することになる。

切符はまだ買っていなかった。いずれにしても、悠子を伴って八号車、もしくは七号車のあたりに立っているようにすれば、八号車から降りて来る義彦を、ホームで見つけることが可能になる。そうならなければおかしい。

「どうしたの」悠子が摂子の顔を覗きこんだ。

「東京駅に着くのが何時だったかな、と思って。ねえ、悠子、奮発して帰りはグリーン車に乗ろうね。普通車はもしかすると、オリンピック関係のお客で混んでるかもしれないし」

グリーン車の座席指定券を買う、という咄嗟の思いつきに摂子は満足した。長野新幹線のグリーン車は七号車と決まっていた。

悠子は微笑みながらうなずき、窓の外に目を投げた。雪をかぶった浅間山が見えている。昨夜、吹き荒れ、いったんやんだ風が、また少し強くなってきた。冬枯れた風景の中、風を受けて舞いあがる粉雪が烈しくなった。

オリンピック開催中とはいえ、国道を行き交う車の数は少なかった。信号待ちをすることもなく、十四時三十七分、タクシーは軽井沢駅に到着した。

エスカレーターを使って二階に上がり、摂子は窓口で切符を買った。グリーン車の指定席券は難なく手に入った。

寒気が増し、行き交う乗降客は示し合わせたようにコートの襟《えり》を立てている。十四時四十五分、摂子は悠子と共にホームに降りた。

悠子がぽつりぽつりといろいろなことを話しかけてくる。空気の匂いのこと、雪のこと、浅間山のこと、あるいは東京で待っている由香のこと、由香に何かおみやげを買って行くべきなのではないか、ということ……。だが、それらの話は摂子の耳を素通りする。何を話しかけられているのか、摂子はわからない。何か答えねばならないことはわかっているのだが、言葉が出てこない。

ホームで上り新幹線を待つ人の数はさほど多くはなかった。外国人の姿が目立つ。誰もが鮮やかな色合いのスキーウェアをコート代わりに着ている。

構内アナウンスがあった。摂子は悠子と共に、七号車の乗り口の前に立っている。寒くない？　と悠子に問いかけてみる。大丈夫よ、と悠子が答える。朱色のコートを身にまとい、冷気に少女のように鼻の頭を少し赤くして、悠子は遠くを見るような目で摂子を見ると、何か言い、短く笑った。

悠子が何を言い、何を笑っているのか、摂子にはわからない。静かな地響きが伝わった。ホームの反対側に、青と白の流線型をした新幹線がすべるように入って来た。

また構内アナウンスがあった。到着したばかりの新幹線の扉が開いた。摂子の目は先頭車両の八号車しか見ていない。開いた扉の奥から親子連れが降りて来た。黒のフェイクファーを着た太った母親と、うさぎの耳のついた白い帽子をかぶり、今にも泣きだしそうにしている小さな女の子。母親が女の子を叱りつけ、女の子は母親に腕を取られるようにしながら、顔を歪ませ、泣き声を上げた。

上り新幹線が到着したのはその時だった。悠子がホーム上に置いてあったボストンバッグを手に取った。五号車、六号車、七号車……。二人の目の前で七号車の車両の扉が静かに開かれた。

だが、摂子は前を向くことができずにいた。軽井沢止まりの新幹線の八号車。もう誰も降りて来ないのか、と思い、別の車両の乗降口に目を移しかけたその時、開け放された扉の奥に黒い影が立った。

悠子が怪訝な表情で摂子を見ている。構内アナウンスがかまびすしい。上り新幹線発車のベルが響きわたる。

悠子の視線が摂子の視線を辿り、そのままこわごわと、何か恐ろしいものでも見ようとしているかのように、反対側ホームに停車している列車のほうに向けられた。

兵藤義彦が八号車の外に降り立った。小ぶりの黒いリュックを片方の肩にかけている。黒のコートの前ボタンは開いていて、中に着ている黒のとっくりセーターが見える。髪の毛には白いものが混じっている。だが、無造作に伸ばし気味にしている髪形も、体型も、昔とほとんど変わっていない。かつて、その表情の中に常にうつろっていた険も今はなく、代わりに悲しみの残像のようなものが、老い始めた端正な顔に水のように薄く、なめらかに広がっている。

悠子は今、義彦を見ている。義彦もまた、悠子を見ている。

風にあおられるようにして、雪が二人の間で舞い乱れた。上り列車の発車ベルが止まった。扉が閉じられた。新幹線は東京に向かって、静かに動き始めた。

義彦が歩き出した。悠子もまた歩き出した。義彦の顔が、それとわからぬほどかすかに歪んだ。それは笑みのようにも見え、苦悩のようにも見えた。

ホームの上をすべるようにして風が吹き過ぎた。雪が二人を包みこんだ。二人のすぐ真後ろに、雪をかぶった離山が、その遥か彼方に浅間山が、しんと密かに、冬を湛えてそびえていた。

義彦が肩にかけていたリュックをホームに落とした。次の瞬間、悠子は義彦の腕の中に静かに、安心しきった様子で抱きとめられ、二人のシルエットはまもなく、溶け合い、固まってしまったかのように、降りしきる雪の中で動かなくなった。

解説

唯川恵

結局、心を揺さぶるものは、心でしかないのだ。

小池さんの小説を読むたびに、私はいつもそう思う。

初めて小池さんの小説を手にした時には（エッセイは読んでいたが）、小池さんはすでにミステリー作家として名を馳《は》せていた。

正直言うと、私はあまりミステリーが得意ではない。得意ではないというのは、いい読み手ではないということだ。どんなに奇想天外なトリックであれ、計算された緻密《ちみつ》な謎解きであれ、どういう訳かあまり興味が深まらない。

むしろ、私の興味は動機に向かう。その動機も、地位や名誉、金銭絡《がら》みに帰結すると、肩透かしを食らったような気分になる。どんな形であれ、そこに女と男の愛憎が絡まなくては、気持ちが納まらない。

小池さんの作品は、そういう意味で、私はミステリーという括《くく》りで手にしたことはない。それは、ホラーであっても、サスペンスであっても同じである。いつも、女と男の小説なのだ。

と言うと、恋愛小説という括りに入れられてしまいそうだが、それもまた違うように思う。

どう表現すればいいのだろう。

人の心というのは、あまりにも理不尽にできている。その理不尽さを描き切った時、もはや「〇〇小説」という括りに意味はなくなってしまうように思える。

この『冬の伽藍』もまた、そういった人の心の「うねり」と「もがき」が、軽井沢の凛《りん》とした冬景色の中に描きだされている。

まさに小池真理子の、極上の女と男の小説なのである。

互いに消しがたい過去を背負った悠子と義彦は、冬の軽井沢で出会い、惹かれあってゆく。

しかしその過程は、恋におちるというより、失った自分の欠片《かけら》を見いだすような気持ちだったに違いない。だからこそ、始まることの躊躇は、無垢《むく》な少女と少年のように、どこか切なく焦《じ》れったい。

読まれる方は、もしかしたらそのことに少々やきもきするかもしれない。実は、私自身がそうだった。

互いに好意を寄せているなら、もっと何とか……

などと、いささか不粋な性急さでふたりの展開を期待した。

しかし本来、恋の始まりとはそういうものではなかったか。女と男は、肉体が触れ合うその瞬間までに、実はエネルギーのほぼすべてを費やしてしまうのではないか。だからこそ、これから恋が引き起こすであろうすべての理不尽さを丸ごと飲み込める覚悟ができるのではないか。

そんな思いを持ったのも、結局はふたりが出会ったことで起こる悲劇を、驚きと共に迎えたからだ。

第一章は、そうして残酷に終わる。

実は先日、小池さんと会う機会に恵まれた。

女同士の気楽な対談ということで、話題にはもちろん「男」も登場した。

その時、小池さんはこんなことを言った。

女にとって「男」がどういう男であるかなんて関係ない。問題は、その男に向ける自分の感情がどういうものであるか、そこにすべてが集約される。

正確ではないかもしれないが、私の記憶にはそんなふうに残っている。

ああ、そうなのだ。

と、その時、深く納得した。相手なんかどうでもいい。どんな醜男であろうが、金も力もない男であろうが、男から見れば最低の男と言われる男であろうが、女には関係ない。女に生まれた感情は、まさに生き物となって、女を翻弄する。女が対峙《たいじ》しなければならないのは、男ではなく、そういう自分自身なのだ。

こんなことを書いたのも、実は義彦の他に強く印象に残った登場人物がいるからである。義彦の義父、兵藤英二郎。

女好きで、自信たっぷりの、性欲の塊のような男。

悠子は拒否しながら、嫌悪しながら、烈しい罪悪感にさいなまれながら、身体の中に甘やかな記憶が刻みこまれてゆくのを止めることができないのである。

この描写に関して、私はただただ圧倒されながら読み進めていった。

男の作家ではこうは書けない。いや、書けるはずがない。同じ女の私もこうは書けない。いや、書く自信がない。

恋とは違う。性欲とも言えない。ただ、世の中に、女にこういう気持ちを抱かせる種類の男がいるというのは事実だ。

私にとっても興味深く、書きたい男である。書きたいのだが、男に対する嫌悪と甘美が混ざりあう、悠子が抱いたあの微妙な感覚を伝える自信がない。

何とスリリングで、何とエロティックで、何と罪深く、何と嫌悪する思いであることか。

私ごときが言うのもおこがましいが、作家が作家に嫉妬するというのは、こういう部分に触れた時なのだ。

さて、二章は手紙のやりとりに、三章は視点が悠子から友人の摂子へと移っている。

そうやって十五年という月日が流れ、再び、舞台は冬の軽井沢に戻る。

最後のシーンを、こうして解説を書いている今も、私ははっきりと思い浮べることができる。

降りしきる雪の軽井沢駅。真後ろに見える離山、その遥か彼方に浅間山。ホームに上りと下りの新幹線がほぼ同時に停車する。その差、ほんの一分……

それ以上書いてはルール違反になりそうなので、ここでは我慢しておくが、最後の数行に胸が熱くなり、いつか文字が滲んでいた。

この美しい結末に、涙することのできる自分が、嬉しかった。

大丈夫、私はまだ失ってはいない。大切なものを感じる力をちゃんと持っている。

私がこの『冬の伽藍』で感じた感動を、今、読者のみなさんと共有していることをとても光栄に思う。

●本書は一九九九年六月、小社より単行本として刊行されました。
初出誌　「小説現代」一九九八年四月号～一九九九年四月号

|著者|小池真理子　1952年東京都生まれ。成蹊大学文学部卒業。1989年「妻の女友達」で第42回日本推理作家協会賞短編部門を受賞。1996年『恋』で第114回直木賞、1998年『欲望』で第5回島清恋愛文学賞、2006年『虹の彼方』で第19回柴田錬三郎賞、2012年『無花果の森』で第62回芸術選奨文部科学大臣賞、2013年『沈黙のひと』で第47回吉川英治文学賞、2022年、第25回日本ミステリー文学大賞をそれぞれ受賞。著書に『記憶の隠れ家』『夏の吐息』『存在の美しい哀しみ』『二重生活』『ソナチネ』『怪談』『モンローが死んだ日』『神よ憐れみたまえ』など多数。

冬《ふゆ》の伽藍《がらん》
小池真理子《こいけまりこ》

2002年6月15日第1刷発行
2024年4月5日第12刷発行

発行者——森田浩章
発行所——株式会社　講談社
東京都文京区音羽2-12-21　〒112-8001
電話　出版（03）5395-3510
　　　販売（03）5395-5817
　　　業務（03）5395-3615

Printed in Japan

講談社文庫
定価はカバーに
表示してあります

KODANSHA

デザイン—菊地信義
製版——大日本印刷株式会社
印刷——株式会社KPSプロダクツ
製本——株式会社KPSプロダクツ

ISBN4-06-273467-2

講談社文庫刊行の辞

二十一世紀の到来を目睫に望みながら、われわれはいま、人類史上かつて例を見ない巨大な転換期をむかえようとしている。

世界も、日本も、激動の予兆に対する期待とおののきを内に蔵して、未知の時代に歩み入ろうとしている。このときにあたり、創業の人野間清治の「ナショナル・エデュケイター」への志を現代に甦らせようと意図して、われわれはここに古今の文芸作品はいうまでもなく、ひろく人文・社会・自然の諸科学から東西の名著を網羅する、新しい綜合文庫の発刊を決意した。

激動の転換期はまた断絶の時代である。われわれは戦後二十五年間の出版文化のありかたへの深い反省をこめて、この断絶の時代にあえて人間的な持続を求めようとする。いたずらに浮薄な商業主義のあだ花を追い求めることなく、長期にわたって良書に生命をあたえようとつとめるところにしか、今後の出版文化の真の繁栄はあり得ないと信じるからである。

同時にわれわれはこの綜合文庫の刊行を通じて、人文・社会・自然の諸科学が、結局人間の学にほかならないことを立証しようと願っている。かつて知識とは、「汝自身を知る」ことにつきていた。現代社会の瑣末な情報の氾濫のなかから、力強い知識の源泉を掘り起し、技術文明のただなかに、生きた人間の姿を復活させること。それこそわれわれの切なる希求である。

われわれは権威に盲従せず、俗流に媚びることなく、渾然一体となって日本の「草の根」をかたちづくる若く新しい世代の人々に、心をこめてこの新しい綜合文庫をおくり届けたい。それは知識の泉であるとともに感受性のふるさとであり、もっとも有機的に組織され、社会に開かれた万人のための大学をめざしている。大方の支援と協力を衷心より切望してやまない。

一九七一年七月

野間省一

さいとう・たかを 戸川猪佐武 原作 歴史劇画 大宰相 〈第四巻 池田勇人と佐藤栄作の激突〉
さいとう・たかを 戸川猪佐武 原作 歴史劇画 大宰相 〈第五巻 田中角栄の革命〉
さいとう・たかを 戸川猪佐武 原作 歴史劇画 大宰相 〈第六巻 三木武夫の挑戦〉
さいとう・たかを 戸川猪佐武 原作 歴史劇画 大宰相 〈第七巻 福田赳夫の復讐〉
さいとう・たかを 戸川猪佐武 原作 歴史劇画 大宰相 〈第八巻 大平正芳の決断〉
さいとう・たかを 戸川猪佐武 原作 歴史劇画 大宰相 〈第九巻 鈴木善幸の苦悩〉
さいとう・たかを 戸川猪佐武 原作 歴史劇画 大宰相 〈第十巻 中曽根康弘の野望〉
佐藤 優 人生の役に立つ聖書の名言
佐藤 優 戦時下の外交官 〈ナチス・ドイツの崩壊を目撃した吉野文六〉
佐藤 優 人生のサバイバル力
斉藤詠一 到達不能極
斉藤詠一 クメールの瞳
佐々木 実 竹中平蔵 市場と権力 「改革」に憑かれた経済学者の肖像
斎藤千輪 神楽坂つきみ茶屋 〈禁断の 盃《さかずき》 と絶品江戸レシピ〉
斎藤千輪 神楽坂つきみ茶屋2 〈突然のピンチと喜寿の祝い膳〉
斎藤千輪 神楽坂つきみ茶屋3 〈想い人に捧げる鍋料理〉
斎藤千輪 神楽坂つきみ茶屋4 〈頂上決戦の七夕料理〉
作画…蔡志忠 訳…和田武司 監修…野末陳平 マンガ 孔子の思想
作画…蔡志忠 訳…和田武司 監修…野末陳平 マンガ 老荘の思想

作画…蔡志忠 訳…和田武司 監修…野末陳平 マンガ 孫子・韓非子の思想
佐野広実 わたしが消える
紗倉まな 春、死なん
司馬遼太郎 新装版 播磨灘物語 全四冊
司馬遼太郎 新装版 箱根の坂 (上)(中)(下)
司馬遼太郎 新装版 アームストロング砲
司馬遼太郎 新装版 歳 月 (上)(下)
司馬遼太郎 新装版 おれは権現
司馬遼太郎 新装版 大 坂 侍
司馬遼太郎 新装版 北斗の人 (上)(下)
司馬遼太郎 新装版 軍師二人
司馬遼太郎 新装版 真説宮本武蔵
司馬遼太郎 新装版 最後の伊賀者
司馬遼太郎 新装版 俄 (上)(下)
司馬遼太郎 新装版 尻啖え孫市 (上)(下)
司馬遼太郎 新装版 王城の護衛者
司馬遼太郎 新装版 妖 怪 (上)(下)
司馬遼太郎 新装版 風の武士 (上)(下)
司馬遼太郎 戦雲の夢 〈レジェンド歴史時代小説〉

司馬遼太郎 海音寺潮五郎 新装版 日本歴史を点検する
司馬遼太郎 井上ひさし 新装版 国家・宗教・日本人
司馬遼太郎 陳舜臣 金達寿 新装版 歴史の交差路にて 〈日本・中国・朝鮮〉
柴田錬三郎 お江戸日本橋 (上)(下)
柴田錬三郎 貧乏同心御用帳
柴田錬三郎 新装版 岡っ引どぶ 〈柴錬捕物帖〉
柴田錬三郎 新装版 顔十郎罷り通る (上)(下)
島田荘司 御手洗潔の挨拶
島田荘司 御手洗潔のダンス
島田荘司 水晶のピラミッド
島田荘司 眩 (めまい) 暈
島田荘司 ア ト ポ ス
島田荘司 〈改訂完全版〉 異邦の騎士
島田荘司 御手洗潔のメロディ
島田荘司 P の 密 室
島田荘司 ネジ式ザゼツキー
島田荘司 都市のトパーズ2007
島田荘司 21世紀本格宣言
島田荘司 帝都衛星軌道

重松　清　赤ヘル1975
重松　清　なぎさの媚薬(上)(下)
重松　清　さすらい猫ノアの伝説
重松　清　ル　ビ　ィ
重松　清　どんまい
重松　清　旧　友　再　会
新野剛志　美しい家
新野剛志　明日の色
殊能将之　ハサミ男
殊能将之　鏡の中は日曜日
殊能将之　殊能将之 未発表短篇集
首藤瓜於　事故係生稲昇太の多感
首藤瓜於　脳　男　新装版
首藤瓜於　ブックキーパー 脳男(上)(下)
島本理生　シルエット
島本理生　リトル・バイ・リトル
島本理生　生まれる森
島本理生　七緒のために
島本理生　夜はおしまい

小路幸也　高く遠く空へ歌ううた
小路幸也　空へ向かう花
小路幸也 原案 山田洋次 平松恵美子　家族はつらいよ
小路幸也 原作・脚本 山田洋次 平松恵美子 脚本　家族はつらいよ2
島田律子　私はもう逃げない〈自閉症の弟から教えられたこと〉
辛酸なめ子　女　修　行
柴崎友香　ドリーマーズ
柴崎友香　パノララ
翔田　寛　誘　拐　児
白石一文　この胸に深々と突き刺さる矢を抜け(上)(下)
小説現代編 石田衣良他著　10分間の官能小説集
小説現代編 勝目 梓他著　10分間の官能小説集2
小説現代編 乾くるみ他著　10分間の官能小説集3
柴村　仁　プシュケの涙
塩田武士　盤上のアルファ
塩田武士　盤上に散る
塩田武士　女神のタクト
塩田武士　ともにがんばりましょう
塩田武士　罪　の　声

塩田武士　氷　の　仮　面
塩田武士　歪んだ波紋
芝村凉也　孤《こ》闘《とう》の寂《せき》〈素浪人半四郎百鬼夜行(六)〉
芝村凉也　追憶の翰《かん》〈素浪人半四郎百鬼夜行(拾遺)〉
真藤順丈　畦　と　銃
真藤順丈　宝　島(上)(下)
柴崎竜人　三軒茶屋星座館1〈冬のオリオン〉
柴崎竜人　三軒茶屋星座館2〈夏のキグナス〉
柴崎竜人　三軒茶屋星座館3〈春のカリスト〉
柴崎竜人　三軒茶屋星座館4〈秋のアンドロメダ〉
周木　律　眼球堂の殺人〈～The Book～〉
周木　律　双孔堂の殺人〈～Double Torus～〉
周木　律　五覚堂の殺人〈～Burning Ship～〉
周木　律　伽藍堂の殺人〈～Banach-Tarski Paradox～〉
周木　律　教会堂の殺人〈～Game Theory～〉
周木　律　鏡面堂の殺人〈～Theory of Relativity～〉
周木　律　大聖堂の殺人〈～The Books～〉
下村敦史　闇に香る嘘
下村敦史　生　還　者

2023年12月15日現在